Danielle Steel

Américaine née à New York, Danielle Steel a passé
son enfance et son adolescence en France, et parle
couramment le français. Revenue à New York pour
y poursuivre ses études, elle a ensuite travaillé dans
la publicité et les relations publiques, avant de se
tourner vers l'écriture.

Mère de famille nombreuse, Danielle Steel consacre
beaucoup de temps à ses enfants, travaillant le soir
et la nuit. Elle est présidente de l'Association américaine des bibliothèques, et porte-parole de plusieurs
associations caritatives, dont le Comité de préven-
tion de l'enfance maltraitée. Elle a créé en 1998 à la
mémoire de son fils la Fondation Nick Traina, qui a
pour vocation de venir en aide aux jeunes en difficulté.

Ses romans restituent avec réalisme des expériences
humaines fortes, et sont le fruit d'un long travail de
documentation ; son inspiration la conduit souvent à
mener de front la rédaction de plusieurs livres. Avec
près de cinquante titres publiés, best-sellers mondiaux traduits dans près de trente langues, elle est
l'un des auteurs les plus lus au monde.

D1419965

HONNEUR
ET COURAGE

DANIELLE STEEL

HONNEUR ET COURAGE

PRESSES DE LA CITÉ

Titre original :

SILENT HONOR

Traduit par Vassoula Galangau

© Danielle Steel, 1996.
© Presses de la Cité, 1997, pour la traduction française.

ISBN 2-266-09103-4

*A Kuniko, qui a vécu cette histoire
et qui est une femme remarquable,
Et à Sammie, qui m'a donné l'idée
de ce roman, et que j'adore.
Avec toute ma tendresse,*

D. S.

1

La famille de Masao Takashimaya cherchait depuis cinq ans, très exactement depuis son vingt et unième anniversaire, une épouse digne de lui. Leurs efforts n'aboutissaient pas car Masao rejetait invariablement toutes les fiancées potentielles. Il voulait une jeune fille exceptionnelle. Quelqu'un qui ne se contenterait pas de se plier à ses quatre volontés, comme l'assurait la marieuse. Non. Sa future femme ne ferait pas qu'écouter, opiner et obéir. Ils se parleraient, se comprendraient, ils partageraient les mêmes idées. Et aucune des jeunes filles qu'il avait rencontrées ces cinq dernières années ne correspondait à cet idéal. Aucune, jusqu'à Hidemi. Elle avait à peine dix-neuf ans et vivait dans un buraku, petite bourgade uniquement composée de fermes, près d'Ayabe. C'était une fille ravissante, menue, délicate, très douce. Un visage qu'on eût dit sculpté dans l'ivoire le plus fin, des yeux en amande, sombres et brillants comme l'onyx. La première fois qu'elle fut présentée à Masao, elle n'ouvrit pas la bouche.

Il faillit la classer dans la catégorie des « démodées » à laquelle appartenaient toutes celles qui l'avaient précédée. Il n'avait nulle envie d'une compagne qui le suivrait partout avec des airs de chien battu. Les femmes qu'il avait rencontrées depuis 1920, date à laquelle il avait obtenu un poste d'enseignant à l'université de Kyoto, étaient résolument plus audacieuses, mais elles ne l'attiraient pas davantage. Il s'agissait de filles et d'épouses de collègues, et de quelques étrangères, auxquelles il manquait indéniablement la pureté et la douceur d'Hidemi. Son idéal féminin devait associer la modernité aux plaisirs désuets de la tradition. Il n'était pas exigeant en matière d'instruction, à condition que sa fiancée partage sa soif de connaissances. Et à vingt-six ans, après deux ans de professorat, il l'avait enfin trouvée. Elle incarnait la juste mesure. C'est-à-dire la perfection. Son excessive timidité ne l'avait pas empêchée de poser à Masao, par l'intermédiaire de la marieuse, des questions pertinentes sur son métier, sa famille et ses projets. Pas un instant elle n'avait levé le regard sur lui sauf une fois, de manière fugitive, mais tellement charmante !

Et maintenant, six mois après les présentations officielles, elle se tenait à son côté, les yeux baissés, drapée dans le lourd kimono blanc que sa grand-mère avait déjà porté à son mariage, noué à la taille de la même ceinture élaborée, l'obi de brocart doré. Un petit poignard y était suspendu, de manière qu'elle puisse mettre fin à ses jours si jamais, au cours de la cérémonie, Masao décidait de la répudier. Ses cheveux noirs et lustrés étaient retenus en arrière grâce au tsunokakushi, la coiffe de mariée frangée d'ornements délicatement ouvragés — les kan zashi — ayant appartenu autrefois à sa mère. Celle-ci lui avait offert la grosse pelote de fils de soie rouge qu'elle avait brodée elle-même selon un motif compliqué. Elle s'était mise à l'ouvrage dès la naissance d'Hidemi, en priant pour que sa fille devienne plus tard une bonne épouse, sage, loyale et gracieuse. La pelote représente le symbole de l'amour maternel et de l'espoir que chaque mère investit sur l'avenir de sa fille.

Vêtu du traditionnel kimono noir et d'un manteau imprimé du blason de sa famille, Masao avait fière allure. Tous deux trempèrent à tour de rôle les lèvres dans les trois coupelles de saké béni, et le rituel shintoïste se poursuivit. Un peu plus tôt, ce jour-là, ils s'étaient rendus au temple pour une bénédiction privée et maintenant, ils allaient devenir officiellement mari et femme. Le maître de cérémonie évoqua l'importance des deux familles, dont les membres étaient réunis au grand complet, à l'exception de Takeo, le cousin de Masao. De cinq ans son aîné, il était aussi son meilleur ami. L'an passé, Takeo avait été nommé à l'université de Stanford, aux Etats-Unis, et Masao regrettait vivement son absence.

Durant la longue et solennelle cérémonie, Hidemi ne risqua pas le moindre regard vers son futur mari. Enfin, lorsque tout fut terminé, un sourire radieux éclaira son visage, tandis qu'elle s'inclinait profondément devant son époux en signe de respect. Masao s'inclina lui aussi, puis elle fut entraînée par sa mère et ses sœurs dans une pièce attenante, où elle troqua sa robe de cérémonie contre le kimono de satin rouge qu'elle devait porter pendant la réception. Si en ville les jeunes filles de bonne famille se changent jusqu'à sept fois, au cours de leurs noces à la campagne, deux tenues suffisent amplement.

C'était une journée splendide. En été, les champs d'Ayabe ont la couleur de l'émeraude. Tout l'après-midi, ils reçurent les félicitations de leurs invités, parents et amis, ainsi que les innombrables cadeaux et les enveloppes remplies de billets que les hommes remettaient à Masao.

La musique était de la fête. Une cousine d'Hidemi, venue de Fukuoka, se mit à jouer du kota, tandis qu'un couple de danseuses exécutait les lentes et gracieuses figures du bugaku. Il y avait de la nourriture à profusion : tempura, boulettes de riz, biscuits de riz salé, sucre d'orge au thé vert, pâte de riz colorée aux haricots rouges, sashimi, brochettes de poulet et de viande, toutes sortes de mets délicieux minutieusement préparés par la mère et les tantes de la mariée, sous la férule de l'obaachan, sa grand-mère. La vieille dame se réjouissait du mariage de sa petite-fille. Hidemi avait l'âge de fonder un foyer. Elle avait bien appris ses leçons et ferait une excellente épouse. L'alliance avec les Takashimaya comblait d'aise les parents d'Hidemi. Masao professait certes des idées trop modernes et par là même quelque peu choquantes, aussi choquantes que sa fascination pour la politique. Mais c'était aussi un jeune homme respectueux des traditions, issu d'une famille honorable, qui serait sans aucun doute un excellent époux.

Le jeune couple passa sa nuit des noces chez les parents de la mariée. Le lendemain, ils partirent pour Kyoto. Hidemi portait le kimono rose et carmin que sa mère lui avait offert. Elle rayonnait lorsqu'elle prit place dans le coupé rutilant, un modèle T de 1922 flambant neuf, que Masao avait emprunté à l'un de ses collègues américains.

Ils s'installèrent dans la petite maison austère de Masao où Hidemi s'appliqua à exaucer tous les vœux de son époux. Leur logis rutilait de propreté, elle observait méticuleusement les traditions et recevait avec une politesse exquise les confrères de son mari. A l'égard de ce dernier, elle faisait montre d'un immense respect. Mais parfois, se sentant d'humeur plus audacieuse, elle riait discrètement, surtout lorsqu'il lui parlait anglais. Estimant qu'elle devait apprendre au moins une langue étrangère, Masao abordait toutes sortes de sujets avec elle :

cela allait de l'administration britannique en Palestine à Gandhi, en Inde, en passant par Mussolini. Son insistance à la mettre au courant des événements politiques mondiaux amusait Hidemi. Il était si gentil, si prévenant ! Souvent, l'attirant dans ses bras, il murmurait qu'ils auraient de nombreux enfants, ce à quoi Hidemi, rouge de confusion, répondait qu'elle espérait l'honorer en lui donnant des fils.

— Mais les filles sont tout aussi honorables, Hidemi-san, disait-il gentiment.

Hidemi le fixait, incrédule. Elle se couvrirait de honte si elle ne mettait au monde que des filles. Les garçons perpétuaient le nom, et cela avait une importance capitale pour les membres de la communauté agricole d'Ayabe où elle avait grandi.

Dans les mois qui suivirent, les deux époux apprirent à mieux se connaître et à s'apprécier. Les tendres attentions de Masao touchaient Hidemi jusqu'au tréfonds de son âme. A son tour, elle s'ingéniait à lui faire plaisir. Elle préparait des plats succulents, elle ornait la maison de compositions florales magnifiques, soignant tout particulièrement le tokonoma — l'alcôve dans laquelle se trouvait la peinture sur parchemin qui constituait leur décoration la plus respectée.

Connaissant maintenant ses préférences, elle devançait ses désirs. Bientôt, elle le débarrassa de tous les soucis domestiques. Au fil du temps, il n'eut qu'à louer le ciel de l'avoir épousée. De son côté, Hidemi s'efforçait de vaincre sa timidité. En présence de Masao, elle se sentait plus à l'aise. Elle avait mémorisé plusieurs expressions anglaises, car chaque soir pendant le dîner, il continuait de lui parler cette langue. Son cousin Takeo constituait l'un de ses sujets de conversation favoris. Il était heureux en Californie, expliquait-il. Il avait épousé une kibei, une Japonaise née aux Etats-Unis, qui avait fait ses études au Japon ; une infirmière du nom de Reiko dont la famille était originaire de Tokyo. Ah… la Californie ! soupirait Masao d'un air rêveur. Il souhaitait ardemment y aller, lui aussi. Mais ses engagements professionnels le retenaient ici. Et malgré une position sociale élevée, il n'avait pas suffisamment d'argent pour s'offrir la traversée avec sa femme.

Lorsqu'elle sut qu'elle attendait un bébé, Hidemi n'en souffla mot à son mari. Et lorsque ses rondeurs commencèrent à se voir, elle se banda le ventre, selon la tradition et l'enseignement qu'elle avait reçu. Masao n'y vit que du feu. Il ne conçut ses premiers soupçons qu'au début du printemps. Ce soir-là, ils firent l'amour, très pudiquement, comme toujours. Il posa des questions. Les joues embrasées, Hidemi se détourna avant d'acquiescer. Il lui prit gentiment le menton, l'obligeant à relever la tête.

— C'est vrai, ma chérie ? Pourquoi ne m'as-tu rien dit ?

Elle le dévisageait, muette, incapable de répondre, priant le ciel pour ne pas se déshonorer en lui donnant une fille.

— Je prie jour et nuit pour que ce soit un garçon, Masao-san, murmura-t-elle finalement.

— Mais je serai aussi heureux si c'est une fille, assura-t-il joyeusement en l'enlaçant.

L'idée d'avoir des enfants, des enfants avec Hidemi, le comblait d'un bien-être indicible. Et il ne pouvait rien imaginer de plus merveilleux que d'être le père d'une petite fille, qui serait le portrait même de sa maman. Mais Hidemi ne partageait pas cette opinion.

— Ne dis pas ça ! s'écria-t-elle, effrayée, comme si la seule évocation de cette possibilité risquait de

14

la transformer en certitude. C'est un fils qu'il te faut, Masao-san.

Sur ce point, elle paraissait si inflexible qu'il en eut un sourire attendri. Pourtant, il n'avait pas menti. Masao était l'un des rares Japonais à se moquer éperdument du sexe de ses enfants. Filles ou garçons, quelle importance ? La vieille coutume qui privilégiait les mâles faisait partie de ces préjugés ridicules qu'il combattait de toutes ses forces. D'ailleurs, à la réflexion, il préférait une fille. Une petite créature dont il assurerait l'éducation, afin de la libérer du poids de la tradition. Il adorait les manières démodées de sa douce Hidemi qui, pourtant, n'était pas totalement réfractaire au modernisme. Elle témoignait une tolérance de bon ton aux goûts rénovateurs de son époux, et à sa passion pour les bouleversements politiques qui étaient en train de transformer la face du monde. Sans s'impliquer, elle écoutait avec intérêt les théories qu'il allait bientôt inculquer à leur progéniture.

— En tout cas, nous aurons un enfant des temps modernes, dit-il, tout sourire, mais elle se détourna, embarrassée.

Le comportement trop direct de Masao la déroutait parfois. Sa timidité exacerbée l'empêchait d'exprimer par des mots l'amour profond qu'elle éprouvait pour lui. L'intelligence de Masao forçait son admiration. Elle appréciait qu'il lui parle en anglais, même si elle était loin de comprendre tout ce qu'il lui disait. En un mot, elle le trouvait fascinant.

— Quand naîtra le bébé ? demanda-t-il.

Il s'aperçut en même temps qu'il n'en avait pas la moindre idée. L'année était bien avancée. Les événements survenus en Europe où les Français avaient occupé la Ruhr, réglant ainsi un vieux compte avec l'Allemagne, avaient accaparé des mois durant son attention. Mais maintenant, au regard de cette future naissance, plus rien ne comptait.

— En été, dit-elle d'une voix douce. En juillet, je crois.

Exactement un an après leur mariage. C'est une saison magnifique pour mettre au monde un enfant, songea-t-il, puis il dit :

— Je veux que tu accouches à l'hôpital.

Aussitôt, une lueur entêtée traversa les prunelles de la jeune femme. Après huit mois de vie commune, il commençait à bien la connaître. Malgré son indulgence vis-à-vis des idées de son époux, elle ne leur sacrifierait pas ses propres croyances. Lorsqu'on en venait à des questions de famille, elle s'accrochait aux traditions avec une énergie obstinée.

— Je t'en prie… pas d'hôpital. Ma mère et ma sœur viendront m'aider. Le bébé naîtra ici. En cas de besoin, nous appellerons un prêtre.

— Ce n'est pas d'un prêtre que tu auras besoin, Hidemi, mais d'un médecin.

Elle ne répondit pas, craignant de lui déplaire. Mais plus tard, quand sa grossesse fut plus avancée, elle fondit en larmes chaque fois que Masao ramena le sujet sur le tapis.

Début juin, sa mère et sa sœur arrivèrent, comme convenu. Masao n'y vit aucun inconvénient, mais il continua à se battre… contre des moulins à vent. Hidemi refusait de mettre au monde son bébé à l'hôpital de Kyoto. Tout comme elle refusait d'aller consulter un gynécologue. Les médecins et les hôpitaux l'effrayaient. Masao s'efforça en vain de la raisonner ou, à défaut, de convaincre sa belle-mère. Face à ses arguments, la mère d'Hidemi se contentait de sourire, comme si elle avait affaire à un excentrique. Elle-même avait donné la vie six fois, mais seuls quatre de ses enfants avaient survécu. L'un était mort à la naissance, l'autre avait suc-

16

combé en bas âge à une diphtérie. Elle avait une grande expérience des accouchements, tout comme sa fille aînée, qui avait déjà deux enfants, et avait aidé de nombreuses femmes lorsque celles-ci étaient arrivées à terme.

Les jours s'écoulaient. Masao se rendit compte qu'il ne parviendrait pas à les convaincre. Les trois femmes restaient sourdes à ses conseils. Désemparé, il baissa les bras, tandis que la taille d'Hidemi s'épaississait et que la chaleur suffocante de l'été la faisait transpirer à grosses gouttes. Guidée par sa mère, elle observait les rites anciens censés faciliter la délivrance. Visites quotidiennes au temple. Génuflexions. Prières. Nourriture cérémoniale. Longues promenades en compagnie de sa sœur. Le soir, à son retour du travail, Masao la trouvait toujours là. Elle tenait à lui préparer elle-même ses repas et à le servir à table, comme l'épouse dévouée qu'elle était. Elle écoutait poliment ce qu'il lui racontait mais désormais plus rien ne l'intéressait sinon sa grossesse. Elle avait l'air si menue avec son ventre énorme ! Elle était jeune et fragile, et il avait peur pour elle…

Il avait désiré ardemment des enfants, et maintenant que le moment fatidique approchait, la peur l'oppressait. La pensée que le bébé pourrait la tuer le terrifiait. Il se confia à sa propre mère. Elle le rassura. Les femmes sont faites pour mettre des bébés au monde, dit-elle. Il n'y avait aucune raison pour qu'Hidemi ne sorte pas indemne de son accouchement, même sans assistance médicale.

Mais chaque jour, l'anxiété de Masao augmentait. En rentrant un soir, vers la fin du mois de juillet, il trouva la maison vide. Hidemi ne l'attendait nulle part, ni sur la natte du salon, ni dans leur chambre, ni devant le petit brasero de brique de la cuisine. Un silence pesant régnait alentour. Il alla frapper à la porte de la chambre de sa belle-mère et de sa belle-sœur. Elles étaient là, toutes les trois. Le travail avait commencé depuis des heures. Allongée sur le matelas, un petit bâton de bois entre les dents, Hidemi tressaillait de douleur. Des nuées de vapeur mêlées à un entêtant parfum d'encens saturaient la pièce. Sa sœur, une bassine d'eau chaude sur les genoux, essuyait son front avec un linge humide. Masao recula, apeuré, avant de demander des nouvelles de sa femme. On lui répondit qu'elle se portait aussi bien que possible, puis sa belle-mère referma la cloison coulissante qui tenait lieu de battant de porte. Hidemi n'avait pas dit un mot. Aucun son n'avait franchi ses lèvres crayeuses mais il avait eu le temps d'apercevoir son visage livide… Masao s'éloigna, le cœur lourd. Mille questions le tourmentaient. La douleur n'était-elle pas trop forte pour elle ? Et si elle en mourait ? Si l'enfant était trop gros ? Ou si, ayant survécu au supplice, Hidemi ne pardonnait jamais à Masao de l'avoir mise enceinte ? Oh, elle ne lui adresserait plus jamais la parole ! Elle le rendrait responsable des souffrances qu'elle endurait maintenant. Elle le détesterait.

Les yeux de Masao s'embuèrent. Il l'aimait tant ! L'envie de revoir son doux visage le submergea. S'il s'était écouté, il aurait fait irruption dans la pièce interdite pour la serrer dans ses bras. Pour lui donner du courage. Ce n'était même pas la peine d'y songer. Une telle initiative lui attirerait l'opprobre général. Les naissances sont affaire de femmes. Nulle part au monde les hommes n'ont le droit de voir leur femme en couches. Encore moins dans son pays à lui.

Il sortit, traversa le jardin, s'assit lourdement sur un banc. L'attente se prolongeait et il en oublia de manger. Il faisait nuit quand sa belle-sœur apparut. Elle le salua en s'inclinant, puis lui tendit un plateau de sashimi, un bol de riz. Il la regarda, stupéfait. Comment avait-elle pu abandonner Hidemi à son triste sort pour préparer le repas ? La seule vue de la nourriture le révulsait mais il la remercia poliment. Enfin, il demanda des nouvelles de son épouse.

— Elle va bien, Masao-san. Avant l'aube, vous aurez un beau garçon.

Il restait plus de dix heures jusque-là. La pensée qu'Hidemi se tordrait de douleur sur le matelas, ne serait-ce qu'une heure de plus, lui parut insupportable.

— Est-ce qu'elle va vraiment bien ? insista-t-il.

— Mais oui. Elle est tout à la joie de vous donner le fils que vous avez tant désiré, Masao-san. Oui, elle est très heureuse.

Il savait bien sûr à quoi s'en tenir et eut quelque mal à ne pas réagir violemment à ces phrases convenues. Il s'imaginait Hidemi transpercée par la douleur, et cette pensée le rendait fou d'inquiétude.

— Merci. Retournez auprès d'elle. Et dites-lui… euh… dites-lui que j'en suis très honoré.

Lorsque sa belle-sœur disparut à l'intérieur de la maison, il se mit à arpenter le jardin. Il ne toucha pas au dîner, naturellement. Il n'avait aucun appétit. Il aurait voulu charger la sœur d'Hidemi d'un message plus chaleureux — « dites-lui que je l'aime » — mais cela n'aurait pas été conforme aux usages.

Il passa la nuit dans le jardin à boire du saké et à fumer cigarette sur cigarette. Ses pensées allaient vers Hidemi. Sa douceur. Leur amour. Contrairement à ses pairs, il ne chercha pas à oublier. Un autre mari aurait fait la fête avec ses amis ou serait allé se coucher en attendant les bonnes nouvelles du lendemain. Pas lui. Il ne s'asseyait sur le banc que pour se redresser, au comble de l'angoisse, croyant

19

entendre un cri déchirant ou des pleurs. Mais il n'y avait rien, rien que le silence. Il se faufila dans la maison, jusqu'à la cloison coulissante qui isolait la chambre du fond. A un moment donné, sa belle-sœur en sortit. Il lui demanda s'il fallait appeler un médecin.

— Bien sûr que non ! répliqua-t-elle un peu sèchement, comme s'il avait dit une ineptie, avant de s'éclipser.

Le jour pointait à l'horizon quand sa belle-mère vint le trouver dans le jardin. Le carafon de saké était vide. Les vêtements chiffonnés, les cheveux en bataille, Masao fumait pensivement une cigarette en contemplant les premières lueurs du soleil. Le visage de la vieille femme ressemblait à un masque de pierre aux commissures tombantes, ciselé pour exprimer à la fois le chagrin, la déception et les regrets. Le cœur de Masao bondit dans sa poitrine. Les questions se figèrent sur ses lèvres.

— Mauvaises nouvelles, dit-elle. Je suis désolée.

Il ferma les yeux, comme anéanti. Les promesses de bonheur avaient basculé dans le cauchemar. Il les avait perdus tous les deux, pensa-t-il, consterné.

— Hidemi va bien, Masao-san.

Il rouvrit les paupières, incapable de croire à sa bonne fortune. Sa gorge se serra, des larmes lui piquèrent les yeux, ce dont n'importe quel homme digne de ce nom aurait eu honte.

— Et le bébé ?

Hidemi était vivante ! Tout n'était donc pas perdu !

— C'est une fille.

Sa belle-mère gardait les yeux baissés, peinée que sa fille n'ait pas répondu aux espérances qu'elle avait mises en elle.

— Une fille ? s'exclama-t-il. Comment va-t-elle ? Est-elle vivante ?

— Bien sûr, répondit sa belle-mère, étonnée par cette question incongrue. J'en suis navrée.

Elle commença à se confondre en excuses mais Masao l'interrompit d'une voix exaltée :

— Eh bien, pas moi ! Je n'en suis pas navré du tout. J'en suis très content ! Je vous en prie, allez dire à Hidemi que je…

Sans plus attendre, il traversa le jardin à grandes enjambées, tandis que le ciel virait du rose pâle à l'orange flamboyant et que le soleil jaillissait comme une boule de feu au-dessus des collines.

— Masao-san ! Où allez-vous ? Vous n'avez pas le droit !

Il ne se retourna pas. Il avait tous les droits ! Il était ici chez lui, dans sa maison, et il allait de ce pas rendre visite à sa femme et à leur bébé. C'était peut-être contraire à la coutume mais tant pis ! Aucune loi, aucune règle ne pouvait plus l'arrêter. Il tambourina contre la cloison. Elle coulissa presque aussitôt sur sa belle-sœur, qui le regarda d'un air ahuri.

Masao lui sourit.

— Bonjour. Je veux voir Hidemi.

— Mais elle ne peut pas… elle est… oui, d'accord.

Elle s'effaça pour le laisser passer. C'était inconvenant, bien sûr, mais devant le maître des lieux, elle était obligée d'obtempérer. Après une seconde d'hésitation, elle s'éclipsa du côté de la cuisine.

— Hidemi ? appela-t-il doucement en pénétrant dans la pièce noyée de pénombre.

Elle reposait paisiblement, frissonnant sous la couverture. Ses cheveux tirés en arrière dévoilaient son front blême et ses traits tirés mais il ne l'en trouva que plus belle. Elle tenait dans ses bras le bébé, si serré dans ses langes qu'on ne lui voyait que la figure, et Masao se pencha sur le petit visage endormi, qui semblait sculpté dans l'ivoire, comme celui d'une statue minuscule.

— Comme elle est jolie ! murmura-t-il. Elle est absolument parfaite… Et toi ? Comment te sens-tu, Hidemi-san ?

— Ça va, dit-elle, et l'espace d'un instant elle parut plus sage et plus âgée.

Cette nuit, elle avait accompli le long et périlleux parcours qui mène de l'adolescence à l'âge adulte. Un voyage semé d'embûches, qui avait été bien plus pénible qu'elle ne l'avait imaginé.

— Tu aurais dû me laisser te conduire à l'hôpital, reprocha-t-il, mais elle secoua la tête en guise de réponse.

Elle se sentait infiniment plus en sécurité ici, entourée de sa mère et de sa sœur, près de son mari qui avait attendu toute la nuit dans le jardin.

— Pardon, Masao-san. Je suis si triste que ce soit une fille, chuchota-t-elle, les yeux brillants de larmes.

Sa mère avait raison. Elle l'avait trahi.

— Hidemi, ça m'est égal. Ne t'avais-je pas dit que je souhaitais une fille ?

— Tu es complètement fou ! repartit-elle, au risque d'être taxée d'impertinence.

— Tu es plus folle que moi si tu penses qu'une fille vaut moins qu'un garçon. Au nom de quoi, grands dieux ? Un jour, nous serons fiers d'elle, Hidemi-san, tu verras. Elle parlera plusieurs langues. Elle fera le tour du monde… Elle… elle vivra comme il lui plaira, sans contraintes, en toute liberté.

Hidemi étouffa un rire. Il était si bête parfois, et cela ne le rendait que plus attachant. Il lui prit la main en se penchant pour l'embrasser sur le front. Ensuite, il s'assit près du lit et se mit à admirer le bébé, le cœur gonflé de fierté. Il était sincère. Il était vraiment ravi d'avoir une fille.

— Elle est aussi jolie que sa maman. Comment l'appellerons-nous ?

— Hiroko, sourit Hidemi.

Ce nom lui plaisait. C'était celui de sa défunte sœur.

— Hiroko... Hiroko-san, répéta-t-il gaiement, tandis que son regard passait de la mère à l'enfant. Hiroko, tu seras une femme moderne, d'accord ?

Hidemi pouffa. Elle avait presque oublié l'atroce douleur qui l'avait déchirée pendant si longtemps.

— Elle aura bientôt un frère, promit-elle.

Elle était prête à recommencer. C'était la moindre des choses. Masao méritait d'avoir des fils. La vie d'Hidemi n'aurait plus de sens si elle ne lui en donnait pas. Oui, ils auraient un garçon la prochaine fois, elle le souhaitait du fond du cœur.

— Ma chérie, repose-toi.

Elle hocha faiblement la tête. Sa sœur entra dans la chambre sur la pointe des pieds, avec le thé. Hidemi avait perdu énormément de sang. Épuisée, elle ferma les yeux et peu après Masao quitta la pièce. Sa belle-mère revint à ce moment-là. Elle déplia le paravent fusama devant le lit, puis tendit les mains vers le nourrisson.

Pendant ce temps, Masao marchait dans le jardin. De sa vie, il n'avait été aussi heureux. Il avait un enfant, une adorable petite fille. Un jour, elle serait quelqu'un, il en était convaincu. Elle parlerait l'anglais à la perfection, peut-être même le français. Et l'allemand. Et elle serait brillante, un véritable puits de science. Oh, elle apprendrait vite, il le sentait dans toutes les fibres de son corps. Elle représentait l'accomplissement de tous ses rêves. Elle deviendrait une jeune Japonaise moderne.

Il sourit au soleil, qui poursuivait son ascension

dans le ciel, en se disant qu'il avait une chance inouïe. Il avait tout pour être heureux. Une épouse jeune et belle, et maintenant une petite fille ravissante. Plus tard — pourquoi pas ? — un garçon serait le bienvenu. Pour le moment, il n'y songeait même pas. Il avait exactement ce qu'il désirait.

Lorsque, finalement, il se retira dans sa chambre et s'allongea sur son futon, son sourire s'épanouit. Ses pensées se tournèrent vers sa famille. Vers sa chère Hidemi. Et vers leur fille, Hiroko.

2

Le tremblement de terre qui détruisit Tokyo et Yokohama cette année-là, dans la première semaine de septembre, atteignit Kyoto avec moins d'intensité. Hiroko était âgée de sept semaines à peine. Lorsque les secousses se firent sentir, sa mère, terrorisée, la serra désespérément dans ses bras. Masao rentra précipitamment à la fin de l'alerte. Le séisme avait provoqué l'effondrement des immeubles voisins mais, comme par miracle, avait épargné leur maison. Ils apprirent plus tard la destruction de Tokyo. La plus grande partie de la capitale avait été rasée et livrée aux incendies. Des semaines durant, les rescapés, hagards et affamés, avaient erré dans les rues à la recherche d'un peu d'eau.

C'était le tremblement de terre le plus meurtrier de l'histoire du Japon, et Masao se surprit à ressasser son vieux rêve : partir pour la Californie, comme son cousin Takeo.

— Là-bas aussi il y a des catastrophes naturelles, lui rappela tranquillement Hidemi.

Malgré les risques de nouvelles secousses sismiques, elle ne voulait pas quitter son pays. Masao avait obtenu récemment une promotion. Mais, à ses yeux, sa famille, maintenant qu'il en avait une, primait sa carrière.

— Mais beaucoup moins qu'ici ! cria-t-il, à bout de nerfs.

Il avait eu une peur bleue pour elle et pour le bébé. Dans les jours qui suivirent ils découvrirent, horrifiés, l'ampleur du désastre. Toute la famille de Reiko, la femme de Takeo, avait péri à Tokyo. D'autres amis avaient perdu des parents et des proches. La plupart de leurs relations avaient été touchées. Le fléau avait plongé le Japon tout entier dans le deuil.

Mais au fil du temps, la tension s'apaisa. Remis de ses émotions, Masao se plongea une fois de plus dans sa passion, la politique. Les nouvelles de l'étranger étaient plus qu'alarmantes. La guerre se poursuivait en Chine tandis qu'en Allemagne des émeutes sanglantes avaient éclaté. En novembre, Adolf Hitler, chef du parti national-socialiste, fomenta avec ses partisans un coup d'Etat contre le gouvernement légitime. Ayant échoué, il fut arrêté.

La personnalité trouble de ce jeune extrémiste intriguait Masao au plus haut point. Il en brossa longuement le portrait à ses étudiants, certain que cet individu parviendrait un jour à s'emparer du pouvoir en Allemagne.

En janvier, Lénine mourut, et sa succession à la tête de l'Union soviétique suscita des débats passionnés entre Masao et ses amis intellectuels. Et en février, il se rendit compte qu'Hidemi était à nouveau enceinte. Cette fois-ci, le bébé naîtrait en juin. Tous les jours, elle allait prier au temple, dans l'espoir d'avoir conçu un garçon — même si son mari affirmait qu'une deuxième fille serait la bienvenue. Hiroko n'avait que sept mois mais Hidemi avait déjà commencé à confectionner la pelote de cérémonie en fils de soie rouge, identique à celle que sa propre

26

mère lui avait offerte pour son mariage. La petite fille s'épanouissait. Quand elle n'était pas suspendue dans le dos de sa mère à l'aide d'une large bande de tissu, elle circulait à quatre pattes dans la maison en gazouillant. Son babil incompréhensible faisait fondre de tendresse son papa. Masao lui parlait anglais. Hidemi était maintenant à même, elle aussi, de soutenir une conversation courante dans cette langue. Masao était fier d'elle. C'était une épouse dévouée, une compagne loyale, une mère affectueuse. Dans ses lettres à Takeo, il mentionnait toujours sa chère épouse. Souvent, il glissait dans l'enveloppe des photos du bébé. Hiroko était jolie comme un cœur, même si elle était un peu trop menue pour son âge — plus délicate encore que sa mère. Mais malgré sa petite taille, elle débordait d'énergie. De plus, elle était précoce, car elle commença à marcher à neuf mois.

Hidemi était dans son septième mois de grossesse lorsque sa fille fit ses premiers pas. Son ventre paraissait encore plus énorme que la première fois. De nouveau, Masao tenta l'impossible pour la persuader d'accoucher à l'hôpital. Mais, bien sûr, elle ne voulut rien savoir.

— Pourquoi ? Tout va très bien se passer. J'ai l'habitude, maintenant, répondit-elle fermement.

Sa sœur aînée ne pourrait pas l'assister ; elle attendait également un heureux événement mais sa mère s'était déjà portée volontaire.

— Hidemi-san, je t'en prie, sois raisonnable. On est en 1924, pas au Moyen Age. Que tu le veuilles ou non, tu seras mieux soignée à l'hôpital. Et le bébé aussi.

En dehors des magazines de sciences politiques, pour ses conférences à l'université, il dévorait toutes les revues médicales qui lui tombaient sous la main. Il se tenait au courant des progrès accomplis dans tous les domaines de la médecine, y compris celui de l'obstétrique. Sachant tout sur les complications relatives aux accouchements, il s'insurgeait plus que jamais contre les naissances à la maison. Moins avertie que lui, Hidemi s'entêtait. Non, elle n'irait pas à l'hôpital !

Sa mère arriva début juin, trois ou quatre semaines avant la naissance du bébé. Elle prit Hiroko sous son aile protectrice, ce qui laissa à Hidemi un peu de temps libre. Les deux époux en profitèrent pour passer un week-end à Tokyo, que les travaux de reconstruction avaient transformé en un gigantesque chantier. Cinq jours après leur retour à Kyoto, alors qu'ils faisaient la sieste, Masao remarqua l'agitation d'Hidemi. Elle ne tenait pas en place. Elle finit par se lever. Il se hâta de la rejoindre dans le jardin, lui demandant si le travail avait commencé. Après une seconde d'hésitation, elle acquiesça. Un an plus tôt, elle n'aurait avoué pour rien au monde une chose aussi intime à son époux, mais au bout de deux ans de mariage, elle se sentait plus en confiance.

Il avait depuis longtemps renoncé à la conduire à l'hôpital. Il voulut savoir si elle souffrait, s'il fallait qu'il prévienne sa mère. Hidemi hocha la tête. L'espace d'une seconde, elle posa sur lui un drôle de regard, puis sa main chercha la sienne.

— Quelque chose ne va pas ? s'alarma Masao. Hidemi, il faut me le dire.

Elle se taisait, accablée. Connaissant sa propension au secret, il n'en fut que plus inquiet.

— Tu me dois l'obéissance, insista-t-il, détestant ce recours intempestif à son statut de seigneur et maître. Qu'est-ce qui ne va pas ?

Silence. Elle avait détourné la tête mais il avait eu le temps d'apercevoir son visage bouleversé.

— Hidemi-san, réponds-moi !

28

Elle leva vers lui ses immenses yeux sombres et brillants qu'il chérissait si tendrement, et qui lui rappelaient toujours les yeux de leur fille.

— J'ai peur, Masao-san.

— De quoi ? De l'accouchement ?

Son cœur, empli de compassion, bondissait vers elle. Au souvenir de ses souffrances passées, il tressaillit. Pourvu que cette fois-ci ce soit plus facile, pensa-t-il, affolé, mais Hidemi secoua la tête. L'ombre de la tristesse assombrit ses traits fins un instant. A vingt et un ans, elle avait à la fois l'air d'une petite fille et d'une femme accomplie. De sept ans son aîné, Masao se sentait obligé de la protéger, comme un père.

— J'ai peur que ça ne soit pas un garçon, confia-t-elle d'une voix désespérée.

Il l'attira gentiment dans ses bras, la tint enlacée un long moment.

— Alors, tant mieux ! Nous n'aurons peut-être que des filles. Et j'en serai ravi. Tout ce que je veux, c'est que tu ne souffres pas. Le reste m'importe peu.

Elle n'en était pas si sûre. Hidemi s'était précipitée dans cette nouvelle grossesse à seule fin de lui donner un fils. Un héritier qui lui apporterait l'honneur exigé par la tradition. C'était le cadeau le plus précieux qu'elle pouvait offrir à l'homme qu'elle aimait.

Lorsque sa mère vint la chercher, elle se retourna et jeta à Masao un regard pitoyable. Ensuite, elle se laissa entraîner vers la maison à contrecœur. Si seulement il avait pu l'accompagner ! Elle savait que leurs relations n'avaient rien de commun avec celles des autres couples japonais. Masao était différent des autres hommes. Plus présent. Plus serviable. Plus enclin à s'occuper d'Hiroko. Et maintenant que les premières crampes lui tordaient les entrailles, elle aurait voulu qu'il reste à son côté. Mais elle n'aurait jamais osé exprimer un tel souhait. Les gens n'auraient pas compris. De toute façon, ils étaient incapables de comprendre…

Des heures durant, elle demeura allongée dans la chambre du fond, bercée par des images rayonnantes. Masao souriant. Masao se penchant sur elle. A l'intensité de la douleur, elle sut que le bébé n'allait pas tarder à arriver. Elle avait souffert en silence tout l'après-midi à seule fin de prolonger le bien-être que lui procurait la présence de Masao. Sa compagnie. Le doux contact de ses mains. Elle avait voulu rester près de lui et près d'Hiroko le plus longtemps possible. Et maintenant, il fallait qu'elle se montre courageuse. Elle planta les dents dans le petit bâton de bois que sa mère lui tendait pour étouffer ses cris. Oh, elle ne crierait pas. Elle ne ferait rien qui déshonorerait son époux bien-aimé.

Des heures s'étaient écoulées, mais aucun progrès n'avait été accompli. Le bébé ne bougeait pas. La mère d'Hidemi avait beau l'examiner, elle ne constatait aucune dilatation. Aucun mouvement. Rien. Il n'y avait que les vagues interminables de la douleur. A l'approche du matin, Hidemi crut perdre la raison.

Masao était venu tambouriner à plusieurs reprises contre la cloison coulissante. Chaque fois, sa belle-mère l'avait salué en s'inclinant, avant de l'assurer que tout allait pour le mieux. Mais aux premières lueurs de l'aube, il perçut la frayeur de la vieille femme.

— Que se passe-t-il ?

Son inquiétude n'avait fait qu'augmenter au fil des heures. Il n'aurait pas su dire pourquoi mais il avait la conviction que cette fois-ci c'était différent. Le précédent accouchement s'était déroulé dans une atmosphère plus calme, peut-être parce que les sages-femmes étaient deux. Aujourd'hui, seule la mère d'Hidemi était là, et elle semblait mécontente.

— Le bébé ne vient pas ? demanda-t-il. (Et lorsqu'elle fit oui de la tête :) Puis-je la voir ?

Sa belle-mère le regarda un instant, horrifiée par son audace. Elle ouvrit la bouche pour rétorquer que non, que ce n'était pas possible, mais devant l'expression déterminée de son gendre, elle se ravisa. Elle le laissa entrer, puis le suivit à l'intérieur de la pièce. En se penchant sur le matelas, Masao réprima un cri. Hidemi gémissait doucement. Elle avait serré si fort le bâton de bois entre ses dents qu'il s'était cassé en deux morceaux. Masao les lui retira de la bouche. Il sentait sous ses paumes le ventre d'Hidemi, rigide et contracté, tandis qu'il lui posait des questions auxquelles elle ne répondait pas. Elle ne pouvait pas répondre. Elle ne l'entendait plus. En y regardant de plus près, il constata qu'elle était inconsciente. Elle respirait à peine. Nul besoin d'avoir fait des études de médecine pour se rendre compte qu'elle était en train de mourir…

Furieux, terrifié, il fusilla sa belle-mère du regard.

— Pourquoi ne m'avez-vous pas appelé ? s'écria-t-il.

Les lèvres d'Hidemi, tout comme ses ongles, accusaient une teinte bleutée. Il se demanda, affolé, si le bébé était toujours vivant. Le travail avait commencé depuis des heures et maintenant, il était peut-être trop tard.

— Elle est jeune. Elle se débrouillera, marmonna sa belle-mère d'une voix mal assurée, tandis que Masao s'élançait comme un fou hors de la pièce, puis de la maison.

Il courut jusqu'à la demeure la plus proche. Il regrettait amèrement de ne pas avoir fait installer une ligne téléphonique mais Hidemi l'avait persuadé que ce n'était pas nécessaire, qu'en cas d'urgence leurs familles pourraient toujours leur laisser un message chez les voisins. Il appela l'hôpital où il aurait dû la conduire sans tenir compte de ses protestations. Il s'en voulait terriblement de n'avoir pas insisté. Il retourna chez lui, dans un état proche de la déraison. En attendant l'ambulance, il se mit à bercer sa femme dans ses bras. Il la sentait lui échapper, glisser dans un coma profond. Son ventre s'était davantage raidi. Même sa mère semblait impuissante, et de toute façon, ses vieilles recettes n'auraient servi à rien. Quand l'ambulance arriva enfin, le visage d'Hidemi avait viré au gris poussière. Le médecin s'étonna qu'elle soit encore en vie.

Ils l'emportèrent sur une civière. Masao pria sa belle-mère de rester avec Hiroko avant de monter dans l'ambulance derrière le médecin. Celui-ci vérifiait constamment les signes vitaux de la patiente. Alors qu'ils approchaient de l'hôpital, il leva les yeux sur Masao.

— Votre femme est au plus mal, dit-il, confirmant ses pires craintes. J'ignore si nous parviendrons à la sauver. Elle a perdu beaucoup de sang. Je crois que le bébé se présente par le siège. Elle a souffert inutilement pendant des heures et ça l'a épuisée. Elle est très faible, monsieur Takashimaya.

Chaque phrase résonna aux oreilles de Masao comme une sentence de mort.

— Sauvez-la, docteur, assena-t-il d'une voix rauque et autoritaire, une voix méconnaissable. Sauvez-la !

— Nous ferons de notre mieux, répondit l'homme en blanc, tentant de le rassurer.

Masao ressemblait à un demi-fou, avec ses cheveux en bataille et ses yeux hagards.

— Et le bébé ?

Il voulait la vérité, toute la vérité, si affreuse fût-elle. Comme il avait été stupide ! Pourquoi avait-il accepté qu'elle accouche à la maison ? Pourquoi lui, le progressiste, s'était-il incliné devant l'obscurantisme et l'ignorance ? Et voilà, les vieilles superstitions s'étaient une fois de plus avérées dangereuses, sinon fatales.

— Le fœtus est vivant. J'entends les pulsations de son cœur, répondit le médecin. Malheureusement, elles sont irrégulières. Avez-vous d'autres enfants, monsieur ?

— Une fille, murmura Masao, les yeux fixés sur le visage livide d'Hidemi.

— Désolé.

— Docteur, sauvez-la, je vous en supplie.

La respiration d'Hidemi n'était plus qu'un faible souffle. Sa vie ne tenait plus qu'à un fil si ténu qu'il pouvait à tout instant se briser. Inéluctablement, elle s'enfonçait et rien ne semblait capable de la tirer du gouffre dans lequel elle sombrait.

— Il faut attendre que nous soyons à l'hôpital, dit le médecin.

«Si elle vit jusque-là», pensa-t-il en même temps, ce dont il doutait. Et même si c'était le cas, survivrait-elle à la césarienne sans laquelle elle et son enfant étaient condamnés ? C'était presque sans espoir.

L'ambulance fonçait dans les rues, sirène hurlante. Au bout d'un trajet interminable, ils arrivèrent à destination. A peine la voiture arrêtée, Hidemi fut emportée au pas de course au bloc opératoire. En voyant le chariot s'engouffrer dans le long couloir, Masao se demanda s'il la reverrait vivante. Il alla s'asseoir dans une salle d'attente. Les images des temps heureux le submergeaient. Un bonheur trop court, hélas. Il avait peine à croire que c'était fini, et il se détesta de l'avoir mise enceinte.

Deux heures plus tard, une infirmière apparut. Elle commença par le saluer dans la plus pure des traditions, et il réprima une furieuse envie de l'étrangler. Il n'avait pas besoin de courbettes. Il voulait savoir comment se portait sa femme.

— Vous avez un fils, Takashimaya-san, déclara-t-elle poliment. Un superbe petit garçon.

Il était bleu quand il avait été libéré de son cocon de chair mais il avait récupéré rapidement, contrairement à sa mère, qui gisait toujours entre la vie et la mort sur la table d'opération. L'issue demeurait plus qu'incertaine. Le souffle de Masao se bloqua au fond de sa poitrine.

— Et ma femme ?

— Elle est encore en chirurgie, monsieur. Le docteur souhaitait que vous soyez informé au sujet du bébé.

— Va-t-elle s'en sortir ?

— Le docteur vous tiendra au courant personnellement, répondit-elle après un bref silence.

C'était peu probable… Elle le gratifia d'une nouvelle courbette avant de s'éclipser. Masao se planta devant la fenêtre. Il avait un fils mais la peur de perdre Hidemi ternissait sa joie.

Une éternité se passa avant que le chirurgien arrive. Il était presque midi mais Masao l'ignorait. Il avait perdu la notion du temps. Le bébé était né à neuf heures du matin, et il avait fallu trois heures de plus pour sauver la mère. Mais ils l'avaient sauvée… Elle avait perdu d'énormes quantités de sang, expliqua le chirurgien à Masao. Il était au regret de lui annoncer qu'ils n'auraient pas d'autres enfants. Là-dessus, aucun doute ne subsistait. Elle ne pourrait plus jamais concevoir. Mais elle était vivante, et c'était déjà formidable. Elle allait devoir rester au lit pendant quelques semaines, après quoi elle serait remise sur pied…

— Merci, murmura Masao, en larmes, ne sachant

34

plus s'il s'adressait au docteur ou aux dieux. Merci beaucoup.

Il resta toute la journée à l'hôpital. Il avait appelé ses voisins et les avait chargés d'annoncer les bonnes nouvelles à sa belle-mère. Ensuite, il s'était rendu à la nursery. Son fils somnolait paisiblement en suçant son pouce. C'était un bébé magnifique. Hidemi lui avait choisi un nom des mois plus tôt : Yuji. Par superstition, elle avait catégoriquement écarté tous les prénoms féminins.

Il ne put voir sa femme avant la fin de l'après-midi. Malgré les transfusions, elle était blême. Une intraveineuse lui piquait la saignée du bras, les doses massives d'antalgiques l'avaient assommée, mais elle reconnut aussitôt Masao et lui sourit. Il se pencha pour lui effleurer le front d'un baiser. Il souhaitait presque la voir rougir, afin qu'un peu de couleur vienne raviver la pâleur effrayante de ses joues.

— Tu as un fils, dit-elle, triomphante.

Mais à quel prix…

— Je sais, répondit-il en souriant. Et j'ai aussi une femme. J'ai eu si peur, ma chérie, si tu savais… Toutes ces croyances démodées ! Hidemi, je ne veux plus en entendre parler. Plus jamais, comprends-tu ?

Il venait de réaliser à quel point il tenait à elle.

— La prochaine fois, j'irai à l'hôpital, fit-elle, conciliante, et il n'osa la détromper.

C'était trop tôt pour lui dire la vérité. Une vérité qui en soi n'avait rien de dramatique. Ils avaient deux enfants, une fille et un garçon, c'était amplement suffisant. Hidemi avait accompli son devoir, elle pouvait se retirer avec les honneurs.

— Je me contenterai de toi, d'Hiroko et de Yuji.

Yuji… C'était exaltant de prononcer ce nom.

— Comment est-il ? demanda-t-elle doucement, sa main nichée dans celle de son mari, ignorant qu'elle avait frôlé la mort.

— On dirait un petit samouraï. Je crois qu'il ressemble à mon père, dit-il, plein de gratitude.

— Il sera beau et intelligent comme toi, Masao-san, murmura-t-elle, luttant contre le sommeil qui peu à peu la gagnait.

— Et doux comme sa maman.

— Tu lui apprendras l'anglais, déclara-t-elle, et son air sérieux arracha un rire à Masao. Et nous l'emmènerons chez tes cousins en Californie.

Au lieu de se reposer, elle faisait des projets pour son fils. Masao entra dans son jeu.

— Nous l'enverrons à l'université là-bas, oui. Et peut-être Hiroko aussi. Elle adorera Stanford.

Hidemi rouvrit les paupières.

— Hiroko est une fille. Tu as un fils maintenant.

— Mais une fille moderne, répliqua-t-il en s'asseyant près du lit. Elle fera exactement les mêmes choses que Yuji.

Elle émit un rire aérien. Elle le trouvait si drôle, avec ses idées modernes, et elle le chérissait tant !

— Merci, Masao-san. *Thank you very much*, plaisanta-t-elle, se laissant sombrer dans un sommeil réparateur, sans lâcher la main de son époux.

— De rien, mon amour, murmura-t-il d'une voix émue, en avançant sa chaise plus près du lit.

3

— Non ! dit-elle avec véhémence.

La vieille dispute avait de nouveau éclaté entre les deux époux, mais Hidemi tenait bon.

— C'est une fille, pas un garçon, reprit-elle. C'est ici qu'elle doit vivre, avec nous. A quoi cela lui servira-t-il de s'expatrier en Californie ?

De toutes ses forces, elle refusait d'envoyer sa fille dans une université américaine.

— Elle a presque dix-huit ans, expliqua patiemment Masao, pour la énième fois. Elle parle anglais couramment mais elle manque de pratique. Un an ou deux aux Etats-Unis lui feront le plus grand bien.

Il souhaitait qu'Hiroko entreprenne des études de quatre ans mais n'osait l'affirmer clairement de crainte de se heurter à un refus encore plus catégorique.

— Les voyages forment la jeunesse. Et les études ouvrent l'esprit. Mon cousin et sa femme prendront soin d'elle, poursuivit-il, tandis qu'Hidemi secouait la tête d'un air obstiné.

Takeo et sa femme avaient trois enfants et vivaient à Palo Alto ; ils formaient un couple uni tout à fait respectable, bien sûr, mais de là à leur confier Hiroko…

— Tu n'as qu'à leur envoyer Yuji l'année prochaine.

Masao la regarda pensivement. Je n'y arriverai pas, se dit-il, découragé. Il s'était promis d'aider Hiroko à se forger une personnalité épanouie. Mais la jeune fille, qui avait hérité de la timidité maladive de sa mère, semblait très attachée aux valeurs traditionnelles. Les idées révolutionnaires de son père ne la passionnaient pas. Alors que son frère cadet, lui, brûlait de s'affranchir au plus vite. En cela, il avait pris du côté de Masao.

— Nous enverrons Yuji aussi, en temps et en heure. Je pense néanmoins que ce serait une expérience inoubliable pour Hiroko. Elle sera entre de bonnes mains, là-bas. Songe à tout ce qu'elle apprendra.

— Oui, la mentalité américaine, assena Hidemi d'un ton désapprobateur qui arracha un soupir excédé à son mari.

Quand il s'agissait de ses enfants, et plus particulièrement de sa fille, Hidemi défendait farouchement ses opinions. D'ailleurs, elle avait réussi à les inculquer à Hiroko. Celle-ci, dûment chapitrée par sa mère et sa grand-mère, décédée un an plus tôt, avait grandi dans le respect des traditions. Masao, lui, était d'un avis différent. Il désirait ardemment offrir à sa fille les mêmes possibilités qu'à son fils, chose impensable au Japon.

— Elle peut perfectionner son anglais ici. Comme moi, reprit fermement Hidemi.

— Tu n'as qu'à l'expédier dans un monastère bouddhiste, pendant que tu y es. Ou demander à une marieuse de lui trouver un époux convenable. Tu n'as pas l'intention de la laisser vivre sa vie, n'est-ce pas ?

— Bien sûr que si ! Qu'elle aille à l'université de

Kyoto si elle en a envie. Ou à Tokyo. Mais pas en Californie. C'est trop loin.

— Hidemi, réfléchis. Vas-tu la priver de ce voyage sans en concevoir aucun remords ? Je ne te demande pas la lune. Je te demande un an. Une toute petite année scolaire. Elle t'en saura gré, crois-moi. Elle se fera des amis, connaîtra d'autres gens, d'autres mœurs. Et elle poursuivra ses études au Japon, après. Si tu l'autorises à partir, elle ne sera plus jamais la même.

— Pourquoi essaies-tu de me faire porter la responsabilité de son avenir ?

— Parce que je te connais. Tu aimerais la garder pour toujours dans tes jupons. Tu voudrais l'enfermer dans une cage pour la transformer en une gentille petite colombe effarouchée, dépourvue de toute initiative, imprégnée de tous les vieux préjugés que ta chère mère t'a enseignés. Ouvre la cage. Laisse-la s'envoler comme un bel oiseau. Elle nous reviendra. Mais ne lui brise pas les ailes sous prétexte que c'est une fille, Hidemi. Le monde est déjà suffisamment cruel pour les femmes…

A court d'arguments, Hidemi baissa la tête. Son mari excellait dans ce genre de débat. Mais elle-même s'estimait parfaitement satisfaite de sa condition de femme et d'épouse. Grâce à la largeur d'esprit de son mari, c'était vrai. Masao n'abusait jamais de son autorité masculine. Et Hidemi n'était pas complètement sourde à ses discours, ni à la voix de sa conscience… Il fallut un mois de plus pour qu'elle capitule. Ils se mirent enfin d'accord : Hiroko partirait à San Francisco une année, peut-être plus, si elle en exprimait le désir. Takeo l'avait inscrite à Saint Andrew, un collège de jeunes filles. Une excellente université, au dire de Masao. Hidemi finit par admettre à contrecœur que le jeu en valait peut-être la chandelle. Puisque les femmes sacrifiaient dorénavant à la mode des études, autant qu'Hiroko en profite pleinement. Elle-même, au même âge, n'y aurait pas songé. Et elle ne regrettait rien. Elle était très heureuse comme ça, avec son mari et ses enfants.

Yuji commença par trouver l'idée « géniale ». Il déclara ensuite qu'il avait hâte de partir à son tour à Stanford. Il conclut que sa grande sœur avait bien de la chance. Père et fils exultaient, mais Hiroko n'avait pas l'air de partager leur enthousiasme.

— Tu n'es pas contente de partir ? Regarde, tu as même la bénédiction de ta maman, lui dit Masao, ravi d'avoir remporté une victoire éclatante sur ce qu'il appelait les forces obscures du passé.

Après un silence hésitant, Hiroko l'assura de toute sa gratitude. Avec ses traits fins et sa silhouette pleine de grâce, elle ressemblait à une fragile poupée de porcelaine. Elle était encore plus jolie, plus délicate et plus timide que sa mère. Et comme sa mère, elle s'efforçait de mener une existence effacée, conforme aux traditions. Sa grand-mère l'avait instruite sur ses futurs devoirs au sein d'une société dominée par le pouvoir des hommes, et Hiroko se sentait à son aise dans le rôle de ménagère qui lui serait bientôt échu. Elle vouait un véritable culte aux vieux usages, aux coutumes que son père combattait avec une énergie qu'elle avait du mal à comprendre. Sur ce point, elle paraissait plus récalcitrante qu'Hidemi, car celle-ci avait développé au fil des ans un profond respect à l'égard des conceptions modernes de Masao, alors que Hiroko, elle, s'en désintéressait. Pire. Elle s'en méfiait. Elle se considérait comme une jeune fille toute simple et n'avait nulle envie de tenter l'aventure californienne. Mais pour rien au monde elle n'aurait désobéi à son père.

— Tu n'es pas contente ? répéta-t-il.

Elle acquiesça, essayant d'adopter un air enchanté, mais sans y parvenir. En l'observant, Masao en eut le cœur brisé. Il connaissait bien sa fille et la chérissait tendrement. Il aurait préféré mourir plutôt que de la rendre malheureuse.

— Hiroko, tu ne veux pas y aller ? Sois sincère, je t'en prie. Nous n'avons pas pris la décision de t'envoyer aux Etats-Unis pour te punir. Nous avons pensé, ta mère et moi, que c'était important pour ton avenir.

Son salaire subirait une lourde ponction mais il pensait que ses enfants méritaient tous les sacrifices.

— Je… euh… balbutia-t-elle, butant sur chaque syllabe, tandis qu'elle déployait des efforts surhumains pour contenir le flot de ses émotions. Je ne veux pas vous quitter, c'est tout, réussit-elle à articuler, les yeux mouillés de larmes. L'Amérique est si loin… Pourquoi ne m'inscrirais-je pas à l'université de Tokyo ?

Elle leva les yeux vers Masao et il faillit fondre en larmes, lui aussi.

— Je sais que c'est plus facile de rester, Hiroko, mais l'Amérique…

Il s'interrompit, songeur. Est-ce qu'il ne projetait pas sur sa fille ses propres désirs ? Est-ce qu'il ne cherchait pas à réaliser ses propres ambitions à travers ses enfants ? Toute sa vie il avait rêvé de l'Amérique. Depuis vingt ans, il enviait Takeo. Et maintenant, il allait offrir à sa fille, puis à son fils, le voyage qu'il n'avait jamais accompli lui-même.

— Ma chérie, c'est pour un an seulement. Si tu n'aimes pas le collège, si tu ne t'y plais pas, tu reviendras. Mais si tu t'y trouves bien… Yuji viendra te rejoindre l'année prochaine. Vous serez ensemble.

— Mais sans vous. Sans toi et maman, répondit-elle, les lèvres tremblantes, en baissant les yeux pour lui manifester son respect.

Il l'entoura de ses bras, s'étonnant comme toujours de sa minceur.

— Tu nous manqueras, ma chérie. Mais nous t'écrirons. Et tu auras oncle Tak et tante Reiko.

— Je ne les connais pas.

— Ils sont très gentils. Ils sont formidables.

Hiroko hocha la tête, à moitié convaincue. Oncle Takeo leur avait rendu une brève visite neuf ans plus tôt. Elle s'en souvenait à peine. Tante Reiko n'avait pas pu l'accompagner, car elle était enceinte de leur dernière petite fille, Tamiko.

— Tu vas les adorer. Ils s'occuperont de toi comme si tu étais leur propre fille. Hiroko, je t'en prie, essaie. Ne te prive pas de cette opportunité.

Il avait économisé sou après sou pour lui offrir ce voyage. Il avait dû se battre bec et ongles pour convaincre Hidemi. Et maintenant qu'il y était parvenu, Hiroko affichait un air si malheureux qu'il en était venu à douter de lui-même.

— D'accord. J'essaierai, père. Pour toi.

Ce disant, elle s'inclina profondément. Il retint un soupir. Il aurait donné dix ans de sa vie pour la voir abandonner ces attitudes démodées.

— Pas pour moi, Hiroko. Si tu le fais, ce sera pour toi. Je voudrais que tu sois heureuse, là-bas.

— J'essaierai, répéta-t-elle d'une voix presque inaudible.

Des larmes glissaient silencieusement sur ses joues. Désemparé, Masao la serra dans ses bras. Il s'accusait mentalement d'être un monstre. Mais il continuait d'espérer qu'une fois de l'autre côté du Pacifique, Hiroko retrouverait sa joie de vivre.

Le jour du départ arriva trop vite. On eût dit qu'une chape de plomb s'était abattue sur la maison. Les yeux embués, Hiroko sortit dans le jardin et laissa errer alentour un regard désespéré, comme si elle était certaine de ne plus jamais revoir son frère et ses parents. Elle alla s'agenouiller devant le petit autel domestique avant de suivre sa mère vers la voiture, qui démarra en direction de Kobe. A l'avant, Masao bavardait avec Yuji. A l'arrière régnait un calme absolu. Hiroko regardait par la vitre et, assise à son côté, Hidemi cherchait en vain un mot de réconfort. Elle aurait voulu lui donner du courage, mais n'ayant rien trouvé, elle se cantonna elle aussi dans le silence. Hiroko avait perdu le sourire. Depuis quelques jours, elle n'avait plus évoqué la traversée, ni l'Amérique, ni leurs cousins. A présent, elle ne desserrait pas les dents. Elle demeurait immobile, presque prostrée. Bientôt, elle allait être arrachée à son pays natal et chaque bâtiment, chaque arbre, chaque touffe d'herbe qui défilait derrière la vitre ne faisait que raviver son angoisse.

Sa mère l'avait aidée à boucler sa malle, puis ils l'avaient expédiée à la NYK Line, la compagnie maritime responsable de la traversée. Le court trajet jusqu'à Kobe lui parut interminable. Les tentatives de Yuji pour alléger l'atmosphère furent vaines. C'est à peine si un faible sourire se dessina sur ses lèvres. D'ordinaire, Hiroko n'appréciait que très moyennement les facéties de son frère. Aujourd'hui, elle les goûtait encore moins. Mais en dépit de leurs différences, frère et sœur se vouaient une profonde affection. Souvent, Yuji lui parlait en anglais. Il s'exprimait dans cette langue avec une facilité inouïe, beaucoup mieux que sa sœur. Il avait un don naturel pour les langues, comme pour la musique et les sports. Sa propension aux divertissements futiles ne l'empêchait pas de se distinguer à l'école. Hiroko, douée d'un esprit moins rapide, abordait les choses d'une manière plus précise, plus attentive. Elle menait à bien tout ce qu'elle entreprenait. Elle prenait des leçons de violon et de piano et répétait consciencieusement ses gammes. Elle s'était moins appliquée à parfaire son anglais et bien qu'elle le parlât couramment, sa syntaxe laissait à désirer.

— ... et tu danseras le jitterburg, disait Yuji, faisant étalage de sa culture américaine. Tu me montreras les pas quand je viendrai, d'accord ?

Il connaissait les noms de toutes les stars du baseball et ne cessait d'enrichir son vocabulaire d'expressions argotiques typiquement américaines. Malgré elle, Hiroko lui sourit. Il était si bête, ce Yuji, mais si attachant ! Elle ne s'ennuyait jamais en sa compagnie. Et maintenant elle se demandait comment elle survivrait sans lui pendant un an. Son oncle et sa tante avaient un fils de l'âge de Yuji. Un garçon de seize ans, du nom de Kenji. Ils avaient également deux filles plus jeunes. Mais personne ne supplanterait jamais Yuji dans son cœur, elle le savait. Alors qu'ils s'approchaient du port, elle sentit ses jambes flageoler.

Le pont d'embarquement de la NYK Line fourmillait de monde. Flanqués de parents et d'amis, les passagers gravissaient la passerelle du *Nagoya Maru*, un navire majestueux. Une ambiance gaie régnait à bord. Masao avait réservé pour sa fille une couchette de deuxième classe. Ils furent ravis de constater qu'Hiroko partagerait la cabine d'une femme plus âgée, une Américaine qui, après un an d'études au Japon, retournait à Chicago. Elle se mit à bavarder plaisamment avec les arrivants, puis les laissa seuls. Hiroko leva sur ses parents un regard bouleversé. Sa pâleur alarma Masao. Il comprit que son enfant était sur le point de céder à la panique.

— Ma petite fille, il faut que tu sois courageuse, dit-il gentiment, tandis que Yuji plaçait sa malle sous la couchette. Sois forte ! Tu es en excellente compagnie à bord, et quand tu arriveras à destination, ton oncle et ta tante t'attendront.

Le choix de Masao s'était arrêté sur ce paquebot, qui se rendait directement à San Francisco. Une escale à Honolulu aurait risqué de désorienter Hiroko encore davantage. Elle n'avait jamais quitté le cocon familial, n'était jamais allée nulle part sans escorte. C'était la première fois qu'elle partait seule, loin de la maison.

— Tu seras vite revenue, l'encouragea son père, alors qu'elle jetait un regard hagard à la minuscule cabine. Un an, ce n'est pas long, tu sais.

— Oui, père, murmura-t-elle, tête courbée, mains jointes, priant en silence pour qu'il change d'avis.

Elle n'avait fait que lui obéir. S'il n'avait tenu qu'à elle, elle ne se serait pas trouvée ici, à bord de ce navire plein d'étrangers. La Californie ne représentait rien pour elle... Rien du tout, sauf un nom inconnu, qui l'emplissait d'une sombre appréhension. Elle avait du mal à comprendre pour quelle raison elle devait partir. Oui, d'accord, les voyages forment la jeunesse, comme son père aimait à le répéter. Seulement voilà : elle n'avait aucune envie de voyager. Ni de voir d'autres pays. Elle aurait mille fois préféré rester à Kyoto, parmi les gens et les décors familiers. En fait, elle n'était jamais devenue la jeune femme moderne dont son père avait tant rêvé. Mais Masao semblait convaincu que ce voyage accomplirait ce miracle.

Un coup de sifflet retentit dans les coursives, puis le son cuivré d'un gong avertit les visiteurs que le navire s'apprêtait à appareiller. C'était aussi bien, pensa Masao, soulagé, car s'il s'était attardé une minute de plus, il n'aurait pas eu le cœur de laisser sa fille. Très pâle, terrorisée, elle essayait de cacher son désarroi mais ses mains tremblaient lamentablement quand elle tendit à sa mère une rose tirée du bouquet offert à la clientèle par la compagnie.

Les doigts d'Hidemi tremblaient tout autant lors-qu'elle saisit la fleur. Elle attira sa fille dans ses bras et elles restèrent enlacées, sans un mot, tandis que le gong lançait un deuxième avertissement. Masao toucha doucement l'épaule de sa femme. L'heure de la séparation avait sonné.

Hiroko les suivit docilement dans le corridor. Elle portait un kimono à motifs de fleurs de cerisier blanc sur fond bleu vif, un cadeau de sa mère. Sur les conseils de Masao, elle emportait dans son bagage quelques tenues occidentales. « Tu les mettras au collège », avait-il expliqué, et une fois de plus, elle avait obtempéré… Toute la famille déboucha sur le pont, dans l'air tiède et salin. Il faisait un temps splendide. La plupart des passagers ne cachaient pas leur excitation. Un orchestre entama un air entraî-nant, des ballons multicolores furent lâchés vers le ciel clair, et au milieu de la liesse générale Hiroko se cramponna à sa mère comme à une bouée de sau-vetage.

— Sois sage, lui recommanda solennellement Hidemi. Donne un coup de main à ta tante et à tes cousines. Et… et… (Ses beaux yeux noirs s'em-buèrent.) Ecris-nous.

Elle aurait voulu lui crier : « Ne nous oublie pas, ne va pas tomber amoureuse du premier venu, ne reste pas à San Francisco, reviens vite », mais les larmes l'emportèrent sur les mots, et elle embrassa sa fille, qui pleurait sans retenue.

— Amuse-toi bien, ma belle ! cria Yuji en anglais. Passe mon bonjour à Clark Gable !

Hiroko lui sourit à travers ses larmes.

— Et toi, ne cours pas trop après les filles, rétor-qua-t-elle en japonais.

Après avoir serré son frère dans ses bras, elle se tourna vers son père. Comme c'était dur de le quitter ! Peut-être parce qu'il attendait qu'elle soit à la hauteur de ses espérances.

— Bon voyage, Hiroko. Profite de tes études. Ouvre les yeux et les portes de ton esprit. Tu en auras, des choses à nous raconter, quand tu reviendras…

— Oui, père.

Elle le salua en s'inclinant profondément, ses lèvres formulant une prière muette. Elle ferait tout pour mériter sa confiance. Et elle y arriverait. Elle se montrerait forte. Courageuse. Et à son retour, elle parlerait un anglais parfait. En relevant la tête, elle croisa son regard. Il y avait des larmes dans les yeux de Masao. Il la serra contre son cœur, puis, très lentement, il la repoussa. Une ultime pression de mains et il donna à sa femme et à son fils le signal du départ. Hiroko les suivit d'un regard terrifié, alors qu'ils descendaient la passerelle.

A présent, ils étaient sur le quai. Elle agita la main, appuyée au bastingage. De sa vie, elle ne s'était sentie aussi seule, aussi effrayée. L'ombre de la peur se dessina sur ses traits fins. La peur de l'inconnu. La peur de ce qui l'attendait là-bas, en Californie. Lorsque le paquebot s'éloigna du quai et se mit à voguer vers le large, elle fixa les trois silhouettes en priant pour que l'année passe vite. Très vite. Les montagnes du Japon s'estompaient peu à peu mais elle resta sur le pont, à regarder son pays, qui s'éloignait.

Que la maison paraissait vide, sans Hiroko ! Il manquait sa douceur, son efficacité, sa façon de se mouvoir sans bruit, toujours prête à rendre service, toujours souriante. Si tranquille et si présente, en même temps. Sa belle humeur envolée, Yuji se mit à errer d'une pièce à l'autre comme une âme en peine. Il s'en fut peu après chez des amis, et Masao et Hidemi échangèrent un regard soucieux. Avaient-ils eu tort d'envoyer leur fille aux Etats-Unis ? N'était-elle pas trop jeune ? N'avaient-ils pas commis une terrible erreur ? Mais bizarrement, tandis que Masao oscillait entre les incertitudes et les regrets, Hidemi fit preuve d'une assurance inattendue. Ils avaient agi pour le mieux ! Après tout, Hiroko n'avait qu'un an de moins qu'Hidemi, le jour de son mariage. Oui, ils avaient eu raison de la pousser hors du nid. A San Francisco, elle se ferait des amis, elle apprendrait à affronter l'adversité, puis elle reviendrait leur raconter son séjour merveilleux. Masao avait vu juste. C'était un monde différent, un monde où les vieilles traditions n'ont plus cours. Savoir disposer avec goût un bouquet de fleurs ou servir le thé dans les règles de l'art n'avait plus guère d'importance. L'avenir appartenait aux jeunes, comme Hiroko et comme Yuji. Oh, ce serait une année fabuleuse, songea-t-elle, envahie par une conviction inébranlable. Elle sourit à son mari.

— Tu as eu raison, dit-elle généreusement, sachant qu'il avait besoin d'encouragements.

Il n'eut pas la force de lui rendre son sourire. Le souvenir des yeux tourmentés de son enfant le hantait.

— Comment peux-tu en être aussi sûre ? demanda-t-il misérablement.

— Parce que tu es un homme sage, Masao-san.

Elle voulut lui témoigner son respect en s'inclinant, mais il la releva. Voilà dix-neuf ans qu'ils vivaient ensemble. Dix-neuf ans de bonheur. Ils s'aimaient toujours tendrement. Les années et les tempêtes qu'ils avaient traversées n'avaient fait que renforcer cet amour. Ils avaient souvent dû prendre des décisions importantes. Mais aucune n'avait été aussi pénible que celle-ci...

— Elle sera heureuse, là-bas, affirma Hidemi, sûre que son mari n'avait pu se tromper.

— Et si elle ne l'est pas ?

Il se sentait soudain vieux et terriblement seul.

— Elle le sera. Les épreuves fortifient l'âme.

— Je l'espère, murmura-t-il, reconnaissant de son soutien.

Hidemi lui prit la main. Ensemble, ils longèrent le jardin. Ils ne pouvaient voir la mer, mais ils se tournèrent vers la direction que le bateau avait empruntée, en pensant très fort à leur fille. Au même moment, debout sur le pont du *Nagoya Maru*, Hiroko ébaucha un profond salut, face à l'horizon.

4

Le *Nagoya Maru* accosta à San Francisco le
1er août, après un voyage de deux semaines. La traversée s'était déroulée sans incident, par un temps
magnifique, sur une mer d'huile. A bord se pres-
saient des familles et des personnes âgées désireuses
d'éviter l'agitation des escales. Beaucoup de passagers — des Japonais pour la plupart — repartaient
le lendemain pour le Pérou ou le Brésil. D'autres,
comme l'Américaine qui avait partagé la cabine
d'Hiroko, descendaient ici. Les deux femmes ne
s'étaient pour ainsi dire pas parlé. C'est à peine si
elles avaient échangé quelques formules de politesse
le matin au réveil ou en se croisant sur le chemin de
la salle de bains. A plusieurs reprises, l'Américaine
avait tenté d'engager la conversation mais Hiroko
s'était dérobée. Elle n'avait rien à lui dire. Elle
n'avait rien à dire à personne. Le chagrin, la tristesse et la nostalgie, plus que le mal de mer,
l'avaient clouée au lit pendant les premiers jours.

Quelques jeunes gens — des Japonais en route
vers Lima — avaient essayé de l'aborder sur le pont
promenade. Elle avait coupé court. Lorsque la côte
des Etats-Unis émergea des brumes à l'horizon, elle
s'aperçut qu'elle n'avait pratiquement adressé la

parole à personne. Elle avait pris ses repas dans l'immense salle à manger sans prononcer un mot, et sans jamais regarder ses compagnons de table. Vêtue de ses kimonos les plus sobres, elle gardait constamment les yeux baissés, comme pour décourager toute tentative de communication, et quand le bateau pénétra dans la baie de San Francisco, elle boucla sa malle en silence. A travers le hublot, le pont du Golden Gate se dressait dans toute sa splendeur, et des bâtiments disséminés sur des collines scintillaient au soleil. Mais la beauté de cette ville étrangère ne suscita pas la moindre étincelle d'émotion en elle. Pour la millième fois, elle se demanda ce que l'avenir lui réservait. Elle redoutait l'instant où elle se trouverait face à son oncle et à sa tante. Elle ne pouvait qu'espérer qu'ils seraient aussi charmants que son père les lui avait décrits.

Le navire suivit les remorqueurs, et les officiers du bureau d'immigration montèrent à bord. Les passagers s'étaient réunis dans la salle à manger des premières classes. L'un des officiers examina le passeport d'Hiroko avant d'y assener un violent coup de tampon. Enfin, elle sortit sur le pont, en lissant ses longs cheveux noirs retenus en un chignon sage sur la nuque. Elle avait troqué ses tenues ternes contre un kimono bleu pâle imprimé de rameaux de bruyère, le plus joli de sa garde-robe, qui mettait en valeur sa silhouette mince et gracieuse.

La sirène résonna soudain dans l'air limpide, tandis que la coque du bateau frôlait doucement le quai 39, puis les passagers qui avaient rempli les formalités commencèrent à débarquer. Presque tous étaient attendus par des parents ou des amis qu'ils avaient hâte de rejoindre. Seule Hiroko n'était pas pressée. Elle descendit gracieusement la passerelle, en ayant l'impression qu'elle touchait à peine le sol. Elle ignorait où elle devait retrouver son oncle et sa tante. Bientôt, une nouvelle terreur l'assaillit. Et s'ils n'étaient pas venus ? S'ils ne la reconnaissaient pas ou si elle leur déplaisait ? L'esprit en ébullition, elle posa le pied sur la terre ferme au milieu d'une foule de visages inconnus. On s'agitait, on courait dans tous les sens pour identifier ses bagages tout en hélant les porteurs. Les quais fourmillaient de monde. Un fringant navire de la Dollar Line Ship leva l'ancre dans un son éclatant de fanfare. Les accents rythmés de *Deep in the Heart of Texas* se mêlèrent à la cacophonie ambiante — cris, brouhaha de voix, coups de sifflet. Se sentant perdue, Hiroko faillit fondre en larmes, quand soudain un homme qui lui rappela vaguement son père se fraya un passage dans sa direction. Il était un peu plus âgé et moins grand que Masao mais, indéniablement, ils avaient un air de famille.

— Hiroko ?

Il l'avait reconnue au premier regard. Elle ressemblait trait pour trait à la photo que Masao lui avait envoyée. Lorsqu'elle leva les yeux, il y lut une timidité et une gentillesse touchantes. Prise de court, elle ne put que hocher la tête. Elle avait eu si peur, elle s'était sentie tellement perdue dans la cohue bigarrée que les mots lui manquèrent pour exprimer sa gratitude et son soulagement.

— Je suis Takeo Tanaka, ton oncle. Ta tante et les enfants sont dans la voiture.

Elle acquiesça de nouveau, étonnée qu'il se soit exprimé en anglais, puis le surprit à son tour en s'inclinant profondément, les mains jointes, pour lui témoigner son respect et celui de son père. Il lui rendit la politesse en esquissant une petite courbette, se rappelant obscurément la vieille coutume dont il avait perdu l'habitude depuis des lustres. Connaissant Masao, il s'était attendu à ce que sa fille soit plus moderne, puis il se souvint qu'Hidemi, lors de leur brève rencontre, l'avait salué de la même manière traditionnelle.

— Où sont tes bagages ? demanda-t-il, en haussant le ton pour couvrir le tintamarre environnant.

Les valises s'alignaient sur le débarcadère par ordre alphabétique. Hiroko pointa l'index sur la lettre T et son oncle commençait à se demander si elle parlait vraiment l'anglais, quand elle déclara d'une voix posée et prudente, comme celle de sa mère :

— Là, je crois. Je n'ai qu'une seule malle.

Elle avait articulé chaque mot clairement mais laborieusement, signe qu'elle était mal à l'aise. Alors que Masao et Yuji discutaient volontiers en anglais, Hidemi et Hiroko préféraient s'entretenir en japonais.

— Ah, bien. As-tu fait bon voyage ?

Elle ne répondit pas tout de suite, trop occupée à récupérer sa malle. Un employé des douanes y apposa un trait à la craie blanche, après quoi Takeo héla un porteur. La voiture était garée au bout du quai, précisa-t-il. C'était une camionnette Chevrolet vert foncé toute neuve qu'il avait achetée cette année, assez spacieuse pour contenir toute la famille, y compris la chienne. Exceptionnellement, ils l'avaient laissée à la maison aujourd'hui. En revanche, tous les enfants avaient tenu à venir accueillir leur cousine du Japon.

— Oui, le voyage a été très agréable, merci, articula-t-elle avec lenteur, comme si elle avait longuement médité sa réplique.

Elle ne comprenait pas pourquoi il fallait qu'ils parlent anglais. Ils étaient japonais, après tout. Et à moins que son père ait écrit à Takeo qu'Hiroko manquait de pratique, cela ne pouvait s'expliquer. C'était même ridicule, se dit-elle en se gardant bien de formuler à voix haute ses pensées. Il n'était pas plus américain qu'elle, même s'il vivait aux Etats-Unis depuis vingt ans.

Ils longèrent le débarcadère encombré, en direction de la voiture, le porteur sur leurs talons. Tante Reiko, vêtue d'une robe vermillon, jaillit hors du véhicule. Elle embrassa Hiroko avec chaleur. Pendant ce temps, Takeo logea la malle à l'arrière de la Chevrolet.

— Que tu es jolie ! s'exclama Reiko, tout sourire.

C'était une femme séduisante, de l'âge d'Hidemi, mais la ressemblance s'arrêtait là. Les cheveux de Reiko étaient coupés court, elle portait du fond de teint, et sa robe rouge vif fit à Hiroko l'effet d'une somptueuse toilette. La jeune fille exécuta la profonde salutation d'usage, mais sa tante l'arrêta.

— Tu n'as pas besoin de faire ça ici.

Lui ayant saisi la main, elle l'avait obligée à se redresser. Se tournant ensuite vers ses enfants, elle fit les présentations. Elle les appelait Ken, Sally et Tami… C'est-à-dire Kenji, Sachiko et Tamiko, si les souvenirs d'Hiroko étaient exacts. A seize ans, Ken était très grand pour un Japonais. Sally, qui en avait quatorze, paraissait plus âgée dans sa jupe plissée grise, son sweater cerise et ses souliers plats. Très jolie fille, elle ressemblait énormément à sa mère. Quant à Tami, elle était tout simplement adorable. Huit ans, petite, vive comme une flamme, elle se pendit au cou de l'arrivante, et posa un baiser sonore sur sa joue.

— Salut, Hiroko, jubila-t-elle, fascinée par la taille menue de sa cousine. Regarde, je suis presque aussi grande que toi.

En riant, Hiroko ébaucha une révérence.

— On ne fait pas ça chez nous, expliqua Tami. Les courbettes, c'est pour les vieux. Et tu n'es pas

54

obligée de te mettre en kimono, bien que le tien soit vraiment très élégant.

Ils l'avaient adoptée spontanément. Tami fit des pieds et des mains pour s'asseoir avec Hiroko et Ken sur la banquette arrière. Sally dut prendre place à l'avant, entre ses parents.

La camionnette prit la direction de Palo Alto. Cinq minutes plus tard, Hiroko ne savait plus où donner de la tête. Tout le monde bavardait et riait en même temps, et chaque enfant voulut la mettre au courant de tout : leur école, leurs amis, leurs idoles de cinéma, leurs jeux favoris. Tami se lança dans une longue description de sa maison de poupée. Reiko essaya de les calmer, mais en vain. Ils étaient excités comme des puces. Leur cousine leur plaisait. Les compliments fusaient. On la trouvait ravissante, avec sa taille fine et sa lourde chevelure d'ébène. Sally déclara qu'Hiroko était aussi jolie qu'une poupée japonaise, puis elle voulut savoir si elle avait apporté des vêtements occidentaux avec elle.

— Oui. Papa m'a dit que j'en aurai besoin au collège.

— Excellente idée, approuva Reiko. De toute façon, Sally te prêtera des habits, si tu veux.

Hiroko la regarda, fascinée. Tante Reiko incarnait à ses yeux l'image même des temps modernes. Elle n'avait aucun accent, bien sûr, étant née à Fresno où des cousins de son père s'étaient établis. Leurs affaires ayant prospéré, ils avaient fourni du travail aux parents de Reiko. Celle-ci était allée pendant quelques années à l'école au Japon, ce qui lui avait valu le qualificatif de kibei. Mais elle ne s'était jamais sentie chez elle dans l'empire du Soleil levant. Américaine jusqu'au bout des ongles, elle s'était dépêchée de revenir aux Etats-Unis. Elle s'était inscrite à Stanford où elle avait rencontré

Takeo. Un an plus tard, ils étaient mariés. L'année suivante, ses parents, qui avaient pris leur retraite, repartaient pour leur pays. Tous deux avaient péri sous les décombres, à Tokyo, lors du terrible tremblement de terre qui avait ravagé plusieurs villes du Japon, quelques mois après la naissance d'Hiroko. Les cousins de ses parents étaient toujours commerçants à Fresno. Ils constituaient la seule famille de Reiko, mis à part Takeo et leurs enfants, bien sûr.

— Je sais ce que tu ressens, Hiroko. Quand mes parents m'ont expédiée dans cette école japonaise, j'ai eu l'impression de débarquer sur une autre planète. Tout était si différent! Mon japonais était épouvantable et aucun membre de la famille ne parlait l'anglais. Je les ai tous trouvés si bizarres, si démodés...

— Et alors? Ken aussi est bizarre! cria Sally, déclenchant l'hilarité générale.

— Eh oui, ce n'est pas facile, reprit Reiko, lorsqu'ils eurent fini de rire. Tu dois nous trouver plutôt étranges, non?

Elle adressa un gentil sourire à Hiroko, qui baissa les yeux en rougissant. Elle ne les dévisageait pas directement, cela n'était pas convenable. Mais sa timidité ne leur avait pas échappé. Chacun s'évertua à la mettre à l'aise. Ils étaient tous formidables mais si peu japonais, finalement. N'étaient leurs yeux bridés, ils se comportaient, s'habillaient, s'exprimaient comme des Américains. Leurs tournures de phrases, leurs gestes, leurs attitudes formaient un contraste frappant avec la culture et la sensibilité nippones.

— Aimes-tu la cuisine américaine? demanda Sally.

Elles allaient partager la même chambre, et Sally mourait d'envie de tout savoir sur sa cousine. Appréciait-elle les films d'aventures? Avait-elle un petit ami ? Ken se posait la même question. Il sortait depuis peu avec Peggy, la fille de leurs voisins.

— Je ne sais pas. Je ne les ai pas mangés, répondit Hiroko après une hésitation.

Sa déclaration arracha un gloussement amusé à la petite Tami.

— Pas les, *en*, rectifia-t-elle. *Je n'en ai jamais mangé.* Mince alors, tu veux dire que tu n'as jamais goûté un hamburger ? Ou un milk-shake ?

— Non, mais j'*en* ai beaucoup lu. Sont-elles vraiment bonnes ?

Tami poussa un soupir. Il allait falloir corriger constamment les fautes d'anglais de sa cousine.

— Extra, répondit-elle, renonçant pour l'instant à une première leçon. Succulentes.

Les Tanaka avaient organisé en son honneur un dîner typiquement américain, un barbecue dans le grand jardin, auquel ils avaient convié des amis et voisins, aussi bien américains que japonais. Takeo avait composé un menu typique : hamburgers, hot-dogs, steaks et poulet. Reiko avait préparé le maïs grillé, la purée de pommes de terre, une salade géante. Sally avait fait cuire au four de croustillants pains à l'ail. Quant à Tami, elle avait passé la matinée à confectionner avec sa mère les cookies au chocolat, les petits gâteaux enrobés dans du papier aluminium et l'indispensable glace au caramel et à la vanille, qui prenait à présent dans le congélateur.

Palo Alto est à une heure de route de San Francisco mais au lieu de prendre directement le chemin de la maison, oncle Tak fit un détour par la rue principale et passa devant l'université, afin qu'Hiroko puisse en admirer l'architecture espagnole et les vastes pelouses verdoyantes.

— C'est ici que Yuji sera inscrit l'année prochaine, soupira-t-elle dans sa langue maternelle… vous ne parlez pas japonais ? demanda-t-elle aussitôt après en anglais, voyant l'expression ahurie de ses petits cousins.

Etait-il possible que leurs parents ne leur aient pas enseigné la langue de leurs ancêtres ?

— Euh... non, et c'est ma faute, expliqua Reiko. Depuis que mes parents sont partis, je n'ai plus prononcé un seul mot de japonais. J'ai essayé de le pratiquer avec Takeo puis j'ai laissé tomber. Je suis trop paresseuse. Du coup, les enfants ne parlent que l'anglais, acheva-t-elle avec un sourire d'excuse.

Hiroko cacha son désappointement derrière un hochement de tête poli. Décidément, ils n'avaient plus rien de japonais, pas même l'oncle Tak. Elle avait peine à imaginer que l'on puisse se couper à ce point de ses racines, mais après tout Reiko et ses enfants étaient nés aux Etats-Unis. Malgré cela, il lui était difficile de comprendre qu'ils aient pu abandonner aussi facilement une culture millénaire. « Ils sont vraiment américains », pensa-t-elle, se sentant tout à coup totalement étrangère.

— Ton anglais est presque parfait, la complimenta Tak, et Tami, qui n'était pas du même avis, haussa les sourcils. Je suppose que c'est grâce à ton père.

Il sourit. La passion de Masao pour l'Amérique n'était pas un secret. Des années plus tôt, Takeo lui avait proposé de venir s'installer en Californie mais Takeo n'avait pas osé quitter son emploi, et le temps avait passé.

— Mon frère parle beaucoup mieux que moi.

Tous assurèrent avec empressement qu'elle se débrouillait merveilleusement. Ils ne le pensaient qu'à moitié. Comme tous les étrangers, Hiroko parlait avec un fort accent un anglais livresque et policé. Ils ne lui en tenaient pas rigueur. Eux-mêmes n'auraient pas mieux pratiqué le japonais, à l'exception de Takeo, bien sûr, dont c'était la langue maternelle. A leur contact, elle progresserait très vite. Elle n'avait pas d'autre choix. Pratiquer, pratiquer constamment constitue la meilleure méthode pour se perfectionner dans n'importe quelle langue.

Ils dépassèrent l'université de Stanford et Tak engagea la Chevrolet dans une rue bordée d'arbres. Enfin, la voiture s'immobilisa devant un pavillon à étage ceint d'une pelouse impeccablement entretenue. Lorsqu'ils l'avaient achetée, la maison était de dimensions moins imposantes mais après la naissance de Tami, ils l'avaient agrandie. Ils l'avaient choisie surtout pour son emplacement, à deux pas de Stanford où Takeo enseignait les sciences politiques. Reiko travaillait à l'hôpital universitaire comme infirmière à mi-temps.

Aérée, spacieuse et confortable, la bâtisse était aussi noyée dans la verdure. Des sycomores bruissants surplombaient le patio, construit l'été précédent, et où les invités se réuniraient tout à l'heure. Sally entraîna aussitôt sa cousine dans leur chambre. Hiroko tomba en arrêt devant l'immense lit à colonnettes garni de rideaux rose et blanc qui semblaient sortir tout droit d'un magazine de décoration. Ravie de partager son grand lit avec l'arrivante, Sally avait vidé une partie de la penderie.

— Je n'ai pas grand-chose, tu sais, sourit Hiroko en indiquant son unique bagage.

Elle en sortit un kimono de soie rouge brodé de pétales rose pâle, pendant que Tami entrait en trombe dans la pièce, demandant à brûle-pourpoint si « Hiroko voulait voir sa maison de poupée ».

— Je peux te prêter une robe pour ce soir, si tu veux, dit Sally.

Mais Hiroko avait déjà quitté la chambre avec Tami.

Songeuse, Sally descendit au rez-de-chaussée. Elle n'avait rien osé dire à Hiroko, de crainte de la vexer, mais elle n'en pensait pas moins. Apparaître au barbecue en kimono ! Elle allait se couvrir de ridicule ! Elle s'empressa de soumettre au jugement de sa mère l'objet de ses préoccupations mais Reiko ne daigna pas lever le regard de sa purée de pommes de terre.

— Laisse-lui le temps de s'habituer, répondit-elle d'une voix compréhensive. Elle a porté des kimonos toute sa vie. Tu voudrais qu'elle saute dans une jupe et un chemisier en cinq minutes ?

— N… non. Mais j'ai peur que les gens la trouvent bizarre.

— Pourquoi ? C'est une jeune fille charmante et elle vient d'arriver du Japon. Quoi de plus normal qu'elle soit vêtue à la mode de son pays ? Ne t'inquiète pas, trésor. Elle s'habituera, si tu ne la bouscules pas.

— Flûte ! s'exclama Ken, qui venait de pénétrer dans la cuisine. Qu'est-ce que tu attends d'elle, Sal ? Qu'elle se fasse friser les cheveux ? Qu'elle se mette à danser le jitterburg ? Donne-lui une chance de s'adapter.

— C'est exactement ce que j'étais en train d'expliquer à ta sœur.

Le garçon se prépara une tartine au beurre de cacahuète en hochant la tête, mais Sally reprit de plus belle :

— Je ne suis pas d'accord. Elle va avoir l'air fagotée comme l'as de pique.

A quatorze ans, Sally accordait, comme tous les jeunes de sa génération, une extrême importance aux apparences.

— Elle n'aura pas l'air plus mal fagotée que toi, imbécile ! la taquina son frère tout en s'offrant un grand verre de lait.

Il avala une gorgée, puis fixa sa mère. Son problème à lui se situait à un autre niveau. La nourri-

60

ture… L'appétit féroce de Ken frisait la boulimie. Il se gavait de quantités phénoménales de saucisses et de hamburgers, de préférence recouverts de ketchup.

— Dis, maman, tu ne vas pas nous infliger un menu japonais, au moins ?

Son expression anxieuse arracha un rire amusé à Reiko.

— Quand bien même je le voudrais, j'en serais incapable. Ta grand-mère, qui était un cordon-bleu, est morte depuis dix-huit ans. A vrai dire, je n'ai jamais su cuisiner de plats japonais.

— Tant mieux. J'ai horreur du poisson cru et de tous ces machins qui puent… pouah !

— Qui pue, grands dieux ? demanda Tak, pénétrant par la porte de service, à la recherche d'un sac de charbon pour le barbecue. Quelqu'un que je connais ?

— Le poisson cru, chéri, dit Reiko, le sourcil arqué. Ken a eu peur que je fasse de la cuisine japonaise pour Hiroko.

Tak dédia un large sourire à sa femme. Ils formaient un couple uni et heureux. A trente-huit ans, elle avait conservé tout l'éclat de sa jeunesse, et lui, à la cinquantaine passée, était encore séduisant.

— Ça m'étonnerait, s'esclaffa-t-il, au grand soulagement de son fils. Demandez-lui un bon rosbif ou une entrecôte marchand de vin, mais pas des sushi !

Il se pencha pour l'embrasser. Ken venait de terminer sa deuxième tartine quand Tami et Hiroko remontèrent de la salle de jeux située en sous-sol. La fameuse maison de poupée avait fasciné Hiroko. C'était un chef-d'œuvre de précision, « fabriqué par papa », avait expliqué Tami, pleine de fierté. Rien ne manquait, du mobilier minuscule aux tapis — faits au crochet par Reiko — en passant par les tableaux miniatures façonnés par la main habile de

Tak. Il y avait même du papier peint aux murs. Et ils avaient commandé en Angleterre un petit lustre qui pouvait s'allumer, avait joyeusement poursuivi Tami.

— La maison de poupée est une pure merveille, s'exclama Hiroko à la cantonade. Je n'ai jamais rien vu d'aussi joli. C'est une véritable pièce de musée.

Ken lui offrit la moitié de sa tartine. Elle l'observa un instant, hésitante.

— Beurre de cacahuète et gelée de raisins, l'informa-t-il.

— Je euh… n'ai jamais… bredouilla-t-elle.

Son visage, qu'éclairait un sourire éclatant un instant plus tôt, s'était rembruni. Et Tami qui l'incitait à essayer… Décemment, elle ne pouvait offenser ses hôtes. Elle goûta du bout des lèvres. L'horreur ! Seule la politesse, héritage de son éducation, l'empêcha de recracher sa bouchée. Elle se mit à la mastiquer méthodiquement.

— Pas mal, hein ? s'enquit Tami.

Hiroko se força à avaler le morceau affreusement gluant.

Sally lui tendit un verre de lait, et elle en prit une gorgée avec mille précautions. Trop épais, comparé au lait fluide de soja. Elle déglutit péniblement, avec un sourire crispé. Son premier contact avec la nourriture américaine n'avait pas été vraiment concluant, mais ça changerait peut-être.

Tak avait emporté le sac de charbon dans la cour. La porte de la cuisine resta ouverte et la chienne en profita pour faire irruption en jappant et en remuant la queue. Un Shiba, pensa Hiroko, qui retrouva aussitôt le sourire. Enfin, quelque chose de japonais dans cette maison !

— Voilà Lassie, dit Tami. J'ai adoré le bouquin.

— Evidemment, elle ne ressemble pas du tout à l'héroïne du livre, qui est un Colley, intervint Ken.

Hiroko lui dédia un sourire attendri. Une immense nostalgie l'avait envahie. Yuji aurait fait le même genre de remarque. Peu après, la cuisine se vida. Ken partit chez Peggy, puis Sally s'éclipsa discrètement, disant qu'elle allait chez une amie qui habitait la même rue. Elle ne proposa pas à Hiroko de l'accompagner. Le frère de son amie, superbe garçon de seize ans, plaisait infiniment à Sally. C'était d'ailleurs réciproque. Un flirt s'était amorcé. Sally y tenait comme à la prunelle de ses yeux. Ce n'était pas le moment qu'Hiroko fiche tout par terre en commettant une indiscrétion devant les parents… Tami alla aider son père à allumer le barbecue et Hiroko resta dans la vaste cuisine avec Reiko. Immédiatement, elle se mit au travail. Sa tante fut impressionnée par son efficacité. Elle se déplaçait rapidement sans bruit, sans dire un mot. La purée fut terminée en un rien de temps, ce qui relevait du miracle. Peu familiarisée avec les rudiments de la cuisine américaine, Hiroko ne s'en montrait pas moins compétente. Elle fit griller le maïs, puis disposa les feuilles de laitue dans le saladier comme si elle avait fait ça toute sa vie. Takeo cria alors depuis la cour qu'il fallait faire mariner la viande. Hiroko se porta volontaire. Et lorsque sa tante se mit à dresser le buffet dans le patio, Hiroko lui prêta mainforte. Reiko la surveillait du coin de l'œil. C'était la personne la plus tranquille, la plus adroite qu'elle ait jamais connue.

— Mille mercis pour ton aide, murmura-t-elle plus tard, tandis qu'elles montaient se changer.

Oui, c'était une jeune fille adorable. Reiko espérait du fond du cœur qu'elle serait heureuse parmi eux. Elle la sentait tendue et désorientée, ce qui était normal. A plusieurs reprises, elle avait semblé sur le point de fondre en larmes, puis elle s'était ressaisie. Mais dès l'instant où elle avait pu se rendre utile, elle s'était détendue. Et maintenant, elle paraissait à nouveau perdue, tout en gravissant les marches. Ses parents doivent lui manquer, songea Reiko.

— Nous sommes tous ravis de t'avoir avec nous, Hiroko.

— Je suis très contente moi aussi, répondit-elle en s'inclinant profondément.

Reiko posa la main sur son épaule.

— Tu n'as pas besoin de faire ça, ma chérie.

— C'est ma façon de vous prouver mon estime, mon respect, et ma gratitude pour votre gentillesse.

Elles étaient arrivées sur le palier. Dans la chambre des filles, il n'y avait plus la moindre trace des affaires d'Hiroko, soigneusement rangées dans la penderie. Seuls les vêtements de Sally gisaient pêle-mêle sur la courtepointe et le fauteuil.

— Tu n'as pas besoin de nous prouver quoi que ce soit, tu sais, dit Reiko d'une voix douce. Nous savons ce que tu ressens. Essaie de te détendre, et ça se passera bien.

— Ici, tout est tellement différent, tante Reiko. Je crois que j'ai un tas de choses à apprendre.

Voilà pourquoi son père avait tant insisté. Voilà pourquoi il l'avait poussée à partir. Et pourquoi il répétait que le contact avec d'autres civilisations était un enrichissement.

— Tu apprendras très vite, affirma Reiko. Tu t'adapteras.

Hiroko n'en était pas si sûre. Et plus tard, au barbecue, elle crut que jamais elle n'y arriverait. Les invités avaient afflué. Une foule bruyante d'inconnus auxquels son oncle et sa tante l'avaient présentée et qui lui avaient serré la main. Elle les avait salués à la japonaise, ce qui les avait enchantés. Ils la trouvèrent ravissante dans son kimono rouge, le lui dirent, après quoi ils se mirent à bavarder entre

eux… en anglais, naturellement. Ce n'étaient pourtant pas les Japonais qui manquaient, mais ils étaient
des sinsei et des sansei, c'est-à-dire des Américains
de la première et de la deuxième générations. Au fil
des heures, Hiroko se cantonna dans le silence. Une
sensation de solitude l'étreignait. Les gens se pres-
saient autour du buffet. Elle se réfugia dans l'ar-
rière-cour où elle demeura un instant seule, les yeux
levés vers les étoiles, songeant à ses parents.

— Vous ne vous sentez pas trop dépaysée ? fit
une voix dans son dos.

Elle se retourna dans un sursaut. L'homme qui lui
avait parlé était très séduisant selon les critères occidentaux. Hiroko baissa les paupières afin de dissimuler ses larmes. Dépaysée n'était qu'un doux
euphémisme. La solitude, la nostalgie, le mal du
pays la submergeaient.

— Je m'appelle Peter Jenkins.

Elle prit machinalement la main qu'il lui tendait.
Il fallait lever le regard pour le dévisager, car il était
très grand, plus grand encore que Kenji. Mince,
élancé, il dégageait une impression de solidité. Et de
gentillesse. Ses yeux bleu clair formaient un
contraste saisissant avec ses cheveux brun foncé. Il
avait vingt-sept ans mais paraissait beaucoup plus
jeune, presque adolescent, surtout quand il souriait.
Chargé de cours à Stanford, il était l'assistant de
Takeo, expliqua-t-il, puis il poursuivit :

— Je suis allé au Japon il y a quelques années.
Quel pays magnifique ! J'ai adoré Kyoto. (Un sou-
rire éclaira ses traits.) Vous avez dû avoir un choc
en arrivant aux Etats-Unis, et je vous comprends.
J'ai ressenti la même chose à mon retour du Japon.
J'imagine que ça doit être pire pour vous.

Hiroko fronça les sourcils. Bizarre que ce soit un
étranger qui, finalement, évoque ce sujet épineux. Il
avait un visage franc, ouvert, un sourire amical qui

forçait la confiance. Elle ne leva pas les yeux ou à peine, mais hocha la tête en signe d'assentiment. Oui, ç'avait été un choc. Depuis ce matin, une foule d'images l'avaient assaillie. Rien ne correspondait à ce qu'elle avait attendu. Rien, pas même ses cousins.

— J'aime les Etats-Unis, dit-elle. J'estime avoir eu de la chance d'avoir pu venir.

Elle se retint pour ne pas s'incliner. Tante Reiko lui avait conseillé de perdre cette habitude. Ici on se serrait la main ou on embrassait l'air près des oreilles des gens. Hiroko demeura immobile, n'osant regarder en face son vis-à-vis. Lui l'observait tranquillement, avec intérêt. Elle ne ressemblait à aucune des filles qu'il connaissait, encore moins à ses étudiantes. La timidité la paralysait, mais cela, il l'avait compris dès le début. Elle ressemblait à une fleur délicate au parfum suave et discret. Une petite fille égarée mais si féminine en même temps ! Elle dégageait une impression de force tranquille et se comportait selon l'exquise politesse de son pays. «Déconcertante !» ne put-il s'empêcher de penser. Elle incarnait tout ce qu'il avait apprécié lors de sa visite au Japon. La douceur, l'intelligence, le calme. Et la dignité. Il arracha à grand-peine son regard de la petite silhouette tremblante.

— Voulez-vous que nous rentrions ? proposa-t-il.

Elle était trop bien élevée pour lui fausser compagnie de sa propre initiative. Elle fit oui de la tête, laissant filtrer un coup d'œil fugitif à travers ses épais cils noirs.

— Tak m'a dit que vous irez au collège Saint Andrew en septembre, reprit-il, alors qu'ils se dirigeaient vers la maison.

Il la trouvait étourdissante, drapée dans son kimono dont la large ceinture formait une coque satinée dans son dos, accentuant encore la finesse de sa taille. Sur la véranda, Reiko bavardait avec deux amies, qui eurent un sourire indulgent quand Hiroko les salua en s'inclinant. Peter partit à la recherche de Tak, dans le patio.

— Je viens de parler à votre nièce. Elle a l'air perdue, dit-il avec sympathie.

Quelque chose en elle avait éveillé son instinct protecteur. Takeo lui tendit un verre de vin. Le barbecue avait été une réussite, et tout le monde s'était bien amusé.

— Bah, elle s'habituera. Je me suis bien habitué, n'est-ce pas ? (Il sourit.) Je crois que depuis votre voyage, vous êtes tout simplement fasciné par le Japon.

— C'est exact. Franchement, j'ai du mal à comprendre que vous ne souffriez d'aucune nostalgie.

Tak haussa les épaules. Il adorait les Etats-Unis. S'il avait pu, il n'aurait pas hésité à se faire naturaliser. Mais la loi ne le permettait pas. Voilà plus de vingt ans qu'il avait élu domicile sur la côte ouest, sa femme et ses enfants étaient américains, mais aux yeux des autorités il restait un étranger.

— Oh, non, soupira-t-il, on peut parler de tout sauf de nostalgie. J'étouffais, là-bas. (Il balança légèrement le menton en direction d'Hiroko. Elle représentait tout ce qu'il avait cherché à fuir.) Regardez-la. Prisonnière de ce vêtement désuet, qui date de Mathusalem. Plus tard, elle se bandera les seins et le ventre et n'avouera jamais à son mari qu'elle attend un enfant. Quand elle sera un peu plus âgée, ses parents la marieront à quelqu'un qu'elle verra pour la première fois le jour de leurs fiançailles. Ils n'auront jamais de véritable échange, de vraie conversation. Ils passeront leur vie à se faire des courbettes en dissimulant leurs sentiments. Au Japon, la tradition régit tout, et tout n'est qu'apparence. On n'a pas le droit d'exprimer son opinion.

Ni de faire la cour à une femme simplement parce qu'elle vous plaît. Je n'aurais jamais pu épouser Reiko si nous nous étions rencontrés dans ce pays. J'aurais dû accepter la fiancée que mes parents auraient choisie à ma place. C'est insupportable ! En voyant Hiroko aujourd'hui, je me suis rappelé mon enfance et mon adolescence. Elle est comme un oiseau en cage, qui a peur de chanter. Eh bien, non, mon cher, le Japon ne me manque pas. (Il eut, ce disant, un sourire malicieux.) Mais il doit manquer cruellement à ma nièce. Son père est un homme extraordinaire. Il voudrait lui aussi secouer le joug de la répression morale. Il a une femme charmante avec laquelle il s'entend bien, je crois. Pourtant Hiroko est terriblement «coincée», pardonnez-moi ce terme trivial. Décidément, rien ne bougera jamais dans ce fichu pays.

Peter acquiesça. Il comprenait parfaitement les griefs de son ami. Lui aussi s'était rendu compte de la force inouïe des vieilles coutumes. Mais contrairement à Takeo, il en avait été subjugué.

— Moi, j'espère que rien ne bougera, répondit-il. En me promenant dans les rues de Tokyo ou de Kyoto, je me suis replongé dans un passé millénaire. J'adore observer votre nièce. Elle est à l'image d'une civilisation grandiose, qui survit dans un monde fondé uniquement sur l'intérêt.

— Ne dites pas ça à Reiko, elle vous prendrait en grippe. Elle pense que les Japonaises se laissent complètement dominer par leurs époux. Elle a détesté l'école à Tokyo.

— Vous êtes fous, tous les deux, sourit Peter.

Deux professeurs de Stanford vinrent se joindre à eux, et la conversation roula sur d'autres sujets. De sa place, Peter couvait Hiroko du regard. Les invités commençaient à prendre congé, et il la vit les saluer en joignant les mains. En dépit des remarques de Takeo, il ne l'en trouva que plus digne et plus gracieuse. Elle avait un port de tête princier. Ce que son ami appelait en plaisantant la «coutume de la courbette» ne manquait pas de noblesse, au contraire. En tout cas, cela n'avait rien de dégradant. Alors qu'il s'apprêtait à partir, leurs regards se croisèrent l'espace d'une seconde mais, de nouveau, Hiroko détourna les yeux.

Personne ne lui avait dit un mot de japonais de toute la soirée. Un sourire radieux brilla sur ses lèvres lorsque Peter vint s'incliner devant elle.

— *Sayonara*, murmura-t-il.

Ses cils frémirent mais elle garda les paupières baissées. Elle lui rendit la salutation, disant qu'elle avait été très honorée de faire sa connaissance. Il répondit que lui aussi, après quoi il s'éloigna en compagnie de la superbe blonde avec laquelle il était venu. Hiroko les suivit du regard, puis accompagna Tami à l'étage. La petite fille bâillait à s'en décrocher la mâchoire. Elle s'était «amusée comme une folle», déclara-t-elle d'une voix ensommeillée, et Hiroko lui sourit. Tout le monde avait passé une excellente soirée, y compris elle, même si elle avait eu du mal à surmonter sa solitude. Ç'avait été une longue journée, une longue succession d'expériences nouvelles.

— T'es-tu bien amusée, ma chérie? demanda Reiko, quand Hiroko réapparut dans la cuisine.

Elle en doutait. Ils avaient invité quelques étudiants de son âge, mais elle ne leur avait pas adressé la parole. Elle avait passé le plus clair de son temps avec Tami. Peter Jenkins avait bien essayé de lui arracher quelques mots, mais sans grand succès apparemment.

— Oui, merci, répondit-elle.

Sa tante lui sourit. Affalée par terre, Lassie remuait la queue en attendant les restes du repas.

Les invités étaient partis. Ayant nettoyé le barbecue, Takeo et Ken ramassaient les verres abandonnés sur les tables de jardin. Hiroko aida sa tante à empiler les assiettes dans l'évier. Seule Sally brillait par son absence. Pendue au téléphone du salon, elle poursuivait un interminable bavardage avec l'une de ses camarades de lycée.

— Tu as plu à tous nos amis, Hiroko.

Un flot incarnat colora les joues de la jeune fille, qui continua à laver les assiettes en silence. Un soupir gonfla la poitrine de Reiko. Il faudrait énormément d'efforts pour vaincre sa timidité, se dit-elle. Le fait qu'elle ait échangé quelques propos avec Peter prit soudain des allures de victoire. Les Tanaka aimaient bien Peter Jenkins. Ils avaient été ravis de le recevoir, ce soir, ainsi que sa nouvelle petite amie, un mannequin de San Francisco que ce chenapan de Ken n'avait cessé de couver d'un regard connaisseur.

— Avez-vous passé une bonne soirée ? demanda Tak, de retour du jardin avec un plateau chargé de verres sales. Quelle réussite ! dit-il à l'adresse de sa femme, puis il sourit à Hiroko.

— Oh oui, répondit celle-ci en rougissant. Les hamburgers, c'était « génial », ajouta-t-elle, prenant à son compte l'expression favorite de Tami.

Tous s'esclaffèrent. En riant, Ken s'attaqua à une cuisse de poulet. Il s'empiffrait constamment, ce qui faisait le désespoir de ses parents. Son père l'avait inscrit à l'équipe de football de son lycée, et il allait commencer à « brûler ses calories », comme il disait, le mois suivant.

— Merci pour cette charmante soirée, murmura Hiroko.

Peu après, elle monta se coucher. Sally et elle se déshabillèrent, et enfilèrent leur chemise de nuit avant de se glisser entre les draps. Allongée dans le noir, bercée par la respiration régulière de sa cousine, Hiroko laissa les images envahir son esprit. Elle revécut sa première rencontre avec la famille Tanaka, au terme d'un long voyage. Ils s'étaient montrés si gentils, si prévenants, au point d'organiser une réception en son honneur. Elle leur en serait éternellement reconnaissante. Elle éprouva un élan d'affection pour eux. Pour Ken, l'espiègle, l'adolescent dégingandé à l'appétit féroce, puis pour Sally et sa fascination des vêtements, ses coups de fil mystérieux où il était question de «boums» et de «garçons». Tami était sa préférée, bien sûr, à cause de sa jeunesse, de sa spontanéité, de sa détermination à transformer Hiroko en une «Américaine plus vraie que nature», selon ses propres termes. Elle eut une pensée émue pour son oncle et sa tante. Elle avait même apprécié leurs amis... et jusqu'à Lassie ! Si seulement ses parents et Yuji avaient été là, son bonheur n'aurait pas connu de limites.

La nostalgie la submergea. Elle se tourna sur le côté, en chien de fusil, ses longs cheveux noirs éparpillés sur l'oreiller. Sally ronflait légèrement mais le sommeil fuyait Hiroko. Comment aurait-elle pu dormir, après toutes ces émotions ? Elle venait de passer sa première journée aux Etats-Unis. D'autres suivraient. Il restait onze mois avant qu'elle puisse retourner chez elle. La fatigue l'engourdissait mais elle se mit à convertir les mois en semaines, en jours, puis en heures, en comptant en japonais.

Elle avait dû s'endormir sans s'en rendre compte, car elle se retrouva soudain dans sa chambre à Kyoto, en compagnie de ses parents et de son frère.

— A bientôt... à bientôt... murmurèrent ses lèvres dans son rêve.

Alors, de quelque part dans le lointain, elle crut

entendre une voix masculine dire « *sayonara* », mais qui était-ce ? Elle l'ignorait. Avec un sourire, elle se retourna, et passa un bras autour de la forme immobile de Sally.

La seconde journée d'Hiroko aux Etats-Unis se déroula agréablement. Toute la famille se rendit à San Francisco à bord de la camionnette. Ils se promenèrent dans le parc du Golden Gate, prirent le thé au jardin japonais, visitèrent l'académie des Sciences, puis le centre ville avant de reprendre la route de Palo Alto. Lassie, qui les attendait dans la cour, réserva un accueil particulièrement chaleureux à Hiroko. Mais ensuite, chacun vaqua à ses occupations. Sally et Ken disparurent comme à l'accoutumée, laissant à leur cousine le soin d'aider leur mère à la cuisine, et Tami en profita pour aller jeter un coup d'œil à sa précieuse maison de poupée. Les deux femmes dressèrent la table : pour sept, avait précisé Reiko, et Hiroko se demanda qui pouvait être l'invité. Sans doute un copain de Ken ou de Sally, conclut-elle. Mais sa tante ajouta incidemment qu'il s'agissait de l'assistant de Takeo.

— ... Peter Jenkins. Tu l'as vu hier soir au barbecue.

Yeux baissés, Hiroko acquiesça. Elle n'avait pas oublié ce jeune homme qui avait tant aimé Kyoto. Il arriva à l'heure convenue, avec une bouteille de vin et un bouquet de fleurs. Installé sur le canapé, très à l'aise, il voulut savoir si leur après-midi avait été agréable. Hiroko s'éclipsa aussitôt du côté de la cuisine. Elle l'avait salué en s'inclinant et il l'avait imitée, sous le regard amusé du maître de maison.

— La pauvre petite est affreusement timide, soupira Tak, après qu'elle eut quitté la pièce.

Le comportement de sa nièce lui rappelait le Japon d'avant son départ. Et il espérait qu'après un an en Californie, elle aurait changé, perdu, par exemple, la détestable habitude de ne jamais dévisager un homme, pas même lui, son oncle. Devant Peter, c'était encore pire. Hiroko semblait devenue totalement muette.

Pendant le dîner, tandis que la conversation battait son plein, elle demeura silencieuse. Ken et Sally se disputèrent à propos du dernier film qu'ils avaient vu, mais Tak, Reiko et Peter entamèrent une discussion plus sérieuse. La guerre faisait rage en Europe.

L'escalade de la violence avait allumé d'innombrables incendies dans tous les pays du vieux continent. L'Angleterre subissait un pilonnage impitoyable des bombardiers allemands.

— L'Amérique sera un jour ou l'autre entraînée dans le conflit, déclara tranquillement Takeo. Il paraît que Roosevelt l'a admis en privé.

— Ce n'est pas ce qu'il a raconté au peuple américain lors de sa dernière allocution, le contredit Reiko d'un ton ferme.

Elle avait peur pour son fils. Si les Etats-Unis entraient en guerre et si celle-ci se prolongeait, dans moins de deux ans Ken serait enrôlé.

— L'année dernière, j'ai failli proposer mes services à la RAF, dit Peter d'une voix sérieuse, et pour la première fois depuis le début du repas, Hiroko lui jeta un regard à la dérobée. (Ils ne faisaient pas attention à elle, trop accaparés par leur débat, ce qui lui permettait de l'observer discrètement.) Mais je tiens trop à mon poste à l'université. C'est peut-être de la lâcheté ou de l'égoïsme, je ne sais pas, mais je crains de perdre mon emploi.

Il vouait une véritable passion à son métier. Et il n'était pas prêt à y renoncer, même pour une cause juste. Naturellement, si la guerre continuait, d'autres choix s'imposeraient d'eux-mêmes. Mais pour l'instant, il s'accordait encore le luxe de penser à son avenir. Il avait vingt-sept ans et désirait ardemment réaliser ses ambitions. Pourquoi irait-il se battre pour des étrangers à l'autre bout du monde ?

— A ta place, je ne bougerais pas, répondit pensivement Tak. Pas tant que notre pays n'est pas impliqué dans les hostilités.

S'il avait été plus jeune, il aurait été tenté de se porter volontaire, lui aussi. La conversation roula ensuite sur la conférence que Tak avait demandé à Peter d'organiser et les changements qu'il souhaitait apporter dans son département. Ce fut alors que Peter réalisa qu'Hiroko le regardait.

— Est-ce que vous vous intéressez à la politique ? demanda-t-il doucement.

La jeune fille baissa immédiatement les paupières en rougissant.

— Mon père en parlait souvent. Mais je ne comprenais pas tout ce qu'il disait.

— Mais qui comprend tout en politique ? sourit-il en priant pour qu'elle lui dévoile de nouveau le sombre chatoiement de ses prunelles. Votre père est professeur à l'université de Kyoto, n'est-ce pas ?

Elle fit oui de la tête, puis se leva précipitamment, sous prétexte d'aider Reiko à débarrasser la table. Il n'y avait rien à faire. Jamais elle n'arriverait à répondre à ses questions. Ce n'était pas l'envie qui lui manquait pourtant, car un singulier élan de sympathie la poussait vers lui, mais c'était au-dessus de ses forces. Les deux hommes se retirèrent dans le bureau de Tak. Après avoir fait la vaisselle, Hiroko suivit Tami au sous-sol. La petite fille avait envie de travailler sur sa maison de poupée, et Hiroko se mit aussitôt à la tâche avec elle. Des fleurettes de papier et de tout petits oiseaux prirent forme sous ses doigts agiles. Avec un pinceau minuscule, elle peignit une miniature représentant un coucher de soleil sur la montagne. Descendue à son tour, Reiko découvrit, émerveillée, un nouvel aspect des talents de sa nièce.

— Tu es très adroite de tes mains, la complimenta-t-elle, fascinée par les ailes stylisées des oiseaux. C'est ta maman qui t'a appris tout ça ?

— Ma grand-mère, dit Hiroko avec un doux sourire. (Elle était vêtue ce soir-là d'un kimono turquoise à manches traînantes, qui exaltait la blancheur de sa peau.) Elle m'a appris un tas de choses sur la nature. Grâce à elle, je sais aussi tenir une maison et tresser des nattes d'ajoncs. Papa dit que ça ne sert à rien, ajouta-t-elle tristement.

C'était l'une des raisons pour lesquelles il l'avait envoyée ici. Pour la soustraire à l'influence de sa grand-mère. Mais cet univers démodé n'avait pas perdu ses attraits à ses yeux. Au fond d'elle-même, elle restait attachée aux vieilles traditions, aux coutumes anciennes. A cette douceur de vivre, à ce rythme indolent et à ce charme suave et secret qui émane des actions les plus banales : nettoyer la maison, préparer le repas, arroser le jardin. Ou s'occuper d'enfants… Elle adorait les enfants. Un jour, elle serait une bonne épouse. Elle ne deviendrait jamais une femme moderne. En tout cas pas aussi moderne que son père le souhaitait. Elle n'était ici que depuis deux jours et, malgré l'affection et la générosité de ses hôtes, elle ne rêvait que de retourner dans son pays.

Après avoir bordé Tami, Hiroko suivit sa tante au rez-de-chaussée. Ayant terminé leur travail, Tak et Peter avaient rejoint Ken et Sally au salon. Ils jouaient au Monopoly et Ken, furieux, accusait sa sœur de tricherie.

— Tu n'as jamais eu cet hôtel à Park Place ! Tu l'as pris, je t'ai vue !

— Comment ça ! s'indigna-t-elle. Et toi, depuis quand as-tu Boardwalk ? Tu l'as volé, mon vieux, avoue-le.

Ils se mirent à se chamailler de plus belle, pendant que Hiroko s'efforçait de saisir les règles du jeu. Cela avait l'air drôlement amusant à en juger par les cris, les éclats de rire et les mimiques des joueurs. Peter offrit à Hiroko de lui céder sa place mais elle refusa. Elle préférait regarder. Un souvenir jaillit : elle se revit jouant au shogi avec son frère. Lui aussi avait l'habitude de tricher et elle l'avait pris plus d'une fois la main dans le sac.

Il était dix heures passées quand Peter prit congé. Reiko lui extorqua la promesse de revenir dîner dans la semaine, au prétexte de faire plus ample connaissance avec sa petite amie. Mais Takeo lui rappela qu'ils seraient absents. Comme tous les ans, ils passeraient quinze jours au lac Tahoe. Tak et Ken allaient pêcher, pendant que Sally faisait du ski nautique.

— En ce cas, je vous appelle dès mon retour, dit Reiko.

Peter la remercia, puis adressa à toute la famille un signe de la main, tout en se dirigeant vers la sortie. Takeo et lui avaient du pain sur la planche, avant les vacances.

Juste avant de s'en aller, ses yeux croisèrent ceux d'Hiroko. Une lueur complice brilla dans ceux de la jeune fille, du moins le crut-il un instant, car elle s'éteignit presque aussitôt. Elle lui avait à peine dit trois mots de toute la soirée. Elle n'osait pas. Elle le trouvait intéressant, intelligent, elle se sentait attirée par ses idées. Mais de là à lui faire la conversation… Les principes de sa mère et de sa grand-mère l'emportaient sur les efforts de son père. Son éducation lui interdisait de parler à des étrangers.

Le séjour au lac fut un enchantement. Au début, les souvenirs d'autres vacances avec sa famille, au Japon, firent monter des larmes aux yeux d'Hiroko. Pendant plusieurs étés, ils avaient campé avec ses parents et son frère près du lac Biwa. Le bord de mer avait ses avantages, bien sûr, mais rien ne pouvait égaler la sérénité des montagnes. Hiroko écrivait tous les jours à ses parents. Le reste du temps, elle le passait en compagnie de ses cousins. Elle jouait au tennis avec Ken, qui lui apprit également comment se servir d'une canne à pêche. Yuji aimait la pêche aussi, se souvint-elle, en s'en voulant de ne l'avoir jamais accompagné lors de ses expéditions. Elle lui écrivit, en plaisantant, qu'elle avait attrapé un énorme poisson. Sally insista pour l'initier au ski nautique, un sport d'autant plus compliqué que l'eau du lac, glaciale en cette saison, vous engourdissait les jambes. Autre difficulté : il fallait se tenir droite sur les deux planches et tirer la corde à la force des bras. Hiroko s'y employa vaillamment mais ne réussit qu'à boire la tasse. Il lui était pratiquement impossible d'émerger à la surface et de fendre les flots. Ce ne fut qu'à la fin des vacances qu'elle réussit une brève glissade sur l'eau, exploit salué à partir de la barque par tous les Tanaka réunis. L'oncle Tak éclata d'un rire plein de fierté.

— Ah, Dieu merci. J'ai eu peur que cette petite se noie. Et comment est-ce que j'aurais annoncé ça à son père ?

Au fil des jours, il s'était découvert une profonde

affection pour sa nièce. A son charme quelque peu désuet s'alliait un esprit vif. Une intelligence hors du commun, de l'humour, même. A la fin de leur séjour, elle semblait bien plus à l'aise. Elle n'attendait plus qu'on lui pose une question pour ouvrir la bouche et avait même poussé l'audace jusqu'à taquiner Ken. Un jour, elle accepta d'enfiler une jupe et un sweater pour faire plaisir à Sally. La plupart du temps, elle continuait à porter des kimonos, bien sûr, mais elle avait tout de même changé.

Cela sauta aux yeux de tous, le soir où Peter Jenkins vint dîner, après leur retour à Palo Alto. Il devait amener sa petite amie, mais celle-ci était à Los Angeles, où elle participait à un défilé de mode. La soirée n'en fut que plus détendue. Les Tanaka considéraient Peter comme un membre de la famille et, sur le seuil de la porte, les enfants lui sautèrent au cou en poussant des cris de joie. Hiroko le salua comme d'habitude. Son kimono à motifs de lotus rose pâle sur fond orangé mettait en relief le léger hâle de son visage. Ses longs cheveux noirs et brillants cascadaient dans son dos, jusqu'à sa taille. Elle regarda Peter droit dans les yeux, puis lui sourit. Décidément, ses vacances l'avaient transformée. Faisant montre d'un esprit d'initiative qui, deux semaines plus tôt encore, lui aurait paru d'une hardiesse inouïe, elle prit le bouquet de roses-thé des mains de l'invité en disant :

— Bonsoir, Peter-san. Comment allez-vous ?

Puis elle finit tout de même par baisser les yeux, désarçonnée par sa propre témérité.

— Très bien, merci, Hiroko-san, répondit-il en s'inclinant avec grâce. (De nouveau, elle leva le regard, et il lui sourit.) Comment était-ce, au lac Tahoe ?

— Formidable. J'ai attrapé des tas de poissons et j'ai fait du ski nautique.

— Menteuse ! persifla Ken, surgissant dans son dos. (Ils se taquinaient impitoyablement depuis quelque temps, comme frère et sœur.) Elle a attrapé deux malheureuses truites, les plus petites qu'on ait jamais vues de mémoire de pêcheur. Et elle a eu toutes les peines du monde à tenir sur ses skis.

— Sept ! le corrigea-t-elle, du tac au tac. Sept poissons gigantesques !

Peter éclata de rire. Il la trouvait plus épanouie, après ces deux semaines de vacances. Elle lui faisait l'effet d'une corolle exotique dont les pétales s'entrouvrent sous la rosée. Ses yeux avaient brillé d'un éclat particulier lorsqu'elle avait évoqué le ski nautique et ses parties de pêche.

— Eh bien, j'ai l'impression que vous vous êtes tous bien amusés.

— En effet, confirma Reiko, en l'embrassant sur la joue et en le remerciant pour les fleurs. C'est un endroit magique. Vous devriez venir avec nous, l'année prochaine.

— Pourquoi pas ? Si votre mari ne me charge pas de l'organisation de ses nouveaux cours magistraux.

Ils avaient dégrossi le travail avant le départ de Takeo mais Peter avait peaufiné le programme jusque dans ses plus infimes détails. Il avait accompli des miracles durant l'absence de son patron, et Takeo le félicita chaleureusement.

Ensemble, ils se penchèrent sur les dossiers que Peter avait apportés. Mais pendant le dîner, on ne parla que de la situation en Russie. Se tournant vers Hiroko, Peter lui demanda si elle avait des nouvelles de ses parents. Elle hocha la tête. Chacun s'exprimait librement, surtout Reiko. Apparemment, dans ce pays les femmes avaient droit à la parole au même titre que les hommes, et cela ne manquait jamais de l'étonner. Sa timidité ayant repris le dessus, elle commença par baisser le regard, après quoi elle se força à fixer son interlocuteur. Oui, ils lui avaient écrit, déclara-t-elle. Il y avait eu un orage à Kyoto mais ceci mis à part tout allait bien. Enfin, elle le remercia de son intérêt… Kyoto. Ce simple nom avait eu le don d'éveiller sa nostalgie.

— Quand commencerez-vous vos cours ? demanda-t-il.

Il attendit patiemment la réponse. Il la connaissait suffisamment bien maintenant pour ne pas s'offusquer de ses silences. Elle ressemblait à une biche aux abois sur le point de disparaître d'un bond au cœur de la forêt. Il fallait lui parler avec douceur, avec gentillesse, afin de ne pas l'effaroucher. Il eut presque envie d'avancer la main vers elle, comme pour l'assurer qu'il ne lui voulait aucun mal.

— Dans deux semaines.

Surtout ne pas baisser les yeux. Surtout ne pas avoir peur. Rester détendue, souriante, confiante, comme une Américaine. Ne pas se cacher de lui, comme l'aurait fait n'importe quelle jeune fille japonaise. Se comporter d'une manière naturelle, comme tante Reiko ou Sally. C'était plus facile à dire qu'à faire.

— Ah… vous devez être ravie, non ? dit-il, étonné par la facilité avec laquelle elle lui répondait aujourd'hui.

Dès leur première rencontre, il avait tout tenté pour la mettre à l'aise. Peut-être y était-il parvenu. Il ignorait pourquoi, mais il y tenait par-dessus tout…

— Ravie, je n'en sais rien, rétorqua-t-elle avec franchise. Effrayée, sûrement. J'ai peur de déplaire à mes camarades de classe, ajouta-t-elle en faisant un effort surhumain pour surmonter sa timidité. Je suis si différente d'elles…

Elle le regardait d'un air sage. Ses gestes pleins

de grâce le subjuguaient. Il avait du mal à imaginer qu'on puisse résister à son charme.

— Elles vont vous adorer, murmura-t-il.

Il se retint pour ne pas ajouter : «Comme moi.» Son admiration n'avait pas échappé à Tak, qui fronça les sourcils. Peter se serait-il par hasard entiché d'Hiroko? Mais Tak décida finalement qu'il se faisait des idées.

— Et elle va s'habiller normalement! cria Tami.

Hiroko eut un sourire. Sa petite cousine craignait que les kimonos ne soient mal vus au collège.

— Mais oui, Tami-san. Je m'habillerai comme Sally.

Elle passa mentalement en revue sa maigre garde-robe occidentale. Des ensembles gris, ternes, passés de mode. Elle et sa mère les avaient choisis au hasard dans un grand magazin de Kyoto. Soudain, elle mesura combien ils étaient ingrats comparés aux tenues de Reiko et de Sally.

— J'adore vos kimonos, déclara alors Peter. Ils vous vont à ravir…

Sentant le rouge lui monter aux joues, elle baissa la tête, et ne répondit pas.

Après dîner, une nouvelle partie de Monopoly s'engagea. Cette fois-ci, Hiroko figurait parmi les joueurs. Son esprit vif avait rapidement saisi le principe du jeu. Chaque fois que Ken ou Sally firent mine de tricher, elle y mit le holà. Pendant ce temps, les trois adultes dégustaient un excellent café dans la cuisine. Les protestations et les rires des enfants leur parvenaient du salon… Bien sûr, Hiroko n'était plus vraiment une enfant — Ken non plus d'ailleurs — mais il émanait d'eux une candeur propre au plus jeune âge.

— Votre nièce est charmante, dit Peter d'un ton uni.

Takeo hocha la tête. Son cher cousin lui avait

confié sa fille ; ses injonctions résonnaient encore à ses oreilles. Empêcher à tout prix Hiroko de tomber amoureuse pendant son année d'études. Sur ce point, Masao avait été catégorique… Et Tak avait cru apercevoir dans le regard de son assistant, chaque fois que celui-ci parlait d'Hiroko, cette espèce d'éclair qui traverse les yeux d'un homme quand une femme lui plaît. D'un autre côté, Peter avait une petite amie. Et puis il n'aurait certainement pas jeté son dévolu sur Hiroko. Allons ! Il se montrait simplement protecteur à son égard.

— Oui, elle est charmante, répondit-il. Mais ce n'est qu'une gamine.

Une gamine ? Reiko avait son âge quand ils s'étaient rencontrés, calcula-t-il en même temps. Il avait trente ans à cette époque, et la jeune fille était l'une de ses étudiantes. Ils s'étaient mariés six mois plus tard, malgré leur différence d'âge. Mais Hiroko semblait si immature qu'il était difficile de la considérer comme une adulte. Pourtant, chaque fois que Peter la regardait, une petite flamme se mettait à danser dans ses yeux. Oh, il le nierait, c'était sûr, si Tak lui posait la question… Takeo décida de faire comme s'il n'avait rien remarqué et sourit à sa femme. Voilà vingt ans qu'ils étaient heureux ensemble. Ses pensées retournèrent ensuite à sa nièce, qui continuait de s'amuser avec ses enfants.

Elle était tellement japonaise, par certains côtés ! Et dans un an, elle retournerait au Japon. Malgré ses idées modernes, Masao ne permettrait jamais à sa fille d'épouser un Américain. De même, il ne pouvait envisager qu'Hiroko sorte avec un garçon, fût-il japonais. Ses projets étaient très clairs : un an d'études, après quoi elle devait rentrer au pays, avant d'être tentée par l'amour ou le mariage.

— J'aime beaucoup Carole, affirma soudain Peter, faisant allusion à sa petite amie, comme s'il voulait se convaincre lui-même, sans y parvenir tout à fait.

La beauté et la douceur d'Hiroko l'attiraient infiniment plus que les attraits de sa blonde fiancée. Carole menait tambour battant une carrière de top model. Il avait été flatté de sortir avec un mannequin aussi ravissant. Mais elle était superficielle, et il le savait. Comparer les deux jeunes femmes lui donnait une étrange sensation de malaise. Lorsqu'ils revinrent au salon où la partie de Monopoly battait son plein, il se traita d'idiot. « Ce n'est qu'une gamine », avait dit Takeo. Et il avait raison. Elle était trop jeune. Trop naïve. Son apparence de poupée exotique l'avait subjugué. Elle était en train de se chamailler avec Ken, et son rire aérien s'égrenait comme un son de clochette. En proie au désarroi, Peter découvrit une fois de plus qu'il ne pouvait détourner les yeux de ce petit visage rayonnant. Il eut honte de ses sentiments. Quoi qu'il éprouvât à son égard, il ne devait plus y penser. Il était hors de question de mettre la famille Tanaka dans l'embarras. Il ne trahirait pas leur confiance.

Il se leva pour prendre congé. Il salua Hiroko à la manière japonaise, d'un air sérieux. Ensuite, il dit au revoir à ses hôtes, et quitta la maison sans un mot de plus. Dans sa voiture, sur le chemin de Menlo Park, il tenta de se ressaisir. Mais il avait l'impression d'être le jouet du destin. Une marionnette, dont une main invisible tirait les fils… Heureusement, il s'en était rendu compte. Et ces fils, il allait les briser. Il ne céderait pas à sa fascination. Il ne se passerait jamais rien entre lui et Hiroko, il s'en fit le serment solennel.

Après le départ de Peter, Hiroko demanda à sa tante si « Peter-san était fâché ».

— *Fâché ?* Mon Dieu, non, pourquoi ? s'étonna Reiko.

84

Takeo, lui, comprit mieux le sens de la question. Il avait remarqué la façon presque abrupte dont son assistant leur avait souhaité bonne nuit. Et l'engouement de Peter pour Hiroko ne lui en avait paru que plus évident. Il se promit de le mettre en garde.

— Mais il a dit au revoir d'une voix si grave, insistait Hiroko.

— Il a ses propres problèmes, expliqua-t-il. Il a énormément de travail. Bientôt, quand tu iras au collège, ce sera ton cas aussi.

Elle se tut. Une question la tourmentait. Avait-elle dit ou fait quelque chose d'inconvenant, qui avait déclenché la colère de Peter? Son oncle n'était-il pas furieux contre elle, lui aussi? Mais sa tante lui souriait gentiment, et cela apaisa son inquiétude. Plus tard, dans son lit, cette nuit-là, les mêmes questions revinrent l'assaillir. Avait-elle commis une faute? Une maladresse? L'avait-elle offensé? Et de quelle manière? L'avait-il trouvée trop « moderne », ce soir, ou pas assez? Au matin, elle se sentait plus calme. Son oncle lui avait donné une réponse qui expliquait le silence de Peter. Celui-ci devait être préoccupé par son travail... à un tel point qu'il ne revint pas dîner les deux semaines suivantes. Et le 7 septembre, la famille Tanaka au complet accompagna Hiroko au collège Saint Andrew, dans la grosse Chevrolet verte.

Un bâtiment majestueux, ceint d'immenses pelouses d'un vert brillant, s'offrit à sa vue. Il y avait neuf cents élèves environ, venues en grande majorité de Californie — San Francisco ou Los Angeles. Quelques-unes étaient originaires d'autres Etats, ou de Hawaii. L'une d'elles venait de France, une autre de Grande-Bretagne. Leurs parents les avaient envoyées aux Etats-Unis, alors que la guerre dévastait l'Europe. Hiroko était celle qui venait du pays le plus éloigné.

Une « senior » l'accueillit, puis l'accompagna jusqu'à la chambre qu'elle allait partager avec deux autres étudiantes. Leurs noms figuraient sur le tableau d'affichage : Sharon Williams, de Los Angeles, et Anne Spencer, de San Francisco. Ni l'une ni l'autre n'étaient encore arrivées.

Reiko et Sally l'aidèrent à défaire son bagage, pendant que Tak, Ken et Tami attendaient dans le hall en bas... Une Tami boudeuse, presque en larmes, qui ne voulait pas que sa cousine Hiroko quitte la maison.

— Ne sois pas bête, avait gentiment grondé sa mère. Elle reviendra tous les week-ends, et pendant les vacances.

— Mais je veux qu'elle reste avec nous, avait lugubrement répondu Tami. Pourquoi ne va-t-elle pas à Stanford avec papa ?

Ses parents avaient d'abord envisagé cette possibilité. Réflexion faite, ils s'étaient ravisés. Réservé à des jeunes filles de bonne famille, Saint Andrew semblait mieux convenir à Hiroko. Elle qui avait grandi dans le cocon familial se sentirait perdue dans une université aussi gigantesque que Stanford... Une université mixte de surcroît, au grand dam d'Hidemi, qui aurait opposé son veto. Non. Tout compte fait, Saint Andrew était la meilleure solution.

Mais tout en rangeant ses affaires dans la petite penderie, Hiroko sentit les doutes l'envahir. Elle eut soudain la sensation douloureuse de perdre pour la seconde fois sa famille.

Lorsqu'elle redescendit au rez-de-chaussée, elle affichait un air aussi triste que Tami.

Elle portait la jupe marron qu'elle avait achetée avec sa mère, et un sweater beige orné d'un rang de perles, cadeau de ses parents pour ses dix-huit ans. Des bas de soie noire gainaient ses jambes, des escarpins à hauts talons épousaient ses petits pieds. Un chapeau placé de guingois parachevait sa tenue. Sally l'avait aidée à le mettre, tout en s'exclamant que ces vêtements lui allaient mille fois mieux que ses kimonos. Hiroko n'était pas du même avis. Les couleurs vives de la soie faisaient partie de sa personnalité. Dans ses nouveaux habits, elle se sentait nue.

Une autre « senior » leur fit faire le tour du collège. Le réfectoire, la salle de gymnastique, la bibliothèque. Une succession de pièces qu'Hiroko regarda à peine. Enfin, Tak déclara qu'ils devaient rentrer à Palo Alto. Ce soir, Peter et son amie Carole venaient dîner. Le cœur d'Hiroko se serra. Elle se sentait rejetée. Les deux derniers mois de sa vie n'avaient été qu'une suite de séparations…

Le moment du départ fut pénible pour tous. Tami éclata en sanglots. Sally serra Hiroko dans ses bras, la gorge nouée. Elle lui fit promettre de les appeler le plus souvent possible avant d'ajouter qu'elle voulait tout savoir de ses camarades et des garçons qu'elle serait éventuellement amenée à rencontrer. Elle faisait semblant d'être gaie, mais le cœur n'y était pas. Ken prit le relais. Il casserait la figure à quiconque manquerait de respect à sa cousine, déclara-t-il d'un air guerrier… Puis ce fut le tour de Reiko et de Tak. Ils l'embrassèrent tendrement. La ressemblance de son oncle avec son père ne fit qu'accroître son émotion. Une boule se forma au fond de sa gorge et elle les regarda s'en aller, incapable de prononcer le moindre mot. Quand la Chevrolet verte eut disparu, elle remonta chez elle.

Sharon, la première de ses compagnes de chambre, arriva à dix-sept heures par le train de Los Angeles. Elle avait des cheveux d'un roux flamboyant — et un tempérament de feu. Très vive, très volubile, elle commença par sortir des dizaines de photos de stars de cinéma de son sac et à les épingler autour du miroir de la coiffeuse. Au passage, elle précisa que son père était producteur de films. Elle avait rencontré toutes les vedettes d'Hollywood, ajouta-t-elle. Après quoi elle entreprit de montrer à Hiroko les photos de ses préférées.

— Votre mère est-elle actrice ? demanda Hiroko, les yeux écarquillés.

Des vedettes de cinéma ! Yuji en serait fou !

— Maman a épousé un Français, répondit Sharon d'un ton neutre. Elle est partie avec lui en Europe. Actuellement ils vivent à Genève, à cause de la guerre.

Elle se garda de signaler que le divorce de ses parents avait fait scandale à Los Angeles, et que tous les journaux en avaient parlé. Voilà trois ans qu'elle n'avait pas revu sa mère, mais celle-ci lui envoyait de somptueux cadeaux chaque Noël.

— Comment est-ce au Japon ? demanda-t-elle. (Elle avait rangé ses vêtements dans sa penderie et s'était laissée tomber sur son lit. Hiroko l'intriguait. Les seuls Japonais qu'elle connaissait étaient des domestiques, des femmes de chambre ou de jardiniers. Mais elle savait que le père d'Hiroko était professeur.) Que fait votre mère ? A-t-elle un métier ?

Etourdie par le flot de questions, Hiroko secoua la tête. Reiko avait peut-être un emploi d'infirmière, mais au Japon la plupart des femmes ne travaillaient pas.

— Elle est femme au foyer, répliqua-t-elle, dans l'espoir de satisfaire la curiosité de sa nouvelle amie.

Sharon alla se planter devant la fenêtre.

— Oh, la la ! s'exclama-t-elle, admirative, faisant signe à Hiroko de la rejoindre. Regardez-moi ça. On dirait Carole Lombard !

Ensemble, elles contemplèrent la créature de rêve

qui émergeait de la limousine noire, dont un chauffeur en livrée avait ouvert la portière. Elle était belle à couper le souffle, avec ses jambes interminables et ses superbes cheveux blond pâle, presque blancs. Elle portait un chapeau de paille et un magnifique ensemble de soie blanche, qui venait sûrement d'un grand couturier parisien.

— Qui est-ce ? Une star de cinéma ? demanda Hiroko.

Sharon pouffa.

— Mais non. C'est probablement une de nos camarades. Papa a la même voiture. Il m'aurait emmenée s'il n'était pas parti en week-end avec sa fiancée à Palm Springs.

Elle avait parlé avec désinvolture, ne voulant pas révéler à une inconnue que sa vie était un désert de solitude. On lui enviait la position sociale de sa famille, mais Sharon manquait cruellement d'affection.

Un coup à la porte. Elles se retournèrent. Le chauffeur en livrée apparut, un sac de voyage à la main. La créature de rêve lui emboîtait le pas. Très grande et mince, elle était d'un abord froid, impression encore accentuée par ses yeux d'un bleu polaire.

— Anne Spencer ? fit Sharon.

— Oui, dit l'arrivante, nullement impressionnée.

Ses yeux de glace effleurèrent Hiroko, sans la voir.

— Nous partagerons cette chambre. Je suis Sharon, et voici Hiroko.

— J'ai demandé à être seule, déclara Anne d'une voix aussi glaciale que le reste de sa personne.

— Personne n'a le droit d'être seule en première année. Les juniors sont logées par trois ou quatre. Seules les élèves arrivées en fin d'études séjournent dans des chambres à un ou deux lits.

— On verra, répondit Anne d'un ton assuré, en sortant de la pièce, suivie par le chauffeur qui resta dans le couloir.

Sharon eut un haussement d'épaules. Si elle déménageait, tant mieux : côtoyer quotidiennement une fille aussi gâtée leur rendrait la vie impossible. Hiroko s'était assise sur son lit, curieuse de ce qui allait se passer. Anne comme Sharon appartenaient à ce genre de personnes qui vous échappent.

Anne Spencer revint vingt minutes plus tard, l'air extrêmement mécontente. D'une voix cassante, elle pria le chauffeur de poser son sac de voyage devant la penderie. Elle avait eu tort de ne pas emmener sa femme de chambre, songea-t-elle. Défaire ses bagages, quel ennui ! Et quel dommage que ses parents n'aient pas pu l'accompagner ! Ils étaient à New York, en visite chez sa sœur aînée qui venait de mettre au monde son premier bébé.

Elle ôta son chapeau, le jeta sur une chaise, puis se pencha vers le miroir pour examiner les photos fixées sur le cadre.

— C'est à qui, ce bazar ? dit-elle en fusillant Hiroko d'un regard accusateur.

Elle n'arrivait pas à s'expliquer pourquoi on l'obligeait à partager sa chambre avec la fille d'un quelconque jardinier. D'ailleurs, tout à l'heure, elle avait fait irruption dans le bureau de la direction pour s'en plaindre. Mais l'employée qui s'y trouvait n'avait pas bronché. Cette chambre avait été attribuée à Mlle Spencer au même titre qu'aux deux autres étudiantes, lui avait-elle dit. Elle allait devoir patienter au moins jusqu'à lundi, jour de réunion du conseil.

— Ces photos sont à vous ? demanda Anne d'un ton empreint d'un mépris souverain, le seul qui convenait pour s'adresser à une Japonaise.

— Elles sont à moi, dit Sharon avec fierté. Mon père est producteur de cinéma.

Anne haussa un sourcil. Tout allait de mal en pis. Dans son esprit, les gens du show-business ne valaient pas plus que les Orientaux. Elle s'était inscrite dans ce collège fréquenté par des jeunes filles de la haute société, et il avait fallu qu'elle tombe sur ces deux-là. Elle n'en croyait pas ses yeux. Elle congédia le chauffeur avant de défaire sa valise en silence. Penchée sur son bureau, Hiroko se mit à écrire une lettre en calligraphiant sur le papier blanc les caractères élégants de sa langue maternelle.

« Chers papa, maman et Yuji. Saint Andrew est un endroit merveilleux. J'ai deux compagnes de chambre très gentilles… »

C'était exactement ce qu'ils voulaient lire, elle le savait. De toute façon, elle ne comprenait pas l'animosité d'Anne. Ni la nature de ses griefs à son encontre. C'était la première fois qu'on la rejetait aussi ostensiblement et elle sentait que même Sharon, malgré son apparente gentillesse, n'avait nulle envie de se lier d'amitié avec elle. La fille du producteur s'était empressée de sortir, à la recherche de nouvelles connaissances, et depuis qu'elle était partie, Anne ne lui avait plus adressé la parole, sauf pour lui faire une remarque déplaisante. La jeune fille décida qu'elle en parlerait à Tak et Reiko mais pour rien au monde elle n'aurait voulu causer du souci à ses parents.

« L'une vient de Los Angeles, poursuivit-elle. Son père est producteur à Hollywood. L'autre est vraiment très jolie. Elle s'appelle Anne, et elle arrive de San Francisco. »

La porte claqua. Elle était seule.

Le lendemain, Anne remua ciel et terre pour déménager. Ses efforts s'avérèrent vains. On lui répondit que toutes les chambres avaient été attribuées. Certes, la doyenne était désolée qu'elle n'aime pas la sienne. Et — oui, bien sûr ! — elle avait reçu avec gratitude les dons de M. et Mme Spencer — celle-ci avait été diplômée de ce même collège en 1917. Mais malheureusement, il n'y avait aucune autre chambre de libre. Anne insista. On lui avait promis qu'elle serait seule, répéta-t-elle, excédée. Mais cela ne changerait rien... Folle de rage, elle regagna la chambre en trombe. Elle était en train d'arpenter le tapis, furieuse, quand Hiroko entra.

— Qu'est-ce que vous voulez, vous ? hurla Anne, incapable de se contrôler.

— Rien, Anne-san... Je... (Elle était venue chercher un sweater. Elle avait toujours froid quand elle était vêtue à l'occidentale.) Je ne voulais pas vous déranger.

— Je n'arrive pas à croire qu'on nous ait mises dans la même pièce ! s'écria Anne, insensible à l'expression chagrinée de son interlocutrice. (Elle pouvait se montrer charmante quand elle le voulait mais elle estimait qu'Hiroko ne méritait aucun égard). Que faites-vous dans cette école ?

— Mon père m'y a envoyée.

— Le mien aussi, mais j'étais loin d'imaginer à qui j'aurais affaire, dit Anne méchamment.

Elle sacrifiait à tous les préjugés de la classe sociale à laquelle elle appartenait. A ses yeux, les «Japs» ne pouvaient être que des serviteurs et rien de plus.

Hiroko s'était figée. Quelque chose ne tournait pas rond mais quoi au juste, elle n'en savait rien. Les autres étudiantes lui réservèrent, plus tard, un accueil presque aussi froid. Aucune ne vint la saluer. Même Sharon, qui avait été si chaleureuse au début, évita de s'asseoir à la même table qu'elle, dans le vaste réfectoire. Elle agit de même pendant les cours.

Contrairement à Anne, elle témoignait à Hiroko de l'amitié en privé, mais en public, elle faisait semblant de ne pas la connaître. Finalement, la franche hostilité d'Anne blessait moins Hiroko que l'hypocrisie de Sharon.

— Je ne comprends pas, dit-elle tristement à Reiko, lorsqu'elle rentra à Palo Alto pour le weekend.

Le comportement de ses camarades la déroutait. Anne et ses amies s'écartaient avec ostentation chaque fois qu'elle apparaissait. Les autres semblaient ne même pas la voir.

— Qu'est-ce que je leur ai fait ? Pourquoi sont-elles furieuses contre moi ?

Des larmes embuèrent ses yeux. Un soupir gonfla la poitrine de Reiko. La pauvre Hiroko aurait le même problème partout. Peut-être à un degré moindre à Stanford, où les étudiants, beaucoup plus nombreux, semblaient avoir moins de préjugés. Saint Andrew était un microcosme, et les idées préconçues n'y étaient que plus apparentes. Reiko se demanda s'il ne fallait pas demander le transfert du dossier d'Hiroko à Stanford ou à Berkeley. Elle regarda sa nièce.

— Tu es victime d'une forme de racisme, soupira-t-elle, désolée d'avoir à lui parler ainsi. Ça n'a rien à voir avec ton collège. C'est pareil partout. Il existe des sentiments négatifs vis-à-vis des Japonais, Hiroko, autant que tu le saches. Et que tu en prennes ton parti. Ça va peut-être s'arranger. Avec un peu de chance, tes camarades t'apprécieront quand elles te connaîtront mieux…

N'y tenant plus, elle attira sa nièce dans ses bras. Hiroko avait l'air d'une enfant au cœur brisé, d'une petite fille perdue. Tami n'aurait pas réagi autrement.

— Alors c'est pour ça qu'elles me détestent ? murmura-t-elle, incrédule. Parce que je suis japonaise ?

A son grand étonnement, Reiko acquiesça.

— On a du mal à le croire mais, oui, c'est pour ça. Ta demoiselle Spencer est sans doute trop imbue d'elle-même pour daigner te fréquenter. Y a-t-il beaucoup d'étrangères au collège ?

L'idéal serait qu'il y ait une autre Japonaise, mais il ne fallait pas rêver, se dit Reiko au même moment.

— Deux seulement. Une Anglaise et une Française que je ne connais pas. Elles sont « juniors », elles aussi, mais on n'est pas dans la même classe.

L'année s'annonçait longue et pénible en compagnie d'Anne Spencer et de ses semblables.

— En as-tu parlé à quelqu'un ? Pourquoi ne demandes-tu pas conseil à l'un de tes professeurs ?

— J'ai peur de m'attirer des ennuis supplémentaires. Déjà elles ne me supportent pas… Peut-être est-ce… (elle s'interrompit un instant, cherchant le mot adéquat)… peut-être suis-je responsable.

C'était peu probable, pensa Reiko. Elle avait rencontré la même hostilité à l'école de Fresno, des années auparavant, et apparemment rien n'avait changé. Tant que l'on fait partie d'une communauté, tant que l'on vit en marge de la société américaine, les gens vous tolèrent. Comme s'il existait deux mondes parallèles, étanches, impossibles à mélanger. Mais il ne fallait pas enfreindre les règles. Celles-ci étaient implacables. La loi californienne interdisait encore aux Japonais d'épouser des Blancs, par exemple, mais c'était inutile d'essayer de l'expliquer à une jeune fille de dix-huit ans, fraîchement arrivée de Kyoto.

— Tant pis pour elles, Hiroko. Un jour, tu te

feras peut-être des amies à l'université. Sois patiente. En attendant, évite toutes celles qui te cherchent des ennuis.

Elle avait donné une consigne identique à ses propres enfants, qui avaient rencontré les mêmes difficultés dans leurs écoles. C'était une blessure profonde pour Reiko, qui se considérait comme américaine à part entière. Finalement, elle en était venue à redouter le jugement de ceux qu'elle tenait pour ses compatriotes. Et à souhaiter que ses enfants ne fréquentent que des Japonais. Elle ignorait que le flirt de Sally était moitié irlandais, moitié polonais.

— Tu peux revenir ici tous les week-ends, si tu veux, dit-elle à sa nièce.

Hiroko eut un haussement d'épaules. Il faut affronter l'adversité avec *gambare*, expliqua-t-elle — c'est-à-dire endurer les épreuves calmement, avec courage.

— Ce serait pareil à Stanford, déclara Tak, lorsque sa femme l'eut mis au courant des déboires d'Hiroko le soir même. On est en Californie, ne l'oublie pas.

— Et alors ? Vas-tu accepter cette injustice sous prétexte qu'on est en Californie ? rétorqua-t-elle, furieuse.

— Je ne l'accepte pas, je la prends en compte. On n'a pas les moyens de combattre la discrimination. Ils veulent à tout prix que nous soyons différents. Notre culture, nos traditions, tout ce à quoi nos parents et nos grands-parents étaient attachés, leur font peur. Et malheureusement, on a toujours peur de la différence.

Un silence suivit. Il regarda sa femme. Il avait de la peine pour Hiroko.

— Elle n'a pas porté l'un de ses fichus kimonos pendant les cours ?

Il regretta aussitôt sa question. En kimono ou en vêtements occidentaux, Hiroko se serait attiré de toute façon l'inimitié des autres étudiantes.

— Mais non ! Elle les a tous laissés ici.

— Bon. Qu'elle continue comme ça.

Le lendemain, il tenta d'expliquer la situation à sa nièce. Ses conseils furent les mêmes que ceux de Reiko. Il se servit des mêmes mots : racisme, préjugés... Une réalité avec laquelle il fallait vivre. Il l'incita à chercher des amies qui auraient des idées différentes. En vain. Un mois plus tard, il n'y avait toujours pas eu la moindre amélioration. Chaque week-end, Hiroko arrivait à Palo Alto, plus abattue que jamais. Elle prenait le train le vendredi soir, tandis que le chauffeur en livrée venait chercher Anne Spencer. Celle-ci continuait à ignorer Hiroko. Durant les trois dernières semaines, elle n'avait ouvert la bouche que pour lui signifier sèchement que sa valise prenait trop de place.

— Mais c'est horrible ! se révolta Peter Jenkins, lorsque, en désespoir de cause, Tak s'ouvrit à lui.

— Oui, je sais. Je ne crois pas que toute l'école soit impliquée dans cette histoire. Il s'agit sûrement de quelques filles particulièrement bornées qui lui rendent la vie impossible. Vous connaissez Hiroko. Elle est trop timide et elle ne réagit pas. Elle a obtenu de très bonnes notes, mais elle est malheureuse. Je la plains du fond du cœur.

Hiroko attendait impatiemment les fins de semaine. Chez les Tanaka, elle se sentait parfaitement à l'aise. Elle jouait des heures durant avec Tami. Ken lui avait présenté tous ses amis, et Sally l'avait mise au courant de son idylle avec le jeune Irlandais. Hiroko lui avait promis de n'en souffler mot à ses parents, et elle avait tenu parole. Mais elle s'inquiétait. Sa jeune cousine se fourvoyait en s'amourachant d'un Blanc, elle était à présent bien placée pour le savoir.

— Pourquoi ne demande-t-elle pas son transfert dans une autre université ? questionna Peter.

Il ne l'avait pas revue depuis deux mois. Le dimanche, lorsqu'il passait chez les Tanaka, elle était déjà repartie pour Saint Andrew. Ils continuèrent à se croiser, jusqu'à la fin octobre. Un dimanche après-midi, il tomba sur elle, devant un pressing de Palo Alto. Ken lui avait appris à conduire la camionnette et elle s'apprêtait à y charger le monceau de vêtements qu'elle était allée chercher. Il la trouva radieuse, dans son kimono lavande.

— Hiroko ?

Elle reconnut sa voix avant de l'apercevoir. Elle se tourna vers lui, un sourire aux lèvres.

— Je vais vous aider, proposa-t-il, en lui prenant son fardeau des mains.

Le bonheur de la revoir l'avait suffoqué. Bizarrement, il se sentit pousser des ailes. Contrairement à ses habitudes, elle le dévisagea longuement. Son séjour à Saint Andrew semblait l'avoir mûrie.

— Comment allez-vous ? demanda-t-il, tandis qu'ils se dirigeaient vers la camionnette où il posa précautionneusement la pile de vêtements propres sur le siège arrière… Ça va, à l'école ?

Une ombre voila le regard d'Hiroko. Il crut apercevoir le miroitement d'une larme au bord de ses cils.

— Oui, très bien. Et vous-même, Peter-san, comment vous portez-vous ?

— Je suis débordé. Comme toujours à l'approche des examens du premier trimestre.

Elle hocha la tête et il se surprit à souhaiter qu'elle fût une de ses étudiantes. Il aurait voulu l'interroger sur ses rapports avec ses camarades, la consoler, mais il se ravisa. Il était censé ne rien savoir.

— Il paraît que vous rentrez tous les week-ends. Et que vous repartez le dimanche soir. Je vous ai manquée à chaque fois. Dommage.

Un sourire timide étira les lèvres d'Hiroko, qui s'empressa de baisser les paupières. C'était drôle, ce mélange d'embarras et de joie. De gêne et de bien-être.

— Comment ça se passe à Saint Andrew? demanda-t-il.

Elle n'hésita pas plus d'une seconde.

— J'espère que bientôt ça se passera mieux, répondit-elle avec franchise.

Elle détestait le collège. Il ne lui restait plus que sept mois et demi à passer là-bas et elle comptait chaque jour.

— Vous n'avez pas l'air de vous y plaire, remarqua-t-il.

Il brûlait de l'emmener quelque part où ils pourraient discuter en toute quiétude. Dans les bois ou sur le campus. Mais il crut réentendre les mots de Tak. Celui-ci lui avait dépeint Hiroko comme une jeune fille «à part». Très différente des Américaines. Si jeune, et tellement innocente.

— C'est dur, admit-elle à mi-voix.

Et son père qui décrivait la Californie comme un paradis sur terre! Elle l'avait cru. Elle avait pensé qu'elle se ferait des amis, qu'elle s'amuserait. Elle ne s'était pas attendue à devenir une espèce de bouc émissaire.

— J'ai ressenti la même chose au Japon, dit-il doucement, d'une voix pleine de compassion. La façon dont les gens se comportaient, leurs vêtements, leurs manières, tout contribuait à m'exclure. Ça ne m'a pas empêché d'adorer ce pays. De le trouver fascinant. Au bout d'un moment, ça m'était égal d'être différent. (Il sourit à ses souvenirs.) Parfois, les enfants me suivaient. Je leur distribuais des bonbons et ils me remerciaient en riant. J'ai pris des centaines de photos.

Elle lui rendit son sourire. Elle avait déjà vu des touristes entourés de cohortes d'enfants. Si ses parents le lui avaient permis, elle-même en aurait sûrement suivi quelques-uns.

— Je ne sais pas, murmura-t-elle. J'ai l'impression d'être une sorte de curiosité. Un monstre de foire. On me trouve bizarre. Je me sens très seule, Peter-san.

L'ombre de la solitude — ce vide immense qu'elle éprouvait depuis qu'elle était partie de Kyoto — creusa ses traits.

— Je suis désolé, dit-il, ému par le chagrin qui se reflétait dans ses grands yeux en amande. Mais peut-être avez-vous raison. Peut-être cela va-t-il s'arranger.

Elle savait que non. Que rien ne pourrait changer l'attitude d'Anne ou de Sharon.

— Je suis heureuse ici, déclara-t-elle d'un ton résigné. Avec oncle Tak et tante Reiko, je veux dire. J'ai beaucoup de chance de les avoir.

— Eux aussi ont de la chance de vous avoir, Hiroko.

Elle s'inclina alors profondément, avant de grimper dans la camionnette.

— J'espère que bientôt vous serez mieux acceptée au collège, cria-t-il d'un ton encourageant.

La Chevrolet démarra. Il la suivit du regard. Si seulement elle était présente, ce soir au dîner, pria-t-il… Non, il valait mieux qu'elle n'y soit pas. Un élan mystérieux et trop puissant le poussait vers elle. Quelque chose d'obsédant. D'inexplicable. Il n'aurait pas su dire pourquoi ni comment c'était arrivé. Elle n'était qu'une très jeune fille venue ici pour perfectionner son anglais avant de regagner son pays. Et il était un homme, un adulte. Il avait sa vie, sa carrière, ses habitudes, une maîtresse que d'autres lui enviaient. Alors que cherchait-il chez cette femme-enfant aux yeux de velours ? Pourquoi ce visage fin aux pommettes saillantes le hantait-il ? Pourquoi ne cessait-il de penser à elle ?

Désemparé, il monta dans sa voiture. Il fallait coûte que coûte étouffer cet amour avant qu'il ne s'épanouisse. Sa passion n'avait rien à voir avec celle qu'avaient éprouvée jadis Takeo et Reiko. Eux avaient le droit de s'aimer. Mais on n'était plus en 1922. La situation n'avait rien de comparable. Il était américain et Hiroko était japonaise. Donc, ils n'avaient rien à attendre, rien à espérer, aucun avenir ensemble. Il écrasa la pédale de l'accélérateur en se promettant de l'oublier. Ce genre de rêverie amoureuse n'avait tout simplement pas de sens. Eh bien, il s'appliquerait à ne plus rêver à elle, se dit-il fermement. Mais malgré lui, ses pensées voguèrent de nouveau vers la jeune fille au kimono lavande.

6

En novembre, Hiroko fut moins solitaire. Pendant
le premier trimestre, Sharon avait eu des notes catas-
trophiques. En désespoir de cause, elle se tourna
vers sa compagne de chambre japonaise, très forte
dans toutes les matières. Chaque soir, les deux
jeunes filles travaillaient côte à côte sur leur petit
bureau encombré de livres et de cahiers, et cette
nouvelle complicité donnait à Hiroko une illusion
d'amitié.

Ces séances de travail se déroulaient sous l'œil
narquois d'Anne Spencer. Son mépris à l'encontre
d'Hiroko ne tarda pas à s'étendre à Sharon. «Qui se
ressemble s'assemble», disait-elle aux autres étudiantes. Finalement, les gens du show-biz ne
valaient guère mieux que les Orientaux. Et dire
qu'on avait osé la loger avec ces propres à rien, elle
dont la famille figurait parmi les plus généreux
donateurs de l'école ! Ulcérée, elle s'en plaignit à
ses parents. Ceux-ci montèrent sur leurs grands chevaux et vinrent personnellement en discuter avec la
doyenne du conseil d'administration. Celle-ci leur
répondit que leur fille serait seule dans sa chambre
dès que cela serait possible, mais que, pour le
moment, elle devait patienter. La doyenne leur rap-

pela qu'Hiroko n'avait pas à rougir de sa famille. Les parents d'Anne rétorquèrent que c'était peut-être vrai, mais qu'on était en Californie, et pas au Japon. Ici, les Japonais ne jouissaient pas de l'estime générale. Charles Spencer alla jusqu'à laisser entendre qu'il cesserait ses dons tant que sa fille n'aurait pas obtenu satisfaction. Nullement impressionnée, la doyenne en prit note, signifiant par là qu'elle n'était pas prête à céder à ce genre de chantage.

L'impatience d'Anne se mua en colère. A l'approche de Thanksgiving, elle signala au conseil qu'elle songeait à demander le transfert de son dossier dans un autre collège.

— Réfléchissez avant de prendre une décision hâtive, lui conseilla la doyenne.

Et tout ça à cause de cette pauvre petite Hiroko ! pensa-t-elle. Une fille charmante au demeurant. Discrète et brillante élève. Et si digne ! Elle subissait les humiliations auxquelles la soumettaient Anne et ses amies sans mot dire. Au moins, l'attitude de Sharon s'était modifiée. La fille du producteur de cinéma se montrait courtoise, sinon amicale. Oh, pas ouvertement, pas en public. Mais lorsqu'elles se retrouvaient seules, elle redevenait gentille. Un jour, elle offrit à Hiroko une boîte de bonbons, pour la remercier de son aide. Ses notes s'étaient améliorées. Hiroko excellait en chimie, en physique et en mathématiques. Et elle continuait à communiquer son savoir à celle qu'elle considérait à présent comme sa seule amie au collège. Sharon aurait pu lui rendre la pareille en espagnol, matière dans laquelle elle s'était distinguée, mais Hiroko ne suivait pas ce cours.

Thanksgiving approchait. Sharon s'apprêtait à partir pour Palm Springs, chez son père. Anne allait se rendre avec ses parents à New York où sa sœur habitait. Elle comptait prendre une semaine de vacances supplémentaire. Le chauffeur en livrée se présenta à l'heure convenue. Plantée à la fenêtre, Hiroko regarda la longue limousine noire s'éloigner sans l'ombre d'un regret. Anne Spencer ne lui manquerait pas.

Ce fut Ken qui vint la chercher, afin de la conduire à Palo Alto. Elle descendit les marches, un sac de voyage à la main. L'école était presque déserte et personne ne lui avait souhaité de bonnes vacances. Même Sharon, dans sa hâte de retrouver son père à la gare, avait oublié de lui dire au revoir. La veille, elle avait déclaré qu'ils passeraient les fêtes en compagnie de Carole Lombard et de Clark Gable… Affirmations auxquelles Hiroko n'accordait maintenant qu'un crédit tout relatif. Elle avait compris la solitude dans laquelle vivait Sharon, et elle la plaignait du fond du cœur.

— Ça va, la fac? demanda Ken, au volant de la camionnette.

— Pas terrible, répondit-elle franchement, les yeux tournés vers la portière.

Son cousin s'esclaffa.

— En tout cas, ton anglais s'améliore.

Elle se mit à rire avec lui.

— C'est Yuji qui va être content. Il collectionne les expressions argotiques américaines.

— Eh bien, tu lui en boucheras un coin, répondit Ken en riant.

Deux mois plus tôt, elle n'aurait jamais osé dire : «Pas terrible!» Pourtant cette simple phrase, qui avait déclenché l'hilarité de son cousin, était encore très loin de la réalité. Vivre dans l'entourage d'Anne Spencer n'était pas exactement une sinécure. Ayant surpris ses parents en train d'en discuter, Ken le savait. Cependant, il préféra se lancer sur un sujet plus plaisant. Ils se mirent à parler de leurs projets pour Thanksgiving. Tous deux décidèrent qu'il était impératif d'aller voir *Le Faucon maltais*, avec Humphrey Bogart et Sydney Greenstreet. Et d'emmener Tami à la patinoire. Ken glissa, au passage, qu'il avait découvert l'identité de l'amoureux de Sally. Il n'approuvait pas totalement cette idylle, mais sa futée de sœur lui avait extorqué un alibi pour sa prochaine sortie. Les parents exigeaient qu'elle soit rentrée avant vingt-trois heures, ce qui pouvait se comprendre : Sally n'avait que quatorze ans. Pour couronner le tout, son flirt n'était pas japonais, source d'inquiétude constante pour Ken, qui ignorait comment ses parents réagiraient s'ils venaient à l'apprendre.

— Et toi ? As-tu rencontré des garçons ?

Des bals occasionnels permettaient aux étudiantes de Saint Andrew de faire connaissance avec des jeunes gens d'U.C. Berkeley. Mais Hiroko n'en parlait jamais. La danse, les divertissements, les garçons ne semblaient pas la passionner.

— Non, je n'ai pas le temps, Kenji-san, répondit-elle en l'appelant par son prénom japonais. Je suis trop prise par mes études.

Et par les études de Sharon… La semaine précédente, elle lui avait consacré toutes ses soirées. Elle avait veillé tard dans la nuit. Après l'extinction des feux, elle avait même dû s'enfermer dans la salle de bains, avec une lampe de poche, pour terminer les devoirs de sa compagne de chambre.

— Pourquoi ? Tu n'aimes pas les garçons ? la taquina Ken.

D'autres filles de son âge avaient déjà fondé une famille.

— Lorsque je retournerai au Japon, mes parents s'adresseront à une marieuse, et elle me trouvera un époux.

Elle s'était exprimée d'un ton uni, comme si elle

trouvait cette démarche parfaitement normale. D'étonnement, Ken faillit en lâcher le volant.

— Parles-tu sérieusement ? Mais c'est affreux ! On dirait une coutume du Moyen Age.

Sa réaction eut le don d'amuser Hiroko.

— Mes parents se sont mariés ainsi, dit-elle avec un sourire.

Ça n'avait pas l'air de la choquer le moins du monde. D'ailleurs, sa grand-mère lui avait expliqué que les mariages de raison durent davantage que ceux contractés après un coup de foudre. A ses yeux, le mariage représentait une institution sacrée, alors que la passion se consumait rapidement, comme un feu de paille.

— Mes grands-parents aussi, répondit Ken. Mais mes parents sont tombés amoureux l'un de l'autre.

— Je suppose qu'ils ont eu de la chance. Peut-être est-ce différent aux Etats-Unis...

En son âme et conscience, elle préférait le vieil usage laissant les parents s'occuper de ces choses-là. Elle avait une confiance aveugle dans le jugement d'Hidemi et de Masao.

— Tu veux dire que tu pourrais épouser quelqu'un que tu n'as jamais vu auparavant ?

Il avait peine à croire qu'une fille aussi intelligente qu'elle se plie à cette coutume d'un autre âge. Il estimait que sa cousine était suffisamment belle pour avoir tous les hommes de la terre à ses pieds.

— Mais je le verrai avant, Kenji-san. Les deux fiancés se rencontrent une ou deux fois avant de décider s'ils veulent unir leurs destinées. Mon père a rencontré ma mère de cette façon et ils sont très heureux.

C'était la vérité. Certes, Masao s'était souvent révolté contre les marieuses, mais Hidemi n'avait rien contre elles, bien au contraire.

— Tu es folle ! bougonna Ken en secouant la tête, tandis que San Mateo se profilait à l'horizon.

— Mais non, je ne suis pas folle. Si le prétendant ne me plaît pas, je le dirai franchement. J'éviterai, ce jour-là, de manger du beurre de cacahuète !

Ken éclata de rire. Hiroko s'était habituée à tout sauf au beurre de cacahuète. Il n'avait pas oublié son air ahuri la première fois qu'elle y avait goûté. Elle avait cru que c'était de la colle, avait-elle dit plus tard, et avait eu peur de ne plus jamais pouvoir rouvrir la bouche.

— Et toi, tu n'es pas fou d'écouter à longueur de journée cette musique épouvantable ? le taquina-t-elle.

Il adorait les formations de jazz et le boogie-woogie. L'idole de Sally était Frank Sinatra, et à vrai dire, Hiroko ne détestait pas sa voix de velours… Mais rien ne pouvait remplacer la subtilité de la musique japonaise. Pourtant chaque fois qu'elle mettait un disque sur la platine et que les accents tremblotants du koto et du shamisen s'égrenaient, Ken se bouchait les oreilles, tandis que Tami se mettait à pousser des ululements.

A la vue de la maison de Palo Alto, le cœur d'Hiroko bondit de joie. Jaillissant de la voiture, elle traversa la pelouse en courant. Oncle Tak était sur le perron. Elle se jeta dans ses bras avant de disparaître à l'intérieur. Elle se sentait chez elle, ici. Tante Reiko s'activait devant ses fourneaux. Elle avait préparé les légumes, les noix de pécan et la purée de marrons. Lorsque Hiroko débarqua dans la cuisine, elle était en train d'étaler la pâte de la traditionnelle tarte aux pommes. Une appétissante odeur d'épices flottait dans la pièce. Ken se dirigea vers le réfrigérateur pour prendre une côtelette de mouton qu'il se mit à dévorer.

— Bonjour, Hiroko, sourit Reiko. Comment va la fac ?

— Je lui ai déjà posé la question, intervint Ken, la bouche pleine, et elle a répondu «pas terrible». Son anglais s'améliore.

Tous les trois pouffèrent de rire. Tami arriva sur ces entrefaites, avec un magazine où l'on voyait la poupée de ses rêves. Elle avait écrit au père Noël à ce sujet, expliqua-t-elle à Hiroko. (Reiko avait déjà acheté la poupée, qui reposait dans son paquet doré, au fond d'un placard.)

— Il te l'apportera sûrement, si tu es sage, lui affirma sa mère.

— Ah! Ah! railla Ken, en s'offrant un grand verre de lait bien crémeux. En ce cas, oublie ta poupée, ma belle!

Tami prit un air chagrin. Ses grands yeux humides se posèrent sur son grand frère, sa lèvre inférieure se mit à trembler. Hiroko la serra dans ses bras. Son cœur débordait d'une joie indicible, comme à chaque fois qu'elle se retrouvait parmi eux. A l'école, elle avait toujours froid. Ici, la chaleur l'enveloppait, se dit-elle, pressée de troquer sa tenue occidentale contre l'un de ses chers kimonos.

Cette nuit-là, Ken et Sally sortirent après dîner. Hiroko resta avec Tak et Reiko. Ils écoutèrent les informations à la radio. Les pourparlers entre les Etats-Unis et le Japon se poursuivaient, annonça le présentateur, mais Tak ne put dissimuler son inquiétude. Les rapports entre les deux pays n'avaient cessé de se détériorer. Quant aux nouvelles d'Europe, elles confinaient au désastre.

— Le monde court à sa perte, Rei, soupira-t-il, les sourcils froncés.

Roosevelt avait beau répéter qu'il n'entrerait pas en guerre, Takeo ne croyait plus à ces promesses. Il savait que dans l'entourage de la Maison-Blanche, on tenait le Japon pour un agresseur potentiel, et que le conflit atroce qui noyait l'Europe dans un bain de sang ne tarderait pas à l'emporter sur les bonnes résolutions du président américain.

— J'ai peur que le Japon soit entraîné dans le conflit, murmura-t-il. Que fera alors l'Amérique ? Les Anglais ne pourront pas contenir éternellement les assauts allemands. C'est déjà un miracle qu'ils n'aient pas capitulé.

Reiko hocha la tête d'un air songeur. Elle ne pouvait que se ranger à l'opinion de son mari. Après tout, Tak était professeur de sciences politiques. Son travail consistait à analyser les événements, puis à en tirer les conclusions qui s'imposaient. Et cette fois-ci, ses conclusions, précisément, ne l'incitaient pas à l'optimisme.

Mais le lendemain, ces problèmes furent oubliés, tandis qu'ils célébraient en même temps Thanksgiving et le Kinro Kansha-no-Hi, la grande fête japonaise des moissons, qui tombaient cette année le même jour. Au Japon, à cette occasion, on remerciait la divinité des bonnes récoltes.

— Rendons donc doublement grâce à Dieu, déclara Takeo avant de découper la dinde, triplement même, ajouta-t-il, en souriant, puisqu'il nous a envoyé Hiroko.

Tout en portant ce toast, il leva son verre et Peter Jenkins l'imita. Il passait toujours Thanksgiving avec eux. Carole, partie à Milwaukee dans sa famille, n'avait pu l'accompagner. Mais il ne s'en plaignait pas. Il aimait bien venir seul chez les Tanaka, surtout quand Hiroko était là. Toutefois, il avait pris soin de s'asseoir loin d'elle, entre Ken et Tami. Il ne l'avait pas revue depuis le mois précédent. Leur dernière rencontre l'avait bouleversé. Le visage d'Hiroko l'avait obsédé pendant des jours, et même des semaines. Mais cela ne se reproduirait plus, il se l'était promis. Se sentir attiré par une fille aussi jeune était ridicule.

108

Cet après-midi, elle était vêtue d'un kimono de crêpe rouge vif à motifs de feuilles mortes, ceint à la taille d'un obi de brocart rouge. Elle avait parachevé sa mise par les traditionnelles socquettes blanches tabi et des socques de bois geta. Ses longs cheveux de jais flottaient sur ses épaules, mais elle n'avait pas l'air de se rendre compte de sa beauté. La dinde et les tartes furent un régal. Les convives félicitèrent Reiko, qui sourit à Hiroko et la remercia de son aide. Les joues embrasées, la jeune fille baissa les yeux. Les compliments l'embarrassaient. Mais malgré sa timidité, elle leva à plusieurs reprises le regard sur Peter et aborda avec lui quelques sujets de conversation. De nouveau, il tomba sous le charme. Et bientôt, il n'eut plus conscience que de sa présence, de la façon dont ses cheveux soyeux avaient frôlé sa joue, lorsqu'elle s'était penchée pour retirer son assiette. La sentir là, si près de lui, sans pouvoir la prendre dans ses bras, le mettait au supplice. Tak devait comprendre ce qu'il éprouvait, car il lui adressa un coup d'œil empreint de compassion. A l'évidence, son assistant était épris d'Hiroko… Hiroko qui semblait totalement inconsciente de l'effet qu'elle produisait sur lui. Elle allait et venait, aussi légère qu'une brise d'été, débarrassait la table, changeait les assiettes, gracieuse et souriante. Elle ignorait qu'il regrettait d'être venu.

— Reprendrez-vous un morceau de tarte aux pommes, Peter-san ? demanda-t-elle avec précaution.

Il arborait un air si grave, si préoccupé qu'elle se demandait s'il ne s'était pas disputé avec sa petite amie. Elle était loin d'imaginer le véritable objet de ses tourments. Il était tombé éperdument amoureux d'elle et ne parvenait pas à combattre ses sentiments. Il avait beau se répéter qu'il avait tort, son cœur demeurait sourd aux arguments de sa raison.

— Non, merci, Hiroko-san, je ne veux rien, répondit-il, mais peu après, il accepta la tasse de café que lui tendait Reiko.

Hiroko lui lança un regard à la dérobée. Son visage affichait une drôle d'expression. Une sorte d'air lointain sur lequel elle se méprit. Qu'était-ce ? de la colère ? du mécontentement ? En quoi l'avait-elle offensé ? Elle était trop naïve pour deviner son angoisse, pour s'apercevoir que chaque fois qu'elle l'approchait, son parfum délicat l'enivrait.

Après avoir aidé Reiko à faire la vaisselle, Hiroko la regarda tristement.

— Qu'est-ce qui ne va pas ? lui demanda sa tante.

Il était facile de déchiffrer l'émotion qui se reflétait sur ses traits fins.

— J'ai dû déplaire à Peter-san. Il a l'air fâché contre moi.

— Je ne crois pas qu'il soit fâché, dit posément Reiko. *Troublé* serait un terme plus adéquat, à mon avis.

Elle n'en dit pas plus, craignant déjà d'être allée trop loin.

— Pourquoi troublé ? demanda Hiroko, sans comprendre.

— Je pense qu'il a des soucis, répondit gentiment Reiko.

Rassurée, Hiroko hocha la tête. Ainsi, d'après sa tante, elle n'avait commis aucune faute. Tant mieux. Elle avait eu si peur ! Pourtant, peu après, alors qu'elle apportait le plateau de café et les cookies dans le bureau où les deux hommes s'étaient retirés, Peter lui jeta un regard maussade. Ils étaient en train d'évoquer les derniers événements du conflit entre Anglais et Allemands. Elle posa le plateau sur la table basse, puis s'inclina avant de se retirer sur la pointe des pieds, tandis que Peter s'efforçait de se concentrer sur le discours de Takeo. Lorsqu'elle fut sortie, Tak fixa son jeune assistant. C'est sans espoir, pensa-t-il avec pertinence.

— Vous n'avez pas entendu un mot de ce que je vous ai dit, n'est-ce pas ?

— Mais si, justement. J'y réfléchissais.

C'était un pieux mensonge, bien sûr. Tak lui sourit. D'une certaine manière, Peter était un enfant, lui aussi, se dit-il, attendri. Son amour pour Hiroko le rendait sourd et aveugle. Mais n'était-ce pas le propre de l'amour ? Il l'avait déjà averti des conséquences qu'aurait sa passion, mais cela n'avait servi à rien, la preuve ! Le plus souvent, les choix du destin l'emportaient sur ceux des parents, il le savait.

— Je disais qu'Hitler et Churchill allaient se marier samedi prochain et je vous ai demandé si vous comptiez assister à la cérémonie.

Un sourire malicieux éclaira le visage de Peter. Ce satané Tak l'avait bien eu.

— Bon, d'accord, je ne suis pas dans mon état normal, admit-il. Et alors ?

Une grimace morose remplaça son sourire. Il s'était battu vaillamment contre son amour pour Hiroko. Et il avait perdu la bataille. Tak avait percé à jour son secret. Il était inutile de continuer à feindre devant lui. Peter le regarda d'un air anxieux. Il redoutait son jugement. Sa colère même. Son attirance pour Hiroko allait créer des problèmes au sein de cette famille qu'il respectait. Mais il n'y pouvait rien.

— Lui avez-vous déclaré votre flamme ? demanda Takeo.

Elle n'avait pas l'air au courant, mais on ne savait jamais.

— Non. Je ne voulais pas l'effaroucher. Et puis

comment lui dire ? Et quoi ? Oh, Tak, ce n'est pas juste. Je n'ai pas le droit de l'aimer.

Il se l'était répété mille fois. En vain.

— Je suppose que vous avez essayé de... contrôler votre passion ? Je veux dire : de ne rien laisser paraître ?

— Oui. J'ai tout tenté. L'indifférence. Un manque d'intérêt frisant la grossièreté. J'ai évité de passer les week-ends chez vous, sachant qu'elle serait là. Hélas, ça n'a rien changé. Chaque fois que je la vois, c'est pire... ou mieux, je ne sais pas. Je suppose que votre cousin... son père... ne verrait pas une telle alliance d'un bon œil.

Sa dernière phrase ne fut qu'un chuchotement. Tak le fixait avec sympathie. Il aurait voulu lui donner une réponse simple, mais il n'y en avait pas. Ils vivaient dans un monde complexe où les différences de culture n'avaient fait que s'accentuer ces derniers temps. Par ailleurs, Masao lui avait confié sa fille, et cela, Tak ne pouvait l'oublier.

— Il est certain qu'il ne sera pas ravi, répliqua-t-il franchement. Mais c'est un homme d'une grande sagesse, très moderne pour un Japonais. D'ailleurs, j'ai l'impression que vous lui plairiez. Attention, ça ne veut pas dire que vous avez mon approbation, Peter.

Mais il ne condamnait pas cet amour naissant... Il vouait une profonde estime à son assistant qu'il tenait pour quelqu'un d'intègre. Mais il n'était pas japonais, et il avait dix ans de plus qu'Hiroko. Là se situait le véritable problème.

— Allez-vous dire quelque chose à Hiroko ? questionna-t-il sans cacher son inquiétude.

— Je n'en sais rien encore. Elle sera sans doute tellement choquée qu'elle ne m'adressera plus jamais la parole. Je ne crois pas qu'elle soit prête à

112

se lancer dans cette aventure, Tak, et moi non plus peut-être.

La seule pensée qu'elle pourrait le rejeter le terrifiait. Il ne le supporterait pas.

— Et puis il y a Carole, reprit-il. Une mise au point s'impose. Nous ne sommes pas faits l'un pour l'autre, mais cela n'a rien à voir avec Hiroko. J'ai été soulagé quand elle m'a annoncé qu'elle passerait les fêtes à Milwaukee.

— Et maintenant ?

Les deux hommes échangèrent un regard. Dans celui de Tak il n'y avait pas l'ombre d'un blâme, il n'y avait que de l'inquiétude. Pour Peter, pour Hiroko, pour leur avenir.

— Je ne sais pas, Tak. J'ai peur d'entreprendre quoi que ce soit.

Une sensation de soulagement l'avait envahi. Il ne regrettait pas de s'être ouvert à son ami. A présent, le visage de ce dernier n'exprimait plus qu'une immense compassion. Aucune colère. Aucun mépris. Seulement de la compréhension.

— Je n'ai jamais pensé que vous étiez un lâche, dit calmement Takeo. Il me semble cependant que vous devez agir avec prudence et sans précipitation. Pesez le pour et le contre, mon ami, et songez aux conséquences. Elle n'est pas du genre à prendre les choses à la légère. Quoi que vous décidiez, vos vies en seront affectées pour toujours.

C'était une façon comme une autre de le mettre en face de ses responsabilités.

— Je sais. C'est exactement ce que je me dis depuis cet été.

— Je suis persuadé que vous ne lui ferez aucun mal, Peter.

Lorsqu'ils regagnèrent le salon, leur air décontracté trompa Hiroko. Elle aurait été choquée si elle avait su qu'ils venaient de parler d'elle. Ken et Sally avaient décidé d'aller au cinéma voir *Le Loup-Garou* avec Lon Chaney Junior. Ils proposèrent à Hiroko de les accompagner, mais elle déclina l'offre au prétexte qu'elle était fatiguée. En vérité, elle souhaitait passer une soirée tranquille au coin du feu, avec Peter. De plus, elle avait brodé une demi-douzaine de tapis pour la maison de poupée de Tami, et elle voulait les terminer avant Noël. Quand la petite fille monta se coucher, Hiroko tira d'un panier son ouvrage, sous le regard admiratif de Peter. Takeo suivit sa femme à la cuisine. Il avait hâte de lui raconter son entretien avec son assistant et de lui demander son avis. Elle l'écouta attentivement, tandis que le ronronnement de la cafetière couvrait leurs voix. Tak se reprochait d'avoir tacitement donné à Peter la permission de faire la cour à Hiroko. Il aurait dû se montrer moins indulgent, dit-il.

— C'est leur problème, chéri, pas le tien, répondit Reiko, avec un sourire plein d'affection.

Il acquiesça tout en se demandant s'il n'avait pas trahi la confiance de son cousin Masao.

Pendant ce temps, au salon, Peter contemplait en silence l'aiguille qu'Hiroko piquait adroitement dans le canevas.

— Vous ai-je offensé, Peter-san ? demanda-t-elle soudain.

Malgré les affirmations de Reiko, elle n'avait cessé d'y penser.

— Non, Hiroko, pourquoi ? (Ils étaient assis côte à côte, et il sentit un frisson le parcourir. Il en était ainsi chaque fois qu'elle se trouvait près de lui, depuis leur toute première rencontre.) Vous n'avez rien fait… C'est moi… je suis stupide.

Un silence suivit, pendant lequel il la regarda d'un air malheureux.

— Je ne peux plus venir ici, continua-t-il, et elle le fixa un instant, horrifiée.

Elle considérait qu'il faisait partie de la famille. Il lui manquerait terriblement s'il ne venait plus. Mais elle avait senti, elle aussi, ce drôle de frisson. Elle n'avait aucune idée de ce qu'il signifiait, mais cela s'était produit fréquemment. Pour ainsi dire presque à chaque fois qu'il s'approchait d'elle. Et maintenant, yeux baissés, elle mesurait avec effarement l'ampleur de sa faute. A cause d'elle, le meilleur ami des Tanaka, l'assistant de son oncle, ne mettrait plus les pieds dans cette maison.

— Je me suis très mal comportée, Peter-san, murmura-t-elle sans lever le regard. Si j'ai parfois été trop familière avec vous, c'est seulement parce que… parce que je pense à vous comme si vous étiez mon cousin.

Peter hocha la tête.

— Vous n'y êtes pour rien, Hiroko. L'ennui, c'est que moi, je ne pense pas à vous comme à une cousine.

— Je suis désolée, dit-elle en détournant le visage. Je me suis mal tenue, car j'ai trop présumé de votre affection. Ma conduite est inqualifiable. (Elle leva alors la tête, et il aperçut ses yeux brillants de larmes.) Pardonnez-moi.

— Oh, Hiroko, quelle petite idiote vous faites, sourit-il. (Il l'attira tout doucement dans ses bras.) Vous n'avez présumé de rien. Et vous n'avez rien à vous reprocher. Simplement, je ne pense pas à vous comme à une cousine, comprenez-vous ? Je pense à vous comme à quelqu'un de beaucoup plus important. Peut-être ai-je tort. J'ai essayé de me contrôler mais chaque fois que je vous vois, Hiroko, chaque fois que je vous vois…

Sa voix se fêla. Sans un mot de plus, il la serra plus fort contre son cœur et l'embrassa. Sous les siennes, les lèvres d'Hiroko étaient douces comme de la soie. Une sensation exquise le suffoqua. Il aurait voulu l'emporter dans ses bras, loin, très loin, quelque part où personne ne pourrait plus jamais les retrouver.

— Je dois être fou, souffla-t-il, lorsqu'il eut la force de s'arracher à leur étreinte.

Il avait l'impression d'être ivre.

Elle n'avait jamais embrassé aucun homme, mais elle avait répondu instinctivement à son baiser, et une émotion sans égale l'avait transpercée.

— Oui, je dois être fou, répéta-t-il dans un murmure. Mais je vous aime.

De nouveau, leurs lèvres s'unirent, et ils perdirent jusqu'à la notion du temps.

— Non, Peter-san, dit-elle finalement. Il ne faut pas faire ça.

— Je sais, répondit-il. C'est un tourment de tous les instants. Je me suis promis de ne plus jamais vous revoir, mais c'est impossible. Je vous aime. Pourquoi serait-ce mal ? Dites-le-moi.

Hiroko se taisait. C'était mal, elle le savait.

— Tout ce que je veux, c'est prendre soin de vous, dit-il. Etre près de vous tout le temps. Je vous suivrai au Japon si vous me le demandez.

— Oh, Peter...

Comment réagirait son père ? Il était impossible qu'il approuve cette union. Cependant, toute sa vie, il lui avait dit et répété «sois moderne». Et quoi de plus *moderne* que de tomber amoureuse d'un Américain ? Mais sa mère ? Hidemi condamnerait sans appel l'attitude d'Hiroko. Et son oncle et sa tante ? Que penseraient-ils d'elle ? Comme s'il avait deviné son angoisse, Peter lui prit la main et la porta à ses lèvres.

— Tak a tout compris, presque avant moi-même.

116

Je lui ai avoué tout à l'heure ce que j'éprouvais pour vous.

— A-t-il été furieux ? s'enquit-elle, paniquée à l'idée que Takeo allait tout dire à son père.

— Non. Inquiet, seulement. Et je le comprends. Mais il n'a pas eu l'air surpris. Je crois qu'il sait, depuis le début. Il n'a pas pu s'empêcher de vous comparer à Reiko. Elle aussi était une jeune étudiante lorsqu'ils se sont rencontrés. Et il était plus âgé qu'elle. Mais pour nous, les choses sont différentes, vous l'avez compris, n'est-ce pas ?

Oui, elle l'avait compris. A l'école, elle avait eu un aperçu de l'aversion que les membres de la bonne société vouaient aux Japonais. Elle n'osait imaginer leur mépris pour les femmes japonaises qui épousaient des Blancs. D'ailleurs, les mariages mixtes étaient interdits en Californie. Il leur faudrait s'unir dans un autre Etat. Mais à quoi pensait-elle ? Pour l'instant, il n'était pas question de mariage. Il était question d'une loi reflétant l'hostilité de toute une société à l'encontre des Orientaux. Et des obstacles que leur amour devrait franchir pour survivre.

— Hiroko, ne soyez pas triste.

Il l'embrassa une nouvelle fois. La tête lui tournait. Jusqu'alors, aucune femme n'avait autant exacerbé ses sens. Elle n'était pourtant qu'une toute jeune fille, si timide que ses baisers étaient comme des murmures. Il sut que le piège menaçait de se refermer sur eux. Qu'allaient-ils faire maintenant ? Quel chemin prendraient-ils ? Tout ce qu'ils savaient, c'était qu'ils s'aimaient. Et qu'ils sombraient dans un tourbillon de désir et de tendresse.

— Nous devons réfléchir très sérieusement, Peter-san, dit Hiroko, et l'espace d'une seconde, elle eut l'air plus âgée, plus avertie.

Dans ses bras, il se sentait à la fois aussi désarmé qu'un enfant, et aussi fort qu'un homme empli de passion. Il l'aurait épousée sur-le-champ, s'il avait pu.

— Oui, nous devons faire preuve de sagesse, reprit-elle, les yeux embués de larmes, et peut-être… peut-être même trouver la force de renoncer à notre amour. Il ne faut blesser personne, Peter-san. Personne ne doit souffrir à cause de nous.

Les larmes traçaient des sillons brillants sur ses joues. Elle se mit à trembler. A cet instant, elle comprit qu'elle l'aimait par-dessus tout.

— Ça va, vous deux ? fit la voix de Tak, venue de la cuisine.

Peter répondit oui. Après quoi, Reiko annonça que le café serait servi dans une minute. Les deux époux n'avaient pas fini de s'entretenir. Reiko affirmait que la décision appartenait aux deux amoureux, et Tak essayait de se persuader que ça ne porterait pas à conséquence.

— Voulez-vous sortir avec moi demain ? demanda Peter nerveusement. Nous pourrions aller au cinéma. Et discuter de tout ça…

Elle le regarda, incapable de croire à ce qui leur arrivait. Puis, lentement, elle hocha la tête. Elle n'était jamais sortie avec aucun homme, à part son père, mais elle avait une confiance absolue en Peter Jenkins.

Reiko apparut avec le café. Tous les quatre en dégustèrent paisiblement une tasse en parlant de leurs projets pour Noël. Peter les quitta peu après. Il remercia Reiko pour ce merveilleux Thanksgiving. Il était sincère. Ç'avait été merveilleux. Cette année-là, sa vie entière avait changé en un instant.

Hiroko le salua en s'inclinant, comme à son habitude, mais d'une manière plus solennelle. Ils s'étaient donné rendez-vous pour le lendemain après-midi. Il passerait la chercher et ils iraient faire un tour. Ils avaient tant de choses à se dire… Après son départ, elle monta silencieusement l'escalier en pensant à lui, tandis que son oncle et sa tante la suivaient du regard. Elle ignorait ce que l'avenir leur réservait. Ils avaient quitté le rivage et s'étaient embarqués pour un voyage dont ils ne connaissaient pas l'issue.

7

Peter vint la chercher le lendemain après-midi. Il
n'y avait personne à la maison, et Hiroko l'accueillit
dans un kimono de crêpe vert sombre, une couleur
réputée sérieuse, aussi grave que son humeur.
Ensemble, ils se mirent à marcher sous le dôme des
arbres. Peter mesurait l'ampleur de son amour pour
la jeune femme qui avançait à son côté. C'était
quelque chose d'insondable et d'immense, quelque
chose qu'elle devait ressentir également depuis
longtemps, peut-être depuis le début. Elle aussi
s'était battue contre ses démons intérieurs et elle
aussi avait fini par s'avouer vaincue. Maintenant,
elle s'étonnait de la puissance de leurs sentiments
car, sans aucun doute, un même élan les portait.

— Qu'allons-nous faire, Peter-san ? demanda-
t-elle, encore troublée par ses découvertes.

Elle ne voulait blesser personne. Ni trahir ses
ancêtres. Elle n'était pas venue en Amérique pour
déshonorer sa famille. Pourtant, une partie de son
esprit l'incitait à penser que la fatalité l'avait
conduite, tout au long de cette traversée, vers un but
unique : Peter. Et maintenant qu'ils s'étaient trouvés, il était impossible de revenir en arrière.

— Patience, Hiroko-san, répondit-il. Réfléchissons. Vous serez ici jusqu'en juillet. D'ici là, un tas de choses peuvent se produire. Si tout va bien, j'irai voir votre père cet été.

Ils se connaissaient à peine, mais cela ne semblait poser aucun problème à Hiroko. Si ses parents avaient loué les services d'une marieuse, elle aurait rencontré son fiancé quelques mois avant la cérémonie. Elle l'aurait encore moins connu que Peter Jenkins. En fait, la seule question qui la préoccupait était d'une tout autre nature. Peter n'était pas japonais, là résidait l'obstacle insurmontable.

— A votre avis, quelle sera la réaction de votre père ? demanda-t-il d'une voix tendue.

— Je ne sais pas, Peter-san, répondit-elle honnêtement. Il aura sûrement un choc. Peut-être oncle Tak pourrait-il plaider notre cause cet été… (Un sourire inattendu éclaira son visage.) Mais en attendant, qu'allons-nous faire ?

— On verra. Peut-être que d'ici l'été, vous ne voudrez plus entendre parler de moi.

Ils échangèrent un sourire. Car c'était peu probable…

Leurs pas les avaient conduits aux abords d'un petit lac. Ils s'assirent sur un banc, enlacés. Leurs lèvres s'unirent. Hiroko en eut le souffle coupé. Le frisson familier la fit tressaillir.

— Je t'aime, chuchota-t-il avec ardeur, tout contre ses cheveux.

Elle était la femme de sa vie. Et un lien inaltérable s'était déjà tissé entre eux. Un lien merveilleux qu'ils avaient envie de cacher aux autres, même à Tak et à Reiko. Mais sur le chemin du retour, ils se mirent à en discuter : fallait-il ou non parler de leurs projets à l'oncle et à la tante d'Hiroko ? Ils décidèrent d'un commun accord de garder le secret. Plus tard, ils leur diraient, bien sûr, mais pour le moment, ils avaient envie de goûter pleinement à ce bonheur dont rien ne devait altérer l'éclat. Takeo savait déjà que Peter était amoureux d'Hiroko. Mais personne n'imaginait encore qu'elle avait répondu sans hésiter à sa passion.

— Je crois que Tak et Rei savent déjà que nous nous aimons, dit-il en souriant. Mais j'ai peur que tes petits cousins nous rendent la vie impossible s'ils venaient à l'apprendre.

Un rire échappa à Hiroko. Elle se demanda comment son frère prendrait la nouvelle. Malgré son engouement pour l'Amérique, Yuji n'irait peut-être pas jusqu'à accepter un beau-frère américain. Elle se revit sur le pont-promenade du *Nagoya Maru*, entourée de sa famille. S'ils avaient su que son destin l'attendait de l'autre côté du Pacifique, ils l'auraient certainement ramenée à Kyoto.

Ils prirent la voiture que Peter avait garée à l'orée du bois. Il laissa sa passagère au coin de la rue. La discrétion s'imposait s'ils ne voulaient pas que la rumeur de leur idylle se répande dans Palo Alto comme une traînée de poudre. Il la suivit du regard, tandis qu'elle remontait l'allée menant à la maison, l'esprit empli des images rayonnantes de leur promenade. Ensuite, il démarra. Ses pensées étaient tournées vers Hiroko. Il songeait constamment à elle. Et à Tak, aussi. Il priait pour que son ami ne prenne pas ombrage de leur idylle. C'était arrivé malgré eux. Ils avaient été attirés l'un par l'autre aussi irrésistiblement que deux aimants. Pourtant, il ne pouvait s'empêcher d'être inquiet. Pour rien au monde il n'aurait voulu se fâcher avec ses amis ou les mettre dans l'embarras. Et ce n'était pas tout. Il n'avait pas encore rompu avec Carole. Elle n'en aurait pas le cœur brisé. Mais elle serait blessée dans son amour-propre. Il devait rapidement mettre fin à cette liaison. En dépit de ses bonnes résolutions, au lieu de se rendre en ville, le lendemain, il se retrouva chez les Tanaka. Il s'éternisa jusqu'à ce que Reiko l'invite à dîner... Elle les trouvait touchants, tous les deux, tandis qu'ils s'efforçaient de dissimuler leur attirance réciproque. Peter feignait une attitude parfaitement amicale. Hiroko, elle, s'était drapée dans une dignité qui ne trompait personne.

En les observant, Takeo se sentit gagné par l'anxiété. Comment allait-il expliquer à Masao que sa fille était amoureuse d'un Américain, qui n'était autre, en plus, que son propre assistant? Mais un sourire involontaire fleurissait sur ses lèvres chaque fois que son regard se posait sur eux. Ils étaient si jeunes. Si vulnérables...

Après dîner, ils allèrent au cinéma. Takeo invita Peter à les accompagner et, naturellement, le regard complice que son assistant échangea avec sa nièce ne put lui échapper. Ils étaient convaincus que leur amour passait inaperçu, alors qu'il sautait aux yeux. Il aurait fallu être aveugle pour ne pas se rendre compte que ces deux-là s'aimaient... Ils virent *Soupçons*, magistralement interprété par Cary Grant et Joan Fontaine, après quoi tout le monde se réunit à la maison autour d'un chocolat chaud. Il était près de minuit quand Peter se décida à s'en aller. Ses yeux cherchèrent ceux d'Hiroko, et ils restèrent un long moment à se regarder. Elle devait retourner à la fac le lendemain matin. Il lui promit de l'appeler à Saint Andrew. Mais il n'osa proposer de la raccompagner.

Le lendemain, en tailleur noir et sweater blanc, Hiroko posa son sac de voyage dans le vestibule. Reiko la serra dans ses bras. Leurs yeux se rencontrèrent avec une complicité toute féminine.

— Sois sage, ma chérie, murmura sa tante, en déposant un baiser sur sa joue, comme elle aurait embrassé sa propre fille. Ne fais pas de bêtises, d'accord?

Ces mots anodins recelaient un avertissement affectueux. Hiroko inclina la tête. Elle avait compris le message. Les conseils de sa mère, l'incitant à rester loin des hommes, lui traversèrent l'esprit. Elle n'avait fait qu'embrasser Peter mais leurs baisers enfiévrés lui avaient dévoilé un univers enchanté dont jusqu'alors elle n'avait pas soupçonné l'existence.

— Je ne ferai rien qui vous déshonorerait, Reiko-san, déclara-t-elle d'un air solennel.

— Prends soin de toi.

De nouveau, Hiroko hocha la tête. Elle avait parfaitement saisi le sens caché de ces propos.

— A bientôt, tante Rei.

Elle ne rentrerait pas les week-ends suivants, à cause des examens du premier trimestre. Ensuite, elle aurait trois semaines de congé pour les fêtes de Noël. Elle avait hâte d'y être. D'autant que Peter, en tant qu'universitaire, serait également en vacances.

Ce fut Ken qui la reconduisit. Le trajet se déroula dans le calme. Hiroko ne desserra pas les dents. Ken supposa que retrouver ses camarades de classe n'enchantait pas sa cousine. Il essaya de lui remonter le moral.

— Ne t'inquiète pas, ça va aller. Il ne reste que deux semaines avant Noël. Elles passeront en un rien de temps.

Elle répondit par un sourire contrit. Pour elle, deux semaines, c'était l'éternité. Ken la déposa devant le collège, avant de reprendre le chemin de Palo Alto.

Hiroko monta dans sa chambre. Sharon était affalée sur son lit, l'air déprimée. Elle commença par se plaindre de son séjour à Palm Springs. Thanksgiving avait été un pur cauchemar, déclara-t-elle, sans autres explications. Elle omit d'ajouter que son père n'avait pas dessoûlé de tout le week-end et qu'il avait changé de petite amie. La pauvre Sharon avait passé les vacances les plus abominables de sa vie. Elle détestait voir son père en état d'ébriété. Son retour à Saint Andrew n'avait pas allégé son chagrin. Où qu'elle soit, la solitude lui pesait comme un fardeau. De plus, elle avait eu de mauvaises notes et à l'idée d'être à nouveau tributaire d'Hiroko, elle s'était sentie encore plus abattue. Elle en avait par-dessus la tête. De tout. A la fin du premier semestre, elle comptait laisser tomber ses études pour essayer de devenir comédienne.

— Vous n'avez pas passé de bonnes vacances, Sharon-san ? demanda Hiroko avec sympathie.

La jolie rousse eut un haussement d'épaules. Elle portait un sweater sur un pantalon serré et ses amies lui avaient juré qu'elle ressemblait à Katherine Hepburn.

— Pas vraiment, dit-elle en allumant une cigarette.

Il était formellement interdit de fumer dans les chambres et dans les parties communes mais Sharon se fichait éperdument du règlement. Si elle était renvoyée de l'école, eh bien tant mieux ! Cela lui simplifierait la vie.

— Ne faites pas ça, dit Hiroko.

L'odeur de la fumée qui peu à peu se répandait dans la pièce ne pourrait que leur attirer des ennuis.

Une heure et demie plus tard, ce qui devait arriver arriva. Une élève entra dans la chambre. A la vue des mégots, elle fit demi-tour en direction du bureau des surveillantes. « La Japonaise fume », déclara-t-elle sans préambule. L'affaire éclata le lendemain après-midi. Questionnée par la surveillante générale, Hiroko ne dénonça pas Sharon. Celle-ci, interrogée à son tour, se garda bien de rétablir la vérité. Hiroko reçut un blâme de la direction. Mais même alors, elle se tut. Son code de l'honneur lui interdisait la délation. Elle fut consignée dans sa chambre où elle versa toutes les larmes de son corps, en silence.

Peter, qui l'appela le soir même, ne cacha pas son indignation.

— Dis-leur la vérité, bon sang. Pourquoi dois-tu être punie à la place de la vraie coupable ?

— A quoi bon ? Elles me détesteront encore plus, murmura-t-elle dans le combiné.

Un terrible sentiment d'échec l'écrasait. A l'autre bout du fil, Peter laissa échapper un soupir excédé. Il était furieux contre cette petite peste de Sharon, qui n'avait pas eu le courage d'assumer ses responsabilités.

— Mais quelle sorte d'enfants gâtées sont donc tes camarades ?

Il regrettait plus que jamais qu'Hiroko ne se soit pas inscrite à Stanford. Il proposa de lui rendre visite le week-end suivant. Elle refusa. Son arrivée ne ferait qu'attiser les ragots, expliqua-t-elle, terrorisée. Il lui promit alors de la rappeler.

Anne Spencer réapparut à la fin de la semaine, à la veille des premiers examens. Elle ne dit pas un mot à Hiroko, pas plus qu'à Sharon d'ailleurs. L'état psychologique de celle-ci ne cessait de se détériorer. Le soir suivant, elle resta dehors après l'extinction des feux, ce qui lui valut les foudres des surveillantes. Au lieu de s'excuser, elle se disputa âprement avec elles. A son tour, elle fut consignée dans sa chambre. A cause de ce règlement stupide, elle n'avait pas été en mesure de préparer son examen d'histoire, dit-elle à Hiroko d'une voix chargée de reproches, comme si c'était sa faute.

Anne se moquait complètement de tout cela. Les problèmes de ses compagnes de chambre ne l'intéressaient pas, pas plus que les rumeurs qui circulaient à leur propos. Elle avait entendu parler de l'incident des cigarettes, mais ne se sentait guère concernée. Si elles avaient envie d'être renvoyées de l'école, ça ne la regardait pas. Elle savait que Sharon fumait mais fut surprise d'apprendre qu'Hiroko avait à son tour pris cette mauvaise habitude.

Elle continua de les ignorer. Elle se jeta à corps perdu dans le travail, récolta des notes élevées dans toutes les matières, ne manqua pas un cours. Elle s'était fait énormément d'amies dans le collège et se mit à dormir dans leurs chambres, à seule fin d'éviter Hiroko et Sharon. Les surveillantes ne manquèrent pas de le remarquer mais fermèrent les yeux.

La semaine fut plus longue qu'un siècle. Le vendredi, Hiroko regretta de n'être pas partie pour Palo Alto. Seuls les souvenirs de Thanksgiving lui tenaient compagnie. Sans cesse elle se remémorait ce que Peter et elle s'étaient dit, ce qu'ils s'étaient avoué. Elle avait du mal à croire qu'il lui avait déclaré son amour et qu'il l'avait embrassée. Comme chaque semaine, elle écrivit à ses parents sans mentionner le jeune homme dans sa lettre. Comment leur expliquer quelque chose qu'elle-même ne comprenait pas bien encore ? Elle ne réussirait qu'à les alarmer. Elle se contenta de leur décrire le repas de Thanksgiving chez les Tanaka.

Le samedi soir, elle se coucha tôt. Anne était sortie comme d'habitude, et Sharon devait se trouver dans une autre chambre en train de fumer cigarette sur cigarette, en sirotant du gin. Dernièrement, elle s'était mise à fréquenter une fille qu'Hiroko connaissait de vue, mais qu'elle n'appréciait pas. Encore heureux qu'elle ne fume plus ici, songea-t-elle, déjà à demi somnolente.

Le dimanche matin, elle joua au tennis avec trois autres jeunes filles. L'une d'elles réprima un mouvement de recul quand elle la vit arriver, mais quelques minutes plus tard, elle n'opposa aucune objection à ce qu'Hiroko fasse équipe avec elle. Il en était souvent ainsi. On commençait par la regarder de travers, puis on se détendait. A part quelques élèves incapables de surmonter leurs préjugés, comme celles qui venaient de San Francisco, — en effet les habitants de San Francisco exécraient les Japonais, qu'ils considéraient comme des êtres incultes, issus de classes inférieures. Les autres semblaient mieux disposées à son égard. Hiroko appartenait à la vieille noblesse de son pays. Sa famille était socialement beaucoup plus ancienne que celle de ses condisciples. L'arbre généalogique de son père remontait au XIVe siècle, et celui de sa mère encore plus loin. Mais ils ne faisaient pas partie de l'aristocratie de l'argent, comme les parents d'Anne Spencer, par exemple.

Hiroko et sa partenaire gagnèrent deux doubles coup sur coup. Toutes les quatre quittèrent le court de tennis pour la cafétéria où elles burent des limonades. Pour la première fois depuis trois mois, Hiroko se sentit acceptée. Ses camarades lui avaient dit qu'elles espéraient rejouer avec elle. Finalement elle n'avait pas eu de chance avec ses compagnes de chambre, pensa-t-elle, rassérénée par ces signes d'amitié qu'elle avait attendus si longtemps.

Il était onze heures lorsqu'elle monta se changer. Vers midi, elle sortait de la douche, quand un long cri déchira le silence. Pensant qu'il s'agissait d'un accident, Hiroko passa à la hâte un peignoir, sans se donner la peine de se sécher, puis s'élança dans le couloir. Les étudiantes s'agglutinaient par groupes dans le hall. Certaines pleuraient. Différents postes de radio déversaient un flot ininterrompu d'informations.

— Que se passe-t-il ? voulut-elle savoir.

Un indicible effroi se lisait sur tous les visages. Tout le monde parlait en même temps, et Hiroko s'efforça en vain de comprendre la raison de toute cette agitation. Personne ne semblait avoir entendu sa question. Et soudain, un cri strident, véritable glapissement de terreur, perça le brouhaha.

— Nous avons été bombardés... bombardés...

Machinalement, Hiroko se tourna vers la fenêtre d'où elle n'aperçut que les arbres.

— Ils ont bombardé Pearl Harbor ! hurla une autre étudiante, le visage ruisselant de larmes.

Un nom inconnu pour Hiroko. La plupart des filles ignoraient l'emplacement exact de cette ville, sauf l'une d'elles, une Hawaiienne, dont le visage mortellement pâle trahissait l'émoi.

— C'est à Hawaii, dit-elle, devançant les questions. Les Japonais viennent de bombarder Pearl Harbor.

Le cœur d'Hiroko bondit, tandis que sa voisine murmurait, accablée :

— Ce n'est pas possible.

— Et s'ils venaient ici ? s'écria une autre jeune fille.

Soudain, ce fut la panique. Les étudiantes s'éparpillèrent comme une volée de moineaux dans les couloirs et les entrées. Seule Hiroko demeura immobile, comme figée. Elle n'avait pas bien compris ce qui s'était passé. Mais peu à peu, elle reconstitua le puzzle. Les Japonais avaient effectué deux raids aériens sur une base militaire située dans les îles hawaiiennes, infligeant de lourdes pertes aux forces navales et aériennes américaines. Les bombes avaient détruit tous les avions au sol, ainsi qu'un grand nombre de navires. Les morts, les blessés se comptaient par milliers. Attaqués sur leur propre territoire, les Etats-Unis ne pouvaient qu'entrer en guerre, si ce n'était déjà fait. Le spectre sanglant de la violence se profilait à l'horizon. On craignait un nouveau raid sur la côte ouest...

Tandis que les lamentations fusaient de toutes parts, Hiroko gagna sa chambre comme une ombre. Qu'allait-il se passer maintenant ? Qu'est-ce que ça voulait dire ? Que la guerre se généraliserait ? Et, dans ce cas, qu'adviendrait-il d'elle ? Allait-elle devoir repartir ? Serait-elle jetée en prison ? Ou déportée ? Et ses parents ? Et Yuji ? Partirait-il se battre, lui aussi ? Brusquement, l'actualité de ces derniers mois lui revint en mémoire. Les négociations entre l'Amérique et le Japon. Les pactes non respectés en Europe, Hitler, Mussolini, Staline... La moitié du monde voulait détruire l'autre et maintenant elle allait en pâtir, elle aussi. La situation lui apparut dans toute son horreur. Elle se vit seule, étrangère dans un pays ennemi, à près de huit mille kilomètres de ses parents.

Elle s'habilla comme une somnambule. Une heure s'écoula avant qu'elle ose s'aventurer dans le couloir. La majorité des étudiantes s'étaient retirées dans leurs chambres mais de petits groupes s'attardaient dans le hall, tandis que les postes de radio continuaient à diffuser les nouvelles. Elle hésitait à se mêler à ses camarades, quand elle vit l'une des filles avec qui elle avait joué au tennis. Originaire de Hawaii, elle pleurait à chaudes larmes. Deux heures plus tôt, elles étaient amies, et maintenant, à cause d'un événement qui les dépassait, elles étaient devenues ennemies. Son ancienne partenaire de jeu se tourna vers elle, le visage déformé par un rictus de haine.

— Toi ! Comment oses-tu te montrer ! Mes parents sont peut-être morts... à cause de toi !

C'était une accusation absurde, irrationnelle, dictée par le ressentiment. Au même moment, l'autre Hawaiienne éclata en sanglots et Hiroko recula, apeurée.

Elle se confina dans sa chambre tout l'après-midi,

pendue à la radio qui diffusait des informations terrifiantes. On craignait un raid sur la Californie. Une pagaille indescriptible régnait dans les rues. Soldats et marins avaient été rappelés à leurs bases. Toute la journée, des civils s'étaient présentés spontanément à la police et aux casernes des pompiers pour proposer leurs services. Jamais auparavant les Etats-Unis n'avaient subi d'invasion, et cela contribuait à créer un climat d'insécurité sans précédent.

Tak et Reiko avaient en vain essayé de contacter Hiroko. On avait réservé les lignes téléphoniques aux appels d'urgence, leur répondait-on invariablement. Tak n'osa insister. Il pouvait parfaitement imaginer ce que sa nièce endurait mais il hésitait à se rendre à Saint Andrew en voiture, laissant seuls sa femme et ses enfants. Ils étaient tous bouleversés. Le sort des Etats-Unis leur inspirait les plus vives inquiétudes. Leur cousin Masao mis à part, ils n'avaient plus d'attaches au Japon. Takeo tenta l'impossible pour le joindre au téléphone. Il opta finalement pour un télégramme dans lequel il lui demandait des consignes concernant sa fille. Si l'Amérique déclarait la guerre au Japon, ce qui semblait maintenant inévitable, Masao préférerait probablement qu'elle reste en Californie, à condition que les autorités le lui permettent, bien sûr.

Il était dix-huit heures passées quand il put enfin avoir Hiroko au téléphone. La jeune fille paraissait à bout de nerfs. Elle avait passé la journée enfermée dans sa chambre, craignant des représailles. Personne n'était entré dans la pièce, personne ne l'avait appelée. Elle sanglotait, couchée en travers du lit, quand une surveillante était venue l'avertir que son oncle la demandait au téléphone. Elle l'avait ensuite accompagnée jusqu'au rez-de-chaussée, sans un mot de plus. Hiroko s'accrocha à l'appareil comme à une bouée de sauvetage. Les larmes la suffoquaient. Elle se lança dans une longue tirade en japonais. Elle croyait vivre un cauchemar. Les noms de ses parents alternaient avec ceux de Reiko et des enfants. Elle avait l'air d'avoir oublié tout son vocabulaire anglais. Ce n'était plus qu'une petite fille perdue dans un pays inconnu, parmi des étrangers et des ennemis. Son oncle tâcha de la réconforter. Elle avait une famille aux Etats-Unis, lui rappela-t-il gentiment. Elle n'était pas toute seule. Obscurément, elle se dit qu'elle avait aussi Peter, à moins qu'il la déteste maintenant, comme les autres. Peut-être ne voudrait-il plus jamais la revoir. Peut-être plus personne ne lui adresserait-il jamais la parole. Elle avait vécu dans la hantise de voir débarquer la police, mais aucun uniforme n'était apparu. La direction ne tarderait pas à la renvoyer de l'université, elle en était persuadée, dit-elle à son oncle, d'une voix entrecoupée de sanglots.

— Calme-toi, je t'en prie, l'exhorta Takeo, à l'autre bout de la ligne. Pour le moment, tu ne risques rien. Attendons le discours du président demain. Ensuite, on avisera. J'essaie aussi de téléphoner à ton père. Je suis à peu près sûr qu'il ne t'arrivera rien. Tu es une étudiante étrangère bloquée ici par les événements, pas une espionne, pour l'amour du ciel! Personne ne te jettera en prison. D'ailleurs, il est possible que ton père nous prie de te garder auprès de nous. Tu seras plus en sécurité ici qu'au Japon.

Il s'exprimait calmement mais les pleurs d'Hiroko redoublèrent. Non, elle ne se sentait nullement en sécurité au milieu de l'hostilité générale.

— Et papa? maman? Yuji? S'il y a la guerre au Japon, que vont-ils devenir?

— Ils essaieront de s'en sortir. Et toi, tu seras mieux avec nous. Dès que j'aurai de leurs nouvelles, je te rappellerai. Demain, sûrement ; en attendant, calme-toi. Pas de panique, d'accord ?

Elle regagna sa chambre, plutôt rassurée. Plus tard, ce soir-là, Peter lui téléphona. Il avait passé une journée exécrable à s'inquiéter pour elle et il voulait savoir comment elle allait. Il avait tenté de la joindre à plusieurs reprises, mais sans succès. Il n'avait pas appelé Takeo afin de ne pas lui donner de soupçons.

— Mais toi ? Comment vas-tu ? demanda-t-il nerveusement.

C'était une question inutile, il le savait. Ses camarades n'avaient pas dû la ménager.

— Je vais bien, répondit-elle courageusement.

— Rentres-tu à la maison ? Chez les Tanaka, je veux dire ?

— Je ne sais pas. Oncle Tak a dit qu'il allait prendre différents avis avant de se décider. Il ne sait pas s'il vaut mieux que je reste ici ou que je reparte… Il a dit aussi qu'il essayait de contacter mon père.

— Qu'il se dépêche, alors, dit Peter d'un ton tendu. Après-demain, les communications avec le Japon risquent d'être interrompues pendant un bon bout de temps. Comment cela se passe à l'université ? Crois-tu que tu y es en sécurité ?

— Oncle Tak voudrait que je reste là jusqu'à ce qu'on y voie plus clair.

Un silence suivit. Peter se garda bien d'exprimer son désaccord. Pour lui, c'était tout vu. Les sentiments négatifs des étudiantes à l'encontre d'Hiroko n'allaient que croître.

— Et là-bas, Peter-san ? Comment ça se passe ?

— Un vent de folie souffle sur Palo Alto. Les gens sont complètement paniqués. Ils croient que les Japonais vont bombarder la côte ouest. Et c'est à craindre, malheureusement.

Nul ne savait comment la situation, déjà explosive, allait évoluer. Ils ignoraient que les agents du FBI avaient déjà procédé à des arrestations, et qu'ils avaient commencé à interroger des suspects, accusés d'intelligence avec des puissances ennemies. Il s'agissait de pêcheurs dont les bateaux étaient munis d'émetteurs radio ou de civils soupçonnés d'espionnage, pris en filature depuis plusieurs jours.

— Je serai à Palo Alto à la fin de la semaine, dit-elle.

Les vacances de Noël débutaient le vendredi.

— Nous nous reparlerons au téléphone avant. Et, Hiroko… (Il marqua une pause, cherchant les termes adéquats. Sans ajouter à sa frayeur, il voulait qu'elle sache qu'il resterait à son côté, quoi qu'il arrive.) Si jamais il y a un problème, reste là, et je viendrai te chercher.

Elle sourit, pour la première fois depuis des heures.

— Merci, Peter-san.

Elle reprit paisiblement le chemin de sa chambre. Elle dormit seule, cette nuit-là. Visiblement, aucune de ses camarades ne souhaitait partager le lieu avec une Japonaise. Dans le couloir, elle avait croisé deux étudiantes qui avaient détourné la tête à son passage. Mais elle avait refermé tranquillement sa porte, en pensant à Peter. Le lendemain matin, ils eurent tous la réponse aux questions qu'ils s'étaient posées lors de cette terrible journée.

A neuf heures et demie, heure de San Francisco, le président Roosevelt prononça un bref discours devant le Congrès. Il ne lui fallut pas plus de six minutes pour demander que la déclaration de guerre prononcée la veille soit ratifiée . «Non seulement les Japonais ont choisi de passer outre les négociations engagées par leur gouvernement et leur empereur visant à maintenir la paix dans le Pacifique, dit-il, mais ils ont délibérément préparé le bombardement de nos bases militaires dans les îles hawaiiennes, tout comme en Malaisie, aux Philippines, à Wake Island, à Guam, à Midway et à Hong Kong. » Grâce à cette opération, le Japon s'assurait la maîtrise des mers d'Asie. Et ce faisant, il provoquait l'entrée des Etats-Unis dans le conflit... A l'exception d'une voix, la déclaration fut ratifiée à l'unanimité. A treize heures trente, les documents officiels furent signés. A la fin de la journée, le Japon déclara à son tour la guerre à la Grande-Bretagne et aux Etats-Unis. L'Histoire était en marche.

Avant que les communications soient officiellement coupées, un employé du consulat japonais à San Francisco parvint à envoyer un message de Masao à Tak. Masao priait son cousin de garder sa fille près de lui s'il le pouvait. Il ajoutait que Yuji avait rejoint l'aviation. « Je pense à vous tous », disait-il, pour terminer.

« Jour d'infamie », avait clamé le président Roosevelt. Et jour de chaos... L'Etat décida la saisie des banques, des magasins, des journaux, et des stations de radio appartenant aux Japonais. Des bateaux de marchandises furent interceptés, des restaurants fermés. On arrêta quelques Allemands et Italiens, afin de les interroger. On arrêta aussi beaucoup de Japonais... Les frontières ayant été fermées, il était impossible de se procurer un billet d'avion. De toute façon, Hiroko n'aurait pas pu partir. La côte ouest vivait au rythme des alertes, dans l'angoisse d'un raid aérien qui ne se produisait pas. A dix-huit heures quarante, les sirènes retentirent soudain, provoquant une vague de panique. Hommes, femmes et enfants se précipitèrent dans des caves et autres abris de fortune. Toutes les stations radio se turent d'un seul coup. Mais rien ne se passa et on apprit plus tard qu'il s'agissait d'une erreur de radar. La même nuit, second concert de sirènes. De nouveau, les postes de radio cessèrent leurs émissions. Puis, plus rien. Une troisième fausse alerte à une heure trente du matin remplit les abris de gens en chemise de nuit, tenant des enfants endormis dans leurs bras. A deux heures du matin, couvre-feu. Et à trois heures, des gardes-côtes signalèrent un vrombissement suspect correspondant à deux escadrons d'aviation. Mais aucun raid ne vint briser le silence de la nuit ; le lendemain matin, le général John De Witt conclut pourtant que les escadrons avaient décollé d'un porte-avion — qu'on ne put localiser. Les journaux reproduisirent ce communiqué. Dans les esprits, la menace d'une intervention militaire sur le sol américain se précisait. Le 9 décembre, toute la ville semblait vidée de ses forces vives. Tout recommença la nuit suivante, et pas seulement à San Francisco. A Boston et à New York, les habitants descendirent dans les abris, craignant une attaque hypothétique. La peur gagnait du terrain, largement alimentée par les médias. Le général De Witt brandissait toujours l'épouvantail de l'invasion.

Deux jours plus tard, un mercredi, la déclaration de guerre du Reich aux Etats-Unis coïncida avec la prise de l'île de Guam par les Japonais. A Berkeley, on décréta la fermeture de toutes les entreprises japonaises.

Hiroko vivait un cauchemar. Depuis le début des hostilités elle avait à peine quitté sa chambre. Les élèves l'évitaient avec ostentation. Le 11 décembre, elle reçut une convocation de la doyenne. Elle s'y rendit la mort dans l'âme, certaine d'être renvoyée. Mais à son grand étonnement, l'entretien se déroula dans une atmosphère amicale. Aux yeux de la doyenne, Hiroko n'était qu'une innocente victime, au même titre que les Américains. On lui avait rapporté les vexations dont elle faisait l'objet — mais

Hiroko ne profita pas du fait qu'elle lui en parlait pour dénoncer Anne Spencer, Sharon et les autres.

— Revenez après les vacances de Noël, mademoiselle Takashimaya. D'ici là, les esprits se seront calmés, et vous pourrez reprendre vos études normalement.

Hiroko n'avait quitté sa chambre que pour aller passer ses examens. Elle avait pris ses repas seule, afin de ne pas affronter les autres étudiantes. Elle avait continué à travailler d'arrache-pied et avait obtenu des notes brillantes.

— Les temps sont durs pour tout le monde, reprit son interlocutrice, particulièrement pour les jeunes filles d'Hawaii. (Il n'y en avait que deux, mais chaque fois qu'elles rencontraient Hiroko, elles semblaient prêtes à lui arracher les yeux.) Avez-vous eu des nouvelles de votre famille ?

— Ils veulent que je reste ici, répondit doucement Hiroko. Mon père ne souhaite pas que je rentre au Japon.

Elle aurait donc compté les jours et les semaines en vain. La veille au soir, elle s'était rendu compte que des années passeraient peut-être avant qu'elle puisse regagner son pays natal. Elle avait pleuré amèrement à cette idée. Aussi leva-t-elle sur la doyenne un regard empreint de gratitude. Non seulement elle n'était pas renvoyée, mais on la priait même de revenir. Les manchettes des journaux n'avaient cessé de traiter les Japonais de tous les noms, durant la semaine.

— Ce Noël sera pénible pour nous toutes, dit la doyenne d'une voix posée. (La mobilisation avait commencé et chaque étudiante avait un frère, un fiancé, un être cher qui bientôt endosserait l'uniforme.) Mais en janvier, vous entamerez votre deuxième semestre et nous serons ravies de vous avoir parmi nous, Hiroko.

Elle se leva, mettant fin à l'entretien par une chaleureuse poignée de main. Les jambes flageolantes, Hiroko remonta dans sa chambre. Un soupir gonfla sa poitrine. Du moins, elle n'était pas expulsée de l'université. Contrairement à ses camarades, l'administration ne la traitait pas comme si elle était personnellement responsable du bombardement de Pearl Harbor. Elle rassembla ses affaires en vue de son départ pour Palo Alto, le lendemain. Pour la première fois depuis quatre jours, Anne et Sharon firent leur apparition dans la pièce. Elles bouclèrent leurs bagages en silence et dormirent sur place, mais les sirènes les réveillèrent en pleine nuit, et par deux fois, elles durent se réfugier au sous-sol, dans l'attente d'un raid qui ne vint pas. Il en était ainsi chaque nuit à présent. Des patrouilleurs signalaient des bombardiers, des sous-marins ou des torpilleurs à proximité des côtes américaines. Aucun engin ennemi ne se matérialisait jamais, mais cela n'empêchait pas les rumeurs d'enfler chaque jour davantage. La panique avait atteint son paroxysme.

Cette fois-ci, ce furent Tak et Reiko qui vinrent la chercher. Elle se jeta dans leurs bras, envahie par un immense soulagement. Elle avait passé la semaine la plus atroce de sa vie. Aucune de ses camarades n'avait songé à lui souhaiter un bon Noël, ni même à lui dire au revoir. Elle fondit en larmes dès l'instant où elle prit place dans la voiture.

— C'était affreux. Oui. Affreux… balbutia-t-elle en japonais.

C'était devenu une habitude maintenant. Chaque fois qu'elle s'adressait à son oncle ou à sa tante, sa langue maternelle refaisait surface. Tandis que la Chevrolet démarrait, sa tante lui fit remarquer sèchement que, dorénavant, elle devrait s'exprimer en anglais et rien qu'en anglais.

— Mais pourquoi ? s'étonna-t-elle.

Puisqu'ils comprenaient le japonais…

— Parce que nous sommes en guerre avec le Japon, répondit Reiko. Il ne marquerait plus qu'on te prenne pour un agent ennemi !

— Je crois que tu exagères un peu, Rei, dit Tak en souriant à sa nièce. Mais il est vrai qu'il serait plus… comment dire… diplomatique de parler anglais, Hiroko. Fais un effort. Les gens sont si énervés actuellement…

La presse n'annonçait plus que des catastrophes imminentes. Les articles des journaux regorgeaient d'insultes contre les «Japs». Les menaces japonaises, l'aviation japonaise, les bombes japonaises étaient sur toutes les lèvres. Promu commandant de la défense nationale de la côte ouest, le général De Witt alimentait parfaitement la haine des reporters.

Le samedi, les puissances de l'Axe — Italie, Allemagne et Japon —, auxquelles s'étaient jointes la Roumanie et la Bulgarie, déclarèrent la guerre aux alliés. On eût dit que le cours des événements échappait à tout contrôle. Assommée par tant de nouvelles accablantes, Hiroko chercha l'oubli dans le sommeil. Elle dormit à poings fermés toute la journée du samedi, ne se levant que pour aider Reiko à préparer le dîner. Tami déboula dans la cuisine, l'air terrorisée. Tous craignaient un raid aérien dans la nuit.

Hiroko ne revit pas Peter avant le dimanche. Il arriva sous un prétexte fallacieux — c'était elle qu'il était venu voir. Elle descendit lentement l'escalier, vêtue d'un kimono gris foncé dont la couleur sombre accentuait encore sa pâleur. Elle s'inclina devant Peter, comme d'habitude, mais la main de son oncle se posa sur son épaule.

— Hiroko, il ne faut plus faire ça. Même ici, tu

ne dois plus saluer personne de cette manière. C'est important.

La jeune fille se redressa. Les changements s'enchaînaient à une vitesse hallucinante. Tak sortit alors de la pièce, non sans avoir dédié à Peter un petit sourire contrit.

— Tu vas bien ? demanda-t-il, sitôt qu'ils furent seuls.

Ça n'avait pas l'air d'aller, pensa-t-il au même moment, alarmé. Elle paraissait exténuée, plus mince et fragile que jamais, comme si elle avait perdu du poids…

— Oui, merci, Peter-san.

Elle fit mine de s'incliner mais s'arrêta d'elle-même.

— Tak a raison, dit Peter d'une voix apaisante. Un de mes amis sansei me disait l'autre jour que sa grand-mère avait brûlé son petit drapeau japonais, craignant de s'attirer des ennuis.

— C'est bête, répondit-elle.

Son père aurait dit la même chose.

— Pas tant que ça. En période de guerre les gens font n'importe quoi, tu sais. Retournerons-nous à Saint Andrew après les vacances ?

Tak lui avait dit que son père désirait qu'elle reste en Californie, même s'il lui était possible de rentrer au Japon, — ce dont Peter doutait.

— La doyenne souhaite que je continue mes études. Elle a été désolée d'apprendre que mes camarades m'ont mise en quarantaine.

— Qu'est-ce qui te fait penser qu'elles ne recommenceront pas ?

— Rien. Le chizoku ne sert à rien, comme on dit chez nous. Il faut du bushido. Retourner là-bas et faire face à l'adversité.

Une sorte de force nouvelle l'animait. Elle avait pris la décision de se montrer courageuse, de ne pas déshonorer sa famille. Elle serait digne et fière. Elle ne pouvait plus vivre dans la honte, le chizoku. Peter connaissait cette notion de bushido — la témérité qui habite les samouraïs se préparant au combat.

— Oui, je crois que je retournerai là-bas, dit-elle. Je ne suis pas en guerre avec elles. Je ne suis en guerre avec personne.

Un sourire illumina son petit visage et, de nouveau, il eut envie de la prendre dans ses bras, comme si un puissant aimant le poussait vers elle.

— Je suis content de l'apprendre. Moi non plus, je ne suis en guerre avec personne.

Enfin, pas encore. Il s'était déjà entendu avec le conseil de discipline. Il allait terminer l'année scolaire, avant de rejoindre l'armée. L'université de Stanford avait déposé une requête spéciale auprès des autorités. La permission de conserver le département des sciences politiques lui avait été accordée.

— Dommage que tu ne puisses pas rester plus longtemps, dit-elle avec tristesse. Tu manqueras énormément à oncle Tak, quand tu ne seras plus là… Tu nous manqueras à nous tous. (Leurs doigts s'enlacèrent.) Oh, Peter-san…

Sa voix se brisa. Yuji combattrait dans l'aviation japonaise. Et Peter dans l'armée des Alliés. Quelle sensation étrange que d'avoir des personnes chères dans deux camps adverses ! se dit-elle soudain. Et le sort l'avait voulu ainsi…

Peter resta dîner, ce soir-là, puis il invita Hiroko à faire une promenade. Ils prirent le chien avec eux. Lassie se mit à gambader joyeusement, dépassant les pavillons qui bordaient la rue. Mais de subtils changements s'étaient produits dans le quartier. D'après Reiko, deux couples voisins leur battaient froid. Leurs fils avaient été enrôlés, tout comme les grands frères des camarades de Ken. Et à l'hôpital, l'un de ses patients lui avait intimé l'ordre de sortir de sa chambre... Il avait ajouté qu'il se méfiait de tous ces maudits « Japs », et qu'il n'avait nulle envie de se faire soigner par l'une de leurs infirmières. C'était un vieil homme grincheux et infirme. Elle avait mis ses remarques sur le compte de son mauvais caractère. Mais une de ses collègues, une nisei, elle aussi, avait connu la même mésaventure avec une jeune patiente de Hawaii.

— Ça va être dur pour eux, murmura Peter, en parlant des Tanaka. La population est terrorisée. J'espère que peu à peu le calme reviendra. Mais que veux-tu, nous avons été attaqués. Chaque fois qu'ils voient un visage asiatique, ça leur rappelle Pearl Harbor.

— Ma tante et ses enfants sont américains, répliqua-t-elle. Et mon oncle vit aux Etats-Unis depuis vingt ans.

— Je sais. Ils sont aussi américains que moi. Mais va expliquer ça aux gens.

— Finalement, je suis la seule véritable ennemie ici, conclut-elle tristement.

Il l'attira dans ses bras et l'embrassa avec fougue.

— Tu n'es pas mon ennemie, Hiroko-san. Tu ne le seras jamais.

Il n'avait jamais rien éprouvé de comparable pour aucune autre femme. Il avait rompu avec Carole dans la semaine. D'emblée, la discussion avait pris une tournure déplaisante. Il l'avait invitée à dîner pour s'expliquer mais avant qu'il puisse ouvrir la bouche, elle avait déclaré qu'à sa place elle aurait demandé à changer de département à Stanford.

— Que veux-tu que j'enseigne, grands dieux, la biologie ? avait-il demandé, amusé. Et pourquoi ?

Carole n'avait pas été le moins du monde troublée. En tant qu'Américaine, elle était convaincue que dans la situation actuelle, la moindre des choses était de refuser de collaborer avec un « Jaune », selon ses propres termes. Mais qu'est-ce qu'ils attendaient pour le renvoyer ?

Peter l'avait regardée, incrédule.

— Qu'est-ce que tu me chantes là, Carole ? Es-tu devenue folle ? Takeo Tanaka est une des personnalités les plus brillantes du monde universitaire.

— Peut-être, mais c'est un ennemi, avait-elle rétorqué. Il devrait être déporté. Ou expulsé.

— Mais qu'as-tu donc à la place du cœur ? Pour l'amour du ciel, Carole, Tak est résident depuis plus de vingt ans. Il aurait été naturalisé si la loi l'avait permis !

Il s'était tu, furieux. Mais sa blonde interlocutrice avait poursuivi son réquisitoire. Cette fois-ci, elle s'en était prise à Hiroko. Celle-ci méritait carrément la prison ou le peloton d'exécution, ne serait-ce que pour venger les victimes de Pearl Harbor ! C'était la chose à ne pas dire. Incapable de se contenir davantage, Peter avait laissé exploser son indignation.

— Comment peux-tu débiter de pareilles âneries ? Comment peux-tu accorder le moindre crédit aux élucubrations de la presse ? Je n'ai jamais cru une seconde que des porte-avions se dirigeaient vers les côtes américaines, sinon nous aurions été bombardés depuis belle lurette. Ce maudit général De Witt est en train de provoquer une hystérie collective, ma parole ! Mais que toi, Carole, tu tiennes de tels propos, ça me dépasse.

Elle était demeurée inflexible. Tous ces nisei, sansei et compagnie, tous ces faux Américains de la première ou de la deuxième génération n'étaient jamais que des Japonais, au fond. Et en tant que tels, ils devaient expier les fautes de leurs compatriotes. Il était inutile d'essayer de la convaincre. Il essaya pourtant. Par loyauté envers ses amis. Et par amour pour Hiroko. Mais la discussion avait dégénéré en dispute et ils s'étaient âprement déchirés. A la fin du repas, il lui assena que, étant donné leurs divergences politiques, ils n'avaient plus rien à faire ensemble.

Elle avait eu l'air presque soulagée. D'une voix acide, elle avait fait remarquer qu'en ce qui la concernait, elle considérait n'importe quel individu sympathisant avec ces « barbares » comme un agent à la solde de l'ennemi. Peter n'en avait pas cru ses oreilles, et il avait éclaté d'un rire méprisant. Le lendemain, il donna à Tak une version édulcorée des faits. Mais son ami se contenta de hocher la tête. Les arguments de Carole ne représentaient que la partie visible de l'iceberg.

— Elle a malheureusement dit tout haut ce que beaucoup pensent tout bas, soupira-t-il. Je suppose qu'il s'agit d'une réaction inévitable.

— C'est ridicule ! Vous n'êtes pas plus japonais que De Witt et le fait que je sois votre assistant ne me transforme pas en espion… Voyons, Tak, ne prenez pas cet air. C'est plutôt drôle, avouez-le.

— Drôle n'est pas le mot qui me vient à l'esprit, Peter. Il faudra que nous soyons prudents.

Reiko s'était rangée à l'opinion de son mari. Durant le dîner dominical, ils avaient reparlé du problème. Visiblement, ils avaient peur. Ils s'inquiétaient à tort, se disait Peter. Certes, Tak avait eu raison de conseiller à Hiroko de ne plus saluer les gens à la japonaise. Il était inutile d'attirer l'attention sur son statut d'étrangère. Mais à son avis, les nisei et les sansei — les Japonais nés aux Etats-Unis — n'avaient rien à craindre.

— Je trouve oncle Tak très anxieux, ces temps-ci, dit Hiroko, alors qu'ils ramenaient Lassie à la maison, après leur courte promenade. C'est à cause de la guerre. Et je le comprends. Nous devons tous donner le bon exemple.

Le bon exemple ! Peter la regarda, médusé. Un de

144

ses amis, américain d'origine japonaise, avait prétendu la même chose. On aurait dit qu'ils s'étaient donné la consigne. Prouver coûte que coûte qu'ils étaient des citoyens au-dessus de tout soupçon, des pacifistes, et qu'ils n'étaient pour rien dans les agressions commises par le Japon. Ils s'évertuaient à démontrer leur bonne volonté, et par tous les moyens, mais cela ne servait pas à grand-chose. Pour les Blancs, un serpent sommeillait dans chaque Jaune — et peu importait son lieu de naissance. Ce n'était pas juste. Il comprit soudain que les craintes de Tak et de Reiko étaient fondées. C'était encore plus dangereux pour Hiroko, qui avait un passeport étranger, et pas de carte de séjour. A présent, il envisageait son retour à Saint Andrew avec appréhension. A mesure que les petits amis, les frères ou les fiancés de ses camarades partiraient à la guerre, elle allait souffrir de plus en plus.

— Ne retourne pas à Saint Andrew, dit-il fermement. Je ne vivrai plus, en te sachant en danger.

— Ce ne sont que des jeunes filles, sourit-elle, pas des furies.

Tout au plus, elles continueraient de l'éviter.

— On ne sait jamais. Tu n'es pas obligée d'y aller.

— Tu te fais trop de souci. Je suis forte, tu sais.

Oui. Mais elle était jeune aussi. Et vulnérable.

— Je sais, je sais, bushido, plaisanta-t-il, tandis que le Shiba se livrait à un concours d'aboiements avec un autre chien. Mais ne présumez pas de vos forces, mademoiselle Takashimaya.

Ils éclatèrent de rire en même temps. Etre ensemble les comblait d'un bien-être singulier. Leurs taquineries et leurs rires effaçaient toutes les différences des civilisations auxquelles ils appartenaient. Leurs pays se livraient un combat meurtrier, et ils étaient là, simples mortels, sur le chemin. Mais tout en riant, ils savaient que le monde ne serait plus jamais le même et une tristesse insidieuse gâchait leur joie. Ils approchaient de la maison des Tanaka, à moitié enfouie dans les arbres, lorsqu'une forme à une fenêtre voisine attira l'attention de Peter. Quelqu'un les observait par la vitre, avec une drôle d'expression sur la figure... une sorte de masque de colère. Peut-être parce que Lassie a aboyé, se dit-il. Puis soudain, il comprit quelle image ils présentaient. Une Japonaise avec un Blanc. Pour la première fois, la peur le glaça. On en était donc là. Il se demanda avec une indicible angoisse ce qu'il adviendrait de ses amis. Allaient-ils être mis au ban de la société ? Expulsés, comme Carole le souhaitait si fortement ? Et lui ? Serait-il classé parmi les traîtres ? Mais peu lui importait. Son amitié pour Takeo était sacrée et il était prêt à prendre tous les risques pour rester près d'Hiroko.

— A quoi penses-tu, Peter-san ? demanda-t-elle, alors que l'homme à la fenêtre les suivait d'un regard haineux. Tu sembles très sérieux, tout à coup.

Ironie du sort, son anglais s'était singulièrement amélioré à la fac, où personne ne voulait la fréquenter.

— Je me disais que les gens sont fous. La peur les rend méchants. Ils cherchent des boucs émissaires. Sois prudente. Ne sors jamais sans Reiko, Tak ou Ken.

— Mais tu me protégeras, j'espère, Peter-san.

— Seulement si tu es gentille avec moi, sourit-il, se sentant rajeunir de dix ans.

— Comment te prouver ma gentillesse ? demanda-t-elle d'un ton taquin.

— Comme ça, dit-il en l'attirant contre lui et en cherchant ses lèvres passionnément.

Ils restèrent enlacés un long moment sous le porche de la porte de service. Personne ne pouvait les voir. Ils étaient en sécurité. Et ils burent leurs souffles avec délice, serrés l'un contre l'autre...

Lorsqu'ils entrèrent dans la cuisine, l'accueil de Tak et de Reiko leur parut réservé. L'oncle d'Hiroko répéta la phrase qui était devenue son expression favorite ces derniers temps : « Il faut faire attention. Il faut être prudent. » Peter comprit le message. Peu après, il prit congé. L'oncle et la tante d'Hiroko ne firent aucun commentaire, mais elle sentit leur nervosité quand elle monta se coucher en compagnie de Sally.

Les Tanaka s'inquiétaient. Les tendres liens qui unissaient les deux amoureux n'étaient plus un secret pour personne. Et depuis que la guerre avait éclaté, Hiroko et Peter n'avaient jamais été plus proches, plus complices. En temps normal, Tak et Reiko n'auraient pas désapprouvé cette idylle. Mais à présent, tout était différent. Peter risquait de s'attirer des ennuis, tout comme Hiroko, d'ailleurs.

Le lendemain, ils prièrent gentiment leur nièce de renoncer à ses kimonos. Nul besoin de crier sur les toits qu'elle n'était même pas une nisei. Elle obtempéra sans mot dire. Avec des gestes lents, elle rangea ses flamboyantes tenues japonaises. Soies, satins, crêpes et cotons aux couleurs vives s'empilèrent dans sa malle, comme des feuilles mortes. Une incommensurable tristesse étreignit Hiroko quand elle referma le couvercle. Elle se trouvait empotée, habillée à l'occidentale. Elle réapparut en jupe et pull-over, et cela enchanta Sally, qui lui offrit une paire de bottes pour Noël.

Ce fut un Noël tranquille, et presque silencieux. Ken et Tak avaient eux-mêmes coupé le sapin dans la forêt, comme chaque année, mais chacun s'assit d'un air sombre devant les guirlandes qui clignotaient. La communauté japonaise s'efforçait de ne pas attirer l'attention. En vain, car chaque jour, à mesure que le Japon accumulait les victoires, la situation s'envenimait. L'avant-veille de Noël, les Japonais s'emparèrent de Wake Island. Et le jour de Noël, Hong Kong tomba entre les mains des soldats nippons. Aussi Tak réserva-t-il un accueil mitigé à Peter lorsqu'il leur rendit visite le 25 décembre. Il appréciait son amitié mais ne voulait pas lui créer de problèmes. Même à l'université, il gardait ses distances vis-à-vis de son jeune assistant.

— Ne vous mettez pas en mauvaise posture pour nous, lui dit-il tranquillement cet après-midi-là. Ça n'en vaut pas la peine. Les esprits sont échauffés, et à juste titre. Attendons que la tension retombe.

Il avait l'impression de parler à un mur. Quoi qu'il arrive, Peter ne cesserait pas de tourner autour de la maison, tant qu'Hiroko s'y trouverait. Un sourire involontaire joua un instant sur les lèvres minces de Takeo. C'est dans l'adversité que s'épanouit le véritable amour.

Tard dans la nuit de Noël, quand chacun se fut retiré dans ses appartements, Peter passa au doigt d'Hiroko une fine bague d'argent. Un anneau symbolique. Il lui avait offert un magnifique châle de soie ainsi que quelques livres de poésie japonaise, mais cette petite bague d'époque victorienne qu'il avait achetée chez un antiquaire représentait l'emblème de leur amour : deux cœurs entrelacés, gravés sur une mince bande de métal brillant.

— Tu me gâtes, Peter-san, murmura-t-elle, tandis qu'il portait sa petite main à ses lèvres.

— Ne m'appelle plus ainsi. Tak a raison.

Elle le regarda. Peu à peu, elle se sentait dépouillée de son identité. Chaque jour, elle perdait quelque chose. Plus de kimonos, plus le droit de s'incliner, plus aucun témoignage de respect vis-à-vis de ceux qu'elle chérissait...

148

— D'accord. Mais pourquoi avoir peur de mots ? Ou de vêtements ? Ou même d'une petite fille ?

Dans l'après-midi, elle était entrée avec Tami dans une boutique. Quelqu'un avait lancé des mots désobligeants à l'enfant. Elles s'étaient hâtées de ressortir et, plus tard, une amie de Reiko leur avait appris que dans le centre-ville les commerçants refusaient désormais de servir les Japonais.

— Mais nous sommes américains ! s'était écriée Tami, en larmes.

Elle avait regardé sa cousine, attendant une explication. Hiroko n'en avait aucune. Sauf la méchanceté. La volonté de blesser une petite fille sans défense.

— Bien sûr, tu es américaine, ma chérie. Mais tu étais avec moi, et je suis japonaise.

C'était un piètre argument, et Tami n'avait pas paru convaincue.

— Je vois, murmura Peter lorsque Hiroko lui eut raconté leur mésaventure. La peur engendre l'agressivité. Quand les braves citoyens s'apercevront qu'on n'est pas envahis, ils se trouveront dans de meilleures dispositions. En attendant, sois prudente.

— Ah oui ? Et après, je pourrai remettre mes kimonos ?

Sa réflexion arracha un rire à Peter.

— Un jour, nous irons au Japon et tu porteras tes kimonos tant que tu le voudras.

Un jour lointain, songea-t-elle, et son sourire s'effaça. Son rêve de revoir son frère et ses parents, l'été suivant, avait sombré dans les flammes de Pearl Harbor. La certitude qu'elle ne les reverrait pas avant longtemps, peut-être pas avant des années, la rongeait. Elle s'accrochait alors moralement à Peter, comme s'il pouvait remplacer sa famille... Mais Peter allait être enrôlé dans l'armée en juin ! Jusque-là, elle allait profiter de chaque jour, vivre intensément chacune de leurs rencontres. Il est des instants précieux, qui portent en eux le destin. Chaque instant constitue le grain d'un chapelet. Et quand Peter s'en irait, elle ferait ruisseler les grains du chapelet entre ses doigts en attendant son retour. Lorsqu'il l'embrassa, elle lui rendit son baiser avec ardeur. Un jour, elle le présenterait à ses parents. Pour le moment, mieux valait se cramponner au présent. Et rêver ensemble de l'avenir.

8

Le 29 décembre, les « sujets de pays ennemis »
reçurent l'ordre de remettre aux autorités leur
« matériel de contrebande » : émetteurs radio, appareils photo, jumelles ou armes à feu. Le terme même
de « sujets de pays ennemis » provoqua un début de
confusion. A première vue, il ne concernait que les
ressortissants japonais, mais on ne tarda pas à
s'apercevoir qu'il englobait en fait tous les individus de race jaune, américains ou étrangers.

— Mais c'est impossible ! s'écria Reiko, après
que Tak leur eut expliqué. Nous sommes américains !

— Plus maintenant, répondit-il lugubrement.

Jusqu'alors, il n'avait jamais été inquiété en tant
que résident. Sa nationalité ne lui avait jamais posé
de problèmes dans sa vie courante, ni dans sa carrière. Mais tout avait brutalement changé. A présent,
il n'était pas en meilleure posture qu'Hiroko, considérée comme une « étrangère ennemie ». Et il en
était de même pour sa femme et ses enfants, nés
pourtant en Californie… Ils réunirent leurs appareils
photo, une paire de jumelles dont Tak se servait au
lac Tahoe, et ils allèrent les déposer au poste de
police de Palo Alto où quelques-uns de leurs voisins

faisaient déjà la queue. L'officier en charge, qui connaissait bien les Tanaka, prit leur colis d'un air embarrassé.

Pour Takeo et sa famille, ce n'était qu'un début. Un avant-goût d'une réalité qu'Hiroko ne connaissait que trop bien. Désireuse de ne leur causer aucun ennui, elle décida de retourner à Saint Andrew, et d'y rester aussi longtemps que possible. L'« ennemie », c'était elle. Sa présence chez les Tanaka ne pouvait que leur porter préjudice. Il en était de même pour Peter, qui continuait de la fréquenter.

Chaque jour, le racisme et la xénophobie gagnaient du terrain. Pourtant, Peter invita Hiroko pour le réveillon de la Saint-Sylvestre. Il commença par demander l'autorisation à son oncle, de l'air guindé du fiancé qui sollicite une sortie officielle avec l'élue de son cœur. Takeo regarda longuement son jeune assistant.

— C'est sérieux, n'est-ce pas ? Vos intentions à son égard, je veux dire.

— Oui, Tak, tout ce qu'il y a de plus sérieux. J'ai essayé de la fuir, mais en vain. Chaque fois que je la voyais, je ne pensais plus qu'à elle pendant des jours et des semaines. Son visage me hantait. Je n'ai jamais connu quelqu'un comme elle.

Tak sourit, mais son sourire ne s'étira pas jusqu'à ses yeux. Il s'inquiétait pour eux. Les temps ne se prêtaient guère à une idylle entre une Japonaise et un Blanc. Mais l'amour ne tient jamais compte des obstacles.

— Oui, c'est vrai, Hiroko est une jeune fille formidable, seulement vous vous aventurez en eaux troubles, Peter.

Depuis Pearl Harbor, trois semaines plus tôt, les sentiments anti-japonais n'avaient cessé de grandir. Takeo savait par des amis que chaque Japonais faisait l'objet d'une enquête et que le FBI avait procédé à plusieurs arrestations. Des « sympathisants » avaient été également interrogés.

— Attention, reprit-il. Soyez prudent.

De toute façon, il était parfaitement inutile de tenter de briser l'élan qui, visiblement, les poussait l'un vers l'autre.

— Oui, je sais. Je ne l'emmènerai pas danser au *Fairmont*, rassurez-vous. Un de mes collègues, qui est chargé de cours de psychologie, organise une surprise-party chez lui…

Takeo hocha la tête. Cette invitation constituait l'aveu de leur passion mutuelle. Si jusqu'alors il ignorait les véritables sentiments d'Hiroko, à présent, il n'avait plus de doutes. Bizarrement, il en éprouva une sorte de soulagement auquel vint presque aussitôt se mêler l'effroi. Ce n'était pas le moment pour Hiroko de tomber amoureuse d'un Américain. Et puis, il se sentait responsable vis-à-vis de Masao. Mais que faire ? Il n'avait pas la force de s'opposer à cette idylle naissante. Tant de choses avaient changé du jour au lendemain, il y avait eu tant de désespoir, tant de chagrin ! Et puis après tout, personne ne peut préjuger de ce que sera l'avenir. De quel droit s'interposerait-il entre deux êtres qui s'aimaient ? Oui, de quel droit les priverait-il de l'espoir de s'unir un jour devant Dieu et les hommes ?

— Faites attention, répéta-t-il. Si jamais quelque chose n'allait pas, revenez immédiatement à la maison. Ne vous mettez pas en danger. Les gens sont devenus racistes…

Hier encore l'univers respirait l'harmonie, et aujourd'hui on avait peur de son ombre.

— Entendu. N'ayez crainte. Quant à Hiroko… je ne l'abandonnerai jamais. Ça n'a rien à voir avec la politique. Je suis américain, je suis prêt à mourir pour mon pays, mais j'aime Hiroko. Je resterai toujours à son côté.

— Je vous crois, dit Tak. Mais ce ne sera pas facile.

Leurs deux nations étaient impliquées dans une guerre sans merci, qui allait bientôt affecter leurs vies.

— Oui, je sais, répondit Peter. Surtout pour Hiroko. Sa loyauté vis-à-vis de vous et de l'Amérique ne l'empêche pas d'aimer son pays. J'imagine qu'elle souffre énormément de cette situation.

C'était vrai. A ceci près qu'elle réagissait aux remous politiques avec la naïveté propre à toutes les jeunes filles de son âge. Les décisions des chefs d'Etat et leurs ramifications échappaient à son entendement. Elle se faisait du souci pour ceux qu'elle aimait mais sa vision du monde ne dépassait pas le cercle étroit de sa famille et de ses amis.

— Eh bien ? Ai-je votre permission de sortir avec elle ? demanda Peter.

— Oui, dit Tak, songeur. (Et il répéta, pour la énième fois :) Mais faites attention.

Le soir du réveillon, la guerre avait pris l'allure d'un événement presque fictif. Personne n'y fit allusion. Reiko prêta à Hiroko une toilette en taffetas noir qu'elle ne mettait plus, et que la jeune fille compléta avec une veste de velours empruntée à Sally. Celle-ci la persuada d'enfiler des escarpins à talons aiguilles, autrement plus difficiles à porter que ses geta, la taquina-t-elle. Un rang de perles égaya sa tenue. Quand Peter vint la chercher, il vit une splendide créature, aux yeux immenses, aux longs cheveux qui cascadaient jusqu'à la taille. Cette fois-ci, elle ne s'inclina pas. Elle s'immobilisa sur la dernière marche, très élégante dans sa robe du soir.

— Tu es superbe ! murmura-t-il.

Elle se sentit rougir, inconsciente de sa beauté

rayonnante. Takeo leur offrit à chacun une coupelle de saké et porta un toast à la nouvelle année. L'espace d'un instant, Hiroko se revit entourée de ses parents et de Yuji, avec lesquels elle avait fêté le réveillon un an plus tôt. Depuis le jour où le consulat japonais leur avait fait parvenir le message de Masao, elle n'avait plus eu de leurs nouvelles.

— Bonne année, dit Takeo en levant sa coupelle. *Kampai !*

Un sourire fleurit sur les lèvres de Reiko. Ils incarnaient la jeunesse et l'espoir. Ils lui rappelaient sa jeunesse à elle, du temps où elle était amoureuse de Tak. Hiroko trempa ses lèvres dans l'alcool parfumé et ses joues rosirent.

— Où allez-vous ? demanda son oncle, sur le ton de la conversation.

— Tout près d'ici, répondit Peter. Mon copain habite à deux pâtés de maisons du campus. Nous dînerons chez lui, et ensuite nous danserons.

Son regard se posa sur Hiroko. Sa beauté sans fard ne manquait jamais de l'impressionner. Elle ne ressemblait en rien aux jeunes femmes sophistiquées qu'il avait l'habitude de fréquenter jusqu'alors.

— Et vous ? voulut-il savoir.

Reiko avait mis la robe de soie rouge que son mari lui avait offerte pour l'occasion.

— Nous allons au restaurant.

Sally était invitée chez sa meilleure amie et voisine, Ken passerait la soirée en compagnie de Peggy, Tami resterait à la maison, en compagnie d'une baby-sitter. Peter précisa qu'il ramènerait Hiroko juste après minuit, après quoi tous deux se retrouvèrent dehors, sous les étoiles.

Il se tourna vers elle, admirant une fois de plus sa silhouette gracieuse. Ses amis allaient être verts de jalousie, ne put-il s'empêcher de penser. Un courant d'air glacial s'engouffra dans l'allée et ils se mirent à courir en riant vers la voiture.

— Tu es très belle, ce soir, dit-il, tandis qu'il lui ouvrait la portière.

— Merci, Peter, répondit-elle, en omettant délibérément d'ajouter « san » après son nom.

Elle suivait à la lettre les recommandations de son oncle et de sa tante. Plus de kimonos. Plus de courbettes. Plus de termes étrangers en public.

C'était son premier rendez-vous avec un homme, et elle sentit une singulière excitation la gagner, alors que la voiture prenait la direction du campus. Après un court trajet, un petit pavillon s'offrit à leur vue. Des flots de musique s'en échappaient. Le salon était bondé d'étudiants et de professeurs. Personne ne parut remarquer leur arrivée, mais quelques regards se posèrent machinalement sur Hiroko… Un couple de nisei se tenait près du buffet. Peter les connaissait de vue. L'homme enseignait la biologie, la femme était professeur de langues orientales. Il se garda bien de s'approcher d'eux.

La table, recouverte d'une nappe blanche, croulait sous les plats. Il y avait du vin rouge et du vin blanc, des bouteilles de whisky et de vodka. Le champagne bon marché coulait à flots. La plupart des invités ressentaient les premiers effets euphoriques de l'ivresse. D'autres dansaient dans la pièce du fond, une chambre à coucher dont on avait ôté les meubles, et qui était pour l'occasion décorée de guirlandes et de ballons.

Peter guida sa compagne vers le buffet. Elle prit une tranche de rosbif et un morceau de dinde, et les posa sur une assiette en carton. Ensuite, il la présenta à ses relations, avant de l'entraîner jusqu'à la chambre du fond, où ils se mirent à danser sur une suave mélodie de Frank Sinatra accompagné par l'orchestre de Tommy Dorsey. Il l'avait enlacée et la tenait tout contre lui, se laissant imprégner par la chaleur de son corps souple et léger, si frêle qu'il avait presque peur de le casser. Bientôt, ils perdirent la notion du temps. Ils avaient l'impression d'être seuls au monde.

« C'est le plus beau réveillon de ma vie », pensa-t-il, tandis qu'il la faisait virevolter au rythme languissant de la musique. Quand soudain quelqu'un cria « minuit ! », il se pencha pour lui prendre les lèvres. Elle se raidit dans ses bras, rouge de confusion parce qu'ils avaient échangé un baiser en public. Mais il lui murmura au creux de l'oreille que c'était la coutume. En effet, autour d'eux, tout le monde s'embrassait.

— Oh... fit-elle d'une voix sérieuse.

Ils continuèrent à danser, à l'aube de l'année 1942, les yeux pleins d'espérances et de rêves de liberté.

— Je t'aime, Hiroko-san, chuchota-t-il, de manière qu'elle soit la seule à l'entendre.

Elle leva sur lui un regard émerveillé, n'osant répondre.

Ils étaient toujours enlacés quand le rugissement des sirènes brisa d'un seul coup l'harmonie. Un gémissement de déception fusa de toutes les poitrines. Personne n'avait envie d'interrompre la fête, mais leur hôte leur demanda de descendre à la cave. Quelqu'un avait éteint les lumières et, dans le noir, chacun se hâta vers les marches conduisant au sous-sol. Ils emportèrent avec eux des bouteilles de vin et de champagne. Ils étaient une cinquantaine à s'entasser dans le petit abri souterrain. Le couple de nisei était parti, tout comme d'autres connaissances de Peter. Restait un groupe de joyeux lurons, passablement éméchés, et quelques couples d'amoureux. Le hurlement lugubre des sirènes retentit de plus belle. Il faisait une chaleur étouffante, et deux jeunes femmes faillirent se trouver mal, pendant que d'autres riaient aux éclats. La maison était plongée dans une obscurité totale, à cause des rideaux noirs que leur hôte avait pris soin de fermer. Les Tanaka avaient également garni leurs fenêtres du même genre de rideaux, recommandés lors des couvre-feux.

— Ces maudits Japs ne respectent même pas le soir du réveillon, grommela quelqu'un dans un coin.

Quelques lampes-torches éclairaient faiblement la cave poussiéreuse. Peter passa un bras protecteur autour des épaules d'Hiroko. Alentour, l'ambiance avait changé. La gaieté avait cédé le pas à l'impatience. Certains voulurent remonter, mais les hurlements des sirènes les en dissuadèrent. L'alerte se termina à une heure et demie du matin. Alors, lentement, les invités gravirent l'escalier étroit. La fête était terminée. Sa belle humeur envolée, un homme foudroya Hiroko d'un regard méchant.

— Vous et vos fichus compatriotes, vous nous pourrissez la vie ! hurla-t-il. La semaine prochaine, je serai à l'armée, grâce à vous. Et mille mercis pour Pearl Harbor !

Il ébaucha un pas en avant. Hiroko, qui avait pâli, se mit à trembler. Peter s'interposa.

— Ça suffit, Madison ! gronda-t-il.

Le dénommé Madison était ivre, à en juger par la façon dont il titubait, mais ce n'était pas une excuse.

— Oh, toi, Jenkins ça va ! rétorqua-t-il d'une voix pâteuse. Tu es tellement amoureux du Japon que tu ne vois plus clair. Quand vas-tu enfin ouvrir les yeux et cesser de lécher les bottes de Tanaka ? Un de ces quatre, le FBI s'occupera de toi… et aussi de ta petite amie !

Ce disant, il tourna les talons. Peter le regarda s'éloigner sans broncher. Il était inutile de provo-

158

quer un esclandre. Hiroko semblait bouleversée. Des larmes contenues faisaient briller ses yeux. Il l'emmena gentiment jusqu'au vestiaire et l'aida à enfiler son manteau. Le charme, la joie de la soirée étaient rompus.

— Je suis désolé, dit-il. Il était soûl. Il ne savait plus ce qu'il disait.

Ils remercièrent le maître de maison et se hâtèrent vers la voiture, sous les regards des retardataires. Personne n'avait contredit Madison, et Peter se demanda si, au fond, il n'avait pas exprimé l'opinion générale. Mais alors, est-ce que tous le considéraient comme un traître ? Allaient-ils tous se retourner contre leurs amis japonais ? Et pourquoi ? A l'exception d'Hiroko, les autres étaient américains. Après vingt ans aux Etats-Unis, Takeo passait pour une sommité des sciences politiques de ce pays. Sa femme et ses enfants avaient la nationalité américaine. Et même Hiroko ne portait aucune responsabilité dans les bombardements de Pearl Harbor. Alors, pourquoi ces insinuations ? ces accusations ? toute cette haine ?

Dans la voiture, la jeune fille fondit en larmes. Elle se répandit ensuite en excuses.

— Je t'ai gâché la soirée. Tu n'aurais pas dû m'emmener. Tu aurais dû y aller avec une Américaine.

— Oui, peut-être. Sauf que je ne suis pas amoureux d'une Américaine. (Il gara la voiture sur le bas-côté de la route et l'attira, toute tremblante, dans ses bras.) C'est de toi que je suis amoureux, Hiroko, et je n'y peux rien. Sois forte, ma chérie, ce genre d'incident se reproduira. Takeo a raison, on réagit à la peur par l'agressivité, et avec ce décret sur les « étrangers ennemis », et toutes ces fausses alertes, les choses ne risquent pas de s'arranger.

Il n'y avait pas eu une seule attaque. Pas une

bombe n'avait explosé sur le sol américain. Mais la presse ne manquait pas une occasion pour répandre de sombres rumeurs : bateaux mystérieux, avions fantômes, espions démasqués.

— Hiroko, ne pleure pas. N'écoute pas les imbéciles qui n'ont que des insultes à t'offrir. Ecoute ton cœur, et le mien. Tu n'es pas responsable de cette guerre.

— Le Japon est mon pays. Je suis responsable de ses agissements.

— N'endosse pas ce fardeau, il est trop lourd à porter, murmura-t-il, épuisé soudain par l'attente interminable dans la cave encombrée. Tu n'es responsable que de toi et de personne d'autre.

— Je te demande pardon, dit-elle misérablement. Oui, je te demande pardon pour les mauvaises actions de mon pays. C'est moche, ce qu'ils ont fait.

La honte enflammait ses joues. Il la serra plus fort et l'embrassa.

— D'accord, c'est moche, mais ce n'est pas ta faute. Toi, tu n'es pas «moche». Tu es belle. Patience, Hiroko, et tout va s'arranger.

Ils rentrèrent à la maison en silence, et se retrouvèrent au beau milieu d'un drame. Ils n'avaient pas été les seuls à passer une soirée exécrable. Sally avait carrément été mise à la porte par les parents de sa meilleure amie. Son flirt innocent avec leur fils cadet leur semblait inconvenant, impensable. Leur aîné venait d'être enrôlé dans la marine, et cela n'avait fait qu'attiser leur animosité à l'encontre des Japonais. Enfermée dans sa chambre, elle versait toutes les larmes de son corps. Elle avait troqué sa jolie robe de réveillon contre un peignoir appartenant à sa mère. Ils réussirent à la convaincre de descendre au salon, où elle leur raconta ce qui s'était passé en sanglotant sur les cookies de Reiko.

— Ils sont méchants ! s'écria-t-elle, désespérée.

Kathy est ma meilleure amie, nous avons grandi ensemble. Elle est comme une sœur pour moi… Ils ont dit qu'ils ne voulaient plus jamais me revoir. Et Kathy n'a même pas pris ma défense. Elle pleurait seulement. Son frère n'était pas là. Ils lui interdisent de m'adresser la parole. Mme Jordan m'a traitée de « sale métèque », oh, maman, je ne suis pas une « métèque »… Je suis américaine. Je suis née ici !

Revenu sur ces entrefaites, Ken hocha la tête, incrédule. Son amie Peggy était une sansei, ce qui voulait dire que ses parents étaient nés américains, et pourtant elle avait eu des ennuis à l'école. Quelqu'un l'avait insultée et Ken avait dû lui flanquer une correction.

— Comment peuvent-ils être aussi stupides ? marmonna-t-il tristement en regardant sa sœur, qui pleurait.

Ils connaissaient les Jordan depuis toujours. Comment avaient-ils pu la renier ? Ce n'était qu'une enfant. Pourquoi la punissait-on pour un crime qu'elle n'avait pas commis ?

Peter leur raconta ensuite leurs démêlés avec Madison. Puis tous souhaitèrent, de concert, que la nouvelle année soit meilleure que la précédente. Mais la frénésie qui s'était emparée de la population californienne semblait loin de devoir s'apaiser.

— Je n'aime pas le terme de « sujets de pays ennemis », déclara Peter, le front soucieux. Ce n'est pas parce qu'on a l'air japonais qu'on est automatiquement un ennemi. Mais on dirait que les gens ne savent plus faire la différence.

— Peut-être qu'ils ne veulent plus la faire, dit Reiko.

A l'hôpital, cela avait été pareil. De plus en plus de patients refusaient catégoriquement ses soins. Certains de ses collègues, qu'elle connaissait pourtant depuis des années, l'évitaient.

Sally finit par se calmer. Peter resta un long moment avec les Tanaka, dans le salon. Lorsqu'il se leva pour partir, Hiroko l'accompagna jusqu'à la porte. Il l'embrassa tendrement et s'excusa de lui avoir fait passer une soirée aussi lamentable.

— Ça a été un merveilleux moment, Peter-san, dit-elle, oubliant qu'il ne fallait plus l'appeler ainsi. Puisque j'étais avec toi. Le reste n'a pas d'importance.

— Oui, tu as raison, dit-il en cueillant un dernier baiser sur ses lèvres. Ça n'a pas d'importance.

Elle monta tranquillement dans sa chambre, sous les regards anxieux de Tak et de Reiko. Ils regrettaient maintenant d'avoir laissé Peter se lancer dans cette aventure. Mais d'un autre côté, comment auraient-ils pu le raisonner ? Tel un train rapide lancé dans la nuit noire, le destin était en marche, et plus rien ne semblait pouvoir l'arrêter.

Le lendemain, Sally se mit à errer dans la maison comme une âme en peine. Ken l'invita à sortir avec lui et Peggy. Elle refusa. Elle n'avait plus envie de s'amuser. Kathy et son frère lui manquaient cruellement. Ils avaient été ses meilleurs amis et, du jour au lendemain, elle n'avait même plus le droit de leur téléphoner.

Pendant que Tak et Reiko faisaient les courses au supermarché, Peter emmena Hiroko et Tami faire un tour en voiture. Partout, sur les trottoirs, des files de jeunes gens désireux de s'engager dans la marine s'étiraient à perte de vue. Les bureaux de recrutement étaient ouverts depuis trois semaines. Certains n'avaient pas encore cuvé leur vin de la veille, mais tous semblaient décidés à se battre. Parmi eux, on remarquait quelques Orientaux.

Le lendemain, Manille tomba aux mains des Japonais. La mobilisation s'intensifia, mais les dossiers des nisei et des sansei commencèrent à poser problème. Les uns furent réformés, on informa les autres que s'ils tenaient à rejoindre l'armée, ils allaient devoir se contenter de servir aux cuisines.

— Des citoyens de second ordre, commenta Peter, les dents serrés.

— Et ce n'est pas fini, dit Tak. La ségrégation s'étendra à l'université. Je parie qu'on me retirera ma chaire professorale. Vous vous chargerez des cours magistraux à ma place.

— Tak, ne soyez pas stupide !

— Je suis lucide. Regardez autour de vous. Lisez les journaux.

Comme un accès de fièvre impossible à endiguer, la colère et l'indignation contre les Japonais montaient. La haine de tout ce qui était nippon avait contaminé les cœurs et les esprits. Entre les Américains d'origine japonaise, comme Reiko, les résidents comme Tak ou les étrangers, on s'égarait. On n'arrivait plus à différencier ses amis de ses adversaires, ces fameux «sujets de pays ennemis»…

Au milieu de la tourmente, Hiroko se préparait à retourner à Saint Andrew. Malgré les protestations de Peter, elle prit le train à destination de Berkeley. Les Tanaka étaient trop occupés pour l'y conduire, mais elle les assura qu'elle se débrouillerait. A la gare, mauvaise surprise : aucun taxi n'accepta de la prendre. Elle dut effectuer le reste du chemin à pied en portant sa valise. Quelques autobus passèrent, mais aucun ne s'arrêta.

Arrivée à Saint Andrew, épuisée par la marche, elle apprit par la surveillante générale que son lit avait été attribué à quelqu'un d'autre. Compte tenu des circonstances et après délibération du conseil, la direction avait préféré transférer la seule étudiante nippone dans une chambre seule. Sachant combien Anne Spencer désirait ce privilège, Hiroko commença par refuser.

— C'est très gentil à vous, Hiroko, lui répondit la surveillante d'une voix tendue, mais Mlle Spencer a emménagé dans la chambre d'une de ses amies, et quant à Mlle Sharon Williams, elle aura bientôt une nouvelle compagne. Nous espérons ainsi donner satisfaction à tout le monde.

La porte de la « chambre seule » s'ouvrit sur un réduit sombre, pas plus grand qu'un placard à balais, niché dans le grenier. On y accédait par l'escalier de service et la salle de bains la plus proche se trouvait trois étages plus bas. C'était un minuscule débarras froid, dépourvu de fenêtre.

— C'est ça, ma chambre ? demanda Hiroko, les yeux écarquillés.

— C'est un peu petit, bien sûr, et il n'y a pas de chauffage. Mais nous vous donnerons des couvertures supplémentaires.

La jeune fille jeta un regard médusé autour d'elle et elle frissonna. Logée sous le toit, la pièce, glaciale en hiver, devait se transformer en fournaise l'été. Une ampoule nue suspendue à un fil électrique au plafond servait d'unique éclairage. Le mobilier se résumait à un lit, une chaise, une commode. Il n'y avait ni table de travail, ni penderie. Les affaires qu'elle avait laissées dans son ancienne chambre avaient été rangées dans des cartons qui s'alignaient contre le mur.

— Merci, dit-elle doucement.

Elle contint les larmes qui lui brûlaient les yeux. Elle ne pleurerait pas devant la surveillante.

— Je suis contente que cela vous plaise, répondit celle-ci, soulagée.

Elle avait redouté la réaction d'Hiroko. Mais cette dernière semblait avoir accepté la décision de la direction. M. et Mme Spencer, auxquels s'étaient joints d'autres parents d'élèves, avaient rédigé une pétition exigeant que la Japonaise soit renvoyée de l'université. La doyenne leur avait opposé un refus catégorique. Mlle Takashimaya était une personne douce et bien élevée, avait-elle expliqué, et excellente élève de surcroît. On n'avait rien à lui reprocher, hormis le fâcheux épisode des cigarettes. Elle refusait de la renvoyer pour des raisons politiques. Les Spencer avaient insisté, et on en était arrivé à ce compromis.

— N'hésitez pas à m'appeler si vous avez besoin de quelque chose, dit la surveillante, avant de refermer doucement la porte.

Seule et abandonnée, Hiroko s'effondra sur le lit, en pleurs. Ainsi, au qualificatif infamant d'« étrangère ennemie » s'ajoutait maintenant celui de « paria ». Elle descendit à la bibliothèque l'après-midi, mais décida de se passer de dîner. Mieux valait ne pas imposer sa présence aux autres étudiantes. Elle avait aperçu Anne qui revenait du terrain de golf, avait surpris Sharon racontant à une de ses amies qu'elle avait passé Noël avec son père et Gary Cooper. Un mensonge de plus, sans doute, mais qui s'en souciait ? Elle ne téléphona même pas à son oncle et sa tante. Pour leur dire quoi, d'ailleurs ?

Elle se coucha tôt, sans avoir rien avalé. Le lendemain, elle descendit en classe vêtue d'un gros sweater. Toute la nuit, elle avait grelotté. Le mercredi, elle comprit qu'elle avait pris froid. Elle ne s'en plaignit pas. Durant la semaine, elle ne parla à personne et personne ne lui parla. Chaque fois qu'elle entrait dans une salle, ses condisciples faisaient semblant de ne pas la voir.

Le vendredi, elle se prépara pour retourner à Palo Alto. Elle avait un mauvais rhume, une toux sèche la secouait de temps en temps. Elle avait fini par appeler les Tanaka, sans leur parler de son emménagement sous les combles. Le vendredi soir, elle se rendit à la salle à manger, à la recherche d'une tasse de thé. L'employée de service lui jeta un curieux regard. Il n'était pas difficile de deviner, à sa pâleur et à l'éclat brûlant de ses yeux, qu'elle avait de la fièvre.

— Ça ne va pas ? demanda-t-elle gentiment.

Hiroko s'efforça de sourire. Elle ne réussit qu'à fondre en larmes. La semaine avait été une terrible épreuve. Elle avait les yeux rouges et un vilain sifflement lui déchirait les poumons. On la conduisit à l'infirmerie. Hiroko avait 39 °C.

— Vous n'irez nulle part sauf au lit, mademoiselle. Et tout de suite. Demain, j'appellerai le médecin.

Trop épuisée pour protester, Hiroko obéit. Il faisait chaud, à l'infirmerie, c'était déjà quelque chose. Le lendemain, bien que la fièvre eût un peu baissé, l'infirmière fit venir le médecin. Il diagnostiqua une grippe, compliquée d'une bronchite. Elle resta alitée tout le week-end. Le dimanche, elle put regagner son petit réduit obscur et glacé. Elle gravit lentement l'escalier en colimaçon, les bras chargés de couvertures. Elle avait négligé ses devoirs et avait décidé de se rendre à la bibliothèque après s'être changée. Elle parvint au grenier, essoufflée, mais la porte de sa chambre ne bougea pas quand elle tourna la poignée. Elle n'avait pas l'air verrouillée, simplement coincée, et Hiroko se mit à pousser de toutes ses forces. Soudain, le battant s'ouvrit d'un seul coup. L'intérieur dégageait une puanteur fétide qui lui coupa le souffle et, avant qu'elle puisse réagir, un seau de peinture rouge dégringola sur elle. Les murs en furent éclaboussés. L'espace d'une terrifiante seconde elle se figea, sentant le liquide rouge et visqueux imprégner sa peau et ses vêtements, puis elle le vit : là, sur la cloison, le mot JAP tracé à la même peinture vermillon et entouré de graffiti — HORS D'ICI et RENTRE

CHEZ TOI. Le pire, c'était le chat crevé. L'animal, étalé sur son lit, empestait. Il devait être mort depuis longtemps, vu son état de décomposition. Un cri d'horreur échappa à Hiroko. Elle tourna les talons et dévala l'escalier, laissant des empreintes rouges sur la rampe, sur les marches. La peinture dégoulinait de ses cheveux. Elle en avait partout, dans les yeux, sur le visage. Mais elle courait, terrifiée, à demi aveuglée, en poussant des cris aigus. Elle débola au rez-de-chaussée en sanglotant. Un groupe d'étudiantes s'écarta pour la laisser passer. D'autres s'empressèrent de disparaître.

— Hiroko ! (La surveillante générale et son assistante arrivèrent en courant.) Oh, mon Dieu... mon Dieu...

La plus jeune des deux femmes prit Hiroko dans ses bras. Ses larmes se mêlèrent aux siennes.

— Mais qui a fait ça ?

Une phrase inintelligible, incohérente franchit les lèvres d'Hiroko. Elle était visiblement en état de choc. Mais même si elle avait connu le nom des coupables, elle ne les aurait pas dénoncées. Les deux femmes la ramenèrent à l'infirmerie, puis montèrent au grenier pour faire l'inventaire des dégâts. Le spectacle même de la malveillance, de la haine irraisonnée les attendait. Les infirmières, elles, s'occupaient d'Hiroko. Il leur fallut des heures pour ôter la peinture de ses cheveux. Elles lui administrèrent un calmant, et versèrent quelques gouttes de collyre dans ses yeux. Le conseil d'administration se réunit en session exceptionnelle. Tous les membres exprimèrent leur consternation. Une chose pareille ! A Saint Andrew ! On pouvait penser à un incident isolé mais les risques étaient trop grands. A tout instant, on pouvait recommencer à persécuter Hiroko. Et personne ne pouvait savoir où cela s'arrêterait. A son corps défendant, la doyenne appela les Tanaka.

Le lendemain, la camionnette de Tak et Reiko pénétra dans la cour du collège. La vue de la chambre
saccagée les emplit d'une indicible épouvante. Une
équipe de nettoyage était sur place, mais les graffiti,
comme les traînées de peinture rouge, étaient encore
visibles. Le chat crevé avait été ôté, mais la doyenne
les avait mis au courant de ce détail macabre. Elle
tenait à ce qu'ils mesurent parfaitement la situation.
Elle les reçut dans son bureau.

— Je regrette cet acte de vandalisme, dit-elle.
J'en ai même honte. Et je le condamne sans aucune
réserve. Mais hélas, le climat politique engendre
actuellement des réactions méprisables. Je suis obligée de constater que nos pensionnaires rejettent
Hiroko. Votre nièce n'est plus en sécurité ici. Pour
son bien, il faut la reprendre chez vous.

Elle s'était exprimée en présence des membres du
conseil, qui opinaient de la tête. Ils paraissaient tous
désolés, mais aucun ne proposa de garder Hiroko au
collège. D'ailleurs, Dieu seul savait ce qui aurait pu
lui arriver si tel avait été le cas. C'était un miracle
que le seau ne l'ait pas blessée à la tête, que la peinture n'ait pas abîmé sa vue. Le conseil assura qu'Hiroko serait la bienvenue quand la situation s'amé-
liorerait. De l'avis général, c'était une élève
brillante.

Les Tanaka écoutaient sans dire mot. Sur leurs
traits, le chagrin le disputait à la consternation.
L'idée que le même genre d'incident allait peut-être
se produire à Stanford hantait Takeo.

— Avez-vous déjà parlé à Hiroko ? finit-il par
demander.

Il était d'accord avec eux. A la maison, Hiroko
serait en sécurité. Mais elle serait déçue, c'était évident.

— Nous voulions nous entretenir avec vous
d'abord, dit la doyenne.

Elle fit appeler la jeune fille. A l'annonce de la décision, Hiroko se mit à pleurer, malgré ses efforts pour réprimer ses larmes.

— Je dois m'en aller? Vous me chassez? s'écria-t-elle. (Elle se tourna vers son oncle.) Mon père aura honte de moi, ajouta-t-elle en anglais, mourant d'envie de parler japonais.

— Votre père comprendra, coupa gentiment la doyenne. Ce sont vos camarades qui devraient avoir honte, Hiroko. Nous avons pris cette décision dans votre intérêt.

Ils avaient dû l'isoler dans un débarras mais cela n'avait pas suffi à satisfaire la soif de vengeance de certaines élèves. Elles avaient calé un pot de peinture rouge sang au-dessus de sa porte et avaient jeté le cadavre d'un chat sur son lit. Il s'agissait d'une opération d'intimidation dont le sens n'avait pas échappé à la doyenne. Les étudiantes ne voulaient pas d'une Japonaise parmi elles.

— Un jour, peut-être, vous reviendrez, reprit-elle avec douceur.

— Je l'espère, répondit tristement Hiroko. Je dois terminer mes études dans une université américaine. Je l'ai promis à mon père.

— Vous pourriez vous inscrire dans une autre université, ou à Stanford, et vivre chez votre oncle.

«Elle a peu de chances d'être acceptée, pensa-t-elle en même temps. Ses origines japonaises la rendront partout indésirable.»

— Tu resteras à la maison pendant quelques mois, c'est tout, lui expliqua Reiko en tentant de dissimuler sa fureur.

Elle n'avait pas mérité ça. Non, elle n'avait pas mérité que la haine se déchaîne contre elle.

— Nous sommes tous désolés, répéta la doyenne au nom de tous les membres du conseil.

C'était fini. Accompagnée de Reiko, Hiroko alla

rassembler ses affaires. Il restait peu de choses. La plupart de ses vêtements avaient été déchirés, comme ses livres et ses cahiers. La peinture rouge s'était incrustée dans les rainures du plancher. Elle en avait encore dans les cheveux et même sur les cils. Reiko redescendit en portant le sac de sa nièce, pendant que celle-ci pliait les couvertures et les posait sur le matelas nu. Sentant une présence dans son dos, elle se retourna, comme un animal aux abois, redoutant une nouvelle attaque. Anne Spencer se tenait sur le seuil. Elle était seule. Hiroko eut un mouvement de recul. La blonde aristocratique la dévisagea un instant. Elle était sûrement là pour la narguer… Pourtant… non ! Une expression de regret se lisait dans ses yeux bleus. Et soudain, des larmes en avivèrent l'éclat, tandis qu'elle avançait la main vers Hiroko.

— Je suis venue vous dire au revoir, murmura-t-elle. Je suis désolée de ce qu'elles vous ont fait. Je l'ai su hier soir.

Des traces rougeâtres auréolaient encore les yeux en amande de la jeune Japonaise et, en les apercevant, Anne détourna la tête, gênée. Elle n'avait pas voulu partager la chambre d'Hiroko. Mais elle n'aurait jamais imaginé qu'on puisse lui faire une chose pareille. Après avoir appris ce qui s'était passé, elle n'avait pas fermé l'œil de la nuit. La farce sinistre montée aux dépens d'Hiroko lui était apparue dans toute son horreur. C'était morbide. Inadmissible. Choquant. On pouvait refuser une cohabitation. Mais on n'avait pas le droit d'infliger une telle humiliation à un autre être humain. Japonaise ou pas, Hiroko s'était avérée gentille. Elle ne manquait pas de noblesse et, en cela, elle avait su gagner le respect d'Anne. Celle-ci ne savait plus où elle en était. La plus grande confusion régnait dans son esprit. Elle continuait à considérer les Orientaux comme inférieurs, parce que dans son milieu social, ils s'acquittaient de tâches subalternes. Ses parents et leurs relations employaient des domestiques japonais : gouvernantes, femmes de chambre, chauffeurs, jardiniers. Mais de là à souhaiter leur extermination...

— Allez-vous retourner au Japon ?

Elle se découvrait une curiosité tardive pour cette jeune fille si tranquille, si digne. Et elle tenait à lui dire qu'elle n'avait pas pris part à ce qui venait de se produire.

— Mon père ne le souhaite pas. De toute façon, je ne peux pas rentrer, il n'y a plus de bateaux.

Les communications avaient été interrompues au lendemain du bombardement de Pearl Harbor. Le piège s'était refermé brutalement sur elle. Elle était condamnée à rester dans un pays étranger, parmi des gens qui la détestaient, comme ces vandales qui avaient dévasté sa chambre. A ses yeux, Anne Spencer ne valait pas mieux. Elle s'en méfiait. Mais pour la première fois, le caractère droit de cette jeune fille de bonne famille américaine l'avait impressionnée. En fin de compte, elle paraissait plus honnête, plus franche que les autres.

— Bonne chance, dit Anne d'une voix triste, avant de disparaître.

Hiroko redescendit les marches à pas lents. Elle avait mis tant d'énergie pour suivre ses cours et perfectionner son anglais ! Et maintenant, ses rêves effondraient comme un château de cartes. Dehors, Sharon pérorait au milieu d'un groupe d'étudiantes. Elle regarda Hiroko, faisant mine de ne pas la connaître, puis continua à décrire la journée fantastique qu'elle avait passée en compagnie de Greer Garson... Quelques membres du conseil vinrent serrer la main d'Hiroko. En dépit des mots réconfortants de la doyenne, il n'y avait aucun doute dans l'esprit d'Hiroko. Elle avait échoué. Elle avait déshonoré sa famille. Elle se glissa sur la banquette arrière de la camionnette, qui démarra. Alors que la voiture allait franchir les grilles de Saint Andrew, elle se retourna. Le dernier visage qu'elle aperçut fut celui d'Anne Spencer. Celle-ci la regardait derrière l'une des fenêtres du premier étage.

9

Pendant les semaines qui suivirent, Hiroko passa tout son temps à nettoyer la maison des Tanaka, mettant toute son énergie dans les travaux ménagers. Elle faisait la cuisine, époussetait les meubles, lavait le carrelage à grande eau, s'occupait de Tami l'après-midi. Elle avait cousu de très jolis rideaux pour la maison de poupée, et avait crocheté de minuscules courtepointes. Quand Reiko rentrait de l'hôpital, tout était prêt, propre et impeccable.

— C'est gênant, confia-t-elle à son mari. Je n'ai pas touché à un torchon depuis trois semaines. J'ai l'impression de m'embourgeoiser.

— La pauvre petite, elle se rend utile, comme pour se racheter d'avoir été renvoyée de Saint Andrew. Elle n'arrive pas à comprendre que ce n'était pas sa faute. Pour elle, c'est une question d'honneur, surtout vis-à-vis de son père. Alors, elle fait pénitence.

Ils n'avaient plus jamais évoqué l'université, ni les événements dramatiques qui avaient provoqué son départ. Tak avait ordonné à ses enfants de ne lui poser aucune question embarrassante à ce sujet.

A un moment, ils avaient envisagé d'inscrire Hiroko à Stanford. Mais ils abandonnèrent vite ce projet. Tak avait conscience qu'aucun établissement n'accepterait une étrangère, et il voulait épargner à Hiroko une nouvelle déception. Et celle-ci s'était transformée en fée du logis. Elle tentait à toute force de se donner une allure américaine. Elle avait définitivement renoncé à ses kimonos, ne saluait plus personne en s'inclinant, n'ajoutait plus jamais le mot « san » après un nom. Lorsqu'elle n'était pas en train de faire le ménage, elle perfectionnait son anglais en lisant ou en écoutant la radio. Elle parlait presque sans faute à présent, et même son accent s'était amélioré.

Peter lui rendait fréquemment visite. Il apprit avec indignation ce qu'elle avait enduré à Saint Andrew. Mais l'épreuve semblait avoir endurci la jeune fille. Malgré sa honte et sa colère, elle ne se laissait pas abattre.

Malheureusement, les nouvelles mondiales n'avaient rien de rassurant. Des combats d'une intensité incroyable se déroulaient sur tous les fronts. Les Japonais avaient envahi les Antilles hollandaises deux jours avant qu'Hiroko ne soit renvoyée du collège. Quinze jours plus tard, un décret ministériel exclut de la fonction publique tous les Japonais de la côte ouest. A Stanford, la situation s'était singulièrement détériorée et certains professeurs se demandaient s'il était opportun de conserver Tak Tanaka à la tête du département des sciences politiques.

Mais malgré tous ces changements, rien n'avait préparé la communauté japonaise à ce qui allait suivre. L'armée proclama certaines régions de la côte « zones interdites », puis imposa un couvre-feu aux « étrangers ennemis ». Interloqué, Takeo apprit qu'il n'avait plus le droit de s'éloigner de plus de dix kilomètres de sa résidence. Tout déplacement excédant cette distance requerrait une autorisation spéciale.

— Nous voilà dans un ghetto, dit-il sombrement à son assistant.

Lorsque Sally l'apprit, elle éclata en sanglots. Cela voulait dire qu'elle ne pouvait même plus aller au cinéma le soir, à cause du couvre-feu, s'écria-t-elle…

— Cela veut plutôt dire que nous sommes des otages, expliqué Takeo à sa femme lorsqu'ils furent seuls dans leur chambre.

Le lendemain, il fut convoqué par le doyen de l'université. Le vieil homme lui annonça avec ménagement qu'il ne dirigeait plus son département. Malgré les excuses et les formules de politesse, le message était clair. M. Tanaka était démis de ses fonctions. Sa chaire professorale reviendrait à Peter Jenkins. Takeo deviendrait l'assistant de ce dernier. Son salaire serait diminué en conséquence, au même titre que ses responsabilités. Naturellement, Takeo ne tint pas rigueur à Peter. Bien d'autres préoccupations le tourmentaient. De continuelles restrictions n'avaient cessé de grignoter leurs droits et leurs privilèges. Et l'escalade se poursuivait. A peine une semaine plus tard, la direction de l'hôpital « remercia » Reiko. On n'avait plus besoin de ses services. La plupart des patients ne voulaient pas se faire soigner par une Japonaise, une « ennemie ». On lui affirma que ni son talent ni son expérience d'infirmière n'étaient en cause. C'était une maigre consolation.

— Encore heureux qu'ils ne nous obligent pas à porter l'étoile jaune, comme les Juifs en Allemagne, déclara amèrement Tak à Peter, dans le bureau qu'il avait dû lui céder, mais où il se sentait encore chez lui… Mais dans notre cas, ce n'est pas la peine. Nous portons nos origines sur nos visages. Pour eux, nous sommes tous les mêmes. Issei, nisei ou sansei, quelle différence ?

Il était né au Japon, ce qui faisait de lui un issei. Ses enfants, nés aux Etats-Unis, étaient des nisei, et ses petits-enfants seraient des sansei. Technocratiquement, l'étiquette d'«étrangère ennemie» s'appliquait seulement à Hiroko. Pourtant, bientôt, un autre terme vit le jour sous la plume des législateurs, comme pour brouiller encore un peu plus les pistes. On divisa les Japonais en deux catégories : les étrangers, et les non-étrangers. Dans l'opinion publique, la nationalité n'entra même plus en ligne de compte : un Japonais n'était jamais qu'un Japonais, point final. Du jour au lendemain, Reiko ne fut plus une citoyenne américaine mais une «non-étrangère», sorte de personnage mal défini dont il convenait de se méfier.

— J'ai l'impression d'être un savant atteint d'un mal incurable, déclara Tak à Peter, d'un ton pensif. Un savant qui a hâte d'étudier ses cellules malades au microscope, alors même qu'il se meurt.

Les choses iraient de mal en pis, il en était certain à présent. Oui. La situation allait se dégrader. Mais jusqu'à quel point ?

— Ne vous en faites pas, Tak. Vous ne mourrez pas de cette maladie-là, l'encouragea Peter.

Il se sentait coupable vis-à-vis de son ancien patron dont il avait pris la place. Au moins, Takeo n'avait pas été licencié, alors que d'autres professeurs avaient perdu leur emploi... Le jour de la Saint-Valentin, un journal local publia un éditorial dans lequel il exhortait les autorités à renvoyer tous les Japonais, sans tenir compte de leur statut. Le lendemain, comme par un fait exprès, Singapour s'ajouta aux conquêtes de l'empire nippon. Et le surlendemain, le bureau d'immigration se rangea à l'opinion du journal. Les agents du FBI procédèrent à des arrestations massives. Pourtant, après interrogatoire, aucun des prévenus ne fut déclaré coupable d'intelligence avec l'ennemi ou de haute trahison. Les événements se précipitaient à une vitesse hallucinante.

Le 19 février, le président signa le décret 9066, ratifiant les fameuses « zones interdites » instituées par l'armée. C'était un document d'une importance capitale. Les militaires avaient à présent pleins pouvoirs sur n'importe quel civil. En fait, ils avaient le droit d'ordonner aux Japonais de quitter ces endroits. La loi 77503 renforça le décret. Le refus de quitter une zone militaire serait désormais jugé comme un crime fédéral, passible d'emprisonnement.

Si ces mesures ne parurent pas inquiéter la majorité de la population, pour d'autres, comme Tak et Peter, elles résonnèrent comme le premier roulement de tambour annonçant une période de terreur. Les mesures discriminatoires se succédaient les unes aux autres : couvre-feu, interdictions, autorisations spéciales pour circuler, exclusions de toutes sortes. En apposant sa signature au bas du décret fatal, le président avait donné carte blanche à l'armée, qui ne se gêna pas pour mettre aussitôt ses plans à exécution. Dans les jours qui suivirent, les membres de la communauté japonaise reçurent l'ordre d'évacuer « volontairement » leurs quartiers, de vendre leurs maisons et leurs entreprises, et de déménager.

Ce qui couronna le tout et donna lieu à une véritable répression fut l'attaque, le 23 février, d'un sous-marin nippon qui ouvrit le feu sur les champs pétroliers de Santa Barbara. Il n'y eut pas de victimes, mais le vent d'hystérie se mua en tempête. C'était exactement ce qu'attendait le général De Witt. La preuve était faite. Le Japon constituait une menace pour les Etats-Unis et chaque homme, chaque femme, chaque enfant d'origine japonaise vivant sur le sol américain se mua en suspect.

Ceux qui avaient choisi de s'établir ailleurs n'allèrent pas loin. Gagnés par la frénésie générale, les gouverneurs des États voisins les refoulèrent. Mais la plupart des Japonais de Californie avaient opté pour la résistance pacifique. Leurs maisons, leurs moyens de subsistance, toute leur existence se trouvaient ici. Ils n'avaient nulle envie de déménager « volontairement » ou pas. Le désespoir submergeait Takeo chaque fois que la radio incitait ses semblables à quitter la Californie. Mais pour aller où, grands dieux ? Reiko était sur le point de céder à la panique. Elle avait vécu ici toute sa vie, et ses enfants aussi. Ils n'étaient jamais allés plus loin que Los Angeles. La perspective de partir vers la côte est ou dans le Midwest l'affectait profondément.

— Tak, je n'irai nulle part.

Ceux de leurs amis qui avaient essayé de partir s'étaient heurtés à une opposition si féroce qu'ils étaient revenus aussitôt à San Francisco.

— Nulle part, Tak, tu m'entends ?

Il se retint de lui répondre que bientôt peut-être, elle devrait partir, qu'elle le veuille ou non. Tak en discutait constamment avec Peter. Et s'ils recevaient l'ordre de quitter la Californie ? Les Japonais, très nombreux le long de la côte, représentaient aux yeux des Américains de souche un danger constant. Leur éloignement devenait nécessaire. Voire indispensable…

Vers la fin mars, des soldats armés encerclèrent les communautés nippones établies dans l'Etat de Washington. Ils accordèrent aux Japonais un délai de six jours pour vendre leurs biens, avant de les rassembler sur un champ de foire où ils furent parqués, en attendant d'être « relogés ». Mais où ? Personne n'était en mesure de le dire. D'après la rumeur, les militaires s'apprêtaient à ouvrir des camps d'internement, mais nul ne savait où ni même si c'était vrai. Pourtant, à mesure que la rumeur grossissait, la communauté japonaise de l'Ouest se figea dans une attente emplie d'effroi.

— La même chose va-t-elle arriver ici ? demanda Reiko à son mari.

Tout ce dont ils avaient entendu parler leur semblait irréel. Mais peu à peu, ils durent convenir que c'était bel et bien vrai… Des chroniques dans les journaux décrivaient un véritable exode. Des photos corroboraient ces articles : des clichés d'enfants, badges attachés aux boutons de leurs manteaux, sur fond de monceaux de bagages, de vieillards, de femmes en pleurs, puis de Blancs brandissant fièrement des panneaux sur lesquels flamboyaient des slogans tels que LES JAPS DEHORS ou A BAS LES JAUNES. Le cauchemar ne faisait que commencer.

— Je ne sais pas, répondit Tak, ne trouvant pas le courage de lui mentir. Je crois que oui, Rei. Je crois que nous devons nous préparer au pire.

Mais personne n'est prêt à affronter l'humiliation et la déchéance. Et ils étaient comme tout le monde. On ne se prépare pas au pire. L'esprit humain a le don d'occulter tout ce qui lui est pénible. Les Tanaka continuèrent leur train-train quotidien. Les enfants allaient à l'école, Tak à l'université où il faisait semblant de travailler sous les ordres de Peter, Reiko et Hiroko faisaient le ménage. Après avoir fait ses devoirs, Ken sortait souvent avec sa petite amie Peggy.

Le printemps avançait. Peter et Hiroko ne se quittaient plus. Elle s'était mise à dévorer livres, magazines et revues de politique, d'histoire, de culture américaine. Son anglais s'était considérablement amélioré. Son expérience à Saint Andrew ne lui

179

avait pas laissé que de mauvais souvenirs. Bizarrement, elle se sentait plus forte, plus mûre aussi. Elle n'eut jamais plus de nouvelles de ses camarades, ni du collège, mis à part une lettre officielle indiquant que «le conseil regrettait son départ mais en comprenait toutefois les raisons». Cette année scolaire inachevée constituait pour Hiroko l'échec de sa vie. Elle ne se pardonnait pas d'avoir gaspillé l'argent de son père et se jurait qu'un jour elle lui restituerait la somme en entier. Elle essaya à plusieurs reprises de l'expliquer à Peter, qui la regarda, intrigué. Parfois, son sens de l'honneur le déroutait. Mais une chose était sûre : elle avait beau feindre d'avoir oublié sa honte, elle n'en était pas moins profondément blessée.

Ce printemps-là, elle planta des fleurs aux couleurs éclatantes dans le jardin. La maison resplendissait. Lorsqu'elle trouvait les ingrédients nécessaires, elle préparait des plats japonais que les enfants détestaient mais que Takeo et Reiko appréciaient. Elle cuisinait comme le lui avait enseigné sa grand-mère. Elle parlait des heures durant avec Peter dans le jardin fleuri, inondé de soleil. Il voulait tout savoir de la civilisation japonaise qui le fascinait et elle faisait de son mieux pour lui transmettre ses connaissances. De son côté, elle lui posait des questions sur l'Amérique et la conversation se prolongeait à l'infini.

— Que comptez-vous faire ? demanda un jour d'avril Takeo à Peter, d'un air tranquille.

A l'évidence, son jeune assistant était amoureux fou d'Hiroko. Mais les circonstances condamnaient leur idylle à rester clandestine. Lui et Reiko s'étaient mariés six mois après leur première rencontre, mais la loi californienne interdisait les mariages mixtes.

— Je n'en sais rien, répondit Peter avec franchise.

S'il s'était écouté, il l'aurait épousée dans un autre État, mais il n'avait pas osé le lui proposer. Hiroko attachait une grande importance à l'approbation de son père. Sa famille lui manquait cruellement, surtout depuis l'interruption de toutes les communications. Il n'y avait plus moyen de les joindre par lettre, et encore moins par téléphone, bien sûr.

— Je souhaitais me rendre au Japon cet été, pour faire la connaissance de son père. Mais depuis Pearl Harbor, c'est tombé à l'eau.

— Et pour longtemps, j'en ai peur, soupira Tak.

— Elle n'acceptera jamais de se marier sans la bénédiction de ses parents.

En juin, il devait rejoindre l'armée. Le service de recrutement lui avait accordé un sursis jusqu'à la fin de l'année scolaire mais pas au-delà. L'idée qu'il allait partir sans donner à Hiroko la protection de son nom lui était insupportable. Bien sûr, les Tanaka veilleraient sur elle. Mais cela suffirait-il ? Malheureusement, à chaque fois qu'il avait évoqué leur mariage, elle s'était retranchée derrière le même argument : l'autorisation de son père.

— Pensez-vous qu'ils vont évacuer le quartier, Tak ? demanda Peter, les sourcils froncés.

Cela s'était déjà produit à Seattle, situé dans un autre Etat, mais la même armée s'en était chargée.

— Je ne sais plus quoi penser. Un vent de folie souffle sur le pays. Les gens ont pris les Japonais en grippe, et d'une certaine manière, ils n'ont pas tort. Nous sommes en guerre avec le Japon, après tout. Mais j'ai du mal à comprendre comment des citoyens américains ont pu, à leurs yeux, se transformer en « étrangers ennemis ». Si ça continue, je crains que notre tour vienne. Si nous sommes évacués, j'essaierai de m'établir dans le New Hampshire... Mais je ne veux pas y croire. Je me répète tous les jours que ça va s'arranger, qu'on nous redonnera nos emplois et qu'on sera copains à nouveau. (Il eut un sourire malicieux.) Je commence à devenir idiot, moi.

— Au contraire, votre raisonnement se tient, s'esclaffa Peter, puis son rire s'éteignit.

Le joli visage d'Hiroko jaillit dans son esprit. Il désirait ardemment l'épouser, afin de la protéger des aléas d'un avenir incertain. Il serait son mari, son bouclier. Mais ce qui hier était une chose banale était devenu aujourd'hui extrêmement complexe. Impossible d'aller au restaurant ou au cinéma avec une Japonaise sans risquer un commentaire injurieux — voire un crachat sur leur passage. Un jour, dans un magasin, quelqu'un avait lancé une obscénité à Hiroko, qui s'était dépêchée de rentrer. Takeo lui conseilla de ne plus faire ses courses que dans des boutiques nisei et Peter, fou d'inquiétude, lui proposa de nouveau le mariage. Mais Hiroko se renfrogna. Elle ne se marierait pas avant d'en avoir demandé la permission à sa famille, répéta-t-elle. D'ailleurs, il était possible que ses parents refusent sa main à Peter, ajouta-t-elle avec tristesse. L'idée qu'elle serait peut-être forcée de se marier à un autre laissa Peter sans voix, comme anéanti. Bientôt il allait devoir la quitter. Et il ne verrait plus son cher visage, ses gestes gracieux, son sourire radieux quand elle lui servait le thé ou lorsqu'elle lui rapportait une réflexion drôle de Tami. Elle adorait la petite fille et tous les enfants en général. Elle ferait une mère extraordinaire, se disait Peter, rêvant d'une vie entière à son côté, une vie qu'aucun décret n'aurait le pouvoir de briser.

Au cours des derniers mois, la force tranquille d'Hiroko les avait tous subjugués. C'était elle, à présent, qui les rassurait. Mais les yeux de Tak s'assombrissaient à chaque fois qu'ils se posaient sur sa nièce et sur Peter. Leur route serait longue et semée d'épines, songeait-il.

La semaine suivante, ils eurent des nouvelles de la famille de Reiko. Ses cousins de Fresno avaient été envoyés à Terminal Island. Quinze jours plus tard, ils furent transférés dans un camp de transit à Los Angeles. Avant de quitter Fresno, l'armée leur avait accordé trois jours pour vendre leur commerce. Ils avaient tout perdu. Ils avaient dû brader leur maison et leur voiture pour cent dollars et abandonner leurs plantations de fleurs.

— Ce n'est pas possible ! s'écria Reiko, en larmes, après avoir parcouru leur lettre. Trois jours ! Que peut-on faire en trois jours ?

Pas grand-chose. Mais c'était la loi. Ils avaient été emmenés avec des centaines de leurs compatriotes et enfermés dans un ancien champ de foire. Une sensation d'irréalité envahit les Tanaka. Ils avaient peine à croire aux informations qui ne cessaient d'arriver. Trois semaines plus tard, l'ordre d'évacuation de Palo Alto tomba comme un couperet. Ils disposaient de dix jours pour vendre leurs biens : maisons, voitures, entreprises. Le texte stipulait que le chef de chaque famille concernée devait se rendre à un poste de contrôle, installé en l'occurrence dans une vieille pagode désaffectée, «pour de plus amples informations». Il ne disait rien de plus.

L'ordre avait été placardé dans les rues. En rentrant de l'université, Takeo l'avait lu et relu, le cœur battant à tout rompre. Le lendemain, la nouvelle figurait dans tous les journaux.

Peter accourut très tôt chez les Tanaka pour accompagner Takeo au poste de contrôle où un fonctionnaire impavide leur assena le coup de grâce. Dans dix jours à partir de l'émission de l'ordre — il n'en restait en fait plus que neuf — la famille Tanaka devait se présenter au centre de Tanforan

Racetrack, à San Bruno. Chaque adulte pouvait emporter soixante-dix kilos de bagages et les enfants quarante-cinq kilos. Cela n'avait pas de sens, car chacun était censé transporter son propre bagage et il était impossible à un enfant de soulever quarante-cinq kilos. Comme il était impossible à Reiko, Hiroko ou même Ken de porter soixante-dix kilos.

Takeo prit machinalement les badges que le fonctionnaire lui tendait. Son regard se posa sur les insignes portant le numéro 70 917. Ils n'avaient plus de nom... Le fonctionnaire dressa la liste des restrictions. Les animaux domestiques, même de petite taille, étaient interdits. Idem pour les bijoux, les appareils photo, les radios, les armes bien sûr, et les objets en métal. Les meubles importants : réfrigérateurs, machines à laver, pianos, seraient stockés dans des entrepôts de l'Etat mais sans aucune garantie contre la détérioration ou le vol.

Takeo sortit ses badges à la main, totalement abasourdi. Peter le suivit. Tak avait la tête qui tournait. On leur avait interdit de s'éloigner de plus de dix kilomètres, et maintenant, on les chassait. Il était trop tard pour prendre la fuite. Neuf jours ! se dit-il, effaré. Neuf jours pour vendre tout ce qu'ils possédaient, avant de se présenter à Tanforan « en attendant d'être relogé ». Mais à quel endroit ? Et dans quelles conditions ? Le fonctionnaire ne l'avait pas précisé. Tak songea bêtement que Reiko ne saurait pas s'il fallait emporter des robes d'été ou des vêtements chauds... En fait, son esprit avait cessé de fonctionner. Il ne savait plus rien. Il ignorait même s'ils resteraient ensemble. Un frisson glacé le parcourut. Il se mit à trembler.

Pendant qu'il faisait la queue, il avait surpris des propos alarmants. On murmurait que les hommes seraient exécutés, les enfants réduits en esclavage et les femmes enfermées dans des camps, séparées de leurs maris et de leurs enfants. Il ne s'agissait que de rumeurs, bien sûr, mais savait-on jamais ? L'homme qui lui avait remis les badges lui avait demandé s'ils faisaient tous partie de la même famille. Il avait répondu qu'ils hébergeaient une cousine, en omettant de préciser qu'elle était citoyenne japonaise, mais ils s'en rendraient compte quand ils verraient son passeport. Peter et lui avaient tenté d'en savoir plus, mais l'homme avait simplement répliqué qu'il ignorait s'ils seraient relogés ensemble. Il avait alors senti qu'il était un étranger pour l'administration, et que son sort serait sans doute différent de celui de sa femme.

Tandis que la voiture prenait le chemin du retour, Peter demanda :

— Ai-je bien compris ? A-t-il dit que vous ne serez peut-être pas relogés tous ensemble ?

Et comme Takeo acquiesçait en silence :

— Tak, ne vous laissez pas faire. Demandez à rester auprès de votre famille. Dieu sait ce qui leur arrivera si vous n'êtes pas là.

De la panique vibrait dans sa voix. Ses yeux allaient des sinistres badges au visage de son ami. Ils s'arrêtèrent à un feu rouge et Tak tourna vers Peter un regard brûlant.

— Vous croyez qu'ils m'écouteront ? Au nom du ciel, Peter, pensez-vous que je puisse encore exiger quelque chose ?

Les larmes mouillèrent ses joues et Peter lui toucha le bras.

— Je suis désolé, murmura-t-il, les yeux embués.

Un sentiment d'impuissance terrassait Peter. Il aurait voulu partir avec eux. Au poste de contrôle, on lui avait expliqué qu'il pourrait les accompagner jusqu'au camp, à condition de repartir dans la journée. Oui, les visites étaient autorisées, mais il fallait garer sa voiture à deux kilomètres de Tanforan et n'apporter aucun objet de « contrebande ». Il commençait à s'habituer au jargon des militaires.

La pensée qu'il allait devoir se séparer d'Hiroko le taraudait. Il avait l'impression d'être sur le point de la conduire en prison. Et si jamais elle était isolée du reste de la famille, qu'adviendrait-il d'elle ? Il n'osait l'imaginer.

Takeo gara la camionnette devant la maison, avec un soupir. Ses yeux cherchèrent ceux de Peter. Il savait que sa femme l'attendait. Mais comment allait-il lui annoncer un tel désastre ? Leurs pires cauchemars venaient de se réaliser. Ils auraient dû partir des mois plus tôt, aller n'importe où. Cela aurait mieux valu. Tout, plutôt que ce centre dont il ignorait tout...

Une ronde de mots inquiétants se mit à tourner dans son esprit. *Camp de transit... relogement... étranger...* Certains mots tout à fait ordinaires se transforment parfois en monstres hideux, prêts à vous dévorer.

— Qu'allez-vous leur dire, Tak ?

La voix de Peter le ramena à la triste réalité. Ils échangèrent un regard hébété. C'était comme si un être cher venait de mourir subitement. Comme s'il fallait faire tout à la fois le deuil de leur passé et de leur avenir.

— Je n'en ai pas la moindre idée. (Il grimaça un sourire.) Vous ne voudriez pas acheter une maison et une Chevrolet ?

Il ne savait pas par où commencer. Il ressemblait à un naufragé en pleine tourmente.

— Je ferai ce que je peux, Tak. Vous pouvez compter sur moi.

— Je parle sérieusement, au sujet de la maison et de la voiture.

Des hôtels, des immeubles, des voitures se vendaient à des prix dérisoires. Sans parler du mobilier et des appareils électroménagers. Il était inutile de confier quoi que ce soit aux entrepôts du gouvernement. Mieux valait se débarrasser de tout, même gratuitement.

— Bon, rentrons, murmura-t-il.

Il aurait donné dix ans de sa vie pour se soustraire à son pénible devoir. Ils empruntèrent l'allée, côte à côte, comme deux condamnés. Les enfants seraient horrifiés, bien sûr, mais ils étaient jeunes, ils s'en remettraient. Ils n'accordaient qu'une importance toute relative aux possessions matérielles. Pour Reiko, c'était différent. Ils avaient passé dix-neuf ans à bâtir leur existence et maintenant, en neuf jours, tout l'édifice allait s'effondrer.

Les deux femmes les attendaient au salon. Hiroko avait dix-neuf ans à peine mais paraissait plus âgée dans sa jupe et son corsage noirs. Ses yeux croisèrent ceux de Peter, et il dut déployer un effort surhumain pour ne pas fondre en larmes. Takeo prit sa femme dans ses bras. Aussitôt, Reiko, comme si elle avait deviné les mots qu'il n'avait pas prononcés, se mit à pleurer.

— C'est vrai, Tak? On doit partir?

Au fond d'elle-même, elle espérait encore un démenti. Un miracle. Un retournement de situation, qui leur permettrait de rester à Palo Alto.

— Il faut que nous nous présentions au centre de Tanforan, ma chérie. Après quoi, nous serons relogés.

— Quand?

— Dans neuf jours, dit-il, éprouvant une douleur fulgurante au niveau de la poitrine — une sorte de coup de poignard. Nous devons vendre la maison et tout le reste, à moins que tu préfères laisser les meubles dans un entrepôt...

Elle le regarda, incrédule. Il tira alors les badges

de sa poche, et Reiko se mit à sangloter. Hiroko écarquilla les yeux. Pas un cri n'avait franchi ses lèvres.

— Irai-je avec vous, Takeo-san ? demanda-t-elle, reprenant machinalement ses manières japonaises.

Cela n'avait plus d'importance maintenant.

— Oui.

Il mentait. Il n'en était pas sûr mais il était trop tôt pour l'avertir. Les enfants firent irruption dans la pièce. Il dut répéter les mauvaises nouvelles, puis chacun donna libre cours à son désespoir. Ils pleurèrent longtemps, et Peter pleura avec eux. Lorsqu'elle sut qu'elle ne pourrait pas emmener Lassie, Tami poussa un cri d'horreur.

— Pourquoi ? Ils ne vont pas la tuer, au moins ?

Takeo caressa les cheveux soyeux de sa fille cadette. Il s'en voulait terriblement de n'avoir pas pu protéger sa famille.

— Non, bien sûr que non. Nous la confierons à quelqu'un qui aime les chiens.

— A Peter ? dit la petite, levant sur leur ami un regard plein d'espoir.

Elle lui faisait confiance. Peter lui rendrait Lassie quand ils reviendraient. Mais il prit gentiment sa petite main.

— Je ne peux pas la garder, Tami. Moi aussi je pars. Je vais à l'armée.

La petite fille se tourna alors vers Hiroko, assaillie d'une nouvelle terreur.

— Et ma maison de poupée ?

— Nous l'emporterons avec nous, dit Hiroko.

Takeo secoua la tête.

— Ce n'est pas possible. On ne peut emporter que le strict nécessaire.

— Ma poupée, alors ? insista Tami, avec l'énergie du désespoir — et, cette fois-ci, son père acquiesça.

Enlacées, en pleurs, Sally et Tami quittèrent la pièce. Ken resta assis, en s'essuyant les yeux. Il affichait une expression lugubre et obstinée. Son père le regarda.

— Que se passe-t-il, Ken ? Quel est ton problème ?

C'était une question déplacée et l'adolescent parut sur le point d'exploser.

— C'est ce pays qui est mon problème, grommela-t-il. Tu n'es pas citoyen américain, papa, mais je le suis. L'année prochaine, je devais faire mon service militaire. J'étais prêt à donner ma vie pour des gens qui vont m'enfermer dans un camp, à cause de mes ancêtres japonais « à quelque degré que ce soit », ajouta-t-il amèrement.

C'étaient les termes du décret. « D'ascendance japonaise, à quelque degré que ce soit. » La citoyenneté, la loyauté ne voulaient plus rien dire. Toute sa vie, Ken avait fait serment d'allégeance au drapeau américain et avait chanté *The Star-Spangled Banner*. Il ne connaissait pas d'autre hymne national. Il était boy-scout, fêtait le jour de l'Indépendance le 4 juillet en admirant le feu d'artifice et voilà que, du jour au lendemain, il n'était plus qu'un étranger, un ennemi, qui devait être « évacué » comme un criminel ou un espion. Tout son système de valeurs avait basculé. En si peu de temps...

— Je sais, mon fils. Ce n'est pas juste. Mais il faut obéir. Nous n'avons pas le choix.

— Et si je refuse d'y aller ?

D'autres avaient essayé. Très peu avaient réussi.

— Ils te mettront en prison.

— Je préfère ça. C'est plus clair !

Takeo secoua la tête. Les pleurs de Reiko redoublèrent. Elle avait déjà tout perdu, son emploi et sa maison. Mais elle n'accepterait pas de perdre ses enfants.

189

— Nous aimerions que tu viennes avec nous, Ken, dit Tak.

— Serons-nous ensemble, au moins ? demanda Reiko, alors que son fils sortait en claquant la porte.

Il avait l'intention d'aller voir Peggy. Mais le même malheur s'était abattu sur elle et sur sa famille. Ils étaient tous sacrifiés sur le bûcher de la sécurité de l'Amérique — leur propre pays.

Tak soutint le regard de sa femme. Il était incapable de lui mentir. Il ne l'avait jamais fait et il ne commencerait pas maintenant.

— Je n'en suis pas sûr. Personne ne sait rien. Peut-être nous sépareront-ils, parce que je suis japonais, mais ce n'est qu'une hypothèse.

Plus tard, lorsque Peter et Hiroko sortirent, Reiko demanda :

— Et Hiroko ?

— Je ne sais pas. Pour eux, elle n'est qu'un « sujet de pays ennemi ». Mon Dieu, Rei, je ne sais plus où j'en suis.

Il la reprit dans ses bras. Leurs larmes se mêlèrent. Takeo pleurait sur ses propres faiblesses. Il avait été trop confiant, il n'avait pas voulu admettre que la montée du racisme les mettrait un jour en danger. Et maintenant que c'était fait, il n'avait aucun recours. Il ne s'était pas donné les moyens d'échapper à son destin. Ils avaient tout perdu, ils allaient être emprisonnés et Dieu seul savait ce qui suivrait. Peut-être la réalité serait-elle pire que les rumeurs. Peut-être seraient-ils tous exécutés. Pourquoi pas ? Ils n'étaient plus des êtres humains. Ils n'étaient plus que des numéros sur un badge de papier.

— Désolé, Rei, murmura-t-il en pleurant.

Elle le serra dans ses bras. Ce n'était la faute de personne, affirma-t-elle. Nul n'aurait pu deviner... Il ne parut pas convaincu. Alors, elle regarda par la

fenêtre, vers l'allée où Peter et Hiroko se promenaient.

— Vont-ils se marier ?

— Ils n'en ont pas le droit dans cet Etat, répondit-il. Et il nous est interdit de quitter la Californie.
Nous sommes tous pris au piège. Elle attendra jusqu'à ce qu'il revienne du front…

Au même moment, dans le jardin, Peter disait à
Hiroko à peu près la même chose. Il voulait qu'elle
attende son retour. Alors, si elle était toujours libre,
ils se marieraient.

— Je ne peux rien te promettre sans l'assentiment de mon père, répéta-t-elle pour la centième
fois. (Elle avait déjà trahi Masao en quittant l'université, elle ne le trahirait pas une deuxième fois en
épousant quelqu'un sans son autorisation.) Mais je
veux t'épouser, Peter. Oui, je le souhaite de tout
mon cœur.

Il l'attira dans ses bras.

— Moi aussi, ma chérie. Je souhaite m'occuper
de toi pour le restant de mes jours. J'aurais voulu
rester auprès de toi à Tanforan. Je viendrai te voir
le plus souvent possible.

Elle hocha la tête, incapable encore de saisir toute
l'horreur de la situation. Malgré ses efforts pour
paraître courageuse, la peur resurgit. Il la sentit
trembler comme une feuille dans ses bras.

— Je suis si triste pour oncle Tak et tante
Reiko… C'est tellement dur pour eux.

— Oui, je sais. Et je ferai tout ce que je peux.

Il ne pouvait pas grand-chose, songea-t-il au
même moment. Il avait promis à Tak de garder son
argent, avait offert d'acheter tout ce qu'il ne parviendrait pas à vendre. Défaire une vie entière en
neuf jours ! Comment était-ce possible ? Pourtant
d'autres s'étaient séparés de leurs entreprises ou de

leurs plantations en moins de temps que cela. Il fallait tout quitter, tout abandonner.

— Je surveillerai les enfants, quand je serai à Tanforan, dit-elle, et il se demanda avec angoisse si elle n'allait pas être envoyée dans un autre camp... Kenji est furieux.

— Et à juste titre. Il est aussi américain que moi. Ils n'ont pas le droit de le traiter en ennemi.

— C'est très mal, ce qu'ils font, n'est-ce pas ?

Elle avait longuement cherché les raisons qui avaient poussé les autorités à agir ainsi. Les journaux et la radio annonçaient sans cesse une invasion japonaise imminente, à tel point qu'elle aussi avait fini par y croire. C'était sans doute une bonne raison pour évacuer tous les Japonais de la côte ouest. Mais d'un autre côté, pourquoi ces gens-là épouseraient-ils la cause d'un Japon où ils n'avaient plus ni famille ni attaches ? La plupart n'avaient jamais mis les pieds là-bas.

— Pauvre oncle Tak, répéta-t-elle... (Elle ne pensait pas à elle-même.) Je vais donner mes kimonos. Ils sont trop lourds à transporter. Mieux vaut que je continue à m'habiller à l'occidentale, n'est-ce pas ?

— Je les garderai, promit-il d'une voix enrouée par l'émotion. Quand la tempête s'apaisera, nous serons à nouveau ensemble, Hiroko. Peu importe ce qui nous arrivera. Souviens-toi toujours que nous nous retrouverons.

Il se pencha pour l'embrasser.

— Je t'attendrai, Peter, dit-elle doucement.

— Je reviendrai.

C'était plus un espoir qu'une promesse. Il pria le ciel pour qu'ils se revoient un jour. Main dans la main, ils se dirigèrent vers la maison.

Le lendemain, Takeo donna sa démission à l'université. Peter prit une semaine de congé pour l'aider. Par rapport à leurs amis, les Tanaka eurent de la chance. Ils obtinrent mille dollars de leur demeure. D'autres avaient dû accepter des sommes dérisoires. Des voisins cupides guettaient l'occasion d'acquérir une propriété à bas prix. Ils apprirent également que certains de leurs amis ne disposaient que d'un délai de trois jours pour évacuer les lieux. Neuf jours, c'était presque incroyable.

La voiture rapporta cinquante dollars, et les clubs de golf cinq. Ils étaient tout neufs et Tak les aurait offerts à Peter s'il ne s'était pas préparé à partir, lui aussi. Ils organisèrent une vente aux enchères dans la cour. Reiko pleura quand une ravissante jeune femme lui offrit trois dollars pour sa robe de mariée. Hiroko avait empaqueté la maison de poupée de Tami, afin de l'envoyer à l'entrepôt que le gouvernement avait mis à la disposition des évacués. Elle calligraphia elle-même le nom des Tanaka sur l'étiquette. Les meubles furent bradés sur la pelouse. Peter menait les tractations de main de maître. A la fin de la journée, ils avaient récolté trois mille dollars, ce qui n'était pas si mal. Sauf qu'ils ne possédaient plus rien d'autre maintenant... La scène la plus pénible se joua peu après, lorsque la secrétaire de Tak vint chercher Lassie. Tami enlaça la chienne en pleurant à chaudes larmes. Hiroko dut retenir l'enfant, pendant que la nouvelle propriétaire de Lassie, en larmes elle aussi, la tirait par sa laisse. Ils entendirent longtemps ses aboiements et ses gémissements, jusqu'à ce que la voiture qui l'emportait ait disparu au tournant de la rue. Au terme de cette terrible journée, tous avaient perdu quelque chose. Ken avait dû se séparer de sa chère collection de battes dédicacées et de ses vieilles tenues de baseball. Sally avait vendu son lit à baldaquin. Sur les conseils d'Hiroko, ils avaient d'ailleurs bradé tous les lits. Ce soir, ils dormiraient sur des futons.

— C'est horrible ! Je ne veux pas dormir par terre comme un chien ! sanglota Sally dans les bras de sa mère.

Elle avait tout perdu d'un seul coup. Ses amis, sa garde-robe, son école et jusqu'à son lit.

— Tu le ferais, si tu étais au Japon, lui répondit sa mère en souriant à Hiroko.

— Je ne suis pas japonaise ! Je suis américaine !

Elle sortit en trombe en claquant violemment la porte du salon vide. Tami pleurait tout doucement dans un coin. Lassie allait lui manquer terriblement, ainsi que sa maison de poupée.

— Nous en fabriquerons une autre, lui promit Hiroko.

— Tu ne sais pas comment ! Il n'y a que papa qui sache, mais il ne voudra pas.

— Mais si. Il m'expliquera. Et nous la fabriquerons ensemble, toi et moi, d'accord ?

— D'accord.

L'ombre d'un sourire éclaira le petit visage ravagé de Tami. Elle avait neuf ans maintenant. Sally, qui venait de fêter ses quinze ans, n'avait plus rien de l'adolescente rieuse qui avait accueilli Hiroko à San Francisco, et pour cause ! La seule bonne nouvelle était que Peggy, la petite amie de Ken, et ses parents partiraient pour Tanforan, eux aussi, et le même jour.

Kathy, l'amie intime de Sally, ne lui avait plus jamais adressé la parole. Elle était passée devant la maison, pendant les enchères, avec son frère, mais ni l'un ni l'autre n'avaient ralenti le pas. Sally avait détourné la tête. Elle ressentait une cuisante sensation d'abandon. Il ne restait plus que deux jours avant le départ et ils avaient encore mille choses à faire, mille détails à régler. Les nouveaux propriétaires n'avaient acheté qu'une petite partie du mobilier. Il fallut se débarrasser du reste. Tout ce qui

194

n'avait pas été vendu, ils le donnèrent à des amis ou à des institutions caritatives. Restait la question des bagages. Ignorant où ils allaient être relogés, ils ne savaient de quel type de vêtements ils auraient besoin. Craignant de s'encombrer d'un fardeau inutile, ils choisirent d'en emporter le moins possible.

Il était près de vingt-deux heures quand ils terminèrent leurs préparatifs. C'était leur dernière nuit à Palo Alto. Peter était là. Tak lui tendit une chope de bière, avant de monter dans sa chambre où Reiko jetait un ultime coup d'œil dans les penderies. Peter et Hiroko allèrent s'asseoir sur le perron. C'était une splendide nuit d'avril, claire et tiède, une de ces nuits si limpides qu'on imagine que rien ne peut vous arriver.

— Merci de ton aide, Peter.

Elle lui sourit. Il se pencha pour l'embrasser et elle sentit la fraîcheur de la bière sur ses lèvres.

— Tu as travaillé sans t'arrêter, observa-t-il en l'obligeant à blottir dans ses bras.

Elle avait été infatigable. Reiko était si distraite, si bouleversée qu'Hiroko avait tout naturellement pris la direction des opérations.

— Toi aussi, répondit-elle calmement.

C'était vrai. Takeo n'avait cessé de répéter qu'il aurait été perdu sans Peter. Celui-ci avait tiré des meubles, traîné des cartons bourrés de livres, rangé des outils, débranché des prises. Il avait transporté avec Tak une demi-douzaine de caisses à l'entrepôt. Il avait aussi emporté quelques objets chez lui, dont la malle contenant les kimonos d'Hiroko.

— Nous formons une équipe formidable, dit-il. J'en conclus que nous ferons un bon couple.

Il la regarda d'un air espiègle. La voyant rougir, son sourire s'élargit. D'aucuns l'auraient trouvée démodée et c'était justement ce qu'il appréciait le plus chez elle.

195

— Combien d'enfants aurons-nous ? demanda-t-il.

De roses, ses joues devinrent écarlates.

— Autant que tu voudras, Peter-san, répondit-elle de cet air soumis, typiquement japonais, qu'il aimait tant. Ma mère désirait beaucoup d'enfants, des garçons, bien sûr. Mais elle est tombée très malade après la naissance de mon frère. En fait, elle a failli en mourir. Mon père aurait voulu qu'elle ait ses bébés à l'hôpital mais elle avait préféré accoucher à la maison, selon la tradition. Mon père est très moderne, contrairement à maman qui est plutôt traditionaliste... comme moi, acheva-t-elle avec un sourire timide.

— Comme nous, rectifia-t-il. J'adore les traditions. (Puis, redevenant sérieux :) Prends soin de toi, à Tanforan. On ne sait pas dans quelles conditions vous vivrez là-bas. Sois prudente, Hiroko.

Il n'en dit pas plus, afin de ne pas l'effrayer. Mais il avait peur pour elle. Peur qu'elle soit envoyée ailleurs, peur qu'elle ne puisse pas rester avec les Tanaka. Il était impuissant devant les événements, il le savait.

— Toi aussi, Peter.

Elle le regarda. Bientôt, il serait loin. Elle balaya cette pensée de son esprit, se laissant imprégner par l'harmonie ambiante. On ne songeait pas à la guerre dans ce jardin si paisible. Il était difficile d'imaginer que dès le lendemain, leurs vies allaient prendre un autre cours, qu'elle serait dans un camp de relogement, et lui quelque part en Europe, à se battre. Mais cet instant unique, cet instant présent, se gravait à jamais dans leur mémoire.

— Tu me promets d'être prudente ? demanda-t-il une fois de plus, au comble de l'angoisse.

— Oui. Je te le promets.

Il la regarda droit dans les yeux, puis posa son verre de bière. Ses bras se refermèrent sur le corps frêle d'Hiroko et ils restèrent longtemps enlacés, serrés l'un contre l'autre. Leurs lèvres se cherchèrent et un tressaillement sensuel parcourut Peter.

— Bon, il faut que j'y aille, dit-il d'une voix rauque.

S'il s'était écouté, il l'aurait dévorée de baisers, étouffée de caresses. Il s'était toujours arrêté à temps, craignant de l'effaroucher ou de la choquer.

— Je t'aime, Peter-san. Je t'aime énormément…

Ce fut elle qui se hissa sur la pointe des pieds pour l'embrasser. Son baiser arracha un doux gémissement à Peter. Elle lui sourit.

— Moi aussi je t'aime, ma chérie. A demain.

Elle le raccompagna au portail, puis suivit du regard les feux arrière de sa voiture, jusqu'à ce qu'ils aient disparu. Alors, elle rebroussa chemin, la gorge nouée, se demandant pour la millième fois ce que l'avenir leur réservait. Mais le destin n'est jamais qu'une infime série de questions… Elle allait franchir le seuil de la maison quand quelqu'un l'appela. Elle sursauta, et se retourna. Une grande jeune femme blonde pénétra dans le jardin. Hiroko ne la reconnut pas tout de suite. Ses cheveux tirés en arrière dégageaient un front lisse, son buste disparaissait sous un large sweater, et elle tenait un panier à la main.

— Hiroko ?

Hiroko se dirigea vers l'arrivante. Ce visage, elle l'avait vu des mois plus tôt, dans la petite chambre saccagée, puis derrière une vitre de Saint Andrew. Elles n'avaient jamais été amies mais, ce jour-là, un sentiment de respect mutuel les avait rapprochées.

— Anne ? Anne Spencer ?

— J'ai appris que vous partiez.

— Comment l'avez-vous su ?

— Une de mes amies est à Stanford, dans la classe de votre oncle. Je suis désolée. (C'était la deuxième fois qu'elle venait lui présenter des excuses pour une chose dans laquelle elle n'était pas impliquée.) Où irez-vous ?

— Au centre de Tanforan. Après... on ne sait pas.

— Je vous ai apporté ça, dit Anne en lui tendant le panier.

Il débordait de nourriture : jambons, fromages, boîtes de potage, viandes cuites en grande quantité. C'était un cadeau d'une grande générosité. Hiroko regarda Anne sans pouvoir cacher sa surprise.

— Merci, dit-elle.

En même temps elle se demanda pour quelle raison l'aristocratique Mlle Spencer avait fait cela :

— Hiroko, j'aimerais que vous sachiez que je n'approuve pas ce qu'ils vous font subir. Je trouve ces mesures inhumaines, et j'en suis navrée.

Des larmes miroitèrent un instant dans ses yeux d'un bleu glacé. Hiroko s'inclina profondément, pour la première fois depuis longtemps, afin de lui témoigner son respect.

— Je vous remercie, Anne-san.

— Que Dieu vous protège, murmura la visiteuse.

Elle tourna les talons et sortit du jardin en courant. Hiroko entendit une voiture démarrer. Quand le bruit du moteur s'éloigna, elle se dirigea lentement vers la maison, avec le panier.

10

Ils se rappelleraient toujours le matin où ils quittèrent leur maison — le plus sombre, le plus triste de toute leur existence. La chienne était partie, la Chevrolet aussi, ils laissaient derrière eux une succession de pièces presque vides. C'était comme un cauchemar dont ils allaient bientôt se réveiller. Sauf que c'était la réalité. Les nouveaux propriétaires devaient emménager dans l'après-midi, et Takeo avait laissé les clés chez des voisins. Ils avaient vécu ici pendant près de dix-huit ans. Reiko et Tak avaient acheté la maison alors qu'elle était enceinte de Ken. Tous leurs enfants avaient vu le jour ici, avaient grandi ici. Des années de bonheur venaient de s'envoler. Reiko jeta autour d'elle un regard embué, tandis que Takeo l'enlaçait.

— Nous reviendrons, Rei.

— Mais la maison appartiendra à quelqu'un d'autre, répondit-elle, les joues ruisselantes de larmes.

— Nous en achèterons une autre. Je te le promets.

En attendant, il fallait survivre.

— Je sais, murmura-t-elle.

Ils prirent la petite allée en direction du portail, la

199

main dans la main. Une fervente prière monta aux lèvres de Reiko. « Faites que nous revenions. Sains et saufs. »

Peter les conduisit au poste de contrôle, avec leurs maigres bagages. Ils avaient collé les badges sur les valises et sur leurs vêtements. Tami avait épinglé le sien sur son sweater, Sally l'avait enroulé à son poignet. Tak, Reiko et Ken les portaient accrochés à leurs vestes. Peter avait fixé celui d'Hiroko sur le premier bouton de son cardigan. Numéro 70 917.

La jeune fille avait pris place dans la voiture, le panier d'Anne Spencer sur les genoux. Reiko avait apprécié ce cadeau mais maintenant, tandis qu'ils roulaient dans les rues de Palo Alto, tout le monde semblait l'avoir oublié.

Le trajet fut court et silencieux. Au tournant d'une rue, le poste de contrôle apparut, petit édifice bondé. Une foule bigarrée avait pris d'assaut les trottoirs.

— Mon Dieu, ils sont en train d'évacuer toute la ville, s'exclama Takeo, interloqué.

— Ça m'en a tout l'air, répondit Peter en zigzaguant parmi les valises et les cartons.

De nouveaux arrivants venaient sans cesse grossir les rangs des déportés. Des parents tenant des enfants par la main, d'autres guidant des vieillards. Une douzaine d'autobus attendaient sur une aire de stationnement. Peter souhaitait conduire les Tanaka jusqu'à Tanforan mais les autorités le lui avaient refusé. Il était interdit d'arriver au camp dans une voiture particulière. Ils devaient y aller en autobus, avec les autres. Peter se gara. Il avait décidé de rester le plus longtemps possible. Après, il comptait se rendre au camp de son côté et essayer de les rejoindre là-bas.

Ils sortirent de voiture à contrecœur, en portant leurs valises. La foule se referma sur eux presque aussitôt. Une minute plus tard, un homme en uniforme ordonna à Peter de partir. Il demanda s'il existait un point de rassemblement à Tanforan, où il pourrait les retrouver. Personne ne put lui répondre. Tak lui adressa un signe de la main tandis qu'il s'éloignait. Hiroko réprima une vague de panique. C'était donc vrai ! Ils allaient être incarcérés ou relogés, ou évacués, les termes importaient peu. La vérité lui tomba dessus comme une chape de plomb. Ils n'étaient plus libres. Et Peter n'était plus là. Il avait dit qu'ils se reverraient à Tanforan. Et s'il n'arrivait pas à les retrouver ? Et si l'accès du camp lui était interdit ? Comme si la panique de sa cousine l'avait gagnée, Tami se mit à pleurer. Elle serrait contre sa poitrine sa poupée, qui portait un badge, elle aussi. Sa petite main frémissait dans celle d'Hiroko… Reiko semblait au bord des larmes. Ken se mit à chercher Peggy au milieu de la cohue, mais son père lui demanda de rester auprès d'eux. Quelqu'un leur tendit des formulaires en leur ordonnant de mettre leurs bagages dans l'un des cars sans aucune autre explication. Ils s'exécutèrent et s'installèrent dans l'un des véhicules où ils attendirent plus d'une heure. Il faisait une chaleur étouffante. Il était presque midi quand les cars s'ébranlèrent enfin, comme une longue procession, partant pour une destination inconnue. Le voyage ne dura pas plus d'une demi-heure.

Le camp de Tanforan incarnait l'image même du chaos. Des centaines, des milliers de personnes formaient des files à perte de vue. Il y avait des vieux, portant des badges plus larges, des infirmes assis sur des valises ou sur des bancs, des enfants pleurant et reniflant. Et partout, des valises, des malles, des cartons, des sacs de nourriture. Aussi loin que le regard pouvait porter, on ne voyait que le spectacle poignant d'êtres humains en proie au désarroi. Il y avait une tente au milieu du camp, dégageant une odeur de cuisine et, plus loin, une succession de baraques sans portes tenant lieu de toilettes.

La veille, il avait plu à torrents, et ils pataugeaient dans une boue épaisse, tandis que la file se déplaçait avec la lenteur d'une chenille. Ils étaient six mille à faire la queue.

— Peter ne nous trouvera jamais, dit Hiroko d'une voix lugubre.

— Oui, ça m'étonnerait, répondit Tak.

Il jeta un regard horrifié autour de lui. Ses chaussures neuves en cuir noir s'enfonçaient dans la gadoue. Sally déclara qu'elle préférait mourir plutôt que d'utiliser les toilettes publiques. Sa mère et Hiroko lui proposèrent de tenir un plaid devant l'ouverture, mais, de nouveau, elle refusa. Mais ce n'était qu'une question de temps. A un moment donné, elle serait bien obligée de céder.

Ils firent la queue pendant trois heures. Le panier d'Anne Spencer commençait à peser lourd. Personne n'avait le droit de quitter la file avant que les formalités d'admission soient remplies. Ceux qui en avaient terminé pouvaient aller faire la queue devant la tente, en quête d'un repas frugal. Tami se remit à pleurer, tandis qu'ils attendaient dans la boue, appuyés sur leurs bagages.

Arrivés enfin en tête de file, ils durent se prêter à un simulacre de visite médicale. Des hommes et des femmes en blouse blanche leur examinèrent la gorge, puis la peau des mains et des bras... dans quel but ? Même Reiko n'aurait pas su le dire. Des aides-soignants leur administrèrent ensuite des vaccins. « Ils ne doivent pas être infirmiers, se dit Reiko. Ce sont des civils volontaires. » Les préposés aux cuisines, sous la tente, étaient également des bénévoles, du moins lui sembla-t-il. Ils étaient vêtus d'un uniforme bizarre : habit brun sous un manteau bleu, et petite toque ornée de drôles de plumes. Elle

202

demanda s'il y avait une infirmerie et quelqu'un ébaucha un vague geste vers le lointain.

— Peut-être auront-ils besoin de mes compétences, expliqua-t-elle à Tak.

Evidemment, ils ignoraient combien de jours, de semaines, de mois ils allaient rester là. Le temps qu'ils se dirigent vers la tente, et ils étaient épuisés. Les piqûres qu'on leur avait faites au bras étaient encore douloureuses et la pauvre Tami murmura qu'elle avait «mal au cœur». Hiroko lui prit la main, lui repoussa les cheveux en arrière, se mit à lui raconter un conte de fées, que la petite fille écouta attentivement, en serrant toujours sa poupée contre elle. Bientôt, ses larmes séchèrent, et elle en oublia son malaise.

Ken, lui, se sentait beaucoup mieux. Il avait aperçu sa petite amie, ce qui tenait du miracle, vu l'énorme foule. Mais aucune trace de Peter... Il était seize heures, ils se trouvaient sur place depuis des heures, et on ne leur avait pas encore assigné leurs quartiers.

Ils firent la queue. Longtemps. Très longtemps. Sous la grande tente, on commençait à distribuer le repas du soir dans des gamelles en fer-blanc, lorsque, enfin, un employé du camp leur attribua un logement en leur indiquant où il se trouvait. C'était le bloc 22P, précisa-t-il. Ils se remirent en marche, leurs valises à la main. A plusieurs reprises, Tak avait demandé combien de temps ils resteraient ici, mais personne ne lui avait répondu. Un long baraquement s'offrit à leur vue. Ils tournèrent en rond pendant un moment, jusqu'à ce que Ken repère leur numéro. Il s'agissait d'une ancienne étable qui avait dû abriter autrefois un cheval et qui maintenant était vide. Leur «logis» se résumait à un box assez spacieux pour contenir un cheval, mais trop exigu pour une famille de six personnes. Un battant à moitié bancal tenait lieu de porte. Il s'ouvrit sur un espace étriqué. Les murs avaient été blanchis à la chaux mais le sol n'avait pas été nettoyé. Le sol couvert de fumier exhalait une puanteur fétide.

C'en était trop pour Reiko. Elle s'appuya sur une cloison et rendit le peu de nourriture qu'elle avait absorbée dans la journée.

— Oh mon Dieu, Tak, je n'y arriverai pas.

— Si, tu y arriveras, Rei, il le faut. (Leurs enfants les observaient, attendant des instructions.) Assieds-toi avec les filles. Hiroko t'apportera un peu d'eau. Pendant ce temps, Ken et moi irons chercher des balais pour nettoyer. Après, tu pourrais peut-être nous rapporter de quoi dîner.

Reiko secoua la tête. Elle n'avait nulle envie de refaire la queue. Elle n'avait pas faim. Les filles non plus, d'ailleurs. Elles s'assirent par terre, et puisèrent dans le panier d'Anne Spencer, qui s'avérait un vrai cadeau du ciel.

La pâleur de Reiko faisait peur à voir. Les autres s'étaient mis à l'ouvrage. Hiroko avait déniché de vastes sacs de toile. Aidée de Sally, elle avait entrepris de les remplir de paille, pour en faire des matelas. Ken et Tak n'avaient pu trouver que deux vieilles boîtes à café en guise de pelle, et ils se mirent à débarrasser le fumier avec une lenteur exaspérante. Et Peter arriva. Un cri de joie échappa à Hiroko. Elle avait perdu l'espoir de le revoir. Il lui fit l'effet d'une apparition. Elle courut vers lui et passa les bras autour de son cou.

— J'étais dans le bâtiment administratif, depuis midi, souffla-t-il. J'ai pratiquement vendu mon âme au diable pour passer. Ils ne comprenaient pas le but de ma visite. Ils ont tout fait pour m'arrêter.

Il déposa un tendre baiser sur la joue d'Hiroko. Un soupir de soulagement gonfla sa poitrine. Il avait erré des heures durant dans le camp. Il avait passé chaque file au crible, avait fait le tour des baraquements, en cherchant systématiquement à l'intérieur de chaque étable. Il jeta un coup d'œil à Ken et Tak, qui poursuivaient leur tâche ingrate.

— Vous vous amusez bien, on dirait.

Un large sourire apparut sur les lèvres de Tak. Il n'avait pas perdu son sens de l'humour. Revoir Peter l'avait revigoré.

— Ne dites pas ça avant d'avoir essayé.

— Marché conclu !

Peter ôta sa veste et retroussa ses manches. Sacrifiant ses mocassins préférés, il entra dans le box. Ayant trouvé une troisième boîte à café, il joignit ses efforts à ceux de ses amis. Peu après, il était aussi sale qu'eux. L'étable n'avait pas été nettoyée depuis des années.

— Pas étonnant que le cheval soit parti, grommela-t-il, tandis qu'il continuait à remplir sa boîte de fumier et à le déverser dans un sac-poubelle en plastique.

C'était comme s'ils essayaient de vider l'océan à l'aide d'une petite cuillère.

— Joli endroit, pas vrai ? plaisanta Takeo.

Il avait presque retrouvé sa bonne humeur. Ken ne disait rien. Il détestait ce camp. Il détestait l'idée d'être enfermé ici… Et il exécrait ceux qui lui avaient infligé cette humiliation.

— J'aurais voulu vous dire que j'ai vu pire, soupira Peter. Mais, hélas, je ne peux pas.

— Attendez d'aller en Europe. Vous endurerez des corvées autrement plus pénibles.

— Eh bien ! au moins, ici je m'exerce.

La nuit était tombée depuis longtemps. Reiko et les filles se reposaient sur les matelas de fortune remplis de paille. Hiroko proposa son aide aux hommes. Ils déclinèrent son offre. C'était un « boulot trop pourri » pour une femme, dit Ken. Peu à peu, la terre battue apparaissait sous le fumier.

— Vous ont-ils dit à quelle heure vous devez partir ? demanda Tak, mais Peter lui sourit.

— Ils ont oublié. Je resterai donc jusqu'à ce qu'ils me jettent dehors.

Ils avalèrent le thé brûlant préparé par Hiroko et se remirent au travail. Il était deux heures du matin quand ils terminèrent. Le fumier disparu, ils frottèrent le sol avec une mixture de boue additionnée d'eau. L'odeur fétide s'était sensiblement atténuée.

— Laissez sécher pendant quelques jours, dit Peter. J'espère qu'il ne pleuvra pas.

Quand la terre battue serait sèche, ils la couvriraient de paille, puis poseraient dessus leurs matelas. Pour le moment, ils n'avaient plus qu'à s'asseoir sur les sacs de toile qu'Hiroko et Sally avaient remplis de paille. Ken se laissa tomber sur l'un d'eux, épuisé. Tak en fit autant et Peter se glissa près d'Hiroko. Elle avait tant attendu ce moment... elle l'avait tant espéré. Reiko et ses deux filles s'étaient endormies.

— Quel lieu épouvantable ! soupira-t-il.

Son corps était envahi de courbatures.

— Oui, c'est vrai... Pauvre oncle Tak.

— Hiroko, je suis désolé pour vous tous.

— *Shigata ga nai*, dit-elle doucement. (Et comme il haussait un sourcil :) Ça veut dire : on n'y peut rien. Ce qui doit être fait est fait.

Il aurait préféré que ce soit autrement.

— Je hais l'idée de te laisser ici, ma chérie.

Il l'attira contre lui, et elle posa sa tête sur son épaule. Il avait eu peur pour elle et il n'avait rien pu empêcher. Qu'est-ce qui pouvait leur arriver de pire ? D'autres familles s'étaient entassées dans les boxes voisins, hommes, femmes, enfants, vieillards. Il était le seul Blanc, mais personne ne parut s'en formaliser.

— Je voudrais t'emmener loin d'ici, Hiroko.

Il l'embrassa doucement, en faisant attention à ne pas la toucher avec ses mains encore souillées de fumier.

— Moi aussi je le voudrais.

Peut-être, un jour, retrouveraient-ils ce qu'ils avaient perdu aujourd'hui. Hiroko s'était vue spoliée de son bien le plus précieux : la liberté. Soudain chaque seconde acquit pour eux une importance capitale. Elle se demanda si elle n'aurait pas dû l'épouser, sans attendre l'approbation de son père. Oui, ils auraient dû se marier dans un autre Etat, comme Peter le lui avait suggéré. Mais c'était trop tard à présent... Elle le suivit du regard, alors qu'il sortait avec Ken et Tak, pour aller se laver les mains et utiliser ces affreuses latrines. De là ou elle était, elle ne pouvait les voir, mais elle savait qu'ils étaient là.

Il revint quelques minutes plus tard avec les autres. Elle devait essayer de dormir, dit-il. Il promit d'être là le lendemain après-midi. Le matin, il avait ses cours. Il avait du mal à s'en aller et elle s'ingénia à le garder auprès d'elle le plus longtemps possible. Une autre demi-heure s'écoula avant qu'il ne quitte l'étable. Elle le regarda s'éloigner, avec la sensation que son seul ami sur terre venait de disparaître.

— Il faut dormir maintenant, dit Tak en lui tendant une couverture. A chaque jour suffit sa peine.

Il regrettait qu'elle soit venue en Amérique. Elle allait souffrir, comme eux tous, comme Peter. Mais il était trop tard pour y remédier. Peter et Hiroko étaient tombés amoureux l'un de l'autre dans un monde hostile et menaçant.

Pelotonnée sur le matelas de paille, sous un manteau et une couverture légère, Hiroko laissa ses pensées voguer vers Peter, en se demandant où le destin les mènerait.

11

Le son du clairon les réveilla le lendemain matin à l'aube. Pour avoir un petit déjeuner, il fallait faire la queue devant l'un des onze réfectoires du camp. A l'entrée, ils devaient montrer leur carte d'identité ; ils mangeaient par roulements. Le repas se composait d'un brouet infâme d'œufs en poudre et de pain rassis. C'était à peine comestible et ils se rabattirent sur les céréales. Ensuite, ils firent un tour. Partout, les mêmes scènes. Des familles essayant de s'installer dans des écuries qu'elles nettoyaient en vidant le fumier. Et plus loin, des vieillards étendus sur des sacs remplis de paille ou assis sur leurs valises. Les Tanaka longèrent les baraquements à la recherche d'amis. Ils en retrouvèrent quelques-uns. Deux professeurs, que Tak connaissait. Une proche de Reiko. Ken découvrit avec soulagement que Peggy et sa famille étaient dans une étable voisine. Revoir des visages familiers en ce lieu de désolation était à la fois délicieux et incongru. Sally se mit à sauter de joie en voyant deux camarades de son ancienne école. Quant à la petite Tami, elle jouait déjà avec d'autres gamins de son âge.

Un sentiment de détermination régnait dans ce décor misérable. S'adapter et survivre. Une femme semait consciencieusement des graines, décidée à créer un jardin.

— J'espère que nous ne resterons pas longtemps ici, remarqua Reiko d'une voix tendue.

Personne n'avait pris la peine de les informer de la durée de leur séjour, mais de toute façon elle ne se sentait pas le cœur à faire pousser quoi que ce soit. On n'avait envie ni de prendre racine en ce lieu, ni de s'y attarder… L'après-midi, elle visita l'infirmerie. C'était pire qu'elle ne l'avait imaginé. On manquait de tout. Plusieurs personnes se plaignaient de maux d'estomac et de douleurs abdominales. «Dysenterie», pensa-t-elle, affolée… Elle lia conversation avec les deux infirmières de garde.

— Faites attention à la nourriture, lui conseilla l'une d'elles. C'est pourri. Et l'eau n'est pas vraiment potable, à moins de la faire bouillir.

Songeuse, Reiko retourna à l'étable 22P. La boue avait séché. Ken et Hiroko étalaient de la paille sur le sol. Enfin, ils purent y poser leurs bagages et leurs matelas. C'était propre maintenant, mis à part l'odeur des chevaux incrustée dans les cloisons.

Ils venaient de ranger leurs maigres biens dans la stalle quand Peter arriva. Le visage d'Hiroko s'illumina. Peter s'assit. Tout en parlant à Tak de l'université, il distribua aux autres des fruits, des chocolats et des cookies. Ces cadeaux avaient failli être confisqués par les gardiens du camp, mais ils l'avaient finalement laissé passer. Tami saisit une tablette de chocolat, et Sally mordit à pleines dents dans une pomme.

A l'heure du dîner, les Tanaka partirent faire la queue. Hiroko et Peter restèrent seuls. Elle avait prétexté un manque total d'appétit, à cause des chocolats et des cookies qu'elle avait grignotés l'après-midi… Peter regardait d'un air consterné autour de lui. Une stalle par famille ! se disait-il, bon sang, comment était-ce possible ? Et dans toute la Californie, d'autres camps de transit s'étaient ouverts…

— Ça a été aujourd'hui ? demanda-t-il, quand les Tanaka furent sortis.

Il avait bien vu que non. Takeo était visiblement déprimé, Reiko à peine plus vive qu'hier. Seuls les enfants paraissaient moins désorientés. Tami pleurait moins souvent, Sally se disait heureuse d'avoir trouvé une amie, Ken n'avait plus cet air furieux.

— Oui, ça a été, répondit-elle paisiblement.

Il lui prit la main, la tint longtemps dans la sienne. Il se sentait si seul, sans eux. La veille, quand il était repassé devant la maison des Tanaka, il avait vu des enfants qu'il ne connaissait pas jouer dans la cour, avec un chien, et il avait réprimé un sursaut de surprise. Une seconde après, tout lui était revenu et il avait appuyé sur l'accélérateur, désireux de s'éloigner le plus vite possible de ces inconnus.

— Je ne sais pas quoi faire sans toi, dit-il, cherchant dans les yeux d'Hiroko le réconfort qu'il y trouvait toujours. J'aimerais qu'ils me laissent rester ici. C'est le seul endroit au monde où je désire être.

Elle hocha la tête. Ce n'était pas possible, tous deux le savaient. Il n'appartenait pas à la population du camp. Et même s'il avait obtenu une autorisation, cela n'aurait fait que prolonger la souffrance de leur séparation. Chaque jour qui passait était un jour de moins. Il partait dans sept semaines. Hiroko y avait longuement réfléchi, mais elle n'avait pas eu le courage de le prier d'espacer ses visites. C'était au-dessus de ses forces.

— Oui, je sais, murmura-t-elle. Mais…

Elle s'interrompit. Ne plus le voir serait un tourment auquel elle préférait ne pas songer. Elle avait besoin de lui. Elle attendait toute la journée son arrivée et lorsque, enfin, il apparaissait, chaque instant prenait une dimension extraordinaire. Tandis qu'ils se promenaient, ils virent la femme qui jardinait.

— Eh bien, ils n'ont pas perdu courage, dit-il, admiratif.

Le camp s'était transformé en une véritable ruche. On balayait, on nettoyait, on s'installait. Les anciennes étables brillaient de propreté. Les murs avaient été grattés et blanchis à la chaux. La vie s'organisait à l'intérieur du vaste terrain vague ceint de barbelés. Dans les ruelles de terre battue, bordées de baraquements, des hommes jouaient aux cartes ou aux échecs. Assises au seuil des portes, de vieilles femmes bavardaient en tricotant. Et partout, les enfants jouaient et se poursuivaient en piaillant. Malgré la misère, un esprit de franche camaraderie et de solidarité s'était établi entre les prisonniers. Ils ne se plaignaient pas, et ils voyaient les choses avec une bonne dose d'humour, constata Peter, étonné. De-ci, de-là, un rire fusait. Mais de la tristesse se lisait sur les traits des hommes, le regret de n'avoir pu sauver leurs familles, tandis que les jeunes gens, comme Kenji, ne cachaient pas leur déception et leur colère. Mais dans l'ensemble, la volonté de survivre, de surmonter les obstacles l'emportait sur tout le reste.

Hiroko regardait Peter. Il représentait maintenant tout ce qu'elle avait au monde. Depuis qu'elle avait perdu contact avec ses parents, Peter, son oncle, sa tante et ses cousins avaient remplacé dans son cœur sa famille. Souvent, elle essayait d'imaginer son père et sa mère, dans leur maison de Kyoto. Yuji n'était pas là, puisqu'il avait été enrôlé dans l'aviation… elle n'en savait pas plus. Et elle allait devoir vivre avec ce silence jusqu'à la fin de la guerre. Il en serait de même quand Peter partirait. Les ponts seraient coupés. Il avait promis de lui écrire, bien sûr, mais l'acheminement du courrier était si difficile...

— Tu es formidable, dit-il, tandis qu'elle grignotait une pomme.

Il aimait l'observer. Quand elle s'occupait de Tami, ses gestes acquéraient une douceur et une délicatesse particulières.

— Bah, dis plutôt que je suis bête.

Elle était consciente de son statut inférieur, même au milieu de ses compatriotes. Les autres étaient nés ici, et pas elle. Son père parlait d'égalité. L'égalité des races et des peuples.

— Tu es tout sauf bête, sourit Peter.

Il l'embrassa. Une femme, qui passait avec un petit garçon, détourna la tête, les lèvres pincées en une moue réprobatrice. Il était blanc, après tout.

— On fait un tour ?

Elle acquiesça et jeta le trognon de pomme dans la boîte à café qui leur servait de poubelle. Ils en avaient trouvé trois et les avaient gardées. Elle le suivit vers les champs qui s'ouvraient derrière les baraquements. Jadis, des chevaux s'y ébattaient. A présent, une clôture de fils barbelés signalait la fin du camp, mais le garde posté dans sa guérite les regarda passer sans réagir. L'herbe grasse ondulait sous leurs pas. Ils se mirent à parler de mille choses. Passé et futur s'effaçaient. Seul le présent subsistait, comme suspendu dans les airs, tandis qu'ils erraient sans but. Un souvenir jaillit dans la mémoire d'Hiroko ; une rizière, près de Kyoto, suivi aussitôt d'un autre : le village des parents de sa mère, perché dans les montagnes. La main de Peter sur la sienne la ramena à la réalité. Ils étaient arrivés à l'extrémité de la prairie. Peter se laissa tomber dans l'herbe haute, entraînant Hiroko. Un jour, ils pourraient marcher, aller de l'avant, sans être obligés de s'arrêter. Un jour, il n'y aurait plus de barrières.

— Si je pouvais te sortir d'ici, Hiroko ! murmura-t-il. Je mesure à présent quelle chance nous avons eue de nous rencontrer. Oh, j'aurais dû t'emmener, de gré ou de force. J'aurais dû t'épouser.

— Ils m'auraient tout de même envoyée ici, répondit-elle avec sagesse. Et nous aurions quand même été séparés.

Mais non, pensa-t-il. Pas s'il avait été plus audacieux. Pas s'il avait donné sa démission avant de s'enfuir avec elle. Ils avaient péché par excès de confiance. Ils n'avaient pas vu — ou n'avaient pas voulu voir — le danger. Et ils avaient manqué l'occasion d'y échapper. Il ne leur restait plus que l'attente.

— Un jour, tout cela sera derrière nous, Hiroko. Nous nous marierons et nous aurons beaucoup d'enfants. Comme dans les contes de fées.

— Oui ? combien d'enfants ?

Elle adorait jouer à ce jeu, bien qu'elle fût toujours un peu gênée de parler de leur future progéniture.

— Six. Ou sept.

Avec un sourire, il l'attira dans ses bras. Leurs lèvres s'unirent. Ce fut un baiser plein d'ardeur. Il la désirait tellement… Ils étaient allongés dans l'ombre d'un hangar dont la masse trapue se découpait sur le couchant. La lumière du jour s'amenuisait. Il la serra désespérément contre son cœur, sentant sous lui la souplesse de son corps. La fièvre le gagnait. Ses mains remontèrent vers les seins d'Hiroko, qui ne se déroba pas. Mais au bout d'un moment, elle le repoussa tout doucement. Elle avait le souffle court, comme lui.

— Oh, mon Dieu, Hiroko !

La flamme sombre de la passion la dévorait, elle aussi. Elle demeura immobile, collée à lui. Le désir enflammait le corps de Peter. Il lui communiquait sa fièvre, mais elle le regardait, souriante, de ses yeux confiants. Aucune crainte ne vint ternir son exaltation. Il n'y a pas de honte à désirer l'homme que l'on aime.

Ils retournèrent au camp, main dans la main. Un infime changement s'était produit dans l'attitude d'Hiroko, et cela n'échappa ni à Reiko ni à Tak. Leur nièce paraissait plus adulte, plus «femme», plus sûre d'elle. Un lien secret l'unissait à Peter. Un serment symbolisé par la mince bague d'argent qu'il lui avait offerte à Noël et qu'elle portait toujours à son annulaire.

— Comment était le dîner ? demanda-t-elle.

Ils répondirent par des grimaces plus ou moins dégoûtées. Seule Tami s'estimait satisfaite. Ils avaient eu droit à un dessert, ce soir, jubila-t-elle. Du Jelly-O, son préféré. Hiroko sourit. Le soir où, pour la première fois, elle avait découvert chez les Tanaka cette espèce d'écœurante gelée verte qui remuait et tremblait comme une chose vivante dans son assiette, elle n'avait pas su par quel bout l'attaquer, et cela avait déclenché l'hilarité de ses cousins. Tami, elle, y avait ajouté une énorme quantité de crème fouettée et s'en était empiffrée avec délice.

Tous s'esclaffèrent lorsqu'elle leur rappela cette scène, puis Tak leur raconta ses premières impressions, à son arrivée aux Etats-Unis. Reiko prit le relais. L'école japonaise dans laquelle ses parents l'avaient envoyée lui avait fait l'effet d'une autre planète, dit-elle. Dans l'étable voisine quelqu'un s'était mis à chanter. La douce mélopée s'égrenait dans la lumière du crépuscule. Peter resta avec eux jusque tard dans la nuit. Ils étaient assis sur des caisses de bois, devant les écuries. Reiko et les filles allèrent se coucher. Ken partit voir sa petite amie. Tak et Peter se lancèrent dans l'une de leurs interminables discussions. Hiroko allait et venait, apportant des cigarettes, du thé, quelques friandises, les dernières du panier d'Anne Spencer. Enfin, elle se retira discrètement à l'intérieur.

— J'aurais dû l'épouser il y a des mois, dit Peter en la suivant d'un regard attristé.

— Cela viendra un jour, répondit Tak. (Il sourit à son ami, tout en pensant qu'ils étaient déjà mariés dans leur esprit et leur cœur.) Prenez soin de vous, quand vous serez au front. Pensez-vous qu'ils vous enverront au Japon ?

— Peut-être. Je dois me présenter à Fort Ord. Mais je crois plutôt que ma division ira en Europe. J'aime autant ne pas combattre les Japonais. Sinon, que dirai-je à son père ?

— Masao vous plaira. C'est un homme extraordinaire, très progressiste, très large d'esprit. Je suis surpris qu'il ne soit jamais venu aux Etats-Unis. Je suppose qu'il n'en avait pas les moyens. Sa femme est très gentille, très douce. Un peu démodée, pourtant. Elle ressemble à Hiroko.

Mais Hiroko avait changé. Elle était devenue plus forte, avait désormais le goût de l'indépendance.

— Vous ferez leur connaissance un jour, reprit Takeo, songeur, s'ils survivent à la guerre, ce que j'espère du fond du cœur. Le frère d'Hiroko a à peu près l'âge de Ken.

L'attitude de son fils inquiétait Takeo. Ken n'avait pas sa langue dans sa poche. Il ne se gênait pas pour clamer son indignation. La désillusion l'avait aigri. Il fréquentait une bande de jeunes qui partageaient sa colère. Ils se disaient trahis par leur propre pays et affirmaient que les camps violaient la Constitution américaine.

— Il deviendra peut-être un bon avocat, suggéra Peter, pour remonter le moral de son ami.

— Espérons-le.

A minuit, Peter se redressa et s'étira. Les caisses

de bois n'offraient aucun confort, et il était complètement fourbu. Il entra dans l'étable pour prendre congé d'Hiroko, mais elle dormait à poings fermés sur son matelas bourré de paille. Il contempla un long moment la forme immobile sous la couverture, puis revint vers Tak.

— Je repasserai demain après les cours, dit-il.

Et il revint. Il revint tous les jours. Il apportait des copies et Tak l'aidait à les corriger. C'était sa seule distraction. Pendant qu'il se penchait sur les dissertations des étudiants, Peter et Hiroko s'échappaient. Entre-temps, Reiko avait trouvé un emploi à l'infirmerie. Cela faisait deux semaines qu'ils étaient enfermés. Deux mille autres évacués étaient arrivés. Ils étaient plus de huit mille maintenant à Tanforan. S'isoler était devenu impossible, mais Peter et Hiroko avaient leur cachette au milieu des champs. Ils s'y rendaient tous les jours d'un pas tranquille, loin du bruit et du brouhaha des conversations. Et dans la paix de la prairie verdoyante, ils se laissaient tomber dans l'herbe haute, près de la clôture. On aurait dit des enfants, se dissimulant au regard des adultes. Ils parlaient de mille choses en riant, oubliés du reste du monde. Les gardes ne faisaient pas attention à eux. Personne n'était jamais venu les déranger. Ils s'allongeaient côte à côte sur l'herbe tendre au milieu des fleurs sauvages déployant leurs corolles tandis que les cigales chantaient. En contemplant le ciel, ils se croyaient en liberté, mais ce n'était qu'un jeu, et ils le savaient.

— A quoi rêves-tu, Peter-san ? lui demanda-t-elle un dimanche, tandis que des lambeaux de nuages s'effilochaient au-dessus de leur tête.

Il faisait chaud, en cette splendide journée de mai, sous le ciel d'un bleu de porcelaine.

— A toi. Et toi, mon amour ? A quoi penses-tu — quand ce n'est pas à moi, bien sûr ?

— Je pense parfois à Kyoto, répondit-elle. Et à tous les endroits que j'ai visités quand j'étais petite. J'aimerais t'y emmener, un jour.

— Pourrais-tu être heureuse ici ? Dans ce pays, je veux dire ?

Jamais auparavant il ne lui avait posé cette question. Elle hésita, avant de hocher la tête. Elle y avait déjà songé. Bien sûr, elle voulait revoir ses parents, mais son choix était fait. Elle vivrait là où Peter se trouverait.

— Oui, peut-être. Si on ne me chasse pas. Ce sera difficile de résider ici après la guerre.

Elle se souvenait des étudiantes de Saint Andrew.

— Nous nous établirons sur la côte est. Il y a un an, on m'a proposé un poste à Harvard, mais je n'ai pas voulu m'éloigner de Tak... Et tant mieux !

Il lui sourit. Hiroko ressemblait à un éclatant papillon posé sur l'herbe.

— C'était écrit, Peter. Nous étions destinés l'un à l'autre.

Ses vieilles croyances resurgissaient. Il se pencha pour l'embrasser. Du bout des doigts, il lui effleura le visage, puis le cou. Il jouait avec le feu mais il ne pouvait plus s'arrêter. Ses gestes se firent plus précis. Lentement, il fit sauter les boutons de son corsage. Ils étaient bien cachés, personne ne pouvait les voir, et ils avaient si peu de temps ! Elle portait ce jour-là une robe de soie lavande, fermée de haut en bas par des perles de nacre. Il n'avait pas l'intention de défaire plus de deux ou trois boutons mais tandis qu'il promenait ses lèvres sur la peau douce de son cou et de ses épaules, il se rendit compte qu'il l'avait dévêtue. Le petit slip de soie pêche glissa facilement le long de ses cuisses et son corps nu resplendit tout à coup dans la lumière dorée du soleil. Elle n'avait ébauché aucun geste de résistance. Leur baiser se prolongeait, avide et sauvage. Il sentit les doigts d'Hiroko s'attaquer à sa chemise. Ses petites paumes se posèrent ensuite sur sa peau nue, lui arrachant un gémissement de plaisir. Il l'étreignit avec fougue, sachant qu'il ne fallait pas aller plus loin, que s'il ne s'arrêtait pas maintenant, tout de suite... mais c'était elle qui l'encourageait à continuer, elle qui l'enivrait de baisers. Elle lui appartenait, de toute façon. Son âme, son cœur étaient à lui, et elle brûlait de lui donner son corps aussi. Il dégagea les longs cheveux noirs, et s'approcha davantage d'elle, sous le ciel clair de l'été. Cet instant merveilleux, rien ni personne ne pourrait le leur enlever. Il bascula sur elle, et lorsqu'il la pénétra, elle émit un doux soupir. Il eut l'impression que leurs âmes s'étaient envolées vers l'azur, soudées l'une à l'autre à jamais. Ils restèrent ainsi suspendus entre ciel et terre pendant un temps infini. Les lèvres, les mains de Peter exploraient le corps tremblant d'Hiroko, qui se soumit à ses caresses jusqu'à ce que, dans un éblouissement, ils soient transpercés par la flèche du plaisir. Ensuite, ils restèrent là, enlacés, encore tout frissonnants, se demandant s'ils étaient sains d'esprit ou s'ils avaient perdu la raison. Il ne l'avait jamais aimée aussi profondément qu'en cet instant.

— Je t'aime tant, murmura-t-il. Oh, ma chérie.

Un chant d'alouette jaillit d'entre les branches. Hiroko souriait, comme délivrée de toutes ses craintes. Elle n'était plus une petite fille apeurée et timide mais une femme dans tout l'éclat de sa beauté. Il se hissa sur le coude pour la regarder, mais ne lut dans ses yeux aucun reproche, seulement du plaisir.

— Je suis à toi maintenant, dit-elle d'une voix douce.

L'idée qu'elle pourrait être enceinte n'avait pas effleuré Peter. Il n'avait pas prémédité leur étreinte.

218

Sachant qu'elle était vierge, il était au contraire bien décidé à la respecter, mais cela s'était produit malgré lui, malgré eux.

— Tu n'es pas fâchée ? demanda-t-il, terrifié à l'idée qu'elle pourrait lui en vouloir. Je suis désolé…

Il n'aurait pas dû profiter de son innocence. Mais le sourire paisible d'Hiroko l'enveloppa comme une caresse. Elle releva la tête pour l'embrasser sur les lèvres.

— Mais non, mon amour. Je suis très heureuse au contraire. Nous l'avons voulu tous les deux. Dans nos cœurs, nous sommes mari et femme.

Alors, tandis qu'elle agrafait les boutons nacrés de sa robe, il lui demanda de se renseigner. Il y avait sûrement quelqu'un dans le camp, capable de les aider.

— Mais une telle union ne sera jamais acceptée par les autorités, dit-elle d'une voix raisonnable.

— Nous serons mariés, répondit-il solennellement. Et c'est tout ce qui compte.

Après un dernier baiser, il l'aida à se redresser. Elle se demanda si leurs ébats n'avaient pas laissé une empreinte indélébile sur son visage, mais personne ne parut s'apercevoir de quoi que ce soit alors que, lentement, ils se dirigeaient vers le camp. De temps en temps, leur pas ralentissait, et leurs lèvres s'effleuraient. De sa vie, Peter ne s'était senti plus heureux… Mais leur bonheur serait éphémère. Le spectre de la séparation jetait déjà son ombre noire sur le couple enlacé qui avançait à travers champs.

Takeo les attendait devant le baraquement. Il avait corrigé toutes les copies, déclara-t-il d'un air ravi. Peter prit place sur l'une des caisses de bois. Hiroko s'éclipsa à l'intérieur et lorsqu'elle réapparut, fraîche, parfumée, les cheveux recoiffés, elle rayonnait. Leurs yeux se cherchèrent par-dessus la tête de Tak, et lorsqu'ils se trouvèrent, chacun ressentit à nouveau un désir violent.

Peter revint vers elle tous les jours. Et tous les jours, ils traversèrent le champ verdoyant, aller découvrir les mystères de leur sensualité. Ils ne pouvaient plus se passer l'un de l'autre. Leur passion n'avait plus de limites. Ils n'étaient jamais rassasiés. Et Hiroko avait un plan. La semaine suivante, elle trouva ce qu'elle cherchait. Elle avait entendu parler de cet homme à l'infirmerie par Reiko. Dès qu'elle le put, elle alla le trouver... Il commença par lui expliquer que cela n'aurait pas de sens, à part aux yeux de Dieu. Elle répondit que cela suffisait. Le reste s'accomplirait plus tard. Il ne montra aucune surprise quand elle revint avec Peter le lendemain, dans l'après-midi. Le vieux prêtre bouddhiste présida la cérémonie en égrenant son chapelet et en psalmodiant ces mêmes paroles sacrées qui avaient autrefois uni les destinées de ses parents, puis celles de Tak et de Reiko. Des mots familiers pour Hiroko. Il les déclara mari et femme devant Dieu et les hommes, et, lorsque ce fut terminé, il s'inclina profondément devant le nouveau couple en leur souhaitant beaucoup d'enfants.

Hiroko s'inclina à son tour, et Peter l'imita. A sa grande surprise, le prêtre refusa les billets qu'il voulut lui donner. Il pria Hiroko de tenter de le convaincre d'accepter, en japonais — l'homme ne parlait pas un mot d'anglais. Mais le prêtre répondit qu'il avait parfaitement bien compris, et qu'il ne désirait ni cadeau, ni argent.

Il les bénit une dernière fois, après quoi Peter sortit de sa poche une alliance d'or et la glissa à l'annulaire d'Hiroko. Le mince anneau de métal étincelant était exactement à sa taille.

— Nous régulariserons notre situation un jour, dit-il d'une voix nouée par l'émotion.

— Pour moi, c'est officiel, rétorqua-t-elle en souriant.

Elle avait répété en japonais le serment d'assistance et de fidélité. Ils remercièrent le vieux prêtre. Il les assura qu'il garderait leur secret... Lorsqu'ils repartirent, côte à côte, un sourire de pure félicité éclairait le visage de Peter. Hiroko le suivait de son pas léger et tranquille.

Ils débordaient de bonheur en traversant le camp. A la vue du baraquement, Peter s'arrêta net.

— J'ai oublié quelque chose.

— Quoi donc ?

— Embrasser la mariée.

Elle éclata d'un rire aérien et il la serra dans les bras en l'embrassant devant tout le monde. Autour d'eux, les gens souriaient, même les plus âgés. Ils étaient si jeunes, si amoureux, si étourdis. Et même s'il n'était pas japonais, ils n'en formaient pas moins un beau couple.

Cette nuit-là, ils parlèrent longuement de cette cérémonie, célébrée dans la plus grande discrétion. Ils étaient mariés, maintenant, et cette certitude ne faisait qu'accroître leur amour. A plusieurs reprises, elle effleura son anneau, si mince qu'il se confondait presque avec la bague d'argent. Ils continuèrent leurs longues promenades, jour après jour. Personne ne prenait garde à leurs absences, pas même l'oncle et la tante d'Hiroko. La crainte qu'elle pût porter le fruit de leurs étreintes tourmentait Peter, mais en dépit de ces appréhensions, leur passion l'emportait toujours sur ses bonnes intentions.

— Nous devrions faire attention, dit-il un jour.

Il se reprochait sa négligence, mais Hiroko était si belle, si sensuelle qu'il perdait la tête chaque fois qu'il l'approchait.

— Ça m'est égal, dit-elle en l'enlaçant. (Puis en baissant les yeux :) Je veux un bébé de toi.

221

— Mais pas ici, ma chérie. Pas maintenant. Plus tard.

Une nouvelle fois, le désir triompha de la raison, et il ne songea plus qu'à sa soif insatiable de caresses, à leur amour infini et aux trésors merveilleux de son corps.

— On est pires que des gosses ! rit-il, sur le chemin du retour.

L'étable apparut dans la pénombre. C'était la réalité. Et de cette réalité affreuse, ils s'évadaient chaque jour dans les bras l'un de l'autre. Ils voyageaient sur les ailes du plaisir, au-delà de la terreur nourrie de sombres rumeurs. Dans trois semaines, il partirait. Où ? Combien de temps ? Dans quel enfer de bombes et de tirs meurtriers ? Cela, il l'ignorait.

Une semaine plus tard, à son arrivée au camp, un des gardes lui fit signe de s'arrêter. Il était demandé au bureau administratif, lui apprit-il. Il s'y rendit, le cœur lourd. Le prêtre bouddhiste avait-il parlé ? Arborant son air le plus calme, il pénétra dans le bâtiment et demanda s'il y avait un problème. On le pria de s'asseoir, et on lui demanda la raison de ses fréquentes visites. Ils le harcelèrent de questions sur ses idées politiques, après quoi ils examinèrent sa carte d'identité.

Ils étudièrent longuement ses papiers. Ainsi, il était professeur d'université… Mais alors, pourquoi ces incessantes allées et venues à Tanforan ? Il expliqua que Takeo Tanaka avait été son supérieur, avant de devenir son assistant. Il ajouta qu'il devait bientôt partir à l'armée, et qu'il était important d'organiser le nouveau programme des cours. Pour cela, il avait besoin des lumières du professeur Tanaka… Son scénario se tenait, estima-t-il, mais ses interlocuteurs le gardèrent tout de même trois heures. La réputation de l'université de Stanford les impressionnait, bien sûr, mais le fait qu'il enseigne les sciences politiques éveillait leur méfiance. A la fin, ils le relâchèrent. Puisqu'il allait très bientôt être enrôlé, le problème se résoudrait de lui-même.

Pendant qu'il était dans le bureau administratif, il tâcha de savoir où les Tanaka seraient envoyés, et quand. Le lieutenant qui l'avait reçu haussa les épaules. On n'en savait rien encore. Une douzaine d'autres camps étaient en cours d'aménagement à travers l'Ouest. Pour l'instant, les évacués resteraient sur place. Ensuite, on verrait…

— Ne vous inquiétez pas, monsieur Jenkins. Entre nous, ce n'est qu'une bande de Japs ! Votre copain est peut-être un type bien mais croyez-moi, les autres, c'est de la racaille. La moitié d'entre eux ne parlent même pas correctement notre langue.

Peter hocha la tête, feignant d'être d'accord. Puis il remarqua, en passant, que la plupart des prisonniers du camp étaient tout de même des citoyens américains.

— Ouais, on dit ça. Des issei, des nisei, des sansei, une mère n'y retrouverait pas ses petits, pas vrai ? Un Jap est un Jap. Et on ne peut pas leur faire confiance. Méfiez-vous d'eux, monsieur Jenkins… même de votre grand copain. Ce sont des serpents. Je parie que vous serez content quand vous aurez rejoint votre unité.

Il lui adressa un large sourire, satisfait de son petit laïus. Peter sortit du bâtiment, masquant sa colère à l'aide d'un sourire de connivence. Il se hâta vers le logis des Tanaka, où il fut accueilli plus chaleureusement que d'habitude. Ils s'étaient fait du souci à cause de son retard. Il leur raconta ce qui venait de se passer, et lut de la frayeur dans les yeux d'Hiroko. Il la rassura d'un battement de cils. Non, les gardes ne savaient rien de leur mariage secret. Cette nuit-là, lorsqu'ils gagnèrent leur prairie, le sol était froid. L'humidité avait déposé des gouttelettes d'eau sur l'herbe. Et pourtant leur passion explosa, plus impétueuse que jamais. La peur de se perdre attisait leur désir. A un moment donné, il avait eu l'impression que le lieutenant interdirait ses visites. Heureusement, il ne l'avait pas fait. Peter en avait ressenti une profonde reconnaissance.

Alors qu'elle frissonnait dans ses bras, en lui couvrant le visage de baisers enflammés, il sut qu'elle avait éprouvé la même terreur.

— Comment pourrais-je te quitter ? murmura-t-il misérablement.

A peine se séparaient-ils qu'elle lui manquait déjà. Le cauchemar allait bientôt remplacer le rêve. L'état-major avait changé ses ordres. Après un bref séjour à Fort Ord, il devait se présenter à Fort Dix, un camp d'entraînement situé dans le New Jersey. Il avait vu juste. Ils allaient l'expédier directement en Europe, sans qu'il puisse revenir en Californie. Il ne leur restait plus qu'une semaine...

Ce soir-là, ils n'arrivèrent pas à se quitter. Il était très tard quand ils regagnèrent enfin l'étable, sous le regard anxieux de Takeo. Il avait compris quelle souffrance naîtrait de leur séparation, mais il ne pouvait pas les aider. Personne ne pouvait les aider. C'était la fatalité. Il se retira sans bruit, les laissant seuls, afin qu'ils profitent de ces derniers instants.

La semaine suivante, le général De Witt annonça que l'évacuation de cent mille personnes d'ascendance japonaise de la zone militaire numéro un était terminée. Dix mille se trouvaient à Tanforan. Il omit de préciser où il comptait les reloger... Entre-temps Peter avait quitté Stanford. Les batailles de Corregidor et de Midway ne retinrent que très moyennement son attention. Il ne songeait qu'à Hiroko. Il entendait passer cette dernière semaine entièrement avec elle. Par chance, on ne l'importuna plus. Il se garait loin du camp et, l'air de se promener, marchait jusqu'à l'immense portail surmonté de barbelés. Les gardes le laissaient passer sans discuter. Quant au lieutenant, il était persuadé de l'avoir gagné à sa cause. Ainsi Peter réussit-il à passer dix-huit heures par jour à l'intérieur du camp — et même parfois vingt.

Quand personne ne la regardait, Hiroko touchait du bout du doigt son anneau d'or, comme pour y puiser la force qui peu à peu lui faisait défaut. Quelle que fût la fougue de leurs étreintes, le moment tant redouté arriva. Le dernier jour. La dernière nuit. La dernière heure... Elle était restée très longtemps dans ses bras, à contempler les étoiles, se laissant bercer par les images éparses de leur bonheur trop fugace. Le lendemain matin, il partirait pour Fort Ord. Il n'y avait pas de mots pour décrire leur détresse, quand ils prirent le chemin de l'étable. Les autres s'étaient endormis depuis longtemps. Seul Takeo veillait, il voulait dire au revoir à Peter.

— Prenez soin de vous, mon vieux, dit Peter d'une voix enrouée, en serrant son ami dans ses bras. Ce sera bientôt fini. Je vous enverrai mon adresse, sourit-il, comme pour l'encourager à tenir le coup.

Ces derniers temps, Tak n'était plus que l'ombre de lui-même. S'il n'y avait pas eu sa famille, il aurait sombré dans la dépression depuis longtemps.

— Peter, restez en vie. Pour nous tous.

Peter jeta un coup d'œil à Hiroko, qui pleurait. Elle avait pleuré tout l'après-midi, toute la nuit. Elle avait essayé de se contenir, mais en vain. Et maintenant, le moment fatidique était arrivé. Ils tombèrent dans les bras l'un de l'autre en mêlant leurs larmes. Tak s'était retiré avec sa discrétion coutumière. Il n'y avait plus personne dehors. Et, dans la nuit pâlissante, ils purent laisser libre cours à leur désespoir.

— Je reviendrai, Hiroko. Je veux que tu le saches. Peu importe ce qui arrivera, où tu seras, je te retrouverai. Je t'aime.

— Moi aussi, sanglota-t-elle doucement. Je suis à toi pour toujours, Peter-san.

Il était l'homme de sa vie. Le seul qu'elle aimerait jusqu'à la fin des temps.

— Oui, pour toujours, dit-il en écho, en embrassant ses paupières gonflées par les larmes.

— *Genki de gambatte*, murmura-t-elle en se recomposant une attitude digne. Reste en bonne santé.

— Toi aussi, mon amour. Et n'oublie pas que je t'aime.

— Je t'aime aussi, Peter-san.

Il s'arracha à ses bras en pleurant, et elle s'inclina, tandis qu'il s'éloignait dans la rue étroite.

Il franchit les grilles surveillées par des sentinelles armées. Elle le regardait de loin, et lorsqu'il fut hors de vue, elle retourna lentement dans la stalle où elle s'allongea tout habillée sur la paille. Des images éclatantes se formaient derrière l'écran de ses paupières closes : Peter courant vers elle, se penchant sur elle, lui souriant... Il semblait impossible qu'il soit parti et qu'elle soit là, sans lui. Impossible que ce soit la fin de leur histoire, et pas le début.

Il lui reviendrait, il le fallait. Il vivrait. Elle se mit à réciter à mi-voix une vieille prière bouddhiste, et Takeo se boucha les oreilles.

12

Le départ de Peter laissa un vide impossible à combler. Durant les semaines qui suivirent, Hiroko perdit l'appétit. Et elle se jeta dans toutes sortes d'activités, qu'elle accomplissait avec l'indifférence d'une somnambule. Elle nettoyait leur stalle, transportait d'incroyables quantités de baquets d'eau. Elle se douchait quand l'eau était suffisamment chaude et que les autres avaient déjà fait leurs ablutions. Elle jouait avec Tami. Mais elle n'était plus qu'une coquille vide. Son esprit, son âme, sa vie s'étaient envolés en même temps que son époux. Son époux secret. Aux yeux de son entourage, Peter était un ami. Son petit ami, à la rigueur. Seule Reiko subodorait la vérité. Elle les avait observés des semaines durant et maintenant elle craignait pour la santé d'Hiroko. Celle-ci avait l'air d'avoir été amputée. Comme si en s'en allant, Peter avait emporté avec lui une partie de son être. Afin de l'occuper, Reiko la prit avec elle à l'infirmerie. Ils avaient besoin d'aide. Dix mille personnes, ce n'était pas rien. Des patients défilaient à longueur de journée. Angines, rhumes, blessures, maux d'estomac étaient monnaie courante. Et outre, depuis quelque temps, une épidémie de rougeole ravageait le camp. Les personnes âgées souffraient de quintes de toux, d'insuffisance cardiaque ou de pleurésie. Plusieurs fois par semaine, ils devaient pratiquer des interventions chirurgicales. Ils disposaient de très peu de moyens, d'un nombre restreint de médicaments, mais le camp comptait parmi ses habitants quelques-uns des meilleurs médecins et infirmières de San Francisco. L'infirmerie fut un refuge pour Hiroko.

Elle avait des nouvelles régulières de Peter. Il suivait un stage d'entraînement à Fort Dix. Hiroko ignorait en quoi cela consistait car deux de ses lettres étaient arrivées toutes noircies par la censure. Elle avait pu lire « ma chérie », au-dessus, et « je t'aime, Peter » en bas de la page. Le reste disparaissait sous une épaisse couche d'encre. Elle se demanda s'il recevait ses réponses dans le même état.

Elle ne fêta pas son anniversaire, en juillet, ni celui de son arrivée aux Etats-Unis, quelques jours plus tard. Le petit potager de leur voisine s'épanouissait le long du mur délabré, comme une explosion de verdure dans un désert. Quelqu'un commença à donner des cours de tricot, puis une chorale vit le jour. Un club de judo fut inauguré peu après. Le camp ne tarda pas à posséder plusieurs équipes de softball. La plupart des activités concernaient les enfants. Des groupes religieux réunissaient principalement des femmes. Un jour, Hiroko croisa le vieux bonze qui l'avait mariée secrètement. Elle lui sourit, il s'inclina, et chacun poursuivit son chemin sans un mot de plus.

Ils ne savaient toujours pas quand ils partiraient. Certains avaient été expédiés au camp de Manzanar, en Californie du Nord, mais la grande majorité des évacués de Tanforan étaient toujours là.

Fin août, les Allemands entamèrent le siège de

Stalingrad. Entre-temps, Hiroko attrapa la dysenterie qui sévissait dans le camp. Elle travaillait toujours à l'infirmerie. Les médicaments se faisaient de plus en plus rares. Elle avait terriblement maigri. Aux interrogations de Reiko, elle opposait un invariable « j'ai mal à l'estomac ». Et ici, les embarras gastriques étaient si fréquents que les médecins n'y accordaient qu'une importance toute relative. Reiko s'inquiétait également pour son mari, qui se plaignait d'une sourde douleur dans la poitrine, l'obligeant à rester couché. Depuis le départ de Peter, il avait sombré dans un morne abattement. Il se sentait seul et n'avait nulle envie d'adhérer à l'un des clubs qui proliféraient. On aurait dit qu'il se complaisait dans sa solitude. En fait, il n'adressait plus la parole qu'à sa femme et à Hiroko.

— Il te manque beaucoup, mon enfant ? demanda-t-il un jour.

Elle acquiesça de la tête. Depuis juin, date à laquelle Peter les avait quittés, elle se sentait à peine la force de mettre un pied devant l'autre. Sans lui, la vie n'avait plus de sens. Ses anciens rêves s'étaient envolés sous le choc de la réalité. Le présent n'avait rien à lui offrir. Le présent était vide.

En septembre, il lui écrivit d'Angleterre. D'après les rumeurs, les Alliés préparaient une contre-offensive. Il disposait d'une boîte aux lettres où elle pouvait adresser ses missives. Puis ses lettres s'espacèrent. A la terreur de perdre sa trace s'ajoutait celle d'un transfert imminent, quelque part où il ne pourrait pas la retrouver.

Jour après jour, la menace se précisait. Ils ignoraient s'ils seraient bientôt séparés, si les familles seraient divisées, où ils iraient. A l'infirmerie, elle avait gagné la sympathie des médecins. Avec Reiko, elle assista à plusieurs interventions chirurgicales. Ils perdirent un patient, un garçon de dix ans qui avait subi une appendicectomie, parce qu'ils n'avaient plus de médicaments. Le drame affecta toute l'équipe. Le lendemain, Hiroko avait tellement mal à l'estomac qu'elle dut s'aliter. En fait, elle ne supportait pas l'idée de voir mourir un autre enfant sur la table d'opération.

Se sentant un peu mieux en fin de matinée, elle entreprit de fabriquer avec Tami une nouvelle maison de poupée. Mais là encore, le manque d'outils et de matériaux se fit sentir. Elles déployèrent des trésors d'imagination pour venir à bout de leur œuvre, puis Tami déclara que l'autre maison de poupée, celle qu'elles avaient envoyée à l'entrepôt, était beaucoup plus jolie.

L'après-midi, laissant la petite fille sous la surveillance de Takeo, elle prit le chemin de l'infirmerie. Sa tante l'accueillit avec un sourire chaleureux.

— Ah, te voilà. J'ai cru que tu ne reviendrais plus.

— Je n'en avais pas la force.

«Elle a mauvaise mine», remarqua Reiko. Et elle n'était pas la seule. La nourriture était infecte. Beaucoup de prisonniers souffraient d'ulcères à l'estomac et de troubles intestinaux.

— Ne te fatigue pas, ma chérie. Tu n'as qu'à découper des bandages.

A la fin de la journée, elles retournèrent à l'étable qui leur servait de logement, vêtues de leur tablier et de leur cape. Elles n'avaient pas d'uniforme et seule leur coiffe blanche permettait de les identifier. Takeo les accueillit, plus pâle que jamais.

— Qu'est-ce qui ne va pas? Tu es malade? s'alarma Reiko.

— Nous partons, répondit-il d'un air désespéré.

On était à la fin septembre. Ils étaient internés depuis cinq mois maintenant.

— Quand?

230

— Dans quelques jours. Peut-être moins.

— Comment le sais-tu ?

Entre les rumeurs et les commérages, il était difficile de discerner le vrai du faux. Après cinq mois de vie sédentaire, Reiko appréhendait ce nouveau déplacement. Il lui tendit un feuillet, en silence. Son nom y figurait, flanqué de celui de ses trois enfants.

— Je ne comprends pas, dit-elle. Et toi ?

La peur agrandissait ses yeux. En hochant la tête, il lui remit un deuxième feuillet. Celui-ci portait son nom à lui, suivi d'une date. Il devait partir un jour plus tard que le reste de sa famille. Reiko le regarda.

— Qu'est-ce que ça veut dire ?

Un soupir franchit les lèvres blêmes de Takeo.

— J'ai posé la même question à l'homme qui m'a donné ces papiers. Il m'a répondu que nos destinations sont différentes. Sinon, nous serions tous sur le même formulaire.

Des pleurs secouèrent les épaules de Reiko. Elle se blottit dans les bras de son mari en sanglotant. Des stalles voisines, d'autres lamentations faisaient écho aux siennes. Les enfants mariés étaient séparés de leurs père et mère, tout comme des parents éloignés, oncles, tantes, cousines. Elle s'aperçut soudain qu'il n'y avait aucun formulaire au nom d'Hiroko.

— C'est exact, murmura Tak, confirmant ses craintes.

Ils passèrent une nuit blanche. Hiroko ne ferma pas l'œil, terrassée par la terreur de se retrouver seule. Une nausée incoercible lui souleva le cœur. Le lendemain, alors qu'elle s'apprêtait à se rendre à l'infirmerie, un garde apparut. Il lui remit un papier bleu pâle. Son nom était inscrit dessus. Elle serait transférée un jour après Takeo, dans un camp différent probablement. Le temps rétrécissait comme une peau de chagrin. Reiko et les enfants devaient partir le lendemain matin. Seuls...

Takeo se précipita au bureau administratif. Une foule d'hommes et de femmes en pleurs avaient déjà pris d'assaut le bâtiment. Il réussit à rencontrer un officier, mais sans résultat. Il était ressortissant japonais, tandis que sa femme et ses enfants ne l'étaient pas... En outre, le fait qu'il soit professeur de sciences politiques le rendait encore plus suspect. On allait l'interroger, tout comme d'autres Japonais dont le cas présentait des similitudes avec le sien. Il serait envoyé vers le centre de sécurité où étaient internés les sujets « à risque ». Sa femme bénéficierait d'un régime moins sévère. Quant à Hiroko, elle était d'ores et déjà considérée comme un agent étranger, puisqu'elle avait admis avoir de la famille au Japon où son frère était pilote de chasse. Des gens comme elle formaient une population à part, déclarèrent sèchement le lieutenant et son second. Et de surcroît, le FBI leur avait communiqué des informations selon lesquelles la dénommée Hiroko Takashimaya avait entretenu une liaison sentimentale avec un homme politique blanc.

— Quel homme politique ? C'était mon assistant à Stanford !

— Eh bien, monsieur Tanaka, nous nous ferons un plaisir d'en discuter avec vous... et avec l'intéressée. Nous avons tout notre temps.

Quand il sortit du bâtiment, il était accablé. Hiroko et lui allaient être emprisonnés ; c'était certain. Ses attaches avec le Japon constituaient un énorme danger, aux yeux des militaires.

On allait les qualifier d'espions. Peut-être même les exécuter... En écoutant le récit de son oncle, Hiroko se prépara à affronter son destin.

Ils dirent au revoir à Reiko et aux enfants le lendemain. Ils étaient convaincus qu'ils ne les reverraient plus. Malgré son sens de l'honneur, Hiroko ne put contenir ses larmes lorsqu'elle serra Tami dans ses bras.

— Hiroko, viens avec nous, dit la petite fille, qui portait à nouveau son badge à la boutonnière de son manteau. On ne peut pas te laisser ici.

— Je vais ailleurs, Tami-san. Peut-être vous rejoindrai-je plus tard.

Sa pâleur s'accentua quand elle embrassa Reiko. Une foule silencieuse avait entouré le car aux vitres opaques, dont le moteur tournait déjà. Reiko et Tak demeurèrent un long moment enlacés en pleurant, sous le regard consterné de leurs enfants. Il embrassa ses filles, certain que c'était pour la dernière fois, et il leur demanda de prendre soin de leur mère. Quand vint le tour de Ken, ce fut pire. Si les mots se dérobaient, l'émotion était presque palpable. D'autres scènes d'adieu se déroulaient autour d'eux. Pour Ken, c'était la deuxième séparation aujourd'hui. Un peu plus tôt, Peggy et ses parents avaient pris le car pour Manzanar.

Reiko et ses enfants montèrent dans le car. Les rideaux noirs dissimulèrent leurs visages désespérés. Et le véhicule démarra vers une destination inconnue, tandis que Tak et Hiroko le suivaient d'un regard plein de larmes. Le lendemain, ce fut pire. Elle assista seule au départ de son oncle. Takeo avait les traits tirés, le teint gris. A cinquante-cinq ans, il avait soudain l'air d'un vieillard. Comme Reiko la veille, Hiroko se dit qu'elle ne le reverrait plus.

— Prends soin de toi, dit-il gentiment.

Une partie de lui-même était morte le jour précédent, lorsqu'il avait été séparé de sa famille. Il s'étonna presque de pouvoir souffrir encore en quittant Hiroko. Il essaya de se persuader qu'elle s'en sortirait, que Peter reviendrait la chercher.

— Que Dieu te bénisse, mon enfant, murmura-t-il.

Il monta dans le car sans se retourner. Et elle resta là, jusqu'à ce que le nuage de poussière disparaisse dans le lointain. Alors, elle retourna dans la stalle vide.

Cette nuit-là, elle voulut revoir la prairie où elle et Peter s'étaient aimés. C'était comme un pèlerinage et elle s'assit un long moment dans l'herbe veloutée. Dans le ciel, les constellations poursuivaient leur mystérieux voyage, un voyage dont elle ne connaissait pas l'issue. Si elle mourait, là, s'ils trouvaient son corps sans vie le lendemain matin, ils ne pourraient plus lui infliger de nouvelles souffrances. Mais la mort ne vient pas vous faucher sur simple demande. Et si elle se cachait ? si elle ne montait pas à bord de ce maudit car ? Eh bien, ils la chercheraient partout, et ils la trouveraient. Ils avaient son nom maintenant, et son numéro. Ils étaient au courant de son idylle avec Peter. Le FBI devait posséder un dossier sur lui, à cause de son travail à Stanford. Quant à elle, elle ne trouverait jamais grâce à leurs yeux, parce que son frère était pilote de chasse dans l'aviation japonaise. Ils la traîneraient de force jusqu'à l'autobus, si elle ne se montrait pas le lendemain, à l'heure convenue. Et si elle refusait de coopérer, elle mettrait peut-être en danger Peter et les Tanaka… Elle resta là très longtemps perdue dans ses pensées. Peter lui manquait cruellement. Enfin, elle reprit le chemin que tant de fois ils avaient emprunté ensemble.

En pénétrant dans le camp, telle une vision surgie du passé, le prêtre bouddhiste vint à sa rencontre. Il la salua en s'inclinant.

— Vous êtes dans mes prières, vous et votre mari, dit-il. Marchez lentement et Dieu sera toujours à vos côtés.

Il s'inclina une nouvelle fois, avant de s'éloigner. Hiroko continua sa route. Elle se sentait plus forte.

Le lendemain à l'aube, elle prit une douche rapide. Elle fit son maigre bagage. Près d'un matelas, elle aperçut l'un des oiseaux de papier qu'elle avait fabriqués pour Tami. Elle le saisit, comme un talisman, avant d'avancer vers l'autobus qui attendait. Elle aperçut une amie de Sally, qui ne la reconnut pas, puis l'un des médecins avec lesquels Reiko avait travaillé. Un frisson glacé la parcourut quand elle se hissa sur le marchepied du car. Il était impossible de changer le cours des choses. Les autres étaient partis. Tak, Reiko, les enfants… Peter… Il ne restait plus personne, à part le vieux bonze. Ses paroles lui revinrent en mémoire. Marcher lentement, avec Dieu à ses côtés. Marcher lentement, afin que Peter puisse la rattraper. L'autobus était plein à présent. Des gardes armés montèrent à bord. Les passagers étaient des femmes, remarqua-t-elle, en tentant de fermer son esprit à la peur. Les rideaux noirs les empêchaient de voir la route. Des gardes les entouraient, l'arme au poing. Dans un grincement de pneus, le car démarra, emportant sa cargaison humaine vers une destination inconnue.

13

Le trajet fut étonnamment court ; à peine une
demi-heure après leur départ de Tanforan, le car
s'immobilisa, et les gardes leur ordonnèrent de descendre. Impossible de deviner où l'on se trouvait, à
cause des rideaux aux vitres.

Hiroko suivit les instructions. Quand elle sortit de
l'autobus, une gare s'offrit à sa vue : San Bruno. Un
train attendait. De longues files de voyageurs enca-
drées de gardes armés avançaient en direction du
quai. Bousculée et résignée, la foule se déplaçait
dans un silence si total que c'en était effrayant.
Hiroko et ses compagnes furent dirigées vers un
wagon de femmes déjà bondé. Les hommes étaient
emmenés vers d'autres voitures. Ils étaient très
nombreux. Les couloirs étaient pleins, même les
soufflets étaient occupés. Elle trouva une place dans
un compartiment aux trois quarts occupé et se laissa
tomber sur une banquette de bois, sa valise sur les
genoux, les doigts crispés sur la poignée. Cette fois-
ci, c'était sérieux. Ils seraient sans doute conduits à
San Francisco, d'où ils seraient déportés.

Le tortillard, qui datait de Mathusalem, manquait
du confort le plus élémentaire. Ici aussi, des rideaux
opaques obstruaient les fenêtres. Ici aussi, le silence

236

régnait, brisé çà et là par les pleurs d'un enfant, par des paroles chuchotées. La plupart des femmes ne se faisaient aucune illusion quant à leur destination finale : la prison ou la mort.

Hiroko resta assise, les yeux fermés. Une image se dessina dans son esprit, l'image du visage bien-aimé de Peter, et elle s'efforça de se persuader qu'elle n'allait pas mourir. Elle n'avait pas peur de la mort. Mais ne plus le revoir, ne plus se blottir dans ses bras, ne plus entendre ses mots tendres, c'était pire que la mort. Le train s'ébranla dans une secousse, faisant trébucher celles qui étaient debout dans le couloir. *Giri !* Ce mot tant de fois prononcé par sa grand-mère lui revint en mémoire tandis que les roues tournaient de plus en plus vite sur leurs essieux. *Giri... giri...* la dignité. Celle qui lui insufflerait la force de mourir la tête haute. Elle pensa ensuite à la notion de *on*, l'honneur que l'on doit à ses parents et à son pays... Et malgré sa frayeur et sa tristesse, elle se sentit plus de courage.

Une chaleur suffocante régnait à présent dans le compartiment. On n'avait jamais vu un train aussi chargé. Elles apprirent plus tard qu'il n'y avait pas assez de voitures de passagers et qu'on avait ajouté des wagons de marchandises. A force d'être ballottées, deux ou trois femmes se mirent à vomir. Hiroko ne bougea pas. Elle ne ressentait rien, sauf une immense tristesse.

A la tombée de la nuit, le froid remplaça la chaleur. Il y avait longtemps que le train roulait. Ils ne se dirigeaient donc pas vers San Francisco. Peut-être iraient-ils jusqu'à Los Angeles ou, dans l'autre sens, jusqu'à Seattle. Avant la guerre, des bateaux effectuaient la traversée entre les Etats-Unis et le Japon à partir de ces ports. Mais les bateaux, c'était fini. Il n'y en avait plus. Il n'y en aurait plus... Peut-être les autres avaient-ils raison, elles allaient mourir.

L'exécution est plus simple que la déportation, songea-t-elle. Sa voisine pleurait tout doucement. On l'avait séparée de ses enfants et de son mari. Ressortissante japonaise, comme Hiroko, elle était aux Etats-Unis depuis six mois, quand la guerre avait éclaté. Elle et son mari habitaient chez des cousins. Son mari, ingénieur, travaillait sur un chantier... Ils l'avaient transféré de Tanforan dans un autre camp la veille, en même temps que Takeo. Et ses deux petits garçons étaient partis l'avant-veille avec ses cousins, qui étaient des nisei.

Hiroko ne s'était pas rendue aux toilettes de toute la journée. Vers minuit, quand le train fit enfin une halte, elle n'en pouvait plus. Les gardes firent de nouveau irruption, mitraillette au poing pour les entraîner dehors où on leur annonça qu'elles « pouvaient aller aux toilettes ». Il faisait nuit noire, il n'y avait pas une maison alentour, pas un abri, pas d'arbres, rien que des champs. Deux mois plus tôt encore, Hiroko aurait préféré mourir plutôt que d'accomplir devant des étrangers un acte aussi intime. Mais aujourd'hui la pudeur était un luxe qu'elle ne pouvait plus se permettre. Elle fit comme les autres après quoi, chancelante et glacée, elle regagna le compartiment et s'effondra dans un coin. Elle posa sa valise, qui lui parut soudain totalement incongrue. La certitude qu'elle n'en aurait pas besoin s'imposait maintenant à son esprit. On n'a pas besoin de bagage, pour mourir. La valise contenait deux sweaters, un pantalon que Reiko lui avait donné, une photo de ses parents, une d'elle avec Peter que Takeo avait prise lors d'un week-end passé dans la maison de Palo Alto. Sur le cliché, elle était en kimono. Une éternité s'était écoulée depuis. Trois mois. Elle avait du mal à imaginer que la vie avait été « normale » autrefois, que toutes ces femmes autour d'elle habitaient alors de vrais logements, conduisaient des voitures, avaient des amis, des emplois, des projets, des rêves… Il ne restait plus rien, rien que cette infime parcelle de temps que l'on appelle le présent.

Elle somnolait quand le train s'immobilisa une nouvelle fois. Les portes du wagon s'ouvrirent. Un vent glacial s'engouffra à l'intérieur. Elle se réveilla en sursaut. Vacillante, elle se redressa. Des voix venues du dehors leur ordonnaient de descendre. Elle trébucha en sautant du train. L'une des femmes la retint, et son sourire fut pour Hiroko comme un rayon de lumière dans les ténèbres.

— Que Dieu vous bénisse, dit la femme dans un anglais parfait.

— Que Dieu nous vienne en aide, murmura une autre dans leur dos, alors que, poussées par les baïonnettes, elles formèrent des rangs.

Les hommes étaient regroupés le long de la voie ferrée, un peu plus loin. Le paysage se composait de champs ouverts avec, dans le lointain, une série de bâtiments qui se dressaient sous un ciel plombé. Des baraquements, probablement. L'ordre d'avancer tomba. Encadrés par les soldats, ils se mirent en marche dans l'air glacial. Leurs souffles dessinaient de petits nuages blancs. On n'était qu'en septembre mais l'hiver avait déjà enveloppé la campagne de son manteau de givre.

— Vous allez bien ? demanda-t-elle à une femme âgée, qui avait du mal à avancer.

A son air ahuri, elle comprit qu'elle ne parlait pas l'anglais. Elle répéta sa question en japonais. Essoufflée, la femme hocha la tête. Ses deux fils avaient été enrôlés au Japon, expliqua-t-elle. Elle avait un troisième fils en Amérique, qui était médecin. Il avait été expédié au camp de Manzanar la semaine précédente mais pour une raison qu'elle ignorait, on les avait séparés. Elle respirait par saccades, mais ne se plaignait pas. Gentiment, Hiroko lui prit sa valise.

Les baraquements se trouvaient à plus de quatre kilomètres. Il leur fallut plus d'une heure et demie pour atteindre le premier. Certaines femmes portaient des hauts talons, d'autres, trop âgées, traînaient. Les hommes les avaient dépassées depuis longtemps. Ils marchaient presque au pas de course, pressés par de jeunes soldats qui poussaient avec la crosse de leur fusil les vieux qui avaient du mal à suivre.

Quand les femmes pénétrèrent dans une vaste bâtisse, les hommes avaient disparu. Un lieutenant leur annonça d'une voix sèche qu'elles étaient ici pour être interrogées. Les autorités les ayant cataloguées comme « sujets dangereux », il était indispensable de les isoler. Elles resteraient là jusqu'à ce que leur statut soit mieux défini. Un groupe de soldats se chargea d'emporter leurs valises, tandis que d'autres leur remettaient des uniformes. Elles furent obligées de se changer sous le regard des militaires. Mortifiée, Hiroko retira ses habits, puis enfila l'horrible pyjama qui, désormais, lui tiendrait lieu de vêtement. Il était trois fois trop grand pour elle, et elle avait l'air d'une petite fille, quand elle suivit un gardien, en compagnie de deux autres femmes.

Leur cellule comportait trois couchettes aux montants d'acier, garnies de matelas bourrés de paille. Dans un coin, une cuvette de W-C. Au mur, une fenêtre grillagée. Un pâle rayon de soleil miroita entre les barreaux. Elle avait peine à croire qu'elle serait libre un jour, ou qu'elle reverrait Peter. Ses deux compagnes pleuraient, et elle s'assit sur sa couchette sans un mot, les yeux fixes. Elle n'avait aucune idée de l'endroit où elle se trouvait, aucune idée de ce que l'avenir lui réservait.

Pendant les trois semaines qui suivirent, elles

eurent trois repas par jour. Une nourriture insipide, mais fraîche. Aucune d'elles ne souffrit des maux d'estomac dont la plupart se plaignaient à Tanforan. Hiroko se sentait un peu mieux. Elle dormait beaucoup. La paille de son matelas lui servit à tresser des nattes. Sans réfléchir, elle se mit à fabriquer des tatamis. Quand, par hasard, elle trouvait un bout de papier, elle lui donnait la forme d'un oiseau ou d'une figurine quelconque. Les deux autres femmes se procurèrent de la ficelle, avec laquelle elles suspendirent les oiseaux de papier devant la fenêtre grillagée. Octobre arriva sans apporter le moindre changement. D'après les rumeurs, il y avait eu plusieurs suicides dans le bloc des hommes. Les femmes semblaient mieux accepter leur triste sort. Aucune d'elles ne savait pourquoi elle avait été enfermée dans cette prison. Un jour, un gardien vint chercher Hiroko pour la conduire dans une salle située à l'autre bout du couloir. L'interrogatoire commença peu après.

Ils lui posèrent mille questions au sujet de son frère. Avait-elle eu de ses nouvelles depuis la déclaration de guerre ? Quel poste occupait-il exactement dans l'aviation japonaise ? Il lui était facile de répondre : elle ne savait rien. Le dernier message de sa famille, par l'intermédiaire du consulat japonais à San Francisco, datait du lendemain de Pearl Harbor. Ses parents avaient en effet mentionné que Yuji servait dans l'aviation. Elle n'en savait pas plus. Elle cita le nom, le prénom, et l'âge de son frère, en priant pour que ces indications ne lui fassent pas de tort. Mais c'était impossible. Les deux nations étaient en guerre et le jeune pilote de chasse japonais était inaccessible.

Son père constitua le deuxième sujet de l'interrogatoire. Qui était-il ? Qu'enseignait-il au juste ? Avait-il des relations dans le gouvernement japonais, et lesquelles ? Etait-ce un pacifiste ou un radical ? Un sourire involontaire fleurit sur les lèvres d'Hiroko. Elle brossa un portrait succinct de son père qu'elle peignit comme un rêveur, épris de justice et de liberté, anticonformiste, certes, mais non, certainement pas radical.

Vint le tour de Takeo. Tout y passa : ses activités, ses relations, ses opinions politiques. Elle expliqua que son oncle était un excellent professeur, passionné par son métier. Quelqu'un de bien. Un époux et un père dévoué. Non seulement il ne s'était jamais montré déloyal vis-à-vis des Etats-Unis mais il éprouvait pour ce pays un profond attachement. Elle ajouta qu'il avait toujours souhaité devenir citoyen américain et qu'il se sentait tel.

Quelques jours plus tard, ils en vinrent à Peter. Elle eut peur qu'ils ne soient au courant de leur mariage bouddhiste à Tanforan. L'Etat ne reconnaissait pas ce genre de cérémonie religieuse, purement symbolique, mais cela ne manquerait pas de lui créer des ennuis. Elle expliqua qu'ils étaient amis, qu'elle l'avait rencontré chez Takeo, dont il était l'assistant. Ils firent alors allusion aux lettres qu'il lui avait envoyées. Ils avaient dû conserver des copies de son courrier. Elle admit qu'en effet, il lui avait écrit mais que ses missives avaient été censurées. La dernière lettre qu'elle avait reçue, après qu'il eut quitté Fort Dix, dans le New Jersey, avait été expédiée d'Angleterre où il servait sous les ordres du général Eisenhower. Mais depuis, elle n'avait plus eu de nouvelles et très certainement elle n'en aurait plus.

— Souhaitez-vous retourner au Japon ? demandèrent-ils.

Toutes ses réponses étaient soigneusement enregistrées. Elle était interrogée par deux jeunes officiers, qui n'arrêtaient pas de plaisanter entre eux à

242

voix basse. Elle répondit franchement, en les regardant droit dans les yeux :

— Mon père souhaite que je reste en Amérique.

Elle se demanda en même temps s'ils n'allaient pas la renvoyer dans son pays ou, tout simplement, la faire exécuter. Oh, cela n'avait plus guère d'importance. Elle n'avait pas déshonoré sa famille, et elle n'avait pas trahi Peter. Elle avait été très prudente.

— Pourquoi préfère-t-il que vous restiez ? demanda l'un des officiers, soudain très intéressé.

Ils entraient dans le vif du sujet.

— D'après le message qu'il a envoyé à mon oncle, il pensait que je serais plus en sécurité ici. Par ailleurs, il désirait que je poursuive mes études.

— Vous étiez étudiante ? Où ça ?

Ils paraissaient surpris. Ils avaient dû la prendre pour une femme de chambre. Elle avait l'habitude de ce genre de méprise.

— Au collège Saint Andrew.

Ils notèrent sa réponse.

— Mais voudriez-vous rentrer au Japon ?

Ils semblaient prêts à l'embarquer sur le premier bateau en partance pour Kobe. Ils faisaient la même proposition à tous les prisonniers, même à ceux qui avaient la nationalité américaine. Le bureau de relogement offrait également des emplois dans des usines de l'Est, mais la plupart des intéressés avaient refusé. La peur de se retrouver dans une ambiance trop hostile les avait incités à opter pour les camps.

— Je préfère rester ici, dit-elle tranquillement. Je ne veux pas retourner au Japon.

— Pourquoi ? insista l'un des officiers d'un ton suspicieux.

Son collègue et lui n'étaient pas insensibles à sa beauté, et ils avaient échangé quelques plaisanteries à ce sujet. Mais elle était plus que belle. Une aura lumineuse émanait d'elle, une force paisible qui les aurait touchés, s'ils n'avaient pas lutté contre tout ce qui ressemblait de près ou de loin à une émotion.

— Pour aider mon oncle et ma tante, si je le peux.

Et pour retrouver Peter. Mais cela, elle se garda bien de le dire. Elle déclara qu'elle aimait beaucoup les Etats-Unis, ce qui était vrai. Malgré l'hostilité envers les Japonais et malgré les camps, ce pays lui était devenu cher pour un nombre de raisons qu'elle jugea inutile d'énumérer. Par ailleurs, pour rien au monde, elle n'aurait désobéi à son père.

Ils recommencèrent à lui poser des questions sur Peter. Pourquoi leur avait-il rendu d'aussi fréquentes visites à Tanforan ? Les gardes avaient enregistré la durée de chacune d'elles. Et les agents du FBI l'avaient interrogé à ce sujet, aussi bien au camp que plus tard, à l'armée. Apparemment, les raisons qu'il avait invoquées les avaient satisfaits. Hiroko donna à peu près les mêmes réponses.

— Il essayait de mettre au point le programme des cours de l'université avec mon oncle, avant de rejoindre l'armée. Il apportait des documents, des copies à corriger. Il était le directeur du département des sciences politiques de Stanford, poste que mon oncle occupait avant… avant…

Elle laissa sa phrase en suspens, puis reprit :

— Je crois que mon oncle avait un tas de choses à lui communiquer.

— Il ne venait pas pour vous voir, vous aussi ?

Elle ne le nia pas.

— Si, peut-être. Mais il passait le plus clair de son temps avec mon oncle.

Ils la firent reconduire dans sa cellule. Puis ils revinrent à la charge. Durant plus d'une semaine, ils lui posèrent les mêmes questions, encore et encore. Se sentait-elle plus loyale vis-à-vis des Etats-Unis que du Japon ? Elle répondait invariablement qu'elle n'avait pas d'opinions politiques, et que le fait que les deux pays soient en guerre l'attristait profondément. A ses yeux, la loyauté était indivisible. Elle pouvait aimer son pays natal tout autant que son pays d'adoption. Sa famille de là-bas et sa famille d'ici. En tant que femme, elle ne s'imposait aucun choix de cette sorte.

Elle parlait d'une voix calme, avec simplicité. Ses phrases étaient tranquilles et directes, limpides. Une semaine plus tard, ils lui remirent son badge et ses vêtements, et lui rendirent sa valise. Elle ignorait si elle avait réussi son examen de passage, ou si l'étape suivante serait la déportation ou la mort. Elle dit au revoir à ses compagnes de cellule, leur souhaita bonne chance. Peu après, elle se retrouva dehors, vêtue de ses anciens habits… Elle était restée un mois en prison et n'avait pas eu la moindre nouvelle de son oncle ou de sa tante.

Les gardes l'escortèrent jusqu'à la grille. La file des prisonniers était composée d'une demi-douzaine de femmes et d'un groupe plus important d'hommes. L'un des gardes les désignait en les appelant les « réguliers », terme dont le sens lui échappa, après quoi on leur fit longer une route étroite bordée de baraquements délabrés, dans le froid glacial. Elle n'aurait pas su dire s'il s'agissait d'un camp séparé ou s'il prolongeait simplement la prison, mais il y avait une distance de quelques kilomètres entre les deux. Ils s'engagèrent dans une enceinte clôturée de fils barbelés et surmontée de miradors. Des enfants jouaient entre les bâtiments longs et trapus construits le long de rues en terre battue. Le décor ressemblait à celui de Tanforan à ceci près qu'ici s'entassaient deux fois plus de détenus… dans une ambiance plus détendue, cependant, lui sembla-t-il. Un garde lui tendit un bout de papier. Il portait le même numéro que son badge, plus un chiffre correspondant à sa nouvelle adresse : bloc 14C.

— Troisième rue à droite, près du bâtiment de l'école, expliqua le garde presque avec amabilité, et soudain elle comprit qu'elle avait franchi une étape importante.

Elle ne serait probablement pas déportée, ni exécutée. Les autres femmes du groupe souriaient, comme si elles pensaient la même chose, mais les hommes, plus anxieux, se posaient inlassablement des questions... Le mystère s'épaississait d'une minute à l'autre. Mais il en était ainsi depuis le bombardement de Pearl Harbor, et elle commençait à en avoir l'habitude.

Quittant le groupe, elle descendit la rue. Pour la première fois depuis un mois, elle marchait seule, d'un pas presque léger. Evidemment, il y avait les fils barbelés et les silhouettes des gardes armés perchés dans les miradors, mais au regard de ce qu'elle avait enduré en prison, elle se sentit presque libre.

Elle reconnut facilement la baraque qui tenait lieu d'école. De mornes constructions pompeusement baptisées « appartements » s'étiraient de chaque côté de la rue. Des familles entières y étaient logées. Mais il y avait des petits écriteaux et des mobiles ondoyants suspendus au-dessus des portes et ici au moins, il y avait de vraies pièces avec un toit, pas des stalles pour chevaux, comme à Tanforan. Tandis qu'elle avançait, cherchant son numéro, un écriteau attira son attention : BIENVENUE A TULE LAKE... Pour la première fois depuis son transfert, elle sut où elle se trouvait. Et elle eut l'impression de redevenir un être humain... Une petite fille assise sur la marche d'un perron berçait sa poupée. Coiffée d'un bonnet de laine et vêtue d'un sweater, l'enfant fixait le sol en murmurant quelque chose d'inintelligible.

Elle semblait si triste que le cœur d'Hiroko se serra. Puis la petite fille releva la tête. Un cri échappa à Hiroko quand leurs regards se croisèrent. C'était Tami.

— Hiroko ! cria-t-elle, en se jetant dans les bras de sa cousine. Hiroko ! maman ! maman, c'est Hiroko !

Leurs larmes se mêlèrent. La petite fille criait si fort que sa mère sortit en courant. Elle portait un tablier sur sa robe de laine brune. C'était l'heure du déjeuner, et elle était en train de préparer le repas après une rude matinée à l'infirmerie du camp.

— Oh, mon Dieu ! s'exclama Reiko.

Les deux femmes tombèrent dans les bras l'une de l'autre en pleurant, puis Reiko se recula pour poser sur l'arrivante un regard anxieux.

— Où étais-tu ? As-tu vu Tak ?

— J'étais dans une prison, tout près d'ici.

Reiko avait entendu parler d'un autre camp, où l'on acheminait des prisonniers considérés comme « dangereux », afin de les interroger. Elle ignorait qu'Hiroko y avait passé plus d'un mois. Elle était toujours sans nouvelles de son mari.

— Tu vas bien ? Qu'est-ce qu'ils t'ont fait ? demanda-t-elle d'une voix tendue.

— Ils m'ont posé un tas de questions. Oncle Tak est parti un jour avant moi. Il est possible qu'il soit là-bas mais je ne l'ai pas rencontré.

Il était possible aussi qu'il ait été expédié dans l'un des nombreux camps qui jalonnaient le territoire américain. A Manzanar, à Minidoka, ou encore dans un autre Etat. Des camps poussaient maintenant un peu partout, comme des champignons : Gila River ou Poston en Arizona, Grenada, dans le Colorado ; Heart Mountain, dans le Wyoming, ou Topaz, dans l'Utah ; ou plus loin encore, au fin fond de l'Arkansas, un camp appelé Jerome. Les moyens de communication entre eux étaient quasiment inexistants en raison de la censure et Reiko n'avait pas pu jusqu'alors déterminer où se trouvait son époux. Elle avait simplement réussi à contacter quelques-unes de leurs relations communes, mais aucune d'elles n'avait eu de ses nouvelles. Chaque jour réservait de nouvelles surprises, quand des cargaisons de prisonniers arrivaient à Tule Lake pour y être relogés, mais Takeo ne se trouvait jamais parmi eux.

Le numéro de logement d'Hiroko correspondait à celui de Reiko et de ses enfants. Sa tante l'attira à l'intérieur. L'appartement se composait de deux pièces minuscules. Reiko et ses filles dormaient dans celle du fond, sur des couchettes étroites. Celle du devant servait à la fois de salle de séjour et de chambre à Ken. Hiroko pourrait y dormir aussi. Il n'y avait pratiquement pas de place pour l'héberger mais de toute façon, elle n'avait pas le choix. D'autres familles, bien plus nombreuses, se contentaient d'espaces aussi étriqués.

— Comment vont Ken et Sally ? demanda-t-elle.

Reiko avait perdu du poids, remarqua-t-elle en même temps.

— Ils vont bien. Ken travaille dans les champs. On ne peut pas parler de moissons à cette époque de l'année, mais nous manquons cruellement de provisions... Il aurait pu aller à l'école, ajouta-t-elle dans un soupir. Il a refusé.

La colère du jeune garçon ne s'était pas apaisée. Il n'avait pas cessé de dénoncer la violation de la Constitution, et il n'était pas le seul. Un groupe d'adolescents et de jeunes adultes révoltés s'était formé. Certains nisei envisageaient de renoncer à la nationalité américaine et de partir pour le Japon, où ils n'avaient jamais mis les pieds auparavant. C'était un choix difficile, le seul, néanmoins, qui leur permettrait d'échapper aux camps et au rude labeur dans les usines. Jusqu'alors, ils avaient considéré les Etats-Unis comme leur pays. L'humiliation, l'affront qui leur avaient été infligés les avaient atteints au plus profond d'eux-mêmes. Les plus extrémistes avaient pris la décision d'aller tenter leur chance dans la patrie de leurs ancêtres. Pas Reiko, bien sûr. Ni Takeo, elle en était persuadée. Ils continuaient de fonder tous leurs espoirs sur l'Amérique. Selon eux, un jour, justice leur serait rendue.

— Sally est à l'école. Elle s'est fait quelques amies ici, dit-elle.

Les jeunes filles s'étaient organisées à l'intérieur du camp. Clubs de toutes sortes, groupes de musique, leçons d'art et de jardinage fleurissaient un peu partout. Un orchestre répétait une symphonie qui serait interprétée à Noël. Ainsi, dans leur monde sordide, les prisonniers gardaient-ils la tête haute. Ils ne se plaignaient jamais et ils luttaient pour leur survie. Leur courage servit d'exemple à Hiroko. Elle n'avait pas le droit de s'apitoyer sur son sort, ni même de pleurer chaque fois qu'elle pensait à Peter. Reiko la reprit dans ses bras, comme si elle avait retrouvé l'une de ses filles, et Tami tira la manche de sa cousine.

— On va refaire la maison de poupée ?

Sa frimousse avait perdu son air morose de tout à l'heure.

— Oui, si nous trouvons les matériaux nécessaires.

Hiroko lui sourit. Elle prit sa petite main, et la garda longtemps dans la sienne. Reiko l'observait. Elle avait meilleure mine qu'à Tanforan, où elle avait souffert de dysenterie.

— Comment va ton estomac ? demanda-t-elle, d'un ton d'infirmière questionnant une patiente.

— Beaucoup mieux. (Il y avait des lustres que

personne ne s'était inquiété de sa santé.) Et toi, tante Reiko ? Comment vas-tu ?

— Ça va.

Sauf qu'elle ne dormait pas la nuit, en s'inquiétant pour son mari, et qu'elle avait un début d'ulcère à l'estomac. Mais à part cela, ça allait. Les conditions de vie s'étaient améliorées et les gardiens se montraient plus indulgents. Les prisonniers se comportaient avec une remarquable dignité. Hormis le traditionnel grincheux, ils faisaient contre mauvaise fortune bon cœur, surtout les femmes. Pour les hommes, c'était différent. Ils se sentaient coupables de n'avoir pas su protéger leur famille et se reprochaient de n'avoir pas vu venir la catastrophe. A l'intérieur du camp, ils avaient l'impression d'être inutiles. Peler des pommes de terre, effectuer des travaux manuels ou creuser des caniveaux dans le sol dur et glacé les déprimaient. Avant, ils exerçaient des professions autrement plus passionnantes : architectes, ingénieurs, professeurs ou fermiers. Ils avaient honte de leur déchéance. Les vieillards, eux, se réunissaient pour évoquer le bon vieux temps. Comme si le présent ne les concernait pas, comme si ce n'était qu'un mauvais moment à passer. La population du camp oscillait entre la révolte et le déni. Seuls les enfants s'étaient adaptés à leur nouvelle existence, excepté les plus fragiles. Les adolescents trouvaient même le moyen de s'amuser. Leurs musiques, leurs chants, leurs rires rendaient les plus vieux fous de rage, expliqua Reiko avec un sourire.

— Je travaille au dispensaire, poursuivit-elle. Nous avons pas mal de gosses malades, là-bas. Rhumes, grippes, et naturellement, les habituels cas de rougeole.

La rougeole faisait des ravages. Les enfants avaient contaminé des adultes. C'était une maladie mortelle pour les personnes âgées. Il y avait eu plusieurs décès à Tule Lake, le mois précédent, faute de médicaments. Ailleurs, on les aurait guéris. Reiko avait particulièrement en horreur le bloc opératoire. Ils travaillaient dans des conditions déplorables.

— Mais, bon, on se débrouille, conclut-elle avec résignation.

La vie aurait été plus supportable si Takeo avait été là. Mais il semblait qu'elle ait à attendre la fin de la guerre avant de le retrouver… s'il était encore en vie ! Il paraissait si fatigué, si vieilli, quand ils s'étaient séparés à Tanforan…

— Hiroko, fais attention. Ne tombe pas malade, toi aussi. Reste au chaud et évite les enfants qui ont la rougeole. Au fait, je suis payée douze dollars par mois à l'infirmerie. (Elle jeta un regard désapprobateur au manteau d'Hiroko, trop léger pour affronter les rigueurs de l'hiver.) Inscris-toi dans un club de tricot, d'accord ?

La laine appartenait à la catégorie des denrées rares, mais après avoir défait de vieux pull-overs, les membres du club en fabriquaient de nouveaux pour les enfants et pour les femmes enceintes. Reiko les avait aidés à créer une maternelle. Le plus dur, c'était le manque de médicaments. Les médecins utilisaient en chirurgie le peu qui en restait.

Tami se lança dans une longue description des décorations qu'elle et ses camarades de classe confectionnaient pour la fête de Halloween. Après le déjeuner, Reiko et Hiroko l'accompagnèrent jusqu'à l'école, avant de prendre le chemin du dispensaire. Malgré les avertissements de sa tante, Hiroko avait décidé de se porter volontaire. C'était plus intéressant que de travailler aux cuisines.

Reiko la présenta aux médecins. Peu après, vêtue d'une coiffe et d'un tablier, elle commença son nouveau travail. Faire les lits, laver les draps souillés de sang et les seaux pleins de vomissures. Elle était en train de se racler la gorge, plus tard, dans l'après-midi, quand Reiko la revit.

— Désolée. Ce n'est pas bien beau, n'est-ce pas ?

— Ça ira.

En tout cas, c'était mieux que la prison.

Quinze jours plus tard, elle était habituée. Peu à peu, elle s'était mise à parler avec les malades. Sa douceur, sa gentillesse l'avaient rendue chère aux yeux de tous. Le fait qu'elle parle japonais était d'un grand secours pour les médecins, quand ils avaient affaire à un patient âgé, qui s'exprimait uniquement dans cette langue. D'ailleurs, les malades d'un certain âge appréciaient ses connaissances et son respect des traditions.

Ken l'avait accueillie avec joie. Hiroko savait l'écouter, et il ne tarda pas à lui dresser la liste de ses griefs. Il savait que certains nisei allaient renoncer à la nationalité américaine et admit que lui aussi se demandait s'il allait ou non les imiter. Bien sûr, cela briserait le cœur de sa mère. Mais l'idée d'être enfermé dans un camp pendant que d'autres Américains assuraient la défense de leur pays était pour lui une blessure inguérissable. Il aurait voulu rejoindre l'armée, mais c'était impensable, car même ceux qui avaient été enrôlés avant l'évacuation avaient été relégués à des tâches subalternes. Plus tard, un décret avait classé les nisei dans la catégorie des « étrangers inaptes au service », excluant d'autorité Ken et ses camarades. Hiroko prêtait une oreille attentive à ses récriminations et essayait de le raisonner. En vain. Ken subissait l'endoctrinement des jeunes révoltés qu'il fréquentait — des jeunes en quête de leur identité — et souffrait d'être séparé de Peggy, envoyée à Manzanar avec sa famille.

Sally avait également ses problèmes. A quinze ans, elle réclamait son indépendance. Elle ne supportait plus que sa mère la surveille, mais Reiko refusait de céder. Les rapports entre la mère et la fille étaient de plus en plus tendus. A plusieurs reprises, Hiroko s'efforça de ramener sa cousine à la raison. Sally répondit qu'une mère lui suffisait amplement, et qu'elle n'avait pas besoin d'une grande sœur.

— D'ailleurs, tu n'as que quatre ans de plus que moi. Comment peux-tu être aussi stupide ?

— Nous voulons juste t'éviter des ennuis, rétorqua paisiblement Hiroko. Pourquoi n'adhères-tu pas à un club de jeunes filles ?

— Parce qu'elles sont bêtes !

Hiroko s'était inscrite dans un orchestre, où elle brillait par ses talents de violoniste et de pianiste. Le reste du temps, quand elle ne travaillait pas au dispensaire, elle fabriquait des oiseaux et des fleurs de papier pour les enfants.

Les nouvelles de la guerre étaient rares. Certaines personnes recevaient des journaux qui dataient toujours de plusieurs jours. Hiroko apprit ainsi, avec retard, que les forces commandées par Eisenhower et les Britanniques avaient repris Casablanca, Oran et Alger aux puissances de l'Axe. Les Français de Vichy avaient capitulé en Afrique du Nord. Le conflit amorçait un tournant important et Hiroko pria pour que Peter soit sain et sauf.

Quatre jours plus tard, les troupes allemandes commencèrent des manœuvres en France dans la zone occupée, afin de provoquer la reddition de la Résistance. Il n'y eut pas d'autres nouvelles avant Thanksgiving.

Cette année-là, le repas de Thanksgiving manqua évidemment de grandeur. Personne n'avait réussi à trouver la moindre dinde. Certains avaient reçu des paquets de friandises. D'autres durent se contenter de poulets et de hamburgers, commandés par correspondance et acheminés au camp par des services de livraison spécialisés. Mais qu'importait ! ils étaient en vie. De nouveaux prisonniers arrivaient chaque jour, et le camp affichait complet.

Le mercredi, veille de Thanksgiving, Reiko, rentrée de l'infirmerie, s'attaquait au ménage, aidée de Tami, quand quelqu'un frappa à la porte. Sally alla ouvrir. Elle demeura sur le seuil, figée, puis un cri lui échappa, et Reiko se retourna vivement. Takeo se tenait sur le seuil. Il avait l'air épuisé, terriblement amaigri, ses cheveux étaient gris. Mais il était là, après avoir été confiné dans une petite cellule pendant deux longs mois... Cependant, il n'avait pas été maltraité, et après un long interrogatoire on avait reconnu sa loyauté.

— Oh, merci, merci, mon Dieu, répétait Hiroko, tandis qu'il l'embrassait, avant d'attirer ses enfants dans ses bras.

Sa femme l'enlaça tendrement et se mit à lui caresser le visage, incapable de croire à ce miracle. Il se laissa tomber sur une chaise. C'était un homme brisé. En deux mois, il avait eu largement le temps de faire le bilan de sa vie. Comme tant d'autres, il avait flirté avec l'idée de retourner au Japon, puis s'était ravisé. Plus que jamais, il se sentait américain, et l'amertume s'était ajoutée à la déception, lorsqu'il avait compris que son pays d'adoption ne voulait pas de lui.

Mais il garda le silence. A quoi bon ressasser son ressentiment ? Il suivit Reiko au réfectoire où les prisonniers prenaient leurs repas en silence. Il se déplaçait avec lenteur, les épaules voûtées. Lorsqu'elle lui demanda s'il était malade, il répondit qu'il se sentait simplement fatigué. Il avait du mal à respirer et s'essoufflait pour un rien.

Cette nuit-là, Ken et Hiroko dormirent avec les filles dans la pièce du fond. Les deux époux partagèrent le divan étroit du salon, ravis de s'être enfin retrouvés après une si longue séparation.

Thanksgiving fut une vraie fête pour tout le monde. Ils prirent leur repas au réfectoire, puis regagnèrent leur logement où ils jouèrent aux charades, comme au bon vieux temps. Tak, de bonne humeur, se mit à taquiner sa femme, disant que leur maison ressemblait à un taudis. Il s'était inscrit dans un groupe de menuiserie et promit à Reiko que, bientôt, elle aurait des meubles.

Mais des images du passé le hantaient. Il revoyait leur belle villa de Palo Alto, le mobilier d'époque, le jardin ensoleillé, les rideaux joliment drapés aux fenêtres. Ils avaient tout perdu et il avait été incapable de prévoir le désastre. Jamais il ne se le pardonnerait. Reiko, elle, l'observait avec attention. Il respirait avec difficulté. Elle l'exhorta à cesser de fumer mais il répondit par un rire moqueur. « Son regard a changé, se dit-elle. Il n'est pas en colère, comme Ken, mais empli d'amertume. »

— Si je cesse de fumer, qu'est-ce qui me restera ? dit-il.

— Nous, répondit-elle doucement. Toi, moi et les enfants. Un jour, nous rentrerons chez nous. La guerre ne va pas durer éternellement.

— Où ça, chez nous ? Nous avons vendu notre maison. Et je suis trop vieux pour retrouver un emploi.

— Tu n'es pas vieux ! affirma-t-elle avec véhémence, ne se laissant pas abattre. Nous achèterons une autre maison, plus belle encore. Peter a mis notre argent sur son compte. Nous n'avons pas encore atteint un âge canonique, Tak ! Nous nous en relèverons. Je n'ai pas l'intention de baisser les bras.

Une farouche détermination l'animait. Tak sentit

une boule se former au fond de sa gorge. Il était si fier d'elle !

— Moi non plus, promit-il.

Le lendemain, il fut occupé par un nouveau projet. Les hommes du camp s'étaient réunis. Il était question d'élire un conseil. C'était nouveau pour Takeo. En tant qu'issei — né au Japon — il n'avait jamais participé à aucune élection. Ce serait la première fois. Mais sa joie fut de courte durée. En effet, il apprit très vite que seuls les nisei et les sansei avaient le droit de voter. A nouveau, le pouvoir dépendait du lieu de naissance. Décidément, personne ne voulait des ressortissants japonais, ni les Américains de souche, ni même leurs propres compatriotes. Il n'avait plus sa place dans ce pays.

— Ne le prends pas mal, lui dit Reiko. Place aux jeunes !

Mais le problème n'était pas là. L'exclusion continuait, même à l'intérieur des camps. Il sut que rien ne cicatriserait cette nouvelle blessure. Il ne lui restait plus qu'à se retirer dans son coin. Il se mura dans le silence.

Reiko cachait ses inquiétudes. Elle et Hiroko travaillaient d'arrache-pied au dispensaire. Hiroko faisait des progrès fabuleux. Le lundi qui suivit Thanksgiving, elle reçut enfin une lettre de Peter. Elle avait mis des semaines à lui parvenir, et c'était un feuillet presque entièrement noirci par l'encre des censeurs. Seules quelques phrases restaient lisibles. Il était près d'Oran, et combattait l'armée de Rommel. Elle lui manquait terriblement, et il avait reçu ses lettres. Son courrier avait été réexpédié de Tanforan à Tule Lake. Elle lui avait envoyé sa nouvelle adresse mais visiblement, il ne l'avait pas encore eue.

Une épidémie de grippe ravagea le camp dès la première semaine de décembre. Et le thermomètre descendit en dessous de zéro. Il y eut également quelques cas de pneumonie. Deux patients âgés moururent, malgré les efforts d' Hiroko. Elle les avait longuement baignés afin de faire baisser la fièvre, et leur lisait régulièrement des livres en japonais. En vain. Le lendemain, une petite fille, une amie de Tami, fut transportée au dispensaire, atteinte du même mal.

Elle était dans un état très préoccupant et les médecins décrétèrent qu'elle ne passerait pas la nuit. Hiroko veilla à son chevet jusqu'au matin. Avec Reiko, elles livrèrent une bataille acharnée contre la mort, tandis que la mère de la fillette pleurait doucement dans un coin de la pièce. Hiroko refusa de s'avouer vaincue. Elle soigna la petite malade avec les moyens du bord pendant trois jours et trois nuits. Enfin, la fièvre baissa.

Le médecin de garde déclara que l'enfant était tirée d'affaire. Un soupir de soulagement gonfla la poitrine d'Hiroko. Elle était si fatiguée qu'elle ne tenait plus debout. Pas un instant elle n'avait laissé l'enfant, pas même pour aller manger. Reiko lui apportait de la nourriture du réfectoire, et elle se nourrissait sur place. Sa détermination l'avait emporté sur la maladie. La mère de la fillette se confondit en remerciements. Hiroko répondit par un faible sourire. Son tablier sur le bras, elle quitta enfin la pièce. Dehors, elle marcha un peu mais chancela. Le ciel gris se mit à tourner au-dessus de sa tête, et elle s'affala, sans connaissance.

Une vieille femme se pencha sur elle. Hiroko ne bougeait pas. Elle cria à l'aide, et Reiko arriva en courant. Elle vit sa nièce par terre, inanimée. Son visage aux yeux clos était d'une pâleur effrayante.

Un médecin et deux infirmières sortirent à leur tour, alertés par les appels de Reiko. L'homme en blanc tâta le pouls d'Hiroko. Il lui souleva la paupière, mais elle ne réagit pas. Ils la transportèrent à l'intérieur. L'amie de Tami fondit en larmes lorsqu'elle l'aperçut.

— Elle est morte ? s'écria-t-elle.

Une minute plus tôt, elle semblait en parfaite santé ! La mère de la petite fille entreprit de la rassurer. Non, Hiroko n'était pas morte. Elle dormait seulement...

Le médecin l'avait transportée lui-même dans ce qu'ils appelaient la salle de réanimation — une simple pièce isolée par des rideaux. Son pouls battait à peine. Elle ne respirait quasiment plus.

— Qu'est-ce qui ne va pas ? souffla Reiko.

— Je n'en sais rien, répondit-il en anglais.

Il était sansei, américain de la seconde génération, et avait fait ses études à Stanford. Il aurait pu se réfugier dans un Etat de l'Est où il avait de la famille quand l'ordre d'évacuation avait été proclamé, mais il avait décidé de rester, pour aider ses compatriotes.

— Sa tension est très basse, reprit-il. Regardez, elle a du mal à respirer. Cela lui est-il déjà arrivé ?

— Pas que je sache, répondit Reiko.

Elle était blanche comme un linge. On lui passa un flacon de sels sous le nez, sans aucun résultat. Reiko commençait à se demander si sa nièce n'avait pas la polio ou la scarlatine. Elle n'avait jamais vu cela. Apparemment, elle n'avait pas de fièvre. Au contraire, elle était glacée.

Le médecin lui assena une gifle sans obtenir de réaction.

— Déshabillez-la, ordonna-t-il.

Il voulait l'examiner. Reiko et les deux autres infirmières s'exécutèrent. Leurs doigts s'empêtraient dans les boutons de sa robe de laine noire. Il y eut un bruit de tissu déchiré quand le docteur les aida à passer la robe par-dessus la tête d'Hiroko. Ce qu'ils virent alors les cloua de stupeur. Elle s'était bandé le corps, des seins jusqu'aux cuisses, à l'aide de lanières de tissu si étroitement serrées qu'elles avaient pratiquement arrêté la circulation du sang.

— Grands dieux, qu'est-ce qu'elle a fabriqué ? s'écria le médecin.

Reiko regarda le pansement, effarée. Et puis, un vague souvenir jaillit. Et elle sut ce qu'il dissimulait. Le médecin s'était mis à découper le bandage avec des ciseaux. A mesure qu'il la libérait de son carcan, les joues blêmes d'Hiroko reprenaient des couleurs. Ce jour-là, elle avait serré si fort les lanières de toile qu'elle avait failli étouffer.

Elle n'avait pas repris connaissance, mais à mesure que l'on déroulait les bandes, ses rondeurs reprenaient forme sous les doigts du médecin.

— Pauvre petite, murmura-t-il. Elle s'est bandée si fort qu'elle a mis en danger sa vie et celle de son bébé.

Sa grossesse était bien avancée, constata-t-il. Elle avait agi comme sa mère et sa grand-mère le lui avaient enseigné. Sa mère avait fait la même chose quand elle l'attendait, puis quand elle attendait son frère. Dans son cas, c'était pire. Elle s'était efforcée de cacher sa grossesse. Elle ne l'avait avouée à personne, pas même à Peter. Elle avait eu les premiers soupçons en juin, après le départ du jeune homme. En juillet, elle en avait eu la certitude. Elle avait calculé que la délivrance aurait lieu fin février, début mars. Elle était enceinte de six mois à présent.

Cinq minutes plus tard, un frisson la parcourut. Reiko et les infirmières lui massaient doucement la peau du ventre. Comme s'il protestait, le bébé donna un coup de pied rageur. Il devait se sentir plus à l'aise sans les contraintes que sa mère lui avait imposées. L'esprit en ébullition, Reiko l'observait. Quand et comment était-ce arrivé ? Ils avaient été enfermés dans le camp de transit en avril. Voyons…

le seul homme avec lequel elle avait été en contact était Peter. Et Peter n'était pas assez idiot pour lui faire un enfant ! Pourtant, quelqu'un l'avait fait. Hiroko allait avoir un bébé.

Elle rouvrit les yeux peu après, l'air abattue. Elle ne s'était pas encore aperçue qu'ils lui avaient ôté sa robe et découpé son bandage. Reiko l'avait recouverte avec un drap. Le médecin, lui, l'enveloppa d'un regard désapprobateur.

— C'est idiot, ce que vous avez fait.

— Je sais, sourit-elle. Mais je ne voulais pas la laisser toute seule. J'ai pensé que si je restais auprès d'elle, je pourrais l'aider plus efficacement.

Elle faisait allusion à la petite fille qu'elle avait sauvée.

— Je ne parle pas d'elle, mais de vous. Et de votre bébé. Vous avez failli l'étouffer, et vous avec.

Elle n'avait pas retiré le bandage depuis des jours, et il se demanda si le bébé grandissait normalement.

— Je vous interdis de recommencer, reprit-il, tandis qu'elle détournait la tête, rouge comme une pivoine. Bon, je vous laisse avec votre tante. Vous devez absolument vous reposer. Il y a des priorités qu'il faut respecter, Hiroko. (Il lui tapota gentiment la main, se tourna vers Reiko :) Il faut qu'elle reste au lit aujourd'hui et demain. Après-demain, elle sera en mesure de revenir à l'infirmerie. D'ici là, elle sera remise sur pied.

Il quitta la pièce, suivi des deux infirmières. Seule avec sa tante, Hiroko fondit en larmes.

— Pardon, tante Reiko. Je suis désolée.

Elle les avait déshonorés. Mais malgré sa honte, elle désirait ardemment le bébé de Peter.

— Pourquoi ne m'as-tu rien dit ?

— Je ne pouvais pas.

Elle ne voulait pas créer d'ennuis à Peter. Elle craignait que sa grossesse ne lui porte préjudice.

Que le FBI le punisse pour avoir fait un enfant à une Japonaise. Elle avait imaginé plusieurs scénarios, tous plus terrifiants les uns que les autres.

— C'est Peter le père, n'est-ce pas ?

Pas de réponse. Pour les mêmes raisons. Elle avait peur pour lui et pour le bébé. Peur qu'on le lui enlève après sa naissance. Mais non, ce n'était pas possible. L'ascendance japonaise, « à quelque degré que ce soit », était passible de prison. Le bébé serait prisonnier, tout comme elle. Personne ne le lui prendrait et c'était là son seul réconfort.

— Tu ne veux pas répondre ? demanda Reiko.

— Je ne peux pas, tante Rei, dit-elle doucement.

Elle était déterminée à le protéger, quoi qu'il lui en coûte. D'une certaine manière, elle protégeait son oncle et sa tante aussi. Reiko n'insista pas. Elle avait compris les craintes de sa nièce, elle respectait sa décision. Mais elle savait, dans son cœur, que Peter Jenkins était le père de cet enfant.

Elle aida Hiroko à reboutonner sa robe et à se relever. En se remettant debout, celle-ci chancela. Reiko la fit rasseoir, puis lui apporta un verre d'eau fraîche. Entre-temps, elle jeta l'horrible bandage.

— Ne fais plus jamais ça, la gronda-t-elle. Même ma mère ne s'est pas bandé le ventre, et Dieu sait si elle était démodée.

Malgré tout, elle lui sourit. Cela avait dû être dur pour elle de garder son secret pendant tout ce temps. Elle se demanda si Peter était au courant. Rien de moins sûr. De toute façon, il n'était pas là pour l'aider.

Elles prirent le chemin du retour, bras dessus, bras dessous. Reiko lui prodiguait des conseils : bien se nourrir, ne pas se fatiguer, prendre soin d'elle et du bébé. Sans le bandage, le ventre d'Hiroko paraissait énorme, tout à coup, par rapport à sa frêle silhouette. L'espace d'une seconde, Reiko se surprit à redouter l'accouchement. Ici, ils ne disposaient d'aucun moyen en cas de complications.

Elles entrèrent tranquillement dans le petit logement. Assis dans le salon, Takeo leva les yeux. Il venait de terminer un meuble dont il s'estimait satisfait, et cet après-midi, il comptait aller travailler au réfectoire. En voyant Hiroko, il resta bouche bée. Lorsqu'elle eut disparu dans la pièce du fond, il suivit sa femme hors de la maison.

— Ai-je manqué quelque chose ? Suis-je aveugle ? La dernière fois que je l'ai vue, il y a deux jours, elle avait l'air normale. Aujourd'hui, elle semble enceinte jusqu'aux yeux. Ou je perds la mémoire ou... que faites-vous dans ce dispensaire ? des expériences ?

— Pas exactement.

Reiko eut un sourire espiègle. Elle accepta la cigarette que son mari lui tendait. Son bonheur de le revoir primait sur tout le reste. Il était l'homme de sa vie, son compagnon, son meilleur ami. Malgré leurs désillusions, ils étaient toujours ensemble et cela seul lui importait. Elle avait de la peine pour Hiroko, qui ne pouvait pas vivre la même chose avec le père de son enfant.

— Elle se cachait de nous, Tak. Elle s'est bandé le ventre si étroitement qu'elle a failli en mourir. Dieu seul sait quelles seront les conséquences pour le bébé. Elle a fini par s'évanouir. Voilà comment nous avons découvert la vérité. Elle avait presque cessé de respirer.

— Pauvre gosse. Je suppose que je connais le papa, non ?

Elle était si discrète. Si secrète.

— Ça doit être Peter. Mais elle n'a rien voulu me dire. Elle doit avoir peur qu'on lui enlève son bébé. Ou alors, elle tient à nous protéger, nous et Peter. Qui sait ?

— Et lui ? Crois-tu qu'il le sait ? demanda Tak en tirant pensivement sur sa cigarette.

— Je n'en ai pas la moindre idée. Mais j'en doute. La connaissant, elle n'a pas dû oser le lui écrire… Qu'allons-nous dire aux enfants ? demanda-t-elle alors, d'un air préoccupé.

— La vérité. Qu'Hiroko est enceinte, que nous l'aimons, et que nous aimerons son bébé, voilà tout.

Elle lui sourit, vaguement amusée par la simplicité de ses déclarations.

— Je te rappellerai ta largeur d'esprit si jamais ça arrive à Sally.

Il laissa échapper un petit rire en secouant la tête. Il avait toujours apprécié l'humour de Reiko.

— C'est différent. Si Sally était enceinte, je la tuerais, plaisanta-t-il. Hiroko n'est pas ma fille. (Puis, redevenant sérieux :) La pauvre petite. Je comprends mieux maintenant ses maux d'estomac à Tanforan. Et dire que je n'y ai vu que du feu.

— Et moi donc ! Dis, Tak, crois-tu qu'il l'épousera, si l'enfant est de lui ?

— Sans aucun doute. Il m'avait pratiquement demandé sa main. Il l'adore, Rei. Et de qui veux-tu qu'il soit, ce bébé ? Avec qui Hiroko disparaissait-elle des après-midi entiers ? Je suis surpris qu'il ne l'ait pas épousée avant son départ.

— C'est sûrement elle qui ne voulait pas se marier sans le consentement de son père.

Reiko avait vu juste. Au même moment, Hiroko sortit sur le seuil.

— Je suis désolée, murmura-t-elle, tête basse.

Elle avait jeté sur eux le discrédit et la honte. Dans sa naïveté, elle avait cru qu'elle pourrait garder éternellement son secret.

— Nous t'aimons, dit Reiko en l'entourant de ses bras et en regardant son ventre rond avec un sourire.

Cela lui rappelait ses propres grossesses et son

bonheur passé avec Takeo. Elle regrettait seulement qu'Hiroko n'ait pas de mari.

— Quand naîtra-t-il ? demanda tranquillement Takeo.

Un flot incarnat colora les joues d'Hiroko. A son embarras se mêlait la fierté de porter le bébé de l'homme qu'elle aimait.

— En février, dit-elle d'une voix douce. Peut-être en mars.

Il hocha la tête en se remémorant sa propre vie, son mariage, ses enfants… et Peter. Avec un sourire, il l'enlaça.

— C'est la meilleure saison pour mettre un bébé au monde. Le début du printemps… un nouveau commencement… une nouvelle vie… peut-être un nouveau monde pour nous tous, d'ici là.

Elle l'embrassa sur la joue.

— Merci, oncle Tak, murmura-t-elle en priant pour que Peter revienne sain et sauf.

14

Chacun des enfants réagit à la grossesse d'Hiroko à sa manière. Mais si Tami fut enthousiaste, et Ken gentiment surpris, Sally, elle, ne manifesta aucune sympathie. Du jour au lendemain, en dépit de ses « péchés », sa cousine était devenue le centre de leur petit monde. Et cela l'agaçait à tel point que de fréquentes disputes l'opposèrent à sa mère.

— Papa et toi m'auriez étranglée, si ça m'était arrivé.

Tak avait dit cela ou presque, se souvint Reiko, en réprimant un sourire.

— Oui, sans doute. Mais ce n'est pas la même chose, Sal. Elle a dix-neuf ans, presque vingt, et elle n'est pas notre fille.

— C'est dégoûtant ! Vous vous comportez tous comme si elle était la Vierge Marie et qu'elle attendait le petit Jésus.

— Enfin, Sally, ne sois pas si méchante. C'est une rude épreuve que de mettre seule un enfant au monde.

— Sait-elle au moins qui est le père ? demanda Sally d'une voix dure qui lui attira un regard furieux de sa mère.

— Je ne parlais pas de *ça*. Je voulais dire que,

dans sa situation, elle a besoin de notre affection. Et de notre aide.

— Ne comptez pas sur moi pour jouer les baby-sitters ! Et quand mes amies l'apprendront… Mais que vont-elles dire ? soupira Sally, mortifiée.

Cela importait peu à Reiko. Hiroko n'était ni la première ni la dernière à qui cela arrivait, et Sally n'avait pas le droit de lui jeter la pierre.

— Tout dépendra de la manière dont tu leur annonceras la nouvelle, dit-elle fermement.

— Je n'ai pas besoin de leur annoncer quoi que ce soit. Cela se voit comme le nez au milieu de la figure.

C'était la vérité mais il n'y eut pour ainsi dire aucun commentaire. A l'intérieur de l'univers dans lequel on les avait confinés, une femme enceinte passait inaperçue. Une naissance représentait tout au plus un espoir, le signe que la vie ne les avait pas oubliés. Quelques voisins demandèrent quand Hiroko mettrait son enfant au monde. Les autres ne dirent rien. Et aucun ne posa la moindre question concernant le père du bébé.

Reiko et Tak tentèrent d'en savoir plus, mais Hiroko se refusa obstinément à confirmer leurs soupçons. En décembre, elle reçut d'autres lettres de Peter. Son unité se trouvait toujours en Afrique du Nord. Et l'absence n'avait fait que fortifier son amour pour Hiroko. Dans ses réponses, elle lui donnait des nouvelles des Tanaka, lui décrivait la vie au camp, l'assurait de sa tendresse. Mais elle ne disait mot du bébé ! Il avait réclamé une photo d'elle, mais comme les appareils photo étaient interdits, elle lui envoya celle où on les voyait tous les deux devant la maison de Palo Alto.

L'anniversaire de Pearl Harbor se déroula dans le calme, sauf à Manzanar où une émeute éclata. Il y eut deux morts et dix blessés parmi les insurgés. A

Tule Lake les autorités renforcèrent les effectifs, mais il ne se passa rien.

Noël approchait. Takeo enseignait maintenant au lycée du camp, tandis qu'à l'infirmerie, Reiko et les médecins affrontaient les habituels refroidissements, les grippes et les occasionnelles crises d'appendicite. Après deux jours de repos, Hiroko avait repris son poste. Elle se sentait beaucoup mieux sans son bandage. Avec Tak, elle avait mis à exécution un projet, dans le plus grand secret. Ils avaient construit une maison de poupée pour Tami… Ayant terminé la charpente, il s'était attaqué au mobilier, tandis qu'Hiroko confectionnait les tapis, les rideaux, le papier peint et les tableaux. C'était une pure merveille, une création plus élaborée encore que l'ancienne maison de poupée restée dans l'entrepôt de Palo Alto.

Takeo avait aussi fabriqué un jeu de Monopoly ainsi qu'un échiquier avec toutes ses pièces. Reiko tricotait un pull-over en angora rose pour Sally. La laine lui avait coûté la quasi-totalité de son salaire. Le reste lui avait servi à se procurer une veste et un sweater qu'elle destinait à Tak. Tous les membres du club de tricot confectionnaient de la layette pour le bébé.

Le jour de Noël, ils échangèrent leurs paquets. Des cris de joie fusèrent dans le petit logement. Reiko reçut une jolie robe commandée par Tak dans le catalogue de Sears, et réglée avec ses maigres revenus. Tout le monde s'extasia devant ses cadeaux. Puis Hiroko leur lut un poème de sa composition intitulé «Orages d'hiver, arcs-en-ciel d'été»…

Mais le présent le plus précieux — la liberté — ne leur fut pas accordé. Ce fut néanmoins une journée paisible, au cours de laquelle chacun s'efforça de balayer les souvenirs heureux des Noël passés.

Les anciens jouaient au go, le jeu de pions nippon, tandis que leurs femmes bavardaient en cousant. D'autres se rendirent visite dans leurs minuscules logis rutilants de propreté, décorés d'ornements fabriqués par les membres de chaque famille. Ils avaient été incarcérés, enfermés, ils avaient tout perdu. Sauf leur courage. Le vieil adage « L'union fait la force » revint à l'esprit d'Hiroko, le soir de Noël, alors qu'elle jouait avec l'orchestre symphonique du camp.

La nuit du réveillon, il y eut un bal avec un orchestre de swing dont Ken faisait partie. Un jeune homme invita Hiroko à danser. Rougissante, elle refusa. Son ample manteau dissimulait ses rondeurs.

En janvier, la capitulation allemande devant Stalingrad marqua le début d'une vaste contre-offensive soviétique. La guerre tournait lentement, mais sûrement, en faveur des forces alliées. A Tule Lake, la vie continuait tant bien que mal. Une épidémie de grippe, plus sévère que les précédentes, sévit pendant un mois entier. Et fin janvier, à la surprise générale, les militaires autorisèrent à nouveau les Japonais d'Amérique à se porter volontaires. Ken déclara immédiatement qu'il n'avait aucune envie de servir un pays qui l'avait rejeté. Beaucoup de jeunes gens réagirent comme lui. Et quand dans la première semaine de février les officiers du camp leur demandèrent de prêter serment de fidélité à la nation américaine, leur amertume se transforma en révolte. La grande majorité des prisonniers avait accepté de signer le serment, prouvant ainsi leur loyauté aux Etats-Unis. Mais aux yeux de Ken et de ses amis, le formulaire constituait une trahison supplémentaire. Deux phrases eurent le don d'exacerber leur colère. Selon la première, les signataires s'engageaient à combattre dans l'armée des Etats-Unis. La seconde exigeait qu'ils renient toute allé-

268

geance au Japon et à son empereur. En temps normal, cela n'aurait posé aucun problème. Aucun d'eux n'avait jamais mis les pieds au Japon. Un an plus tôt encore, ils se considéraient comme des Américains. Mais après leur avoir retiré leurs droits de citoyens, on leur demandait à présent de sacrifier leur vie à un pays qui les avait traités comme du bétail. C'était impossible. Une ligne claire et nette séparait désormais la vie de Ken en deux parties distinctes. Avant et après la trahison. Avant et après son incarcération.

Il refusa de répondre « oui » à ces deux phrases précises, tout comme de nombreux garçons de son âge. La réaction des autorités ne se fit pas attendre. Un détachement vint chercher les réfractaires ou « partisans du non », comme on les surnomma, pour les conduire dans la zone de haute sécurité de Tule Lake. Une sourde révolte grondait parmi les jeunes du camp. Deux jours plus tard, malgré les interrogatoires et les pressions, Ken n'avait toujours pas apposé sa signature au bas du formulaire, alors que tous les autres membres de sa famille l'avaient fait. Revenu à la maison, le jeune garçon continua de prôner l'insoumission. Une âpre dispute l'opposa à son père. Au fond, Takeo comprenait le point de vue de son fils, et sa déception de se voir dénier jusqu'à sa qualité même de citoyen. Mais signer le serment permettait de récupérer ses droits. On lui donnait une chance de prouver sa loyauté, et de quitter le camp. Le serment apportait un espoir de liberté, et il devait l'approuver, au lieu de se laisser emporter par le sentiment qu'il faut forcément répondre à la trahison par la trahison.

— Je ne me sens plus américain, papa ! hurla Ken, furieux. Je ne me sens pas japonais non plus. Je ne sais plus ce que je suis.

— Tu n'as pas le choix, Ken. Je te comprends.

Je respecte ton chagrin. Mais je te supplie de signer. Il le faut, mon fils, sinon tu iras en prison.

La discussion traînait en longueur. Au bout de deux jours, à court d'arguments, Ken baissa les bras. Il ne voulait pas causer d'ennuis à sa famille. Dans chaque réfractaire, les officiers voyaient un élément dangereux. Ken signa le formulaire, à contrecœur, pour faire plaisir à son père. Il était grand temps. Le lendemain, les «partisans du non» furent envoyés sous haute surveillance, dans des camps séparés.

Tak avait poussé un soupir de soulagement quand son fils avait enfin cédé, même si cela l'engageait en même temps à risquer sa vie pour l'Amérique. Car cela voulait dire aussi qu'on lui rendrait sa nationalité, et que l'on ne mettrait plus en doute sa loyauté. La tension qui régnait depuis plusieurs jours dans la maison se relâcha. Hiroko retourna au dispensaire, le cœur plus léger. Elle aussi avait signé le serment, en tant qu'étrangère, car cela lui permettait de prouver sa loyauté vis-à-vis des Etats-Unis.

Une nouvelle vague de grippe avait frappé, tous les lits étaient occupés. Une épidémie de rubéole succéda à la grippe. Vers la fin de la semaine, l'équipe des infirmières dut veiller les malades toute la nuit. L'épuisement n'avait pas entamé la volonté d'Hiroko d'aider les malades jusqu'au bout. Elle avait pourtant entamé son neuvième mois de grossesse. Dans une quinzaine de jours, elle serait obligée d'arrêter de travailler.

Le club des tricoteuses lui avait remis le trousseau du bébé. Petits ensembles, chaussons, bonnets, layette, tout était prêt. Tami ne cachait plus son excitation et même Sally s'était radoucie. Mais Hiroko avait d'autres soucis en tête. Cette nuit-là, elle soignait deux hommes âgés et une femme atteints de rubéole. Une myriade de taches rouges constellaient leur visage, des quintes de toux les secouaient, ils grelottaient de fièvre. Elle savait qu'elle avait eu la rubéole petite, et ne craignait donc pas d'être contaminée.

— Comment vont-ils ? demanda Reiko à mi-voix, en pénétrant dans la pièce.

Hiroko lui sourit. Elle avait un don inné d'infirmière. D'instinct, elle accomplissait les gestes nécessaires pour soulager la douleur. Elle avait été de garde toute la journée mais ne montrait aucun signe de fatigue. Un peu plus tôt, Reiko l'avait incitée à rentrer. Elle avait refusé.

— Leur état est stationnaire, répondit-elle en appliquant une compresse froide sur le front brûlant d'un patient.

— Et toi ? comment te sens-tu ?

Elle était debout depuis des heures. Au cours de l'après-midi, Reiko avait remarqué qu'à deux ou trois reprises elle s'était frotté les reins. Maintenant, la pendule murale indiquait minuit. Les yeux brillants, Hiroko débordait d'énergie. Reiko se hâta vers la salle d'opération rudimentaire où un chirurgien s'efforçait d'enrayer une hémorragie provoquée par une perforation intestinale.

Il était deux heures du matin lorsque Reiko revint. Hiroko ne tenait plus sur ses jambes. Les malades s'étaient endormis, et elle aidait une autre infirmière à changer le pansement d'un petit garçon atteint de brûlures au deuxième degré. Il avait joué avec des allumettes et son matelas avait pris feu. Il hurlait tandis qu'Hiroko le tenait dans ses bras. Elle réprima un tressaillement, comme si les souffrances de l'enfant l'affectaient physiquement. Lorsque tout fut terminé, elle s'appuya lourdement sur une table. Soudain, Reiko sut que le travail avait commencé.

— Tu vas bien ? demanda-t-elle.

De nouveau, Hiroko tressaillit.

— Oui. J'ai seulement mal au dos.

Ce disant, elle grimaça de douleur. Un sourire étira les lèvres de Reiko. On était le 1er mars. Le bébé n'allait plus tarder.

— Assieds-toi quelques minutes, suggéra-t-elle.

La façon dont Hiroko s'affala sur la chaise ne laissait aucun doute. Les contractions se succédaient. Reiko lui offrit une tasse de thé chaud, et elles se mirent à bavarder doucement, dans la lumière diffuse de la veilleuse. Dehors, le froid enveloppait le camp de son linceul glacial. De temps à autre, un courant d'air glacé s'engouffrait dans le baraquement qui tenait lieu d'infirmerie. Les deux femmes continuèrent leur conversation. Les infirmières de garde entraient et sortaient, et au fil des heures, Hiroko pâlit, jusqu'à devenir toute blanche. Elle avait les traits tirés, nota Reiko, qui lui demanda :

— As-tu très mal ?

Cette fois-ci, elle acquiesça, les yeux brillants de larmes. Elle avait vaillamment combattu les tiraillements qui l'avaient tourmentée tout l'après-midi. Mais soudain, une terreur sans nom l'envahit. La douleur s'amplifiait jusqu'à devenir intolérable. Elle agrippa la main de Reiko, le souffle court. Personne ne l'avait préparée au supplice qu'elle endurait. Deux infirmières apparurent à ce moment-là. Reiko leur annonça qu'Hiroko était en train d'accoucher.

— En voilà, une bonne nouvelle, s'exclama Sandra, la plus âgée de l'équipe, une nisei rondelette et souriante, ancienne collègue de Reiko à l'hôpital de Stanford. Ça nous changera de la rubéole, ajouta-t-elle joyeusement.

Les yeux écarquillés, Hiroko les observait, ne sachant à quoi s'en tenir. Elle ressemblait à une petite fille effrayée.

— Ça va aller, la rassura Sandra d'une voix douce.

Quoi de plus normal que d'avoir peur d'accoucher ? Hiroko n'avait que dix-neuf ans, et c'était son premier enfant. Les deux infirmières essayèrent de la rassurer et de la détendre. Aidées de Reiko, elles l'emmenèrent dans la petite pièce isolée du reste de l'infirmerie par des couvertures élimées suspendues à des tringles, et servant de salle de travail. L'une d'elles alla prévenir le médecin de garde.

C'était le même docteur qui l'avait ranimée lorsqu'elle s'était évanouie. Il arriva aussitôt. Hiroko ne réussit pas à répondre à son sourire chaleureux. Il lui demanda à quelle heure les contractions avaient commencé. Elle finit par confier qu'elle avait ressenti les premières crampes le matin même, avant l'aube. Vingt-quatre heures s'étaient écoulées depuis et, maintenant, elle souffrait atrocement. Une douleur plus violente encore que les précédentes la traversa. Les infirmières l'aidèrent à se déshabiller et à s'allonger sur la table d'examen. Reiko lui tenait la main, pendant que le médecin soulevait le drap rugueux qui la couvrait. Honteuse, Hiroko ferma les yeux. Personne ne l'avait examinée d'aussi près, personne, à part Peter, n'avait jamais touché cette partie de son corps.

— Tout va bien, dit Reiko.

Sandra lui prit l'autre main. Le docteur redressa la tête, d'un air satisfait. La dilatation se poursuivait normalement, il pouvait apercevoir les cheveux du bébé. D'une voix encourageante, il déclara que ça ne serait plus long. Mais en quittant la salle de travail, il fit signe à Reiko de le suivre. Hiroko serrait les dents. La contraction suivante fut terrible, mais aucun cri ne franchit ses lèvres. Elle ne se déshonorerait pas en manifestant bruyamment ses souffrances.

— Le bébé est trop gros, dit le médecin à Reiko, dans le couloir. Je ne veux pas prendre le risque d'une césarienne. Il faudra qu'elle pousse de toutes ses forces. Ça m'est égal si vous montez toutes sur son ventre, Rei, mais je tenterai l'impossible pour éviter l'intervention chirurgicale. C'est trop risqué, ici, pour elle et pour son bébé.

Reiko hocha la tête, au comble de l'angoisse. Hiroko n'avait pas encore avoué que Peter était le père de l'enfant. Mais si c'était le cas, et que le bébé tenait de lui, nul doute qu'il serait trop gros pour naître par les voies normales.

Elle regagna la salle de travail. L'une des infirmières l'incitait à respirer, puis à expirer régulièrement. Reiko reprit la main d'Hiroko, qui laissa échapper un cri, malgré sa volonté de garder le silence pour ne pas déranger les autres patients.

— Allez-y, l'encouragea Sandra. Ne vous retenez pas. S'ils n'aiment pas le bruit, ils n'ont qu'à changer d'hôpital.

Hiroko s'efforça de réprimer un gémissement, mais la douleur fut la plus forte. Hors d'haleine, elle s'accrocha à Reiko.

— Tante Rei, dit-elle d'une voix rauque, c'est horrible. N'y a-t-il pas de médicaments ? D'anti-douleurs ?

Elle ne survivrait pas, si ça continuait. Reiko ne répondit rien. Les rares anesthésiques dont ils disposaient étaient destinés aux opérations. De toute façon, elle ne pouvait rien lui donner sans l'ordre du médecin. Celui-ci vint souvent dans les heures qui suivirent. Il était quatre heures et demie du matin quand il donna à Hiroko l'ordre de pousser. Mais le bébé, trop gros, n'avança pas d'un millimètre. Serré dans son cocon de chair, il ne pouvait pas bouger.

— Allez, sors, petite tête de mule ! dit le docteur.

Il avait essayé de le tirer à l'aide de forceps, pendant que les trois infirmières maintenaient Hiroko par les épaules, sans succès. A six heures du matin, il n'y avait toujours aucune évolution. Le médecin échangea un regard entendu avec Reiko. Ses craintes s'avéraient fondées. Mais ils n'avaient aucun moyen d'aider la jeune patiente.

— Essayez, Hiroko, essayez encore une fois, disait Sandra. Allez, poussez, poussez aussi fort que vous le pouvez.

Il n'y avait rien à faire. Le vague souvenir de la naissance de Yuji, qui avait failli coûter la vie à leur mère, lui revint en mémoire. Mais ici, ils n'étaient pas à Kyōto. Il n'y avait pas d'hôpital. Il n'y avait que ce docteur et ces trois infirmières. Le médecin reprit les forceps en demandant à Sandra d'appuyer sur le ventre d'Hiroko, juste au-dessus du bébé. Ils allaient le forcer à sortir. Hiroko poussa un cri déchirant et le bébé bougea un peu en avant, sous les encouragements de l'assistance. Mais ce n'était pas suffisant. La douleur avait atteint son point culminant, et Hiroko sentait ses forces décliner.

— Encore ! ordonna le docteur en utilisant de nouveau les forceps, dans l'espoir de faciliter l'expulsion du bébé, tandis que Sandra et sa collègue appuyaient de toutes leurs forces sur le ventre d'Hiroko.

Celle-ci laissa échapper un nouveau cri, puis elle tourna vers sa tante un regard pitoyable.

— Non, non. Je ne peux pas... Non !

Un gouffre noir menaçait de l'engloutir. Elle luttait pour ne pas sombrer, mais c'était de plus en plus difficile. Le visage de Peter se matérialisa soudain devant ses yeux. Elle entendit ses promesses. Elle sut qu'elle devait se battre pour ne pas mourir, pour mettre au monde leur bébé. Peu importait ce qui lui arriverait. Mais elle n'avait pas le droit de faillir à sa parole. Avec un regain d'énergie, elle se remit à pousser, mais le bébé ne bougeait toujours pas. C'était sans espoir. Une heure plus tard, les pulsations de leurs deux cœurs commencèrent à ralentir. Le médecin se mordit les lèvres. Il n'avait plus le choix. Elle saignait abondamment. Si l'hémorragie continuait, elle en mourrait. Il décida d'essayer de sauver au moins la vie du bébé.

— Emmenez-la en salle d'opération, dit-il à Sandra d'un ton résigné. Elle n'y arrivera pas.

Hiroko agrippa sa main.

— Non !

Elle savait que Yuji était né par césarienne et que lui et sa mère avaient frôlé la mort. Son père le lui avait raconté, pour lui prouver combien les vieilles traditions peuvent parfois être dangereuses. Mais aujourd'hui, il n'y avait pas d'alternative. Si elle ne parvenait pas à accoucher par les voies naturelles, Hiroko succomberait à coup sûr. Et le bébé aussi... La jeune femme se remit à pousser, animée d'une ferveur nouvelle. Elle luttait avec l'énergie du désespoir. Le médecin s'était une fois de plus emparé des forceps. Il avait senti qu'Hiroko se battait pour sa vie et celle de son enfant, et il osa les introduire plus profondément. Les deux infirmières lui appuyaient sur le ventre, tandis qu'elle haletait, envahie par une atroce souffrance. L'espace d'une seconde, le médecin crut qu'ils avaient perdu la partie. Mais comme porté par les vagues incessantes de la douleur, le bébé commença à apparaître lentement. Un cri déchira la poitrine d'Hiroko, suivi presque aussitôt d'un faible vagissement, qui se mua en une sorte de plainte poignante. L'enfant avait le visage tout rouge sous le halo de ses cheveux bruns et soyeux, et ses yeux d'un bleu sombre étaient fendus en amande. A part ce trait vaguement japonais, c'était le portrait de son père. Hiroko regarda son fils, éreintée, incapable de croire qu'elle y était enfin arrivée.

— Oh… murmura-t-elle, émerveillée, d'une voix à peine audible.

Il était si beau, si parfait. Un gros bébé, exactement comme le médecin l'avait prévu. Ce dernier le posa sur une balance.

— Cinq kilos ! annonça-t-il, en regardant le petit bonhomme qui l'avait défié pendant des heures. (Puis en souriant à sa mère il ajouta :) Hiroko, vous êtes héroïque. C'est formidable !

Il jubilait. Une demi-heure plus tôt, il était certain qu'elle n'échapperait pas à la césarienne. A présent, il se félicitait qu'ils aient pu l'éviter. Dans l'état où elle se trouvait, ils seraient morts tous les deux. Mais le miracle avait eu lieu. Ils étaient sauvés, grâce au courage et à la volonté d'Hiroko…

Le soleil striait le ciel de rose pâle quand les infirmières firent la toilette de la jeune maman. Paisiblement allongée, elle tenait son bébé dans ses bras. Cela avait été une nuit terrible, une nuit effrayante, mais ils pouvaient enfin se reposer.

— Bravo, murmura Reiko, émue aux larmes. Ça a été tellement dur…

Mais elle avait triomphé de tous les périls. Décidément, Hiroko était hors du commun. A présent, elle regardait son enfant avec tendresse. Et elle murmura :

— Il ressemble à Peter, n'est-ce pas ?

Elle avait presque oublié la douleur qui, des heures durant, l'avait clouée sur son lit. Elle avait vécu un affreux cauchemar, et, au moment où elle avait cru apercevoir le spectre de la mort, son fils était né. Elle espérait que Peter le verrait. Oui, elle l'espérait du fond du cœur. C'était la première fois qu'elle prononçait le nom du père de son enfant.

— Il faut que tu le lui dises, dit Reiko, mais Hiroko secoua la tête.

— Je ne veux pas qu'il s'inquiète. Il l'apprendra quand il rentrera.

Elle avait longuement réfléchi à la question. Elle s'était souvent demandé s'il voudrait la revoir, et elle avait pris la décision de ne pas lui forcer la main. Il était libre de lui revenir s'il le désirait. Alors, il découvrirait qu'elle l'avait attendu, qu'elle avait tenu sa promesse. Elle regarda sa tante, qui se penchait sur elle. Tout à coup, elle eut envie de partager son secret avec elle.

— Un prêtre bouddhiste nous a mariés à Tanforan. Je ne l'ai dit à personne, craignant que Peter ait des ennuis.

Elle montra à Reiko le mince anneau d'or. Sa tante hocha la tête. Comment ne l'avait-elle jamais remarqué ?

— Tu es vraiment une cachottière, la taquina-t-elle.

Elle déposa un baiser sur la joue moite d'Hiroko, et l'exhorta à se reposer. Peu après la mère et l'enfant dormaient à poings fermés. Reiko rentra chez elle. Takeo se préparait à aller au lycée. Effarée, elle réalisa qu'il était neuf heures. La nuit s'était écoulée sans qu'elle s'en rende compte. Elle lui annonça la naissance du bébé et Takeo sourit.

— Je me suis demandé ce qui se passait. Mais je me suis dit que si ç'avait été grave, tu m'aurais prévenu. Comment va-t-elle ?

— Elle va bien maintenant. Nous avons tous eu peur pour elle, même le docteur. Le bébé pèse cinq kilos, tu te rends compte ? Oh, Tak, c'est un petit garçon magnifique... Il ressemble à Peter, ajouta-t-elle, en se disant qu'ils auraient tous les deux un chemin long et difficile à parcourir.

— Ah, je m'en doutais.

Un sourire éclaira les traits de Tak. Il le savait depuis le début. Un lien indestructible attachait Peter à Hiroko.

— Elle devrait le mettre au courant, reprit-il.

— Elle ne veut pas. Sous prétexte qu'il se ferait du souci.

Épuisée, Reiko s'était laissée tomber sur le divan.

— Mais il faut bien qu'il sache qu'il a un fils.

Ils échangèrent un sourire de connivence. Le même souvenir surgit en même temps dans leur esprit. La naissance de Ken. Puis celle de leurs filles. Dommage que Peter ne soit pas au côté d'Hiroko. Mais ce petit être qui avait ouvert les yeux sur un monde divisé était comme le présage d'un avenir meilleur.

— Ils se sont mariés secrètement, dit Reiko en retirant ses chaussures. Un prêtre bouddhiste a béni leur union à Tanforan. Elle porte une alliance depuis mai dernier et je ne l'avais même pas vue ! Décidément, je dois être aveugle.

— Ouvre l'œil et le bon, plaisanta-t-il en l'embrassant. J'irai lui rendre visite cet après-midi.

Il enfila son manteau. Les cours commençaient dans un quart d'heure. Sur le seuil de la porte, il se retourna, avec un sourire rayonnant. Ce bébé était une bénédiction.

— Félicitations, dit-il, avant de sortir rapidement.

Il y avait très longtemps qu'il ne s'était pas senti aussi heureux. Sa femme le suivit du regard, alors qu'il s'éloignait dans la rue. Elle aussi pensait au bébé d'Hiroko.

15

Hiroko resta au dispensaire pendant une semaine, avant de rentrer chez les Tanaka avec le bébé. Elle l'avait appelé Toyo, et il suffisait de le regarder pour en tomber amoureux. Même Ken passait des heures à le dorloter, et ne s'éclipsait qu'au moment du changement des couches. Tak, lui, en était littéralement gâteux. Entouré de son cercle d'adorateurs, le bébé était heureux comme un roi. Il ne pleurait jamais et dormait paisiblement dans les bras des uns et des autres, jusqu'à ce que la faim lui fasse réclamer sa mère.

Deux semaines après la naissance de Toyo, Hiroko reprit son travail au dispensaire. Elle emmena le bébé avec elle, attaché dans son dos à ''aide de l'obuhino, la large ceinture de tissu dont sa propre mère se servait pour la promener. Toyo s'endormit tandis qu'elle refaisait des bandages. Au début, elle évita un contact trop fréquent avec les malades, à cause du bébé. Toutes les infirmières en étaient folles. Beau et potelé, souriant et paisible comme un petit Bouddha, il passait le plus clair de son temps à dormir, quand il ne réclamait pas sa tétée. Dès qu'on le voyait, on se rendait compte qu'il n'avait pas que du sang japonais dans les veines.

Hiroko trouvait qu'il ressemblait de plus en plus à son père. Mais, fidèle à sa parole, elle écrivit à Peter sans mentionner l'existence de l'enfant.

L'armée envoya des recruteurs dans le camp. Beaucoup de jeunes signèrent l'engagement, sauf les réfractaires, qui prônaient toujours l'abandon de la nationalité américaine et allèrent jusqu'à proférer des menaces à l'encontre des garçons qui étaient enrôlés.

Ken leur annonça la nouvelle trois semaines après la naissance de Toyo. Un bref entretien dans le bâtiment administratif avait suffi. Il avait fêté ses dix-huit ans deux jours plus tôt. Il revint, brandissant un livret militaire.

— Comment ? s'exclama sa mère, incrédule. Je croyais que tu ne voulais pas défendre ce pays.

Elle était au bord des larmes. Elle aimait l'Amérique mais de là à lui sacrifier son fils… En fait, elle estimait qu'ils avaient déjà beaucoup donné.

— Je me suis engagé dans l'armée, répéta Ken.

Ses parents le regardaient, consternés. Ses anciens griefs, ses anciens discours étaient totalement oubliés. Ayant réglé son conflit intérieur, il avait retrouvé du même coup son ancienne fierté. Il allait quitter le camp, et en était enchanté.

— Pourquoi ne nous as-tu rien dit ? demanda Tak, blessé.

Après avoir tempêté contre le gouvernement des États-Unis, après avoir crié sa déception et sa colère, après avoir songé à renoncer à sa nationalité, son fils s'était engagé dans l'armée américaine sans même le consulter. C'était le seul chemin qui menait loin des camps, bien sûr. Et Ken n'en pouvait plus d'être enfermé… Ils étaient trois à avoir signé l'engagement cet après-midi et il savait qu'en ce moment même, ses deux amis étaient également en train de s'expliquer avec leurs parents… Des parents aussi peu préparés que Tak à ce qui venait de se produire…

Les jeunes engagés partirent dans la semaine. La dernière nuit de Ken dans sa famille fut poignante. Ils évoquèrent des souvenirs heureux en essayant de ne pas se laisser aller. Le lendemain, ils l'accompagnèrent jusqu'au camion militaire qui l'attendait, et Tak se mit à pleurer à chaudes larmes. Il avait du mal à croire que Ken s'en allait. D'un autre côté, il songeait avec allégresse qu'ainsi, au moins, il serait libre.

— Prends soin de toi, dit-il à son fils d'une voix étranglée. N'oublie pas combien nous t'aimons, maman et moi.

Ils l'embrassèrent. Leur loyauté vis-à-vis de la nation américaine ne faisait plus aucun doute. Ils étaient américains, ils offraient leur fils à leur pays. Et pourtant, ils le regardèrent s'éloigner depuis l'écran des barbelés…

— Je vous aime ! cria Ken avant de sauter dans le camion.

Sally et Tami pleuraient. Hiroko, qui tenait Toyo dans ses bras, tentait désespérément de cacher ses larmes. Elle avait dit au revoir à tant d'êtres chers, tant de fois ! Le camion démarra dans un nuage de poussière. Elle se mit à prier pour Ken et pour ses parents. Lorsqu'ils rentrèrent dans leur petit logis, Takeo se remit à pleurer. Il accrocha une étoile à la fenêtre, signe que son fils était parti. D'autres étoiles tremblotaient aux fenêtres voisines. Ils étaient tous dans le salon, à les contempler. Leurs vœux, leurs pensées allaient vers Kenji. Il est des heures étranges qui portent en elles le destin. Des heures de fierté, d'espoir et de terreur.

Ken leur donna de ses nouvelles peu après. Il se trouvait dans le Mississippi, au camp d'entraînement Shelby, en attendant de rejoindre la 442ᵉ unité de combat. Il s'agissait d'un régiment exclusivement composé de nisei, pour la plupart originaires de Hawaii. Bizarrement, bien que les îles hawaiiennes soient très près du Japon, il n'y avait eu là-bas aucun camp de transit. Les lettres de Ken étaient emplies d'une joyeuse excitation. Il était dehors! il était libre! A Honolulu, ils avaient été accueillis en fanfare, dans les somptueux jardins de Iolani Palace. Une cérémonie avait été organisée en leur honneur. Ses anciennes blessures d'amour-propre cicatrisées, Ken brûlait de se distinguer sur les champs de bataille. Il envoya à ses parents une photo sur laquelle on le voyait sourire, très séduisant dans son uniforme de l'armée américaine. Reiko la glissa dans un cadre qu'elle posa sur une petite table fabriquée par Tak et ce dernier la montra à tous leurs amis. «On dirait un petit autel», songea Hiroko. Du jour au lendemain, Ken était devenu l'absent dont on parle constamment.

Peter aussi écrivait, plus souvent qu'auparavant. Il était toujours en Afrique du Nord. Les Allemands aussi, malheureusement. Bien des passages étaient censurés, mais les phrases qui restaient décrivaient des combats féroces. Aux dernières nouvelles, qui dataient de juin, il allait bien, tout comme Ken.

En juillet, une épidémie de méningite frappa le camp. Des personnes âgées succombèrent. De nombreux enfants furent hospitalisés dans un état critique, leur mère à leur chevet, et beaucoup ne purent survivre. Le camp fut endeuillé par des dizaines de morts. Hiroko s'inquiétait pour son petit. A quatre mois, il faisait partie des victimes potentielles du fléau. Ce ne fut pourtant pas lui qui contracta la maladie mais Tami. Cette nuit-là, en allant se coucher, la petite fille semblait fiévreuse. Plus tard, en se levant pour donner le sein à Toyo, Hiroko entendit ses gémissements. Tami avait énormément de température, et elle se plaignait d'une raideur de la nuque. Le lendemain matin, elle délirait quand Tak la transporta au dispensaire où il la laissa avec Reiko.

Une course acharnée contre la mort s'engagea. Hiroko confiait son fils à Tak, avant d'aller relayer Reiko auprès de la petite malade. Parfois, Takeo venait passer la nuit au chevet de sa fille. Il changeait ses compresses, lui parlait ou lui chantait des comptines de sa petite enfance. Il était livide. Il avait toujours eu un faible pour Tami. S'il la perdait, il en mourrait, Reiko le savait.

Une nuit, Takeo, à bout de désespoir, se mit à sangloter.

— Ne la laisse pas mourir... s'il te plaît, Hiroko, fais quelque chose.

Elle l'entoura de ses bras.

— Elle est entre les mains de Dieu, Tak. Il s'occupera d'elle. Fais-lui confiance.

Mais il lui jeta un regard furieux.

— Comme il s'est occupé de nous, hein ? En les laissant nous enfermer dans des camps ?

Elle le regarda un instant, frappée par la violence de sa colère. Alors, il murmura d'une voix enrouée :

— Pardon. Je suis désolé.

Les jours suivants, l'état de Tami empira. Hiroko restait auprès d'elle chaque nuit. Elle rentrait juste pour nourrir Toyo, puis revenait relayer les parents de la petite fille.

— Allez vous reposer, disait-elle, je suis là.

Ils partaient comme des fantômes. Leur chagrin faisait peine à voir. Mais Hiroko se battait. Elle baignait fréquemment Tami pour faire baisser la fièvre et la forçait à boire. Un jeune infirmier, Tadashi, un transfuge de Tanforan, l'aidait de son mieux lui aussi. Il traînait la jambe et portait un appareil orthopédique. Enfant, il avait contracté la polio, mais cela ne l'empêchait pas de prodiguer des soins aux patients. Il paraissait infatigable. Diplômé de Berkeley, il avait été parmi les premiers à prêter le serment de fidélité. Mais à cause de sa jambe, il avait été réformé. Il faisait partie des rares jeunes, les réfractaires mis à part, qui étaient restés au camp. Les « partisans du non » avaient formé des groupes qui défilaient tous les jours au pas. Ils s'étaient inventé un uniforme, avaient imprimé un blason sur leur chemise et s'étaient rasé le crâne, à la manière des bonzes. Tadashi ne les fréquentait pas. Il se contentait d'exercer ses fonctions d'infirmier. C'était un musicien plein de talent et Hiroko avait joué avec lui dans l'orchestre symphonique. C'est là qu'ils avaient vraiment fait connaissance. Elle appréciait ses qualités humaines, et bizarrement, il lui rappelait son frère Yuji, peut-être à cause de son allure dégingandée et de son sourire éclatant et plein de chaleur. Elle savait par ouï-dire qu'il appartenait à une famille de notables de Tokyo. Il était kibei. Né aux Etats-Unis, il avait fait des études au Japon, avant de s'inscrire à Berkeley.

— Comment va Tami ? demanda-t-il une nuit.

La petite fille en était au huitième jour de la maladie. À cette étape, certains enfants étaient déjà morts, d'autres commençaient à aller mieux. Mais l'état de Tami ne s'améliorait pas. Et cette nuit-là, elle s'était remise à délirer, en proie à une forte fièvre. Tak et Reiko avaient quitté l'infirmerie en larmes.

— Je ne sais pas, murmura Hiroko, ne voulant pas admettre qu'ils étaient en train de la perdre.

Il lui tendit une tasse de thé avant de s'asseoir de l'autre côté du lit. Hiroko lui sourit. Avec son visage fin, il avait l'air d'un adolescent, bien qu'il fût son aîné de quatre ans.

— Comment va votre petit garçon ?

— Il va bien, Dieu merci.

Avec un soupir, elle se pencha de nouveau sur Tami.

Sally avait rendu visite à sa petite sœur à plusieurs reprises. Ses rapports avec Hiroko s'étaient singulièrement détériorés. Sally faisait montre à son égard d'une étrange inimitié. Et depuis la naissance de Toyo, cela ne s'était pas arrangé. Sally passait le plus clair de son temps avec les réfractaires, sans se soucier de l'opinion de ses parents. Un jour, Hiroko lui en avait fait la remarque, et comme d'habitude, sa cousine lui avait rétorqué qu'elle n'était pas sa mère et que cela ne la regardait pas. Elle avait seize ans à présent. Elle négligeait ses cours et refusait d'adhérer à un quelconque club de jeunes filles. Hiroko avait essayé de lui faire comprendre qu'elle était encore trop jeune pour sortir avec des garçons. Mais Sally lui avait vertement répondu qu'elle, au moins, n'avait pas été assez idiote pour se faire engrosser. A dater de ce jour, elles ne s'étaient pratiquement plus adressé la parole. Hiroko n'en éprouvait pas moins de tendresse à l'égard de sa jeune cousine. Elle la savait profondément malheureuse, et inquiète pour leur avenir. Elle avait peur que Takeo tombe malade. Et maintenant que Tami était entre la vie et la mort, sa peur s'était muée en panique. Tout ce à quoi Sally tenait semblait voué à disparaître. Même son frère était parti. Il ne lui restait plus personne à qui parler, et c'est pourquoi elle s'était attachée au groupe des « partisans du non ». D'une certaine manière, ils exprimaient sa propre révolte.

— Votre cousine n'a pas l'air commode, observa Tad, après que Sally eut quitté le dispensaire.

Hiroko lui adressa un sourire par-dessus sa tasse de thé.

— C'est l'âge ingrat, d'après ma tante, soupira-t-elle, les yeux fixés sur la forme immobile de Tami. Parfois, je pense que j'ai de la chance d'avoir un petit garçon.

Si on pouvait parler de chance ! pensa-t-elle en même temps. Tout le monde savait que son enfant était illégitime. Et eurasien de surcroît — il suffisait d'un simple regard pour savoir que le père de l'enfant était blanc.

Tandis qu'ils parlaient à mi-voix de leurs familles restées au Japon, Tami eut un sursaut, puis se mit à pleurer. Elle était brûlante. En désespoir de cause, ils décidèrent d'avertir ses parents. Tad partit les chercher.

Tak et Reiko arrivèrent peu après, hagards. Ils s'assirent près du lit et pendant les heures qui suivirent, ils regardèrent Tami sombrer peu à peu dans l'inconscience. Au petit matin, la fièvre était tombée. C'était un miracle. Il n'y avait aucune explication. Elle avait été malade plus longtemps que n'importe quel autre patient et elle avait survécu. Agenouillé à son côté, son père l'embrassait en pleurant. Son cœur débordait de reconnaissance. La tragédie ne les avait pas frappés. Ils avaient été épargnés. Il semblait si épuisé qu'Hiroko le raccompagna chez lui, laissant Reiko au chevet de Tami. Une fois arrivée, elle aida son oncle à se coucher. Le bébé remuait dans son berceau. Quelque chose n'allait pas... Sally l'avait gardé toute la journée, mais maintenant il avait l'air bizarre. Sa petite joue brûla la paume d'Hiroko et lorsqu'elle voulut lui donner le sein, il refusa de téter. Lui d'habitude si tranquille se mit à pleurer bruyamment. Chaque fois qu'elle le bougeait, il poussait un cri de douleur. Elle demanda à Sally depuis quand il était dans cet état. L'adolescente haussa les épaules. Il allait bien la veille au soir, répondit-elle.

— En es-tu sûre ?

A vrai dire, Sally n'en savait trop rien. Toyo s'était endormi et elle n'avait pas vraiment fait attention à lui. Hiroko se retint pour ne pas la gifler. Elle prit son fils dans ses bras et repartit en courant vers le dispensaire. Toyo n'avait que quatre mois. S'il était contaminé, il avait peu de chances de survivre.

Le diagnostic du médecin tomba comme un couperet, confirmant ses pires craintes. Méningite. Ils l'isolèrent des autres malades, comme ils l'avaient fait pour Tami. La fièvre montait. Il pleurait sans relâche. Sous les doigts d'Hiroko, sa nuque était raide, comme tout son corps. Une fois de plus, il refusa le sein maternel. Hiroko le prit dans ses bras. Des larmes mouillaient ses joues. Pour la énième fois, elle se demanda si elle aurait dû avertir Peter qu'il avait un fils. Peut-être était-ce trop tard, maintenant. L'idée qu'elle pourrait perdre son bébé l'emplit d'une sombre terreur.

Reiko vint près d'elle, nuit après nuit. Tami allait beaucoup mieux. Elle avait recommencé à se nourrir normalement. Dans quelques jours, elle rentrerait à la maison. Mais Toyo, lui, dépérissait. Pas un instant, Hiroko ne quitta son chevet. Elle ne laissa personne d'autre qu'elle le toucher. Elle couchait par terre, sur une natte, près du petit lit blanc.

— Tu ne peux pas continuer comme ça. Il faut que tu ailles te reposer un peu à la maison, lui disait doucement Reiko.

En vain, Sandra, l'infirmière qui avait participé à la naissance de Toyo, lui conseillait la même chose. Mais personne ne put convaincre Hiroko d'abandonner son bébé, ne serait-ce qu'une minute.

Le docteur passait plusieurs fois par jour. Hélas, rien ne pouvait changer le cours du destin, ni enrayer la maladie. Il ne restait plus que l'attente.

Tadashi passait la voir de temps en temps, dans

la petite pièce close. Il lui apportait de l'eau ou du thé, parfois un fruit. Une fois, il lui tendit une fleur mais c'est à peine si elle la remarqua. Elle était anéantie de chagrin. Elle savait qu'elle ne survivrait pas un seul jour à son fils. Ses pensées allaient vers Peter et parfois, elle lui parlait silencieusement, comme s'il avait été présent à son côté.

— Comment va-t-il ? demanda Tadashi un après-midi.

Dehors, le camp somnolait dans la chaleur poussiéreuse de l'été. Tule Lake avait été officiellement nommé «camp de ségrégation». Six mille «réguliers» partiraient le mois suivant dans d'autres camps et seraient remplacés par neuf mille «irréguliers» et autres «éléments dangereux», ce qui voulait dire que l'endroit serait plus surpeuplé que jamais. Les gardes avaient d'ailleurs commencé à prendre des mesures de sécurité supplémentaires, destinées aux arrivants. Bientôt, des soldats remplacèrent les gardes sur les miradors. Les clôtures de barbelés furent renforcées et des tanks firent leur apparition dans la plaine. S'ils avaient encore une illusion de liberté, les prisonniers de Tule Lake la perdirent ce jour-là. Mais Hiroko s'en moquait. Elle n'entendait rien, ne voyait rien, rien que son bébé malade.

— Je crois qu'il va de plus en plus mal, répondit-elle d'une voix désespérée.

Tadashi lui tendit une pomme qu'elle refusa. Elle avait perdu l'appétit. Elle ne s'alimentait que pour allaiter son enfant, quand celui-ci acceptait de se nourrir, ce qui n'arrivait pas souvent.

— Ça ira mieux demain, dit Tadashi.

Sa main se posa un instant sur l'épaule d'Hiroko. Il s'éclipsa ensuite et elle resta seule, dans la petite cellule où l'on isolait les cas graves. Peu après, Tad repassa la tête par le rideau entrebâillé. Il ne voulait pas la déranger, mais avait scrupule à la laisser seule. Il avait une sœur de l'âge d'Hiroko. Elle était morte deux mois plus tôt, des suites d'une fausse couche. Elle lui manquait terriblement, et ce drame l'avait rapproché d'Hiroko.

Il s'assit près d'elle en silence. Une étrange agitation s'était emparée de Toyo. C'était le plus adorable petit garçon qu'il ait jamais vu. Alors qu'ils le regardaient, sa respiration devint de plus en plus difficile. On aurait dit que l'air ne pénétrait plus dans ses poumons. Il se mit à suffoquer, et ses lèvres virèrent lentement au bleu. Impuissants, ils ne pouvaient qu'assister à son agonie. Le dispensaire ne disposait pas de masques à oxygène. Hiroko souleva son enfant, tandis que Tadashi lui épongeait le front avec un linge humide. Il avait perdu du poids et il était devenu léger comme une plume dans les bras de sa mère.

Soudain, il cessa de respirer. Un air de surprise passa sur son petit visage, puis il devint tout mou, comme une poupée de chiffon. Hiroko le regardait, effarée, mais avant qu'elle n'ait le temps de réagir, Tadashi attrapa le bébé, l'allongea sur la natte et commença à lui masser le cœur. Le visage de Toyo était bleu. En se penchant sur lui, le jeune infirmier commença à lui insuffler doucement de l'air par la bouche. Il aspirait, puis expirait méthodiquement à sa place. Agenouillée près d'eux, Hiroko sanglotait sans retenue. Soudain, le bébé émit un son suivi d'un cri, puis d'un gargouillis. Il s'était remis à respirer. Tadashi apporta une bassine d'eau fraîche et ils le baignèrent alors que Toyo les regardait avec étonnement. Au matin, la fièvre était tombée. De nouveau, Hiroko pleura. Elle était livide.

— Comment vous remercier ? murmura-t-elle en japonais, les yeux pleins de gratitude. Vous avez sauvé mon bébé.

— Dieu l'a sauvé, Hiroko. Je n'ai fait que lui apporter mon aide. Comme vous. Nous ne sommes que des êtres humains. (Mais sans lui, Toyo serait mort.) Vous devriez aller vous reposer, maintenant. Je vais rester près de lui.

Comme d'habitude, elle refusa et Tad dut s'incliner. Il était de garde à cinq heures, cet après-midi-là. Lorsqu'il revint avec Reiko, Hiroko n'avait pas bougé. Le bébé, plus rose que jamais, souriait à sa mère.

— Vous avez fait un miracle, dit-elle, avec un sourire fatigué.

Ses cheveux étaient collés à son front. Il faisait chaud dans la petite pièce, et elle s'éventait avec un mouchoir, mais ses yeux brillaient d'un éclat singulier.

— Il faut vous reposer, répondit-il d'un ton sévère. Sinon c'est vous qui allez tomber malade.

Il était sincère. Depuis qu'ils s'étaient occupés de Tami, ils étaient devenus amis. Parfois, il se donnait des airs protecteurs qui amusaient Hiroko. La petite fille allait tout à fait bien maintenant. Hiroko ne l'avait pas revue. Elle n'avait pas quitté son fils un seul instant.

Lorsque Tad repassa, plus tard dans la nuit, Hiroko avait une mine épouvantable et était d'une nervosité inhabituelle. Alarmé, le jeune infirmier alla trouver Reiko.

— Elle est épuisée. Il faut que vous la rameniez chez vous avant qu'elle ne tombe d'inanition.

— Comment voulez-vous que je m'y prenne? répondit Reiko. Elle ne laissera pas son bébé.

Un cas de polio s'était déclaré de bon matin et ils avaient isolé le petit malade dans un autre bâtiment. Une épidémie de poliomyélite pouvait dévaster le camp à la vitesse de l'éclair.

— Vous êtes sa tante. Elle vous écoutera, insista-t-il.

Reiko secoua la tête.

— Vous connaissez Hiroko. C'est une vraie tête de mule.

— Je sais. Ma sœur était comme elle, dit-il avec tristesse.

Elles avaient de nombreux traits de caractère en commun.

— J'essaierai de la convaincre, lui promit Reiko.

Ensemble, ils pénétrèrent dans la chambrette de Toyo. Hiroko, en nage, s'éventait toujours avec son mouchoir. Elle avait déboutonné son chemisier. Ses lèvres remuaient. Elle semblait converser avec un être invisible. «Elle parle à Peter», se dit Reiko, affolée. En les voyant, Hiroko leur posa un flot de questions en japonais. Elle les prenait pour ses parents et leur demandait des nouvelles de Yuji. Reiko quitta la pièce en courant à la recherche du médecin. Tad répondit calmement à Hiroko en japonais, tandis qu'elle se redressait, belle et confuse. Elle se répandit en excuses, en anglais cette fois-ci, et lui demanda pardon de lui avoir caché la naissance du bébé. Elle s'approcha de lui. Ses jambes flageolèrent. Il eut juste le temps de l'attraper, tandis qu'elle s'affaissait. Elle avait perdu connaissance. Le médecin arriva, suivi de Reiko. Ils trouvèrent Tadashi en train de la bercer dans ses bras. Le docteur l'examina brièvement.

— Elle a la méningite, dit-il.

Cette fois-ci, il n'y aurait peut-être pas de miracle. Toyo fut placé dans une autre pièce et manifesta bruyamment son mécontentement. Mais de jour en jour, il recouvrait la santé, tandis que l'état de sa mère empirait. Finalement, elle glissa de l'inconscience dans un coma profond. On eut beau lui administrer tous les médicaments disponibles, elle ne revint pas à elle. Passé une semaine, le docteur confia à Reiko que c'était sans espoir. Une autre semaine s'écoula. Hiroko gisait toujours sur le lit étroit, inanimée, consumée par la fièvre. Cela ne durerait plus longtemps maintenant. Chaque fois que le médecin passait la voir, il s'étonnait presque qu'elle soit encore en vie. Tadashi était désespéré, et même Sally laissa éclater sa peine. Elle regrettait amèrement leurs querelles, et les choses horribles qu'elle lui avait lancées à la figure. Tami semblait si bouleversée que Reiko craignit une rechute. Seul le bébé continuait à babiller, inconscient de la maladie de sa mère.

Hiroko semblait sur le point de mourir. Elle avait tellement maigri qu'elle en était transparente. La fièvre avait émacié sa petite figure blême. C'est à peine si l'on devinait son corps sous le drap blanc. Tad passait des heures à son chevet, sans négliger pour autant ses devoirs au dispensaire. Il la connaissait depuis peu de temps mais il ne voulait pas qu'elle meure comme sa sœur.

— Hiroko, je vous en prie, murmurait-il parfois, quand il était sûr que personne ne l'entendait. Restez en vie. Faites-le pour Toyo.

Il n'osait ajouter « et pour moi », ç'aurait été présomptueux. Enfin, une nuit, comme si elle avait entendu ses supplications, elle tressaillit. Ses lèvres livides prononcèrent le nom de Peter, et elle se mit à pleurer. Elle délirait.

— C'était si dur… si dur… répétait-elle sans relâche… je n'y suis pas arrivée… pardon… pardon… je ne sais pas où il est maintenant.

Tad lui prit la main. Il avait compris le sens de ses paroles.

— Votre bébé va bien. Il est guéri. Il a besoin de vous. Nous avons tous besoin de vous, Hiroko.

Il se retint pour ne pas ajouter « surtout moi ». Il

l'avait aimée dès le premier instant, peut-être à cause de sa ressemblance avec sa sœur. Ou parce qu'ils avaient connu tous les deux les mêmes situations, les mêmes désillusions, qui pouvait le dire ? Tad nageait en pleine confusion. Il en avait assez d'être de garde au dispensaire, assez de vivre derrière des barbelés, dans un pays qu'il considérait comme le sien. Il aurait rejoint l'armée depuis long-temps, sans son problème à la jambe... Hiroko n'avait pas non plus mérité d'être dans ce camp. A ses yeux, elle représentait un rayon d'espoir dans les ténèbres. Et voilà qu'il risquait de la perdre...

— Hiroko, chuchota-t-il. Hiroko...

Mais aucun son ne franchit les lèvres décolorées de la jeune femme. Le lendemain, elle allait encore plus mal. Tout espoir était perdu. Les médecins ne s'étaient pas trompés. Hiroko était à l'agonie.

Ce soir-là, Reiko et Tak arrivèrent, suivis d'un prêtre bouddhiste. En le voyant, Tadashi crut qu'elle était morte, et des larmes jaillirent de ses yeux. Mais Reiko lui toucha gentiment la main.

— Non, pas encore, murmura-t-elle.

Lorsqu'ils sortirent, il pénétra à son tour dans la chambrette. Il avait l'intention de lui faire ses adieux. Il avait sauvé son bébé mais il ne pouvait plus rien pour elle et il le savait. Il s'agenouilla près du lit. Les yeux d'Hiroko, grands ouverts, ressemblaient à deux lacs sombres, mais elle ne bougeait pas. Elle n'était déjà plus là.

— Je suis désolé que ça vous arrive à vous, commença-t-il. Je voudrais tant que vous restiez avec nous. Vous êtes notre rayon de soleil, vous savez.

Il lui caressa la main. Elle lui manquait déjà. Il était là depuis longtemps, comme prostré, quand elle battit des paupières.

— Peter ?

Elle ne l'avait pas reconnu.

294

— Il n'est pas là, Hiroko.

Les paupières de la jeune femme se fermèrent. Tadashi agrippa son bras, comme pour la retenir. Et si elle mourait maintenant ? Si c'était la dernière fois ?

— Hiroko, attendez.

Elle rouvrit les yeux.

— Où est Peter ? demanda-t-elle d'une voix plus forte.

— Je ne sais pas. Mais nous, nous sommes là. Et nous voulons que vous restiez parmi nous.

Elle le regarda plus attentivement, presque agacée, comme s'il interrompait une méditation importante.

— Où est Toyo ? demanda-t-elle doucement, peu après.

— Il est à côté. Voulez-vous le voir ?

Elle acquiesça d'un léger mouvement de la tête. Tadashi se rua hors de la pièce. L'une des infirmières lui demanda où il allait, et quand il le lui dit, elle pensa qu'il avait perdu l'esprit. Cela paraissait fou. Mais après tout, le bébé était maintenant immunisé contre la méningite.

Hiroko somnolait lorsqu'il revint. Il la secoua gentiment. Toyo se mit à gazouiller, tandis qu'il le mettait à sa hauteur pour qu'elle puisse le voir. Elle rouvrit alors les yeux. Il posa le bébé à côté d'elle. Celui-ci reconnut immédiatement sa mère, et il manifesta sa joie par de petits cris d'allégresse. Son visage reposait tout près de celui d'Hiroko, qui se tourna vers lui.

— Toyo, murmura-t-elle, les yeux emplis de larmes, Toyo… (De nouveau, son regard se leva sur Tadashi.) Il va bien ?

— Oui. A vous de guérir maintenant.

Un faible sourire éclaira les traits d'Hiroko. Ses

doigts enlacèrent délicatement le petit poing de Toyo, qu'elle porta tout doucement à ses lèvres.

— Je t'aime, dit-elle au bébé.

Tadashi retint son souffle. Il aurait voulu que cette déclaration s'adresse à lui, mais c'était trop demander.

Lorsque les infirmières vinrent chercher le bébé, Hiroko était réveillée et bavardait tranquillement avec Tadashi. Il resta près d'elle toute la nuit. Le lendemain matin, elle était encore très faible mais elle n'avait plus de fièvre. Cela avait été comme un long voyage pendant lequel ils avaient évoqué mille choses. Ses parents, son frère, le Japon, son oncle, sa tante, la Californie, et même Saint Andrew. Mais pas Peter. Il se leva pour partir, certain à présent qu'elle vivrait.

— Vous allez finir par avoir une réputation de faiseur de miracles, Tadashi, le taquina Sandra.

Plus tard dans la journée, Reiko le remercia avec chaleur.

Il y avait eu trois miracles dans leur famille. Trois malades avaient survécu à la terrible épidémie qui dévastait le camp… Une semaine après avoir repris conscience, Hiroko était assise dans son lit, son bébé entre les bras. En la regardant, Reiko essuya furtivement une larme. Le temps des miracles était révolu, mais Hiroko n'en savait rien encore. Peu après, Takeo vint la voir. Il en avait discuté avec Reiko toute la nuit et ils en avaient conclu qu'il était inutile de lui cacher la vérité plus longtemps. C'était arrivé deux mois et demi plus tôt, et il était grand temps qu'elle l'apprenne.

Les nouvelles leur étaient parvenues dans d'étranges circonstances. Pendant qu'Hiroko était malade, Takeo avait reçu une lettre d'un diplomate espagnol. Ils avaient fait connaissance des années plus tôt, quand don Alfonso, qui avait pris une année sabbatique, était venu diriger un stage à Stanford. Il connaissait également le père d'Hiroko, qu'il avait autrefois rencontré à Kyoto. Masao avait réussi à lui expédier un message dans lequel il lui annonçait que son fils Yuji avait été tué en Nouvelle-Guinée, en mai. Il le priait d'essayer d'en informer Hiroko et les Tanaka.

Hiroko regarda son oncle, interdite. Une infirmière emporta le bébé, et elle se blottit dans les bras de Tak en sanglotant. Yuji! Yuji qu'elle chérissait si tendrement était mort! Quand il était petit, elle l'appelait «mon bébé». C'était comme si elle avait perdu Toyo. Tandis qu'elle donnait libre cours à son désespoir, son oncle lui rappela doucement qu'elle avait un fils.

Elle pleura toute la journée. Elle paraissait inconsolable. Tadashi vint lui présenter ses condoléances. Il la comprenait. Il avait cru que la terre s'était arrêtée de tourner quand il avait perdu sa sœur.

— Je n'arrive pas à imaginer que je ne le reverrai plus, s'écria-t-elle, tandis que Toyo dormait paisiblement à côté d'elle. Qu'il ne sera pas là quand je rentrerai à la maison.

— J'ai éprouvé le même chagrin quand Mary est morte, dit-il. Son mari s'est engagé peu après. Il était fou de chagrin de l'avoir perdue, ainsi que leur bébé. Ils s'étaient mariés peu de temps avant l'évacuation.

Le monde n'était plus qu'un désert semé de cimetières. Ils avaient vécu tant de séparations, tant de deuils! Peter et Ken se battaient quelque part en Europe. Et il fallait survivre, survivre envers et contre tout, malgré les épidémies et les malheurs. Malgré la guerre...

— Le pire, c'est que nous n'avons pas le choix, dit Tadashi, exprimant tout haut ce qu'ils pensaient tous silencieusement.

Pas le choix ? songea alors Hiroko. Si, peut-être. Elle pouvait repartir. Ou rester.

Elle pensa à ses parents. Qui s'occuperait d'eux maintenant ? Leur fils était mort. Ils n'avaient plus qu'elle. Pour la première fois depuis que les autorités le lui avaient proposé, elle songea à rentrer au Japon. Mais lorsqu'elle s'en ouvrit à Tadashi, il secoua la tête d'un air choqué. Lui n'aurait jamais pris ce risque en pleine guerre, répondit-il.

— Mais le Japon est mon pays, rappela Hiroko. Et je dois aider mes parents. Je ne peux pas les laisser là-bas tout seuls.

— Et votre oncle ? et votre tante ?

— Ils n'ont pas besoin de moi. Alors que mes parents…

— Je ne crois pas qu'aller mourir dans un bombardement au Japon aiderait vraiment vos parents. Ni votre fils.

Il s'efforçait de la dissuader de partir.

— Je vais y réfléchir, dit-elle.

Il retourna travailler en priant pour qu'elle ne parte pas. Il y avait tant de prières, tant de vœux à formuler. Et il était si difficile de se rappeler quelle vie ils menaient avant que soit instauré le règne de la trahison, du deuil et de la peur.

16

Durant l'été, les incidents se multiplièrent au camp de Tule Lake. Les anciens « partisans du non », qui avaient refusé de prêter le serment de fidélité à la nation américaine en février, formèrent l'« Organisation des jeunes pour la défense de la mère patrie ». Des troubles ne tardèrent pas à éclater. Le nouveau groupe lança plusieurs opérations d'intimidation contre les garçons qui avaient atteint l'âge du service militaire. Des bandes de voyous traînaient la nuit, couvrant les gens d'injures, terrorisant les autres prisonniers. Le mot *inu*, chien, désignait à présent les signataires du serment. Des chiens, qui ne méritaient pas de vivre pour rejoindre l'armée. Ils organisèrent des grèves, et incitèrent les jeunes à l'insurrection. Ils firent des adeptes. Un bon nombre de ceux qui s'étaient sentis reniés par les Etats-Unis refusaient maintenant de servir de chair à canon.

La situation se détériorait rapidement. Des scènes de violence avaient lieu tous les soirs dans les rues. Les réfractaires cherchaient noise aux « traîtres », prompts à coopérer avec l'administration. Bientôt, des bastonnades s'ajoutèrent aux injures.

Des manifestations faillirent dégénérer en émeutes.

La tension montait. L'attitude des réfractaires confortait l'opinion publique pour qui les Japonais n'étaient bons qu'à enfermer dans des camps. Les journaux, qui s'étaient emparés du sujet, publiaient régulièrement des éditoriaux enflammés, alimentant la campagne de dénigrement et de médisances. Au fil des jours, l'opposition entre les factions ne fit que croître. La haine des « réguliers » pour les réfractaires se déchaîna. Les bagarres culminèrent en septembre, lorsque neuf mille dissidents d'autres camps arrivèrent à Tule Lake. Six mille pacifistes furent obligés de déménager. Les familles qui avaient survécu à Tanforan devaient une fois encore être divisées. Certains décidèrent de ne pas bouger, de ne pas quitter leurs amis, leurs proches, parfois leurs frères et sœurs, et ce refus d'obéir ajouta à la confusion générale.

Le camp était bondé. Les Tanaka redoutaient un nouveau transfert. Ils avaient fini par s'attacher à leur petite maison. Ils s'étaient fait de nouveaux amis, et avaient des emplois décents, Reiko au dispensaire, Takeo à l'école. Par chance, l'administration les oublia. Mais la majorité de leurs voisins reçut l'ordre de partir, et leur vie ne fut plus qu'une longue succession d'adieux.

Dès l'arrivée des dissidents, le camp fut rebaptisé « centre de ségrégation ». Les autorités souhaitaient rassembler les individus jugés dangereux dans un même lieu, dans le but de mieux les surveiller. A présent, la population du camp dépassait de trois mille le nombre de personnes qu'il pouvait contenir. Plus de huit mille personnes s'entassaient dans les logements délabrés. Et la situation ne cessait d'empirer. La promiscuité n'arrangeait rien. Il fallait faire la queue pendant des heures pour la moindre chose. La nourriture et les médicaments vinrent à manquer. Et bien sûr, la tension n'en fut que plus forte.

Un an s'était écoulé depuis qu'on les avait évacués, mais personne n'eut la moindre envie de commémorer ce triste anniversaire. Ils avaient l'impression de s'enfoncer dans un tunnel noir dont ils ne voyaient pas le bout, malgré les nouvelles rassurantes du front. En juillet, Mussolini fut destitué. L'Italie capitula sans conditions. Mais les Allemands résistaient toujours. Peter se battait maintenant en Italie, où les Alliés remontaient lentement la péninsule, acculant peu à peu les armées hitlériennes. Chaque ville, chaque village étaient le théâtre de combats acharnés.

En août, les Américains firent exploser l'avion de l'amiral Yamamoto, celui qui avait organisé l'attaque de Pearl Harbor. Une lourde perte pour le Japon. Les prisonniers de Tule Lake fêtèrent l'événement, relaté dans le journal local, comme une victoire. Mais leurs applaudissements ne persuadèrent pas les autorités de leur loyauté. En vérité, les Japonais d'Amérique ne comptaient pas beaucoup de sympathisants parmi les membres du gouvernement fédéral. Seuls le secrétaire du ministère de l'Intérieur Harold Ickes et le procureur général Francis Biddle s'étaient officiellement élevés contre les camps d'internement, qu'ils avaient qualifiés de « scandaleux ». Aucune autre voix n'avait parlé en faveur de la libération des prisonniers.

Au fil du temps, les problèmes grandissaient à Tule Lake. Les mauvaises conditions de vie, les divergences d'opinions entre les différentes factions chauffaient les esprits.

En octobre, les grèves recommencèrent. Les réfractaires s'efforçaient de convaincre leurs compagnons de cesser toute activité et de boycotter la coopération avec l'administration. Peu à peu, ils obtinrent gain de cause car il était difficile, voire dangereux, de leur désobéir.

En novembre, des troupes débarquèrent, l'arme au poing, et forcèrent les grévistes à retourner au travail. Entre-temps, des manifestations avaient eu lieu. Cinq mille personnes avaient défilé pour crier leur mécontentement. Quelques administrateurs avaient essayé de s'interposer, sans succès. Le médecin-chef du dispensaire, un Blanc, avait interdit à son personnel de se mettre en grève. Les habituelles épidémies faisaient des ravages et il avait trop besoin de tout le monde. Les manifestants avaient pris d'assaut le dispensaire et l'avaient presque battu à mort. Ses assistants, tous des Japonais, avaient vainement tenté de l'arracher à leurs mains, au péril de leur propre vie. Cet incident relança la campagne anti-japonaise dans la presse. Le 13 novembre, les militaires proclamèrent la loi martiale à Tule Lake. Le camp resta figé dans un silence mortel.

Les soldats instaurèrent le couvre-feu et procédèrent à de nombreuses arrestations. Il fallait coûte que coûte éliminer les insoumis, c'est-à-dire tous ceux qui paraissaient suspects d'une manière ou d'une autre. Une nouvelle grève générale paralysa le camp. Les détenus les plus âgés n'osaient plus sortir. Entre les soldats et les dissidents en surnombre, on ne savait pas sur qui on pouvait tomber. La plupart des prisonniers rendaient les réfractaires responsables de leurs malheurs. Eux avaient prêté serment, leurs fils s'étaient engagés dans l'armée de terre, la marine ou l'aviation, comme en témoignaient les étoiles suspendues presque à chaque fenêtre, et beaucoup étaient déjà tombés au champ d'honneur. Ils considéraient qu'ils avaient fait leur devoir de citoyens et voilà qu'à cause de ces jeunes vauriens qui brandissaient l'étendard de la révolte, leur vie était de nouveau devenue un enfer.

A Thanksgiving, le manque de nourriture acheva

d'exaspérer les détenus. Le torchon brûlait entre pacifistes et insoumis et de nouvelles bagarres éclatèrent. Pendant plusieurs jours, le camp fut au bord de la guerre civile.

Mais graduellement, à partir de décembre, le brasier commença à s'éteindre. Les victimes des manifestations et des affrontements occupaient encore presque tous les lits du dispensaire. Tadashi, Hiroko et leurs collègues avaient été épouvantablement secoués par les incidents sanglants qui avaient failli coûter la vie à leur patron. Ce jour-là, Tadashi eut la bonne idée de cacher Hiroko et une autre infirmière dans un placard dont il avait fermé la porte à clé. Elles avaient passé plusieurs heures dans leur cachette avant d'être libérées. Grâce à Tadashi, elles n'avaient pas eu une égratignure. Celui-ci aurait tué quiconque aurait levé la main sur Hiroko.

Cette nuit-là, il avait dû se battre. Il avait bataillé avec un ami de Sally, un garçon du nom de Jiro, que les Tanaka ne portaient pas dans leur cœur. Il avait dix-huit ans et venait d'une famille respectable, mais depuis l'évacuation, il avait subi l'influence de mauvaises fréquentations. De nationalité américaine, il avait refusé de signer le serment de fidélité et s'était fait le porte-parole des réfractaires. Au grand dam de Takeo, il avait pris l'habitude de venir parader devant la fenêtre de Sally avec ses copains. Ces inutiles déploiements de force déplaisaient souverainement à Tak. Il avait interdit à sa fille de le revoir. Les parents de Jiro, que les Tanaka aimaient bien, avaient reconnu qu'ils n'avaient plus aucune autorité sur leur fils. Mais Sally continuait de le rencontrer. Il l'impressionnait par son intelligence et ses discours enflammés. Elle était fière de lui, surtout lorsqu'il insultait les pacifistes, qu'il qualifiait de lâches, de renégats et de chiens. Et elle semblait subjuguée par ses airs de petit voyou.

— Il est brillant, maman. Et il a raison, avait-elle lancé un jour à sa mère, sur un ton de défi.

Cela lui avait valu une gifle.

— Je ne veux plus t'entendre débiter ces âneries ! l'avait avertie Reiko, folle de rage. Ton frère se bat pour toi, pour nous tous, y compris ton fameux Jiro. Nous sommes *américains*, alors que ce garçon et ses semblables se comportent comme des traîtres.

C'était net et clair. Mais cela n'avait pas suffi à décourager Sally. Elle n'était pas amoureuse de lui, mais il lui plaisait. Et cela l'excitait de contrarier ses parents.

Cette nuit-là, il avait participé à l'attaque du dispensaire. Il avait traité Tadashi de chien, son insulte favorite, mais connaissant l'amitié qui liait le jeune infirmier aux Tanaka, il s'était arrêté là. Il s'était défoulé sur les instruments de chirurgie, les draps et les couvertures. Il avait cassé, écrasé, déchiqueté. Hiroko, qui l'avait vu à l'œuvre, avait tout raconté à sa cousine. Mais Sally n'avait rien voulu entendre.

— Jiro n'est pas un casseur. Il est trop intelligent pour ça, avait-elle dit, prenant aussitôt sa défense.

Elle n'avait plus rien de commun avec la gentille jeune fille qu'Hiroko avait connue. En grandissant, Sally devenait de plus en plus insupportable. Elle choisissait ses amis parmi la racaille, et était devenue une source constante d'inquiétude, surtout pour sa mère. D'autant qu'elle n'était pas à prendre avec des pincettes. L'ambiance des camps n'est pas idéale pour former le caractère des jeunes filles, soupirait Reiko, surtout celui de Tule Lake, plein de jeunes voyous. Les plus dangereux avaient été mis à l'écart, dans des zones de haute surveillance, mais il en restait encore beaucoup qui cherchaient à exercer leur pouvoir sur des adolescents de l'âge de Sally. Ils distillaient leurs thèses comme un poison subtil et expliquaient, avec de grandes phrases, comment l'Amérique les avait reniés, comment elle s'était servie d'eux... Le pire, c'est que ces derniers temps, Sally semblait adhérer à leurs idées.

Reiko fit part de ses inquiétudes à Tak. Les deux époux en discutèrent longuement sans trouver de solution. Trop de problèmes annexes les accaparaient : problèmes de santé, de vivres, de sécurité. Et toujours la peur de l'avenir.

Son travail au dispensaire empêchait Hiroko de trop penser à Peter. Ses patients et Toyo remplissaient ses journées. C'était un emploi à plein temps. Avant Thanksgiving, elle s'était remise à faire des heures supplémentaires. Toyo, qui avait maintenant neuf mois, et qu'elle appelait son «adorable petite terreur», venait tout juste de commencer à marcher.

Tadashi venait souvent les voir dans leur chambre, quand elle était de garde. Il apportait toujours un petit cadeau à Toyo. Sa gentillesse, surtout avec les enfants, lui avait valu l'amitié de tous ses collègues. Quand il était petit, ses camarades de classe se moquaient de sa jambe malade. Au Japon, les infirmités passent pour des malédictions. Sa propre expérience l'avait rendu plus sensible aux malheurs de ses semblables. Mais la tristesse de son enfance ne lui avait pas ôté le sens de l'humour. Hiroko et les autres le taquinaient souvent à propos de ce qu'ils appelaient l'«affaire du placard».

— Oui, je suppose que j'aurais dû jeter la clé, souriait-il en soulevant Toyo en l'air.

Malgré les séquelles de la polio, c'était un jeune homme fort et sain... Et séduisant, ajoutait invariablement Reiko à l'intention de sa nièce, qui souriait.

— Ah, oui ? Je ne l'ai pas remarqué. Nous sommes seulement bons amis.

Rien ne pourrait ébranler sa fidélité envers Peter et mettre en cause leur mariage bouddhiste. En revanche, Tak et Reiko commençaient à voir en

Tadashi un fiancé potentiel pour elle. C'était un beau parti, après tout. Un kibei, né aux Etats-Unis et éduqué au Japon. Quelqu'un de leur culture, de leur race, qui de surcroît parlait parfaitement le japonais. En un mot, leur semblable. Non seulement la loi qualifiait les mariages mixtes d'illégaux, dit un jour Takeo, mais les enfants issus de telles unions subissaient toutes sortes d'ennuis, parfois très graves.

— C'est vrai ? demanda Hiroko, en le regardant d'un air choqué. Tu crois que Toyo sera en danger quand son père reviendra ? Se peut-il que notre amour soit dangereux pour notre enfant ?

— Non, pas votre amour, répondit-il tristement, mais les préjugés, les idées reçues qui nous ont conduits ici. Les autres ! Ceux qui pensent que nous sommes différents, déloyaux, voire perfides. Et ceux-là ne changeront jamais d'avis. Un jour, ils feront du mal à ton fils, comme ils t'ont fait du mal à toi. Il n'échappera pas à la vindicte… Écoute, Hiroko, tu serais plus heureuse avec un homme de ta race, quelqu'un qui t'accepte comme tu es, et qui accepte Toyo.

Elle se contenta de le regarder, horrifiée. Le pessimisme et la désillusion avaient peu à peu envahi la vision du monde de Takeo. Et à présent, il pensait qu'elle avait tort d'attendre Peter. Seulement elle n'aimait pas Tadashi. Elle n'aimait, ne voulait personne d'autre que Peter.

Tadashi l'avait questionnée à plusieurs reprises sur ses projets pour « après ». Et elle avait toujours répondu avec une grande prudence, en lui laissant entendre que, de toute façon, elle était prise.

Un jour, elle lui avait confié qu'elle voulait s'établir au Japon. Qu'après la mort de Yuji, elle se sentait des devoirs vis-à-vis de ses parents. Aujourd'hui, il était impossible de rentrer, mais après la guerre, elle envisageait sérieusement d'y retourner.

L'anniversaire de Pearl Harbor vint et passa, dans une ambiance morose, sans actes de violence, ce qui était déjà bon signe. Cette année-là, les autorités du camp levèrent la loi martiale aux alentours de Noël. L'heure du couvre-feu fut retardée pour que les prisonniers puissent se rendre au bal annuel. Aussitôt, une animation sans précédent remplaça la morosité. Le programme des festivités prévoyait une pièce de kabuki, ainsi qu'un spectacle de marionnettes bunraku, où Tadashi accompagna Hiroko, avec Toyo et Tami. Cette année aussi, Tad et Hiroko jouèrent ensemble dans l'orchestre symphonique... Sally, elle, ne participa à aucune fête, et il fut impossible de la tirer de son apathie.

— Je me fiche pas mal de Noël, rétorqua-t-elle à Hiroko, quand celle-ci l'invita à sortir. De toute façon, tu as Tadashi. Il est fou de toi. Pourquoi ne l'épouses-tu pas ?

— Ce n'est pas ton affaire, répondit Hiroko froidement.

Elle en avait assez des sautes d'humeur de sa cousine. Sally prenait un malin plaisir à se montrer odieuse. Elle se disputait avec sa mère, avec Tami, mais c'était à Hiroko qu'elle réservait ses flèches les plus acérées. Seul Takeo trouvait grâce à ses yeux. Il était son idole et Sally l'adorait.

— Laisse-la donc, soupira Reiko.

Le petit groupe quitta la maison sans Sally. Ils passèrent une excellente soirée, chantant *Douce Nuit, Le Premier Noël* et d'autres chants dans l'air glacial des montagnes. A Tule Lake, les étés étaient chauds et poussiéreux, et les hivers sibériens.

Tadashi les raccompagna, et il s'attarda dans le salon. Sally, assise sur une chaise, le regardait, tandis qu'il bavardait avec ses parents et Hiroko. Elle se glissa doucement hors de la pièce, mais personne ne parut le remarquer. Encore moins Tadashi ! Évidemment ! Il était trop occupé à rire avec Hiroko à propos du bal du dispensaire. A un moment, l'orchestre avait joué *Don't Fence Me In* [1] mais les soldats qui surveillaient les festivités n'avaient pas bronché. Ensuite les musiciens avaient enchaîné sur des mélodies de Glenn Miller.

Tadashi, gêné par sa mauvaise jambe, n'avait dansé qu'une seule fois avec Hiroko. Mais elle avait eu d'autres cavaliers : son oncle Tak, et l'un des médecins du camp. Il y avait beaucoup de célibataires sur place, et la plupart trouvaient Hiroko à leur goût. Elle les avait tous découragés et ils avaient vite compris qu'il était inutile d'essayer d'obtenir un rendez-vous avec la jolie infirmière.

Quand Tad prit congé de Takeo et de Reiko, Hiroko le raccompagna jusqu'au perron. Dans le froid glacial, ils évoquèrent brièvement les Noël précédents, et ceux, plus heureux, d'autrefois. Tadashi avait apporté un petit sapin qu'il avait coupé lui-même, ils l'avaient décoré de guirlandes qu'ils avaient fabriquées mais il était moins beau que les grands arbres tout illuminés des Noël des temps heureux.

— Un jour, nous fêterons Noël comme avant, dit Tadashi avec un sourire.

Il avait l'air de le croire.

Hiroko hocha la tête d'un air vague. Elle avait du mal à imaginer comment ils célébreraient Noël dans un an… Il y avait trois ans qu'elle n'avait pas vu ses parents, son frère était mort, Ken était parti et elle n'avait pas eu de nouvelles de Peter depuis fin novembre. L'absence de lettres l'effrayait. Dans

1. Ne m'enferme pas dans la cage. Célèbre chanson de cowboys. (N.d.T.)

l'attente d'une missive qui n'arrivait pas, elle se perdait en conjectures. Etait-il toujours au combat ? Avait-il été blessé ? Ou pire encore ? Les mauvaises nouvelles finissent toujours par arriver...

— Bonne nuit, dit Tadashi, en exhalant dans l'air glacé un nuage qui resta un instant suspendu autour de son visage. Joyeux Noël. A demain.

Lorsque, le lendemain soir, ils se retrouvèrent au dispensaire, il lui tendit un petit paquet. Il contenait un minuscule cadenas orné du monogramme d'Hiroko, qu'il avait lui-même sculpté sur du bois. Le cadenas était accroché au bout d'une chaîne en or que sa grand-mère avait réussi à cacher dans l'ourlet de sa robe.

— Oh, Tad, c'est magnifique.

Elle lui donna son cadeau ; une écharpe qu'elle avait tricotée, enveloppée dans du papier carmin. Il la passa immédiatement autour de son cou, un large sourire sur les lèvres, en disant que le rouge était sa couleur préférée, et en feignant de ne pas en avoir remarqué les défauts.

— Je n'ai pas gagné le prix du club du tricot, s'excusa-t-elle.

Ensuite, ils n'eurent plus le temps de se parler. Après le travail, il la raccompagna jusqu'à la maison où il lui souhaita de nouveau un joyeux Noël. Hiroko, songeuse, pénétra dans le petit salon. Elle alla embrasser Toyo, qui dormait dans son berceau. Tad était un gentil garçon. Elle l'aimait bien. Mais elle ne l'encouragerait pas. Cela ne serait pas honnête. Elle se coucha, certaine qu'il comprendrait. Peter vint hanter ses songes, puis elle rêva de Ken et crut apercevoir Yuji dans le lointain.

— Où as-tu trouvé *ça* ? demanda Sally le lendemain matin, en montrant le cadenas sculpté à ses initiales.

— C'est un cadeau de Tadashi.

Elle sourit à Sally. Hiroko lui avait tricoté un pull qu'elle avait assorti à des gants. Les cadeaux de Noël à Tule Lake revêtaient une signification particulière. Mais le visage de Sally se rembrunit et elle fit un commentaire déplaisant sur les «filles qui papillonnaient d'homme en homme».

— Que veux-tu dire ? demanda Hiroko, blessée par ses insinuations.

— Tu as très bien compris !

— Mais pas toi, apparemment. Je ne «papillonne» pas, comme tu dis. Tadashi est un ami. Ça ne va pas plus loin.

— Vraiment ?

Sally sortit en claquant la porte, tandis que Hiroko poussait un soupir excédé. Sa cousine dépassait les bornes. Plus tard, quand Tadashi leur rendit visite, c'est à peine si elle le salua. C'était le lendemain de Noël. Il leur apporta une aquarelle peinte par sa mère, qui représentait un coucher de soleil sur des montagnes.

— On dirait que Sally est de bonne humeur, murmura-t-il en plaisantant, et Hiroko haussa les épaules.

— J'ai failli la gifler ce matin.

— Vous auriez dû. Ça la changerait.

Hiroko rit, après quoi ils partirent faire un tour. Lorsqu'ils eurent quitté la maison, Reiko haussa les sourcils.

— Ça y est ! dit-elle à Takeo d'un air entendu. Les promenades d'Hiroko ne te rappellent rien ?

Il sourit.

— Oh, si… Mais elle est assez grande pour savoir ce qu'elle fait. Et de plus, c'est un brave garçon. Je le lui disais l'autre jour, mais elle n'a rien voulu entendre. Tadashi est un parti autrement plus raisonnable pour elle que Peter.

— Qu'est-ce qui te fait dire ça ?

Il lui répéta les arguments qu'il avait déjà donnés à Hiroko et Reiko secoua la tête.

— Tu as sans doute raison, Tak. Mais elle aime toujours Peter.

— Peut-être aimera-t-elle Tad aussi, répondit-il d'une voix pragmatique. Il est si gentil avec Toyo…

Elle avait vingt et un ans et un petit garçon sur les bras. Il était grand temps qu'elle se marie. Les parents de Tadashi ne s'opposeraient pas à une telle union. Reiko avait rencontré la mère du jeune homme, qui s'était répandue en compliments sur Hiroko. Elle était en train de le raconter à Takeo, quand Sally traversa la pièce. Elle alla s'enfermer dans la chambre du fond, dont elle claqua violemment la porte.

— Mais qu'est-ce qu'elle a ? s'étonna Takeo.

Pourvu qu'elle n'ait pas revu Jiro, pensa-t-il, puis il se rappela que le jeune voyou avait été transféré dans un camp de haute sécurité la semaine précédente, et que Sally lui avait dit qu'il avait une petite amie. Mais alors ? Pourquoi avait-elle été d'une humeur exécrable toute la semaine ? Et pourquoi n'avait-elle pas cessé de chercher noise à sa cousine ?

— Elle a seize ans, c'est ça, son problème, répondit Reiko.

Presque dix-sept. Un camp d'internement ne réunissait pas précisément les conditions idéales pour passer de l'enfance à l'adolescence. Malgré des efforts pour leur rendre l'existence supportable, les jeunes ici étaient privés de tous ces divertissements si agréables dont bénéficiaient les Blancs du même âge. Il n'y avait pas de bals de promotion où les filles se rendaient dans leur plus belle robe, ni de boutiques, ni de salles de cinéma, ni de matches de football, ni même une seule école ordinaire. Ici, c'était une prison. Le froid, la poussière, les barbelés, le manque de nourriture…

— Eh bien, si elle continue, je l'envoie dans un pensionnat! conclut Tak, retrouvant son sens de l'humour pour la première fois depuis très longtemps.

Les fêtes le mettaient toujours de bonne humeur. Il alla jusqu'à inviter Reiko au bal du réveillon du Nouvel An, et tous deux adorèrent la musique.

La veille du Nouvel An, Hiroko était de garde. Elle faisait équipe avec Tadashi. A minuit, ils étaient penchés sur un enfant qui toussait affreusement, quand Tadashi formula silencieusement, par-dessus la tête du petit malade, les mots «bonne année». Plus tard, quand l'enfant fut endormi, ils éclatèrent de rire.

— Voilà un réveillon qui mérite qu'on se souvienne de lui! s'exclama Tadashi. Vous pourrez le raconter à nos enfants.

Le rire d'Hiroko s'éteignit. Une lueur anxieuse passa dans son regard. Ils étaient seuls dans le bureau des infirmiers, où ils s'étaient préparé du café.

— Ne dites pas ça, Tad.

— Pourquoi pas? (Il s'était tu jusqu'alors, de crainte de la froisser. Mais ce soir, il avait décidé de tenter sa chance.) On ne peut pas vivre sans espoir. Vous êtes le mien… Vous êtes à moi, Hiroko.

Enfin, il l'avait dit. Il ne regrettait rien. Il était sincère.

— Je ne suis pas à vous, répondit-elle avec une sincérité égale à la sienne. Vous êtes un merveilleux ami, Tad, mais je n'ai rien d'autre à vous offrir. J'appartiens à quelqu'un d'autre.

— Vous êtes toujours amoureuse de lui?

Ni l'un ni l'autre n'avaient prononcé le prénom de Peter.

— Oui. Toujours.

Elle était sans nouvelles depuis six semaines maintenant.

— Et si vous découvrez que les choses ont changé quand il reviendra ? Cela arrive quand on est très jeune.

Il supposait que Peter devait avoir une vingtaine d'années.

— Je ne crois pas que ça arrivera.

— Oh, Hiroko, vous n'avez même pas vingt et un ans. Pensez à tout ce que vous avez vécu en si peu de temps. Vous débarquez dans ce pays et, cinq mois plus tard, c'est la guerre. Vous quittez l'école, votre oncle est ruiné, et vous vous retrouvez dans un camp. Et de plus, vous avez un enfant. Quel tourbillon, hein ? (Il ajouta alors une phrase qu'elle ressentit comme une injure :) Si vous étiez si sûre de lui, pourquoi ne l'avez-vous pas épousé avant de concevoir Toyo ?

— Parce que… (Elle s'interrompit. Elle n'avait pas à se justifier, mais tout compte fait, elle lui devait bien une explication. Tadashi lui avait sauvé la vie, ainsi que celle de son enfant.)… Parce que je ne voulais pas me marier sans le consentement de mon père. Et quand la guerre a éclaté, il était trop tard. Je ne me voyais pas l'épousant dans un autre Etat. Puis tout s'est passé si vite… Il ne sait pas pour Toyo, acheva-t-elle après une pause.

Il eut l'air choqué.

— Comment ? Vous ne lui avez rien dit ? Pourquoi ?

S'il avait été le père de l'enfant, il aurait voulu savoir.

— Pour ne pas lui forcer la main. Je souhaite qu'il me revienne librement, s'il en a envie.

— Ah. Vous n'êtes donc pas sûre qu'il en ait envie ?

Secrètement, il se félicita.

— La seule chose dont je suis sûre, c'est que je l'aime.

— Il a de la chance ! dit-il en la regardant. (Oui, ce type avait une sacrée chance et il ne le savait même pas.) Peut-être ne mérite-t-il pas votre amour.

— Il le mérite.

Elle paraissait convaincue. Tadashi lui prit la main.

— Je vous aime, murmura-t-il. Je vous ai aimée dès que je vous ai vue.

C'était un aveu trop direct mais il n'avait pas trouvé d'autres mots.

— Je suis désolée, répondit-elle en secouant la tête. Je vous aime bien, Tad, je vous considère comme mon meilleur ami. Mais je ne suis pas libre.

— Et s'il n'existait pas ?

Il s'était retenu pour ne pas ajouter : « S'il ne revenait pas », mais elle avait deviné ses pensées.

— Je ne sais pas.

Elle chérissait Tadashi comme un frère.

— Je peux attendre. On a toute la vie devant nous… et pas ici, j'espère.

Il lui sourit, réprimant une furieuse envie de l'embrasser. Il n'avait pas le droit d'essayer. Elle l'aurait repoussé, il le savait.

— Cela ne serait pas juste, Tad. Je ne peux pas vous demander une chose pareille. Je ne suis pas libre, répéta-t-elle.

— Moi non plus, je ne vous demande rien, offrit-il généreusement. J'ai confiance en ma bonne étoile.

Il avait noté avec plaisir qu'elle portait son pendentif autour du cou.

Cette nuit-là, il la raccompagna à pied jusque chez elle. Ils se sentaient à l'aise. Ils avaient mis les choses au point. Il était amoureux d'elle, elle avait de l'affection pour lui, rien ne pressait. Ne plus se voir en dehors du dispensaire les auraient privés d'une relation amicale à laquelle tous deux tenaient énormément. Devant la maison, oubliant ses bonnes résolutions, il se pencha vers elle et déposa sur ses lèvres un léger baiser. Il recula presque aussitôt, et ils échangèrent un regard entendu. Cela ne portait pas à conséquence. Elle lui souhaita une bonne nuit et disparut à l'intérieur.

Lorsqu'elle se leva, le lendemain matin, Takeo se tenait sur le seuil. Un soldat était en train de lui parler, et il l'écoutait en hochant la tête. Le soldat s'éloigna mais au lieu de rentrer, son oncle demeura immobile. Sa tante, qui avait assisté à la scène, sortit à son tour.

— Qu'y a-t-il ? demanda-t-elle. (Elle n'avait pas mis de manteau et frissonnait dans le froid. Puis, comme Takeo la regardait d'un air bizarre, comme s'il ne la reconnaissait pas :) Tak, mon chéri, qu'est-ce qui ne va pas ?

— Ken a été tué en Italie, dit-il d'une voix blanche. Il a d'abord été porté disparu, mais ils ont retrouvé son corps. Il est mort, ajouta-t-il, tandis qu'elle le dévisageait, horrifiée. Ken. Oui, Ken. Ken est mort.

Il répétait doucement le nom de son fils, comme une litanie. Hiroko accourut. Elle et sa tante essayèrent en vain de ramener Takeo à l'intérieur. Il s'était mis à annoncer la nouvelle aux gens qui le regardaient de leur fenêtre. Plus pâle qu'une morte, Reiko ne parvenait même pas à pleurer. Le choc, la peur que son mari n'ait sombré dans la folie l'avaient privée de toutes ses larmes.

— Tak, viens. Rentrons. Il fait très froid. Viens, mon chéri.

Elle avait la gorge épouvantablement serrée, mais elle ne pouvait se permettre de s'effondrer, tant que Takeo était dans cet état. Aidée par Hiroko, Reiko l'entraîna tout doucement vers le petit salon où elle le fit asseoir sur une chaise.

— Ken est mort, dit-il une fois de plus.

On était le 1er janvier 1944.

Sally entra à ce moment-là dans la pièce.

— *Quoi ?*

Son hurlement fit accourir Tami qui tenait Toyo dans ses bras. Le cauchemar s'était abattu sur eux et il n'y avait pas moyen de revenir en arrière. Sally poussait des cris hystériques, tandis que Reiko enlaçait Tak, toujours étrangement calme. Tami fondit en larmes à son tour et Toyo se joignit à ses pleurs sans trop savoir pourquoi.

Hiroko réussit à emmener les enfants dans la chambre du fond. Sally se mit à pleurer dans ses bras et Tami, assise de l'autre côté du lit, lui serra la main. Hiroko savait ce qu'elles ressentaient. Ce vide affreux, ce déchirement, ce désespoir, elle les avait éprouvés l'été précédent, quand Yuji était mort. Et maintenant, c'était le tour de Ken. Ils avaient tous payé un lourd tribut à la guerre. Le monstre hideux avait dévoré des millions de jeunes et de moins jeunes. D'autres hommes, dans le camp, portaient le deuil de leurs fils. On les voyait parfois longer la rue, tête basse, voûtés, comme s'ils avaient honte. Ils n'avaient pas de raison de se sentir coupables et pourtant, ils se rendaient responsables du malheur qui avait frappé leurs familles… Lorsque Hiroko retourna au salon, Tak avait recouvré ses esprits et sanglotait comme un enfant dans les bras de sa femme. Son aîné, son fils bien-aimé, leur bébé était mort. Et la petite table sur laquelle trônait sa photo ressemblait plus que jamais à un autel dédié à un héros.

Hiroko resta à la maison pour s'occuper de Toyo et des filles pendant que Tak et Reiko se rendaient au temple pour demander un service funèbre. Le corps ne leur serait pas rendu. Ils ne pourraient ni toucher ni embrasser la dépouille de leur enfant. Il n'y aurait pas de cercueil, pas de tombe où se recueillir. Il n'y aurait que des souvenirs et la certitude qu'ils avaient accompli leur devoir de citoyens vis-à-vis du pays qu'ils adoraient et qui les avait trahis.

Tak avait l'air d'un vieillard à son retour du temple. Il avait du mal à respirer, notèrent Hiroko et Reiko.

Le service funèbre à la mémoire de Kenji Jirohei Tanaka eut lieu le lendemain. Il était mort dans sa dix-huitième année. Il avait sacrifié sa vie et sa jeunesse pour la liberté. Tadashi assista à la cérémonie, assis entre Tami et Sally. Celle-ci paraissait anéantie. Quand les prières furent terminées, elle s'accrocha à son père, inconsolable. Takeo avait l'air plus mort que vivant. Il n'aurait jamais pu quitter le temple sans l'aide de Tad et de Reiko. Ils durent le mettre au lit. Hiroko et Reiko, enlacées, pleurèrent longuement à son chevet.

Le lendemain, une lettre de Peter arriva enfin ! Un rayon de soleil dans la nuit noire. Il écrivait d'Arezzo. Il était vivant ! Hiroko glissa le feuillet dans sa poche. Elle se garda d'en parler à Takeo. Il n'aurait pas supporté que d'autres aient survécu aux combats qui avaient coûté la vie à son fils. Il pleura toute la journée. La perte de Ken était pour lui l'ultime coup du sort, celui qui le brisait. Il n'était pas le seul dans ce cas. Le camp était peuplé de pères en deuil. D'hommes qui avaient tout perdu, fils, emploi, maison. La plupart n'arrivaient pas à s'adapter aux événements. D'une certaine manière, ils ne pouvaient plus faire face.

Reiko pleurait son fils secrètement. Devant Tak, elle s'efforçait de cacher sa douleur. Elle demanda un congé d'une semaine. Hiroko la remplaça au dispensaire. Quinze jours plus tard, Takeo émergea de sa torpeur. Il n'allait pas bien, cela sautait aux yeux. Il avait terriblement vieilli. Hiroko se rendit compte qu'il avait les cheveux tout blancs maintenant.

Les autorités levèrent définitivement la loi martiale à la mi-janvier. Les non-extrémistes constituèrent un comité appelé la «Société patriotique nippone», qui prit le contrôle de la situation et mit fin aux grèves. Les réfractaires avaient perdu la partie.

Une période de paix suivit. Mais Sally se remit à faire des siennes, sans doute en réaction à la maladie de son père. Tami pleurait pour un rien. Toyo, qui faisait ses dents, était devenu grognon. Il avait dix mois et demi, et commençait à prononcer de petits mots d'enfant, mais cela n'avait pas l'air d'amuser Tak. Rien ne semblait l'intéresser, en dehors de son chagrin.

Cet après-midi-là, Hiroko dut laisser Toyo avec Tak à la maison. D'habitude, Sally s'occupait du petit garçon, mais elle était en retard. Takeo n'était plus retourné à l'école. Le directeur ne l'avait pas remplacé. Il n'avait pas perdu l'espoir de le revoir un jour parmi les professeurs. Mais pour le moment, c'était hors de question. Takeo ne songeait plus qu'à Ken. Il se rendait tous les jours au temple et allumait des cierges devant sa photo. «Finalement, ça ne lui fera pas de mal de surveiller Toyo», se dit Hiroko en poussant la porte.

— Sally sera là d'une minute à l'autre, Tak, lui rappela-t-elle avant de sortir.

Elle longea la rue de terre battue en direction du dispensaire et rencontra Sally, qui revenait du lycée. Elle lui dit que son père était seul à la maison avec Toyo.

— Je me dépêche, répondit Sally, conciliante pour une fois.

Elle aurait fait n'importe quoi pour son père.

318

Au dispensaire, Reiko était penchée sur une pile de dossiers. En voyant Hiroko, elle demanda d'une voix anxieuse :

— Comment va-t-il ?

Que dire ? Du moins, il avait accepté de garder le petit. C'était peut-être bon signe.

— Je lui ai confié le bébé. J'ai vu Sally dans la rue et je lui ai dit qu'ils l'attendaient.

Comme elle l'avait promis, Sally était rentrée immédiatement. Elle avait poussé la porte et était entrée dans la pièce. Son père était assis sur une chaise, Toyo sur ses genoux. Il lui avait donné un bouchon que le petit garçon mâchonnait avec délice. Tak s'était assoupi. Sally prit le bébé, puis en se penchant, elle voulut embrasser son père sur le front. Sa tête tomba en arrière. Il avait les yeux clos, les traits livides. Prenant Toyo dans ses bras, Sally s'élança vers le dispensaire.

— C'est papa ! souffla-t-elle en pénétrant dans le bureau des infirmières et en remettant Toyo à Hiroko, qui le confia aussitôt à Tadashi. Il est malade.

Mais non, pas malade, son cœur le savait. Mais son esprit se refusait à l'admettre.

Hiroko et Reiko s'élancèrent vers la maison, talonnées par Sally. Tadashi avec Toyo les suivait. Il avait couvert l'enfant de son manteau. Quand ils arrivèrent à la maison, Reiko essaya de ranimer son mari, mais trop tard. Son cœur avait cessé de battre, comme son esprit avait cessé de fonctionner le jour où il avait appris la mort de son garçon. La vie l'avait cassé. Il s'était éteint, semblable à la flamme d'une bougie soufflée par le vent.

— Oh, Tak, murmura Reiko, en s'agenouillant près de lui. Tak, non, s'il te plaît, ne me quitte pas.

C'était trop injuste. Elle serait si seule et abandonnée sans lui. Surtout après avoir perdu Ken. Elle n'avait plus aucune raison de vivre, se dit-elle, puis elle pensa à Sally et à Tami. Elle ne pouvait pas s'accorder le luxe de mourir. Elle allait devoir continuer pour elles. Elle avait quarante ans, et elle était veuve. Le visage dans les mains, elle se mit à pleurer son époux bien-aimé, qu'elle avait perdu à jamais.

Hiroko l'aida à se relever, sous le regard halluciné de Sally.

— Papa... papa...

Tad remit Toyo à sa mère, puis attira gentiment Sally dans ses bras, et la jeune fille se mit à verser toutes les larmes de son corps.

Hiroko passa un manteau à Toyo, puis sortit sur le seuil pour attendre Tami. Celle-ci ne tarderait pas à rentrer de l'école. Hiroko ferma silencieusement la porte sur la scène poignante qui se déroulait dans le salon. Dès que la petite fille apparut au coin de la rue, elle alla au-devant d'elle. Elle lui annonça la nouvelle aussi doucement qu'elle le put.

Tami la regarda, les yeux écarquillés.

— Comme ça ? Personne ne l'a tué, je veux dire ? Il n'était pas si vieux.

Elle avait du mal à tout comprendre. Ken, et maintenant son papa. Enfin, des larmes mouillèrent ses joues. En pleurs, Hiroko la ramena vers la maison. Les autres les attendaient sur le seuil de la maison. Tadashi se tenait à côté de Sally et, en les voyant côte à côte, Hiroko, comme si un voile se déchirait, s'aperçut d'un détail qui jusqu'alors lui avait échappé.

Reiko emmena ses filles « faire un tour » pendant que Hiroko et Tad repartaient vers le dispensaire. Ils revinrent avec deux brancardiers et une civière pour Takeo. Mieux valait emporter le défunt en l'absence de ses filles. Ç'aurait été trop pénible pour elles. Une heure plus tard, Tak reposait à la morgue. Il était trop jeune pour mourir mais d'autres hommes de son âge s'étaient éteints dans les mêmes circonstances. Parce qu'ils avaient eu le cœur brisé. Parce qu'ils n'avaient pas pu survivre à leurs fils, morts au champ d'honneur. En dépit des apparences, les femmes étaient plus fortes, plus aptes à s'adapter au malheur.

— Pauvre Reiko, murmura Tad, sincèrement affecté.

Son père était mort quand il était petit et il avait assisté à l'immense chagrin qui avait ravagé l'existence de sa mère. Hiroko le regarda en hochant la tête, puis fit une réflexion qu'il ne saisit pas tout de suite, mais qui lui parut incongrue, compte tenu des circonstances.

— Ma cousine est amoureuse de vous, Tad.

Il la considéra, atterré.

— Qui ? Reiko ?

— Mais non, idiot, dit-elle, laissant échapper un rire nerveux. Sally. Je l'ai compris cet après-midi en vous voyant ensemble. Elle est éperdument éprise de vous, ce qui explique sa mauvaise humeur à mon égard. Elle doit penser que j'essaie de vous séduire.

— Je crois que vous vous trompez.

Il savait que non. Il l'avait remarqué également. Sally lui plaisait, bien sûr, mais l'idée qu'elle était amoureuse de lui ne l'avait jamais effleuré... jusqu'à aujourd'hui. Il avait été trop accaparé par ses sentiments vis-à-vis d'Hiroko. Sally était trop jeune. Elle n'avait que dix-sept ans, il en avait sept de plus. Reiko n'approuverait certainement pas une telle union et...

— J'ai pensé qu'il fallait que vous le sachiez.

La voix d'Hiroko le ramena à la réalité. Il hocha la tête. Ils n'en parlèrent plus. Mais plus Hiroko y songeait, plus elle se disait qu'ils formeraient un beau couple. Et pourquoi pas ? Elle était bien placée pour savoir qu'il fallait profiter de chaque instant de la vie. Que seul le présent vous appartient pleinement. Elle, elle aimait Peter. Elle l'aimerait toujours. Il était injuste que Tadashi reste dans l'attente d'un événement qui n'arriverait pas. Il était jeune, et il méritait plus que de se dévouer à la femme et à l'enfant d'un autre. Oui, il ferait un mari parfait pour Sally !

Cette nuit-là, quand les deux femmes retournèrent à la maison, Reiko pleura longtemps dans les bras d'Hiroko. Elle évoqua ses souvenirs et ses rêves à jamais révolus. Lorsque, épuisée, elle s'endormit, Hiroko écrivit une longue lettre à Peter, lui annonçant la mort de Tak. Il était son meilleur ami, il avait le droit de le savoir.

Elle attendit longtemps la réponse. Dans sa lettre, Peter semblait bouleversé par la brusque disparition de Takeo. Celui-ci reposait à présent dans le cimetière du camp, parmi les tombes de tous ceux qui les avaient quittés, à cause de la maladie ou parce qu'ils avaient renoncé à la vie… comme Takeo. Il avait renoncé à vivre. Hiroko se souvint de la promesse qu'elle avait faite à Peter, à Tanforan, quand il lui avait demandé de survivre. Et de l'attendre.

Toyo fêta son premier anniversaire six semaines plus tard. L'une des infirmières lui avait préparé un petit gâteau, dans la cuisine du dispensaire. Il avait soufflé sa bougie, avant de dévorer le gâteau, sous les regards amusés du personnel. Tadashi lui offrit un canard en bois, portant un œuf sur son dos, et le petit garçon poussa un cri d'émerveillement.

Tadashi avait tenu compte des conseils d'Hiroko, car il était sorti plusieurs fois avec Sally. Il l'emmena même visiter l'atelier où il donnait des cours d'art. La jeune fille acceptait ces attentions avec reconnaissance. La mort de son père l'avait plongée dans le désespoir et elle était heureuse de trouver un ami en Tadashi. Elle semblait mieux disposée à l'égard d'Hiroko.

La tragédie qui avait frappé la famille les avait soudés. Tous savaient qu'ils n'étaient pas au bout de leurs peines. L'été s'annonçait aussi étouffant et poussiéreux que d'habitude. Si les hivers étaient durs à Tule Lake, les étés transformaient le camp en fournaise. Mais au-delà des barbelés, la guerre avait amorcé un tournant fatidique pour les puissances de l'Axe. Les Alliés accumulaient les victoires. Leur aviation lâchait quotidiennement une pluie de bombes sur l'Allemagne. Les Américains avaient débarqué avec succès à Anzio, pendant que les Russes envahissaient la Pologne et que les troupes de MacArthur entreprenaient la reconquête du Pacifique. En avril, Berlin subit les premiers bombardements. De toutes parts, l'empire hideux de Hitler se lézardait. Plus rien ne pouvait arrêter la progression des Alliés. En juin, ils entrèrent dans Rome, et peu après, le Débarquement en Normandie leur assura une éclatante victoire sur le sol français. Peter était en France avec les troupes d'Eisenhower. Jusqu'en août, Hiroko eut régulièrement de ses nouvelles. Il se trouvait dans une ville appelée Lacey, sous les ordres du général Hodges, et ils se dirigeaient vers Paris. Dans sa dernière lettre, il disait qu'ils avaient libéré la capitale française, la plus belle ville du monde selon ses propres termes. Puis, plus rien.

Mais de nouvelles émeutes bouleversèrent la vie relativement paisible du camp. Les réfractaires avaient de nouveau supplanté la pacifique Société patriotique nippone. C'était reparti : grèves, manifestations, bagarres, représailles. En octobre, Tule Lake refit la une des journaux. La révolte grondait dans le camp. Les manifestants réclamaient leur libération. C'était une source d'inquiétude constante pour les pacifistes, qui ne voulaient pas être pris entre deux factions rivales. De nouveau, les blessés envahirent le dispensaire. Sans homme à la maison, Reiko se faisait du souci. Heureusement, le jeune Tadashi Watanabe passait le plus clair de son temps avec la famille… et avec Sally. Reiko lui en savait gré et un sourire involontaire brillait sur les lèvres d'Hiroko chaque fois qu'elle le voyait en compagnie de sa cousine.

— Je parie que j'avais raison, non? le taquina-t-elle un jour, tandis qu'ils travaillaient côte à côte.

Il fit celui qui n'avait pas entendu, mais elle insista. Il n'allait pas s'en sortir à si bon compte. Ils étaient comme frère et sœur maintenant.

— Je ne vois pas ce que vous voulez dire par là, dit-il, sans pouvoir réprimer un sourire.

— Bien sûr que non, Tadashi-san. C'est de Sally qu'il est question.

Elle adorait le taquiner. Elle s'exprimait comme une vraie Américaine, presque sans accent.

— J'ai compris. Dites, vous ne prenez pas de gants, vous !

Il fit mine de lever les yeux au ciel d'un air faussement excédé. Il avait compris depuis longtemps que l'engagement d'Hiroko vis-à-vis de Peter ne laisserait jamais la place à un autre amour. Et il avait apprécié sa franchise. C'est grâce à Hiroko qu'il s'était mis à faire attention à Sally. C'était une jeune fille qui manquait encore de maturité, mais qui rêvait d'un mariage d'amour comme celui de ses parents. Un mois après la mort de Tak, elle et Tadashi étaient tombés profondément amoureux l'un de l'autre. Il était trop tôt pour qu'ils se marient, car Sally n'avait que dix-sept ans et demi, mais l'influence de Tad lui fut bénéfique, car elle cessa du jour au lendemain de traîner avec des voyous et redevint la douce jeune fille dont Hiroko se souvenait.

Cette année-là, Tadashi accepta de passer la fête de Thanksgiving avec elles. Cela serait pénible sans Ken et Takeo, Hiroko le savait. Son inquiétude n'avait fait qu'augmenter, car depuis août, elle n'avait plus eu de nouvelles de Peter.

— Il doit roucouler avec une jolie Française ! voulut la taquiner Tad, mais elle ne sourit pas.

Trois mois sans nouvelles, c'était long. Il y avait encore de nombreuses victimes en Europe. La guerre avec le Japon n'était pas terminée. MacArthur était retourné aux Philippines en octobre.

Le jour de Thanksgiving se passa sans incident. Et sans nouvelles, ni bonnes, ni mauvaises. Ils continuaient de vivre dans l'univers carcéral où on les avait enfermés. Au moins, cette année, ils avaient pu se procurer une dinde. Un festin, comparé au repas minable de l'année précédente.

— L'année prochaine, ça ira mieux, dit Tadashi.

Mais l'avenir restait obscur. Franklin Roosevelt avait été réélu mais ne semblait pas se soucier du sort des Japonais d'Amérique. Il en fut ainsi jusqu'en décembre.

Hiroko descendait leur rue en tenant Toyo par la main, quand deux hommes arrivèrent en courant.

— Nous sommes libres, criaient-ils en japonais. C'est fini ! fini !

— La guerre ? demanda-t-elle en anglais.

— Non. La prison, répondit l'un d'eux par-dessus son épaule avant de disparaître au coin de la rue.

Les prisonniers se déversaient dans l'enceinte du camp. Les uns se congratulaient, les autres applaudissaient. Certains parlaient avec des militaires. Les gardes étaient toujours là-haut, dans les miradors, mais l'espace d'un instant, Hiroko oublia les mitraillettes pointées sur eux. Elle s'approcha d'un groupe qui avait entouré un soldat. Selon lui, le président Roosevelt avait signé un nouveau décret. Et le général Pratt, qui avait remplacé De Witt, venait de publier la proclamation 21, restituant aux évacués tous leurs droits, y compris celui de rentrer chez eux. A partir du 2 janvier, la notion d'«objet de contrebande» serait rayée de la terminologie officielle et ils pourraient posséder appareils photo, armes et bijoux. Mais le plus important était qu'ils étaient libres. Libres de rentrer chez eux, avait précisé le soldat. Les camps fermeraient leurs portes à la fin de l'année 1945, mais les autorités incitaient les prisonniers à partir dès que possible, ce qui, dans la plupart des cas, n'allait pas de soi. Une chose semblait certaine : tous les Japonais pouvaient quitter les camps, quand ils le voudraient. Hiroko aussi, malgré son statut d'étrangère.

— Maintenant ? demanda-t-elle, incapable d'y croire. Tout de suite, si je veux ?

— Oui, à condition que vous ayez signé le serment de fidélité, répondit-il. Où irez-vous ?

Il lui lança un regard plein d'admiration. «Jolie femme ! » pensa-t-il.

— Je ne sais pas.

Impossible de retourner au Japon avant que la guerre soit terminée. Et Peter n'était pas rentré. Trois mois de silence, ne put-elle s'empêcher de penser. Que lui était-il arrivé ?

Le même soir, Reiko et sa nièce se lancèrent dans une discussion interminable. Elles se demandaient où elles iraient, car les choix étaient limités. Elles avaient très peu d'argent. La somme que Tak avait confiée à Peter et que ce dernier avait déposée à sa banque était inaccessible. Peter avait signé un reçu, bien sûr, mais ils n'avaient aucune procuration. Et tant qu'il était en vie — mais l'était-il ? — sa propre famille ne pourrait effectuer aucune opération sur son compte bancaire. La situation s'annonçait difficile. Elles n'avaient aucune famille en Californie. Reiko avait une cousine à New York, une autre dans le New Jersey, et c'était tout.

Après avoir si ardemment désiré la liberté, elles ne savaient pas où aller. Chacun, dans le voisinage, se posait les mêmes questions. Leurs parents se trouvaient soit au Japon, soit dans le camp. Les services de relogement leur proposaient toujours des emplois dans des usines, mais ils avaient scrupule à partir dans l'Est, où ils ne connaissaient personne.

— Mon Dieu, qu'allons-nous faire ? demanda Reiko.

Elle n'avait plus rien à Palo Alto.

— Ecris à tes cousines, puis on verra, suggéra Hiroko.

Reiko s'exécuta. Elle reçut rapidement les réponses. Toutes deux se disaient ravies de l'accueillir avec ses enfants. La cousine du New Jersey, qui était infirmière, lui trouverait facilement du travail, disait-elle dans son courrier. Cela paraissait si facile que Reiko se demanda pourquoi ils n'étaient pas partis là-bas quand il en était encore temps. Mais à l'époque, l'idée de l'évacuation volontaire les avait rebutés. Et trois ans plus tard, après tout ce qu'elle avait enduré, Reiko regrettait son manque de clairvoyance.

Le 10 décembre, la Cour suprême rendit un jugement selon lequel il était contraire à la loi de déplacer d'honnêtes citoyens contre leur volonté. Pourtant, le gouvernement n'avait pas hésité à emprisonner des innocents pendant deux ans et demi. Leur présenter des excuses ne servait pas à grand-chose. Leurs vies avaient été brisées, ils avaient perdu leurs biens. Ils ne possédaient plus rien, en dehors des vingt-cinq dollars que les autorités du camp remirent à chaque famille, en guise de dédommagement de transport. Presque tous les prisonniers avaient les mêmes problèmes que les Tanaka.

Une semaine avant Noël, Reiko et ses filles se décidèrent enfin. Elles iraient dans le New Jersey. Et, bien sûr, Hiroko les accompagnerait. Mais Hiroko ne disait rien. Depuis quelques jours, elle gardait le silence. Sally semblait préoccupée, elle aussi. Une fois de plus, leurs vies allaient changer du tout au tout. Ces trois années ne leur avaient apporté que des deuils et des chagrins. Plus elle réfléchissait, et plus Hiroko hésitait. Comment s'en sortirait-elle si elle n'allait pas dans le New Jersey ? Quitter le camp voulait dire se retrouver dehors, seule dans une ville étrangère. Heureusement, elle avait Toyo, sa seule consolation, son unique raison d'être.

Elle fit part à sa tante de ses réflexions. Elle allait rester sur la côte ouest et chercherait un emploi. Sans diplômes, elle avait peu de chances de trouver quelque chose d'intéressant. Son expérience d'aide-soignante ne suffirait pas à la faire admettre dans un hôpital. Mais elle se débrouillerait.

— Mais pourquoi ne viens-tu pas avec nous ? s'étonna Reiko.

— Je préfère rester ici… au cas où Peter reviendrait. D'ailleurs, quand la guerre sera finie, il faut que j'aille voir mes parents au Japon.

Cela faisait quatre mois qu'elle n'avait plus eu de nouvelles. Que s'était-il passé ? Elle n'en parlait jamais, pour ne pas importuner les autres avec ses inquiétudes, mais elle y pensait constamment. Et elle priait pour qu'il soit vivant. Pour elle, et pour Toyo.

— Hiroko, si quelque chose ne va pas ou… (Reiko censura la phrase « ou si Peter est mort »)… ou si tu ne trouves pas de travail, n'hésite pas à venir. Avec un peu de chance, j'obtiendrai un job d'infirmière. Dès que j'en aurai les moyens, je louerai un petit appartement. Il y aura toujours de la place pour toi et pour Toyo.

— Merci, tante Rei, répondit-elle doucement.

Les deux femmes s'enlacèrent en pleurant. Elles avaient traversé un enfer. Hiroko était venue pour apprendre l'anglais et ne devait pas rester plus d'un an. Comment aurait-elle pu imaginer que la vie se chargerait de lui donner d'autres leçons ? Voilà trois ans et demi qu'elle était aux Etats-Unis. Presque une vie entière, lui semblait-il.

Les filles poussèrent des cris de déception quand elles surent qu'elle n'irait pas dans le New Jersey. Pendant les fêtes de Noël, elles tentèrent l'impossible pour la faire changer d'avis. Elles ne partiraient pas avant le début de la nouvelle année. Plusieurs familles avaient déjà quitté Tule Lake mais beaucoup refusèrent de s'en aller. Les vieillards prétendaient qu'ils ne savaient où aller. Le camp était devenu leur seul lieu d'habitation. De sombres rumeurs alimentaient leur peur. Des histoires de pillages, de vols. On racontait qu'il ne restait pas grand-chose dans les remises fédérales où ils avaient déposé leurs maigres possessions avant d'être évacués. Hiroko songea à la maison de poupée de Tami qu'elles avaient expédiée à l'entrepôt de Palo Alto. Tami avait douze ans maintenant, mais ça lui aurait fait un souvenir d'enfance. Reiko sentit les larmes lui monter aux yeux en pensant à l'album de son mariage, abandonné à l'entrepôt, et aux photos de famille sur lesquelles figuraient Takeo et Ken... Ken dont elle n'avait qu'une seule photo, prise à Hawaii, où il avait posé en uniforme militaire.

— N'y pense pas... n'y pense plus... lui disait Hiroko.

Tadashi, lui, avait autre chose en tête. Le soir de

Noël, après avoir offert à Sally une bague en or ornée d'une petite turquoise, qu'il avait fabriquée lui-même dans son atelier, il voulut connaître ses projets d'avenir.

— Que veux-tu dire ? demanda-t-elle.

Il lui sourit. Ils « sortaient » ensemble depuis un an, très exactement depuis la mort de son père. Si Tad n'avait pas eu vingt-cinq ans, il aurait considéré leur relation comme un simple flirt d'adolescence.

— Tu veux parler de l'école ? poursuivit-elle d'un air morose.

Elle nageait dans la confusion. Elle était heureuse de partir du camp mais ne voulait pas se séparer de Tadashi.

— Je veux parler de *nous*, répondit-il en lui prenant la main.

Elle aurait bientôt dix-huit ans, et avait presque terminé le lycée. Elle obtiendrait son diplôme dans le New Jersey.

— Que comptes-tu faire, Sally ? reprit-il. Aller à la fac ?

Elle n'y avait pas encore songé. Jusqu'alors, elle n'avait rêvé que de liberté.

— Je n'en sais rien, répondit-elle honnêtement. Je n'en suis pas sûre.

Elle était toujours franche avec lui. Tadashi appartenait à cette catégorie de personnes qui, d'emblée, vous inspirent confiance.

— En fait, poursuivit-elle laborieusement, je ne sais pas ce que je veux… si ! je voudrais…

Sally s'interrompit, les yeux humides. Soudain, une vague de terreur déferla sur elle. Elle avait déjà perdu Ken, puis son père, et maintenant elle allait perdre Tadashi. Pourquoi tous les hommes qu'elle avait aimés finissaient-ils par la quitter, d'une manière ou d'une autre ? Une douleur poignante lui coupa le souffle à la pensée qu'elle partirait de Tule Lake sans Tadashi.

— Je voudrais rester avec toi, réussit-elle à articuler.

La fin de sa phrase se perdit dans un sanglot.

— Moi aussi, répondit-il sobrement. (Elle était jeune, bien sûr, mais suffisamment âgée pour comprendre.) Sally, écoute-moi. A ton avis, comment réagira ta mère si je lui demande de vous accompagner dans le New Jersey ? (Elle se contenta de le fixer, et il prit une profonde inspiration, comme un plongeur avant de se jeter à l'eau.) Nous pourrions nous marier, là-bas.

— Tu parles sérieusement ?

Elle avait l'air d'un enfant devant son cadeau de Noël.

Peut-être n'avait-elle pas tout perdu. Elle se leva, passa ses bras autour du cou de Tad. Il avait été un merveilleux ami au cours de cette année si pénible. Et depuis que Sally le fréquentait, son comportement s'était stabilisé.

— J'aimerais qu'on se marie tout de suite, reprit-il. Mais il faut quand même que tu finisses le lycée. Quand tu auras ton diplôme, tu décideras si tu veux faire des études supérieures.

D'ici là, il espérait qu'ils auraient un bébé. Il attendrait jusqu'en juin, puis il l'épouserait. Il n'avait rien eu pendant trois ans et maintenant il voulait tout avoir d'un seul coup. Une femme, une famille, des bébés, des repas succulents, des vêtements chauds, un vrai appartement avec chauffage central. Il poursuivit :

— Je trouverai facilement du travail là-bas. (Il avait un diplôme d'infirmier, contrairement à Hiroko.) Je parlerai à ta mère.

Il le fit dès le lendemain. Au début, Reiko manifesta de la surprise. Sally était si jeune ! Elle dut convenir que la vie dans le camp, et les drames successifs, la mort de Ken, puis de Takeo, avaient donné une certaine maturité à Sally. Et maintenant, sa petite fille voulait se marier. Reiko considéra Tad un instant. Elle lui vouait une profonde affection et le croyait parfaitement capable de faire un excellent époux.

— D'accord, dit-elle. Venez avec nous.

Il avait déjà parlé de ses projets à sa propre mère, qui lui avait accordé sa bénédiction avant de se préparer à partir dans l'Ohio, chez sa sœur. Non, elle n'avait aucune objection à ce qu'il épouse la fille des Tanaka, au contraire. L'espace d'une seconde, elle avait cru qu'il s'agissait d'Hiroko. Bien sûr, elle désapprouvait l'existence de Toyo mais que pouvait-elle y faire ? Lorsqu'elle comprit que c'était de Sally qu'il s'agissait, son cœur se mit à battre plus fort. Elle souhaita à son fils tout le bonheur du monde.

L'accord de Reiko avait transporté de joie les deux amoureux. Sachant qu'elle n'aurait pas à se séparer de son bien-aimé, Sally rayonnait de bonheur. Le seul point noir dans le ciel bleu de sa félicité s'appelait Hiroko. Celle-ci refusait toujours d'aller dans le New Jersey.

— Je viendrai vous voir plus tard, promettait-elle.

Elle temporisait. Mais une indicible tristesse l'habitait. Il émanait de chaque personne qu'elle rencontrait, de chaque chose qu'elle voyait, une singulière aura de mélancolie, car elle savait qu'elle ne les reverrait pas. Alors, sa main serrait celle de Toyo et ses yeux s'embuaient de larmes. Bientôt, son fils serait le seul visage familier, le seul être au monde qu'elle aimerait par-dessus tout. Il était trop petit pour se souvenir. Il oublierait le triste lieu de sa naissance.

Le jour du Nouvel An, date anniversaire de la mort de Takeo, ils allèrent s'incliner sur sa tombe. Reiko contempla longuement la pierre blanche, parmi les autres pierres. Son cher Tak resterait ici, mais son souvenir l'accompagnerait jusqu'à la fin de ses jours, jusqu'à ce que la mort l'emporte, elle aussi. Il faisait froid. La terre du cimetière, dure et gelée, crissait sous leurs pas, comme au jour de ses obsèques, un an plus tôt. Reiko, ses filles et Hiroko regagnèrent le petit logement étriqué qui les avait abritées pendant si longtemps et commencèrent à faire leurs bagages.

Cela ne prit pas plus de deux jours. Elles avaient donné la plupart des meubles et tout ce qui leur paraissait inutile. Reiko mit ses vêtements et quelques objets qu'elle voulait conserver dans une vieille malle. Une fois de plus, Reiko enroba de papier la maison de poupée qu'elle avait fabriquée ici avec Takeo.

Les affaires d'Hiroko et de Toyo réunis tenaient dans une seule valise, celle qu'elle avait apportée du Japon. Reiko lui avait donné deux cents dollars. La cousine du New Jersey lui en avait envoyé cinq cents, avec un mot demandant si elle avait besoin d'une somme plus importante. Reiko avait répondu que non. Elle avait juste besoin de billets de train.

Ils partiraient tous le lendemain. Reiko, ses filles et Tadashi prendraient le train à Sacramento pour le New Jersey.

Tadashi vint les chercher le lendemain matin. Reiko était prête. Elle avait donné aux voisins quelques vieux jouets, et un bibelot qu'elle avait acheté à une famille qui repartait au Japon. La photographie de Ken était glissée dans son sac à main ; elle gardait sa mémoire et celle de son mari dans son cœur.

Elle jeta un ultime coup d'œil autour d'elle. Les

matelas étaient partis, les nattes aussi, comme la batterie de cuisine, il ne restait plus que les montants d'acier des lits. La malle et les bagages s'alignaient devant le seuil. Les deux petites pièces étaient vides.

— C'est drôle, murmura Sally. Je n'ai jamais pensé que je serais triste en partant d'ici.

— C'est toujours triste de quitter sa maison... et ce fut notre maison pendant quelque temps.

Pendant trop longtemps. Tous se sentaient abattus. Hiroko fondit en larmes en faisant ses adieux aux infirmières, surtout à Sandra. Son bébé était né ici et malgré toutes ces années de souffrances, elle s'était attachée à ce lieu.

— Prêts ? demanda Tad.

Sa mère était partie la veille, et ils s'étaient dit au revoir en pleurant.

Oui, tout le monde était prêt. Les autorités du camp leur avaient finalement offert les tickets de bus jusqu'à Sacramento, ainsi que cinquante dollars d'argent de poche pour chaque famille. Tad et les Tanaka voyageraient ensuite en train, tandis que Hiroko prendrait l'autocar de San Francisco. Reiko lui avait demandé à plusieurs reprises si elle n'avait pas changé d'avis. Elle ne connaissait personne dans cette ville... Chaque fois Hiroko avait répondu calmement que tout irait bien. Elle avait promis à sa tante de se rendre dans le New Jersey si un problème se présentait, ou si elle manquait d'argent. Elle avait noté leur adresse et leur numéro de téléphone et pourrait les joindre facilement.

Ils prirent leurs bagages. Tadashi et Sally portaient une petite malle emplie de souvenirs de Tule Lake, de drôles de petits objets sans importance. Peut-être ne l'ouvriraient-ils plus jamais, mais elle contenait les deux années les plus dures de leur existence.

Le bus attendait devant la grille. D'autres faisaient déjà la queue. Les soldats se tenaient toujours dans leurs guérites mais leur rôle ne consistait plus à empêcher les prisonniers de sortir. Ils ressemblaient davantage à des policiers qu'à des gardiens et l'un d'eux poussa la courtoisie jusqu'à aider Hiroko à monter sa valise dans le bus. Ensuite, ils leur serrèrent la main en leur souhaitant bonne chance. Bizarrement, il n'y avait pas de haine ni d'un côté ni de l'autre. C'était fini. Le sujet était clos. On était en janvier 1945 et, bientôt, les camps comme Tule Lake ou Manzanar appartiendraient à l'Histoire.

L'autobus s'ébranla. Hiroko se tourna vers la vitre d'où elle avait une vue du camp : les barbelés, les baraquements, la poussière, le froid s'étaient à jamais gravés dans sa mémoire. Et derrière les barbelés, une mer de visages fantomatiques, des gens qu'elle avait aimés, des enfants qu'elle avait soignés, ceux qui étaient morts et ceux qui étaient repartis et qu'elle ne reverrait plus mais dont elle se souviendrait toujours.

Toyo, assis sur ses genoux, lui tira les cheveux. Elle se pencha et l'embrassa, le cœur débordant de tendresse. Un jour, elle lui raconterait leur odyssée. Un jour, elle lui décrirait le camp sinistre dans lequel il avait vu le jour. Son regard se reporta sur les visages de ses compagnons de voyage. Leurs traits reflétaient le même amour, la même peine, la même angoisse qui peu à peu allait enfin les abandonner. Une voix en provenance du fond du bus murmura dans le silence :

— Nous sommes libres.

17

Les adieux à la gare de Sacramento furent un déchirement de plus pour Hiroko. Tous s'étaient mis à pleurer en même temps, comme si les émotions qu'ils s'étaient efforcés de contenir en quittant le camp explosaient d'un seul coup. Même Tadashi pleurait, lorsqu'il l'enlaça, et elle sanglotait toujours quand le train s'éloigna dans des jets de vapeur, la laissant sur le quai, avec Toyo.

Elle les avait tous embrassés, et ils l'avaient embrassée à leur tour, puis ils avaient serré Toyo dans leurs bras, tant et si bien qu'ils avaient failli manquer le train. Et maintenant, sur le quai désert, un vide immense engloutit Hiroko. Elle parcourut à pied le chemin qui la séparait de l'arrêt de l'autocar, en tenant Toyo d'une main et en portant sa valise de l'autre. Quelques passants se retournèrent sur leur passage mais aucune insulte ne fusa, comme s'il était naturel de voir une Japonaise déambuler dans les rues avec un enfant. La guerre n'était pourtant pas terminée, mais les anciens griefs semblaient oubliés.

Il était cinq heures de l'après-midi quand ils arrivèrent à l'arrêt de bus. Elle acheta un sandwich qu'elle partagea avec son fils avant de monter dans l'autocar. Celui-ci démarra pour San Francisco à cinq heures et demie précises, comme prévu. Le trajet se déroula dans le calme. Toyo dormit dans les bras de sa mère. Soudain, elle aperçut le pont du Golden Gate, brillant de mille feux, semblable à un collier de diamants au-dessus de la baie. Les rues resplendissaient de propreté. Pas de barbelés en vue. Ici, on ne portait pas de manteau doublé de papier journal pour se protéger du froid, on ne grelottait pas sur son matelas dont la paille vous grattait la peau toute la nuit. Ce soir, elle dormirait dans un vrai lit douillet. Un sourire se dessina sur ses lèvres. Elle raisonnait comme une vraie Américaine, soucieuse de son confort. Depuis qu'elle était partie de Kyoto elle avait parcouru un long chemin.

Elle loua une chambre dans un petit hôtel du centre ville. Le sommeil la fuyait et, pendant une partie de la nuit, elle suivit mentalement l'itinéraire du train qui emmenait Reiko, ses enfants et Tad dans le New Jersey. Ils allaient se lancer dans une nouvelle aventure, surtout Tadashi et Sally ; elle sourit tendrement en pensant à eux. Ils lui manquaient tous terriblement.

Après le petit déjeuner, le lendemain matin, elle sortit téléphoner. D'une main, elle tenait celle de son enfant, tandis que de l'autre, elle feuilletait les pages de l'annuaire. Lorsqu'elle trouva le nom qu'elle cherchait, elle se mit à trembler. Peut-être se trompait-elle. Peut-être aurait-elle dû s'adresser directement à une agence de placement. Elle n'était pas obligée de composer ce numéro de téléphone et pourtant, quelque chose l'incitait à le faire.

Quelqu'un décrocha après trois ou quatre sonneries. Elle demanda à lui parler et elle l'eut presque aussitôt. Elle n'avait pas donné son nom, s'étant simplement présentée comme une « amie de Saint Andrew ».

— Oui ? demanda la voix d'un ton aimable.

— Anne ?

Le combiné tremblait dans sa main et elle avait déployé un effort surhumain pour parler normalement. Toyo choisit ce moment crucial pour se mettre à piailler. Il n'avait pas encore deux ans et ne comprenait pas où ils étaient ni pourquoi ils étaient séparés du reste de la famille. La veille, avant de s'endormir, il avait appelé Tami à plusieurs reprises, et Hiroko lui avait expliqué que sa petite cousine se trouvait dans le train, mais il ne savait pas ce qu'était un train au juste.

— Oui, c'est moi, dit la voix, plus aristocratique que jamais.

Le lendemain, elle allait reprendre le chemin de l'université. Les vacances de Noël touchaient à leur fin. Elle aurait son diplôme en juin. Mais, aux yeux d'Hiroko, Saint Andrew ne représentait plus qu'un vague souvenir.

— Qui est à l'appareil ?

— Hiroko, répondit-elle simplement. Hiroko Takashimaya.

De Saint Andrew... de Tanforan... de Tule Lake. Sa correspondante l'avait certainement oubliée.

Il y eut un bref silence au bout du fil, suivi d'un petit hoquet de surprise.

— Votre panier nous a bien rendu service, reprit Hiroko tristement.

— Où êtes-vous ? demanda Anne.

Il était difficile de deviner ses véritables sentiments.

— Je suis sortie du camp hier. Ma tante et mes cousines sont parties pour le New Jersey.

— Et vous, Hiroko ?

Elle avait prononcé son nom d'une voix douce. Elles avaient été camarades de chambre autrefois.

Jamais amies. Pourtant, par deux fois, Anne était venue la trouver pour lui présenter des excuses.

— Où êtes-vous ? répéta-t-elle.

— Ici, à San Francisco. (Elle hésita et jeta un coup d'œil à Toyo comme pour se donner du courage.) Je cherche un emploi. J'en ai besoin.

Elle se trouva pathétique et se tut un instant, regrettant son initiative. Mais c'était trop tard. Elle poursuivit :

— Je me demandais si vos parents ou leurs relations n'auraient pas besoin d'une domestique... d'une femme de ménage ou quelque chose comme ça. J'ai travaillé pendant deux ans dans un dispensaire, je saurais m'occuper d'un enfant ou d'une personne âgée.

— Avez-vous mon adresse ?

— Oui, je l'ai. Là, dans l'annuaire.

— Venez tout de suite. Prenez un taxi. Je paierai la course.

Anne se demanda en même temps si son ancienne camarade avait des vêtements corrects ou si elle était en guenilles.

Hiroko raccrocha, le cœur battant. En sortant de la cabine, elle héla un taxi. Anne l'attendait dehors. En voyant Toyo, elle réprima un sursaut de surprise.

— Il est à vous ?

Hiroko acquiesça avec un sourire. Pendant que Anne s'illustrait sur des terrains de golf et des courts de tennis, tout en suivant des cours particuliers de français, Hiroko avait eu un bébé.

— Oui, répondit-elle, avec fierté. Il s'appelle Toyo.

Anne se garda de demander son nom de famille, ou si Hiroko était mariée. Elle subodorait que non. Et elle ne s'était pas trompée pour les vêtements. La robe d'Hiroko, trop grande, usée jusqu'à la trame et complètement démodée, se remarquait par sa laideur.

— J'ai parlé à maman, dit-elle, tandis qu'elles se faisaient face dans l'allée d'Upper Broadway. Elle peut vous fournir un emploi. Hélas, rien de mirobolant. Elle a besoin d'une fille de cuisine. (Son regard s'abaissa vers Toyo. Il n'avait pas été prévu au programme, mais cela ne faisait guère de différence.) Vous pourrez le garder avec vous pendant vos heures de travail.

Elle se retourna pour ouvrir la porte d'entrée de la somptueuse demeure, puis demanda à Hiroko si elle avait faim.

— Non, merci, j'ai pris un petit déjeuner.

Anne la précéda dans l'escalier conduisant au sous-sol. Elle lui montra sa chambre, une petite pièce propre et bien chauffée, sans décorations inutiles mais de loin la meilleure qu'elle ait eue depuis trois ans.

— Anne, je ne vous remercierai jamais assez. Vous ne me devez rien.

— Aussi bizarre que ça puisse paraître, je me suis toujours élevée contre l'injustice. Il aurait été plus honnête de vous renvoyer dans votre pays, s'ils pensaient que vous n'étiez pas digne de confiance. Encore que vous, vous soyez japonaise. Mais les autres, les Américains, ne méritaient pas d'être enfermés dans des camps, pas plus que vous, d'ailleurs. Vous n'étiez pas une espionne, que je sache.

Sa gouvernante japonaise était morte au camp de Manzanar un an plus tôt, lors d'une intervention chirurgicale. Anne vouait une profonde affection à cette femme qui l'avait élevée. Elle ne pardonnerait jamais au gouvernement de son pays de l'avoir envoyée à la mort. En recueillant Hiroko, elle avait l'impression de réparer un peu l'injustice commise par son pays.

Elle lui expliqua comment elle devrait s'habiller. Robe noire, tablier blanc amidonné, coiffe, col et poignets assortis. Hiroko répondit qu'elle n'y voyait pas d'inconvénient.

— Qu'allez-vous faire après ?

Elle avait peine à imaginer l'avenir d'Hiroko. Elle était seule au monde, sans un parent, sans un ami. Et comme la guerre se poursuivait, les communications n'avaient pas repris avec le Japon.

— Je voudrais rester ici, chez vous, jusqu'à ce que je puisse retourner dans mon pays. Mon frère a été tué, il faut que je m'occupe de mes parents.

Elle omit d'ajouter que son cousin et son oncle étaient morts également. Et qu'elle était sans nouvelles de Peter. Comme si elle avait deviné son émotion, Anne regarda Toyo.

— Et son père ? Va-t-il revenir ?

A l'évidence, le père du petit garçon était blanc. Mais au lieu de répondre, Hiroko leva sur elle un regard anxieux.

— Je ne sais pas. Je n'ai plus de nouvelles depuis août. J'ai besoin de savoir ce qui s'est passé. Il a participé au Débarquement de Normandie. Sa dernière lettre a été expédiée de Paris. Et puis, plus rien… Anne, si vous pouviez m'aider… Si parmi vos relations quelqu'un pouvait…

Sa voix se fêla. Anne hocha la tête.

— Je demanderai à mon père.

Les deux femmes se faisaient face. Une étrange émotion étreignait Hiroko. Cette jeune fille de la haute société, qui ne lui avait jamais témoigné la moindre amitié, lui apportait une aide précieuse.

Elle repartit chercher ses affaires à l'hôtel, revint en taxi avec Toyo, et prit possession de sa chambre. La demeure des Spencer, un hôtel particulier en stuc et pierre de taille, l'un des plus imposants de Broadway, était construite au milieu d'un jardin magnifique. Hiroko troqua ses pauvres hardes contre l'uniforme des domestiques. Peu après, elle apparut dans la cuisine en sous-sol, en tenant son petit garçon par la main. Elle fut accueillie avec chaleur et deux des femmes de chambre lui promirent de s'occuper de Toyo. La cuisinière, elle, tomba littéralement en adoration devant lui. Elle commença par lui servir un bol d'une soupe onctueuse, puis lui offrit un éclair au chocolat, qui lui amena un sourire heureux et béat. Toyo, qui était un gros bébé à sa naissance, s'était transformé en un garçonnet frêle, presque chétif, à cause du manque de nourriture et des mauvaises conditions d'hygiène. Un soupir de soulagement souleva la poitrine d'Hiroko, en le voyant attaquer son repas de si bon appétit.

Dans l'après-midi, Anne présenta Hiroko à sa mère. Mme Spencer portait ses cinquante ans avec une extrême distinction. Le temps n'avait guère altéré sa beauté, rehaussée, il est vrai, par un élégant tailleur de lainage gris égayé d'un rang de grosses perles et de boucles d'oreille assorties. Elle avait trois filles et un fils. Anne était sa cadette. Sans aller jusqu'à se montrer chaleureuse, elle reçut Hiroko avec une exquise politesse. Anne lui avait raconté son histoire et Mme Spencer s'était émue du triste sort de la jeune Japonaise. Elle avait prié le personnel de faire montre de gentillesse à l'égard de la nouvelle domestique et de son enfant, et de veiller à ce qu'ils ne manquent de rien. Les gages qu'elle offrait — trois cents dollars par mois — dépassaient les rêves les plus fous d'Hiroko. Ils tenaient davantage de la récompense que du salaire. Elle se répandit en remerciements mais, d'une certaine manière, elle sut qu'elle l'avait mérité. Elle aurait besoin d'économiser jusqu'au dernier sou si elle voulait rentrer au Japon après la guerre. Toujours aucun signe de Peter. Heureusement, elle avait Toyo, son rayon de soleil.

Anne repartit au collège, et Hiroko endossa consciencieusement son rôle de Cendrillon. Le personnel l'entourait d'égards. Elle n'était pas une domestique ordinaire. Tous savaient qu'elle avait fait ses études avec la demoiselle de la maison, et qu'elle avait subi des revers de fortune. Ils savaient où elle avait passé les trois dernières années, mais personne ne lui posa de questions. Toyo avait tout simplement conquis les cœurs. Les femmes de chambre se battaient pour le garder quand sa mère était occupée. Celle-ci leur rendait bien leur gentillesse. Elle travaillait d'arrache-pied, souriante et serviable. Elle passait son jour de congé avec Toyo, qu'elle emmenait souvent au parc du Golden Gate. C'était là, au jardin japonais, qu'elle avait pris le thé avec les Tanaka, le lendemain de son arrivée... Cela semblait si loin, si irréel. Le salon de thé avait été racheté par une famille chinoise, qui l'avait rebaptisé en « Jardin oriental ».

Elle avait envoyé son adresse à sa tante, et sa réponse ne se fit pas attendre. Tous se portaient bien. Les filles allaient à l'école, Reiko travaillait à l'hôpital, Tadashi et Sally s'étaient mariés le jour de la Saint-Valentin.

Ce fut le lendemain que M. Spencer la fit venir dans son bureau. Il avait enfin réussi, grâce à un ami de Washington, à apprendre ce qu'il était advenu de M. Peter Jenkins, dit-il. Les nouvelles n'étaient pas franchement bonnes, prévint-il, et Hiroko se serra les mains pour les empêcher de trembler.

Après Paris, son régiment avait été envoyé dans l'Est. Peter Jenkins était porté disparu, à la suite d'un combat près d'Anvers. On n'en savait pas plus. Son corps n'avait pas été retrouvé sur le champ de bataille, et il n'était pas rentré à sa base avec les autres tireurs d'élite. Et depuis, il n'était plus réapparu. Avait-il été fait prisonnier ? Les Allemands l'avaient-ils fusillé ? Le mystère s'éclaircirait peut-être après la guerre. Pour l'instant, il s'était littéralement volatilisé. Hiroko hocha la tête. Son silence s'expliquait, et ce n'en était que plus terrifiant. Elle remercia le père d'Anne de s'être donné la peine d'effectuer des recherches. En silence, elle descendit à la cuisine reprendre son service.

— Elle me fait de la peine, confia peu après Charles Spencer à sa femme. Est-elle mariée au père de son enfant ?

— Je n'en suis pas sûre... Je ne crois pas. Anne m'a dit qu'elle était une élève particulièrement brillante, l'une des meilleures.

Anne semblait regretter son attitude hostile d'autrefois, et Mme Spencer en était venue à prendre Hiroko en sympathie.

— Je ne pense pas qu'elle aura intérêt à retourner dans son pays, dit Charles, l'air songeur.

L'un de ses jardiniers avait été enfermé dans un camp. Il avait remué ciel et terre pour le retrouver et il l'avait envoyé chez ses neveux, dans le Wisconsin.

— D'après Anne, elle voudrait revoir sa famille.

— Eh bien, tant qu'elle est sous notre toit, elle sera en sécurité. Après, elle verra. Pour être franc, d'après ce que j'ai pu savoir, il n'y a pratiquement aucune chance pour que son... euh... petit ami ait survécu.

Sa mort n'avait pas été établie officiellement, mais selon ses supérieurs, cela ne faisait aucun doute. L'énigme serait sans doute résolue quand la guerre serait finie et qu'ils accéderaient à de plus amples informations. Cela n'avait plus grande importance. Le jeune homme avait bel et bien disparu, le petit garçon n'avait pas de père, songea Charles Spencer avec compassion.

Cependant, Hiroko gardait espoir. Son esprit refusait de croire que Peter était mort. Elle l'aurait senti. Elle était persuadée qu'il était vivant.

En attendant, la guerre continuait sans relâche. En février, les Alliés détruisirent Dresde. En mars, les Américains reprirent Manille aux Japonais. A la suite des bombardements incessants, Tokyo n'était plus que ruines. On comptait quatre vingt mille morts et plus d'un million de sans-abri. Sans cesse, Hiroko priait pour ses parents. Et pour Peter. Chaque fois qu'elle le pouvait, elle allumait la radio dans l'espoir d'en apprendre plus sur eux. Elle en avait parlé à sa tante au téléphone. Reiko lui avait exprimé toute sa sympathie. Avec l'éloignement, elle se sentait moins concernée par les problèmes de sa nièce qu'auparavant. Pour elle, la vie s'était arrêtée avec la mort de Ken et de Takeo.

Les nouvelles continuaient de tomber dans les agences de presse. En avril, Roosevelt mourut. Acculé dans son bunker, Hitler mit fin à ses jours. Le mois suivant vit la libération des camps. Le monde entier fut plongé dans l'horreur et la consternation. Comparés aux camps d'extermination nazis, Tanforan et Tule Lake prenaient des allures de paradis.

Enfin, l'Allemagne capitula en mai. Mais le Japon se battait toujours. En juin, la bataille d'Okinawa relança les hostilités. Il semblait que la résistance japonaise fût sans limites, et que jamais Hiroko ne parviendrait à retourner chez ses parents. Elle ne pouvait qu'attendre. Une attente qui se prolongeait indéfiniment. Un mois après la fin de la guerre en Europe, Peter n'avait pas donné signe de vie. Charles Spencer se renseigna discrètement. Rien n'avait changé. On lui répondit que Peter Jenkins était porté disparu. Mais Hiroko refusait toujours d'envisager le pire.

Fin juin, les Spencer se préparèrent à partir en vacances au lac Tahoe. Ils avaient d'abord projeté de laisser Hiroko en ville. Après réflexion, ils décidèrent de l'emmener avec eux. Elle accepta avec reconnaissance. L'air pur ferait le plus grand bien à Toyo.

Anne avait terminé ses études à Saint Andrew le mois précédent. Le jour de la remise des diplômes, Hiroko pensa à elle avec un sourire. Elle l'avait vue à peine depuis son arrivée chez les Spencer. Anne rentrait rarement à la maison, préférant passer le week-end avec des amis. Pendant les vacances, elle irait à Santa Barbara, à Palm Springs et à New York, chez sa sœur, qui avait eu un deuxième bébé. Les rares fois où les deux jeunes filles s'étaient croisées, lors d'un bref passage d'Anne à la maison, elles avaient eu plaisir à se revoir. Ce n'était pas de l'amitié, non, mais un lien singulier s'était tissé entre elles.

Au lac Tahoe, ce fut pareil. Entre les visites d'amis et la pratique de ses sports favoris — tennis, voile, ski nautique — Anne n'avait pas une minute à elle.

Hiroko se rappelait son premier séjour avec les Tanaka au bord de ce lac enchanteur. Quatre ans s'étaient écoulés depuis, quatre longues années d'angoisse et de terreur. Et pourtant, toute la jeunesse dorée s'amusait encore sur des vedettes rapides qui sillonnaient les eaux limpides du lac. Comme si la guerre n'avait jamais existé.

Toyo était loin de partager les réflexions désabusées de sa mère. Il était comme un coq en pâte, au milieu des domestiques qui l'adoraient. Dans la somptueuse résidence de ses employeurs, Hiroko servait à table, lors de dîners et autres garden-parties. Un soir, un invité des Spencer demanda au maître de maison comment ils avaient réussi à garder une telle perle rare. Il faisait allusion à Hiroko.

— Tous les nôtres ont été évacués à Topaz, vous savez. Quelle honte ! Nous priver du jour au lendemain de nos meilleurs domestiques ! Mais vous, Charles, comment vous y êtes-vous pris ? Vous l'avez cachée ?

Ses plaisanteries n'amusèrent pas Charles Spencer.

— Elle était à Tule Lake, répondit-il sèchement. Elle travaille chez nous depuis janvier seulement. Je crois qu'elle a traversé de terribles épreuves dans les camps.

L'invité n'eut plus qu'à se taire. Mais souvent, les invités des Spencer ne se gênaient pas pour faire des commentaires désobligeants sur la présence de la « bonne japonaise ».

— Comment pouvez-vous manger tranquillement quand elle se tient dans votre dos, Margaret ? dit à Mme Spencer une de ses amies, alors qu'elles déjeunaient sur la terrasse. Quand je pense à ce que ces gens font à nos garçons, là-bas, ça me coupe l'appétit. Vous devez avoir un estomac solide, Margaret.

Margaret Spencer ne répondit pas. Son regard croisa celui d'Hiroko, qui baissa la tête. Peu après, elle se retira discrètement. La haine ne s'arrêterait donc jamais ? D'une certaine façon, les Spencer étaient différents de leurs amis. Malgré leur sentiment de supériorité vis-à-vis des Orientaux, ils avaient vigoureusement condamné les camps. Ces grands bourgeois avaient tenté l'impossible pour épargner à leurs employés l'internement, mais en vain.

Lors d'un dîner, un ami de Charles avait quitté la table à la seule vue d'Hiroko. Il avait perdu un fils à Okinawa et répugnait à se faire servir par une Japonaise. Hiroko avait gagné sa chambre en silence, et les Spencer l'avaient laissée tranquille. Elle aussi avait perdu des êtres chers. Yuji. Ken. Takeo. Et Peter. Seul le temps guérirait peut-être ces blessures, ces deuils, cette peine immense.

En août, pendant que les Alliés démantelaient et partageaient le Reich, les Américains larguèrent la première bombe atomique sur Hiroshima, puis la seconde sur Nagasaki. Ceux qui haïssaient les Japonais se sentirent par deux fois vengés. Enfin, la guerre était finie. L'empereur Hiro-Hito ordonna l'arrêt des combats et quatre semaines plus tard, durant le week-end de Labor Day, le Japon capitula devant MacArthur. C'était le dernier week-end des Spencer au lac Tahoe.

— Que comptez-vous faire maintenant ? s'enquit Anne avec sollicitude, le lendemain matin, lorsqu'ils furent rentrés en ville.

Elles étaient seules dans la salle à manger.

— Rentrer dans mon pays dès que je le pourrai.

— Je suppose que cela ne sera pas possible tout de suite.

Hiroko hocha la tête. Elle avait l'air fatiguée. Elle suivait les nouvelles à la radio avec angoisse. Son inquiétude pour ses parents ne faisait que croître. Il semblait difficile de croire que quiconque avait pu échapper aux bombardements intensifs. Pourtant, il y avait des survivants. Et elle priait le ciel pour que ses parents figurent parmi eux. Toujours aucune nouvelle de Peter... Mais comment le retrouver en Europe ?

— Je ne remercierai jamais assez votre famille de son soutien, dit-elle à Anne, avant de se retirer, afin que la jeune femme puisse terminer tranquillement son petit déjeuner.

— C'était tout naturel, lui sourit Anne. Comment va Toyo ?

— Il n'arrête pas de manger et il grossit, répondit Hiroko en riant.

Après la nourriture infecte du camp, le petit goinfre se rattrapait. Il était devenu le chouchou de toute la maisonnée. Anne ne lui demanda pas si elle avait des nouvelles du père de son enfant. Elle savait qu'elle n'en avait pas. D'après M. Spencer, il avait trouvé la mort quelque part en Allemagne.

Hiroko attendit encore un mois. Ensuite, elle donna son préavis à ses employeurs. Anne allait partir à New York où elle resterait chez sa sœur pendant un an, et se réjouissait par avance de toutes les mondanités auxquelles elle participerait. Hiroko préparait également son départ. Le U.S.S. *General W.P. Richardson* effectuerait la première traversée du Pacifique à la mi-octobre.

Elle ne se faisait plus aucune illusion. Depuis quatorze mois, elle n'avait reçu aucune nouvelle de Peter. La guerre en Europe était finie depuis cinq mois et il n'y avait toujours pas trace de lui. S'il était vivant, on l'aurait retrouvé. Pour la première fois, elle commença à envisager sa mort, et elle en fit part à Reiko, au téléphone.

— Et voilà, nous les avons perdus tous les trois, Ken. Tak. Et Peter...

Elle avait aussi perdu son frère. C'était injuste de perdre autant d'êtres chers, autant de choses, alors que d'autres n'avaient rien perdu. Les Spencer, par exemple, avaient traversé la guerre sans dommages ; au contraire, l'instabilité économique créée en Europe par le conflit avait contribué à accroître leurs investissements. Grâce à leurs relations, leur fils avait fait son service militaire dans un bureau et leur gendre n'avait pas quitté Washington. Aucune de leurs filles n'avait perdu qui que ce soit, mari, fiancé ou même petit ami. Le malheur ne les avait pas touchés. Peut-être la vie était-elle ainsi. Il y avait ceux qui payaient, et ceux qui ne payaient pas. Ceux qui souffraient et ceux qui ne se rendaient compte de rien. Hiroko en conçut un sentiment d'injustice, tout en étant très reconnaissante envers les Spencer. Ils s'étaient montrés merveilleux avec elle et Toyo.

Lorsqu'elle apprit à Reiko qu'elle se préparait à repartir au Japon, sa tante en fut bouleversée.

— Comment ? Toute seule ? Toi et Toyo ?

— Ça ira, tante Rei. Les Américains contrôlent la situation.

— Peut-être moins bien que tu ne le penses. Pourquoi n'attends-tu pas des nouvelles de tes parents avant de prendre une telle décision ?

Mais elle avait déjà essayé de les joindre par télégramme, sans succès. Il était d'ailleurs impossible de contacter qui que ce soit là-bas. Elle devait y aller. Il le fallait. Il était grand temps de rentrer maintenant. Ils avaient perdu leur fils, mais ils avaient gagné un petit-fils. Ils auraient certainement un choc mais ils adoreraient Toyo.

Reiko lui passa Sally. Elle et Tadashi attendaient un bébé, annonça-t-elle aussitôt à sa cousine.

— Vous n'avez pas perdu une minute, on dirait, la taquina Hiroko, et le rire de Sally retentit dans l'écouteur.

— Mais toi non plus, souviens-toi, répondit-elle de son ton toujours aussi sarcastique, mais cette fois-ci, Hiroko ne s'en offusqua pas.

— Oui, tu as raison.

Sally ne lui demanda pas de nouvelles de Peter. Sa mère l'avait prévenue qu'il n'y avait plus d'espoir. Elle passa Tad à Hiroko, qui le félicita. Le bébé naîtrait en avril.

La veille de son départ pour le Japon, elle les rappela. Reiko se faisait beaucoup de souci pour elle mais Hiroko la rassura.

— Si quelque chose ne va pas, je m'adresserai aussitôt aux soldats américains, tante Rei, je te le promets.

— Et alors ? Pourquoi veux-tu qu'ils t'aident ? Tu es japonaise, pas américaine, l'aurais-tu oublié ?

L'ironie du sort ! pensa-t-elle avec humour. Décidément, elle était toujours du mauvais côté de la barrière.

— Ne t'inquiète pas, Rei. Je me débrouillerai.

— Tu es trop jeune pour y aller seule, insista sa tante.

— Je rentre chez moi. Chez mes parents.

Il y eut un silence à l'autre bout du fil. Reiko n'osa dire que peut-être ses parents ne seraient plus là pour l'accueillir. Mais Hiroko en avait conscience. Simplement, elle avait besoin de savoir. Comme pour Peter. On ne peut pas vivre dans l'incertitude en échafaudant des hypothèses.

— Hiroko, promets-moi de me joindre dès que tu le pourras, dit Reiko.

— D'accord. Enfin, j'essaierai. Il paraît que ce n'est pas facile.

C'était un doux euphémisme. Après Hiroshima, le Japon mettrait longtemps à se relever de ses cendres. Hiroko jura à sa tante qu'elle n'approcherait pas les cités dévastées par la bombe atomique. Elles se quittèrent à regret. Le même soir, Hiroko rassembla ses affaires et celles de son fils dans son unique valise.

Le lendemain matin, le père d'Anne lui remit ses gages, plus un «pourboire» de mille dollars en liquide, une petite fortune aux yeux d'Hiroko.

— Vous en aurez besoin pour votre petit garçon, murmura-t-il en s'éclaircissant la gorge.

— Merci, monsieur Spencer. Vous avez tant fait pour nous !

Elle les regarda avec une immense gratitude. Anne voulut l'accompagner au bateau, avec le chauffeur.

— Je peux prendre un taxi, Anne. Vous n'êtes pas obligée…

— J'en ai envie ! Vous savez, Hiroko, je m'en veux. Si j'avais été moins idiote au collège, nous aurions été amies.

Hiroko lui sourit.

— Dommage que tous mes ennemis ne soient pas aussi gentils que vous. Sans vous, je ne sais pas ce que je serais devenue, Anne.

L'emploi que les Spencer lui avaient fourni lui avait permis de vivre jusqu'à maintenant. Mieux, elle avait même réussi à faire des économies. Elle voulut appeler un taxi mais Anne s'y opposa. Peu après, la Lincoln noire les emmenait au port. Tous les domestiques agitaient la main, tandis que M. et Mme Spencer regardaient s'éloigner la limousine du premier étage. Toyo fixait tristement l'imposante demeure qui s'estompait avec la distance. Il était trop jeune pour comprendre que la vie n'est qu'une succession de séparations et de ruptures.

— Nous allons au Japon retrouver tes grands-parents, avait tenté de lui expliquer sa mère.

Mais il s'était contenté de la regarder, à moitié convaincu.

— Etes-vous sûre que vous ne risquez rien, là-bas ? demanda Anne avec anxiété, tandis que la limousine se dirigeait vers l'embarcadère.

— Je ne crois pas que ce soit pire que dans les camps.

— Et si vous ne retrouvez pas vos parents ?

C'était une question qu'Hiroko s'était déjà posée.

— Alors… je verrai…

352

Elle refusait d'imaginer cette éventualité. Comme elle se refusait encore à admettre que Peter était réellement mort. Tout au fond d'elle-même, l'espoir ne l'avait pas quittée. Elle faisait semblant d'accepter l'idée de sa mort, afin de s'épargner des suppositions inutiles, mais elle n'y croyait pas.

— Je n'arrive pas à imaginer qu'ils pourraient ne plus être là, reprit-elle. Quand je pense au Japon, c'est eux que je vois… Je les retrouverai ! acheva-t-elle d'un air déterminé, tandis que la longue limousine noire s'engageait sur le quai. Il le faut.

Elle n'avait personne d'autre, à part Toyo.

— Revenez, s'il y a le moindre problème, lui demanda Anne.

C'était peu probable, toutes deux le savaient. Si jamais Hiroko regagnait les Etats-Unis, elle irait très certainement s'établir dans le New Jersey, près de sa tante. Mais pour l'instant, elle n'y songeait pas. Elle ne pensait qu'à rentrer au Japon. Il fallait que la boucle soit bouclée.

Hiroko et Anne échangèrent un long regard. Elles se tenaient sur le quai, à l'ombre du paquebot. Le chauffeur en livrée avait sorti la valise du coffre de la Lincoln et cherchait un porteur.

— Vous êtes toujours là chaque fois que je pars, dit Hiroko d'une voix douce.

— J'aurais voulu être là depuis le début, répondit Anne.

Cette fois-ci, elle la serra dans ses bras.

— Merci, murmura Hiroko, en larmes.

Lorsqu'elle recula, elle s'aperçut qu'Anne pleurait, elle aussi.

— J'espère que vous les retrouverez, dit-elle d'une voix émue. (Puis, se tournant vers Toyo :) Sois sage, mon petit bonhomme, et prends soin de ta maman… Hiroko, si jamais vous aviez besoin de moi, passez-moi un coup de fil, écrivez-moi ou envoyez-moi un télégramme.

— Entendu, sourit Hiroko. Que Dieu vous bénisse, Anne.

— Et vous, faites attention. Soyez prudente. Aller là-bas aujourd'hui est dangereux.

Elle avait raison. Reiko et Tadashi lui avaient dit la même chose. Le pays représentait l'image même du chaos. La population quittait les villes dévastées et se réfugiait dans les montagnes. Et elle, elle y allait, justement. Elle serra la main d'Anne.

— Au revoir. Et merci encore.

Un porteur souleva sa valise et elle monta lentement la passerelle, en tenant Toyo par la main. De temps à autre, ils se retournaient pour adresser un signe à Anne, restée sur le quai avec le chauffeur.

Peu après, ils arrivèrent dans la petite cabine qu'Hiroko avait réservée. Un espace étroit, mais propre, avec un seul hublot. Ils déposèrent le bagage et retournèrent sur le pont-promenade. Des ballons multicolores montèrent vers l'azur, tandis qu'un orchestre entamait un air de fanfare, dans une ambiance de fête factice, étant donné leur destination. C'était le premier bateau en partance vers le Japon depuis Pearl Harbor. En se penchant, Hiroko vit Anne qui se tenait toujours devant la Lincoln, aussi blonde et éblouissante que le premier jour où elle l'avait vue pour la première fois, sortant de cette même limousine dans la cour de Saint Andrew. Hiroko la montra à Toyo, qui souffla un baiser dans sa direction. Les deux femmes éclatèrent de rire, puis se firent des signes de la main.

— Au revoir, cria Anne, tandis que le bateau s'éloignait lentement du quai.

— Merci ! merci encore ! articula silencieusement Hiroko tandis que les remorqueurs tiraient le paquebot sur les eaux huileuses du port.

Elles continuèrent de s'adresser des signes de la main, jusqu'à ce que le bateau amorce un virage avant de prendre le large.

— Où va-t-on, maman? demanda Toyo pour la centième fois, et elle le regarda avec tristesse.

— A la maison, dit-elle. On rentre chez nous.

18

La traversée dura exactement deux semaines et un
jour. Le U.S.S. *General W.P. Richardson* accosta
Kobe tôt le matin du seizième jour. Le voyage, sans
escale comme à l'aller, sembla interminable à
Hiroko, alors que Toyo, choyé par le personnel et
les passagers, s'amusa comme un fou. Etant le seul
enfant à bord, il était devenu la mascotte du bateau.

Quand les contours des montagnes du Japon s'es-
quissèrent à l'horizon, un silence singulier emplit le
cœur d'Hiroko. Et à mesure qu'ils approchèrent de
Kobe, une insoutenable émotion l'étreignit. Elle
crut revoir Yuji, sa mère et son père... Elle s'était
juré de se montrer à la hauteur de leurs espérances.
Elle se souvint que Masao avait dit « un an », « juste
une petite année scolaire », et voilà que près de
quatre ans et demi s'étaient écoulés.

Les quais fourmillaient de monde, et elle se laissa
imprégner des bruits familiers, cris de dockers, sif-
flements, chants d'oiseaux. Il y avait des soldats
américains partout dans le port. Bizarrement, elle
trouva leur présence rassurante. Elle ne savait plus
qui étaient les amis et les ennemis.

L'expérience des quatre dernières années avait
jeté le trouble et la confusion dans son esprit.